献给历尽人世间苦难的父亲母亲

——张廷竹

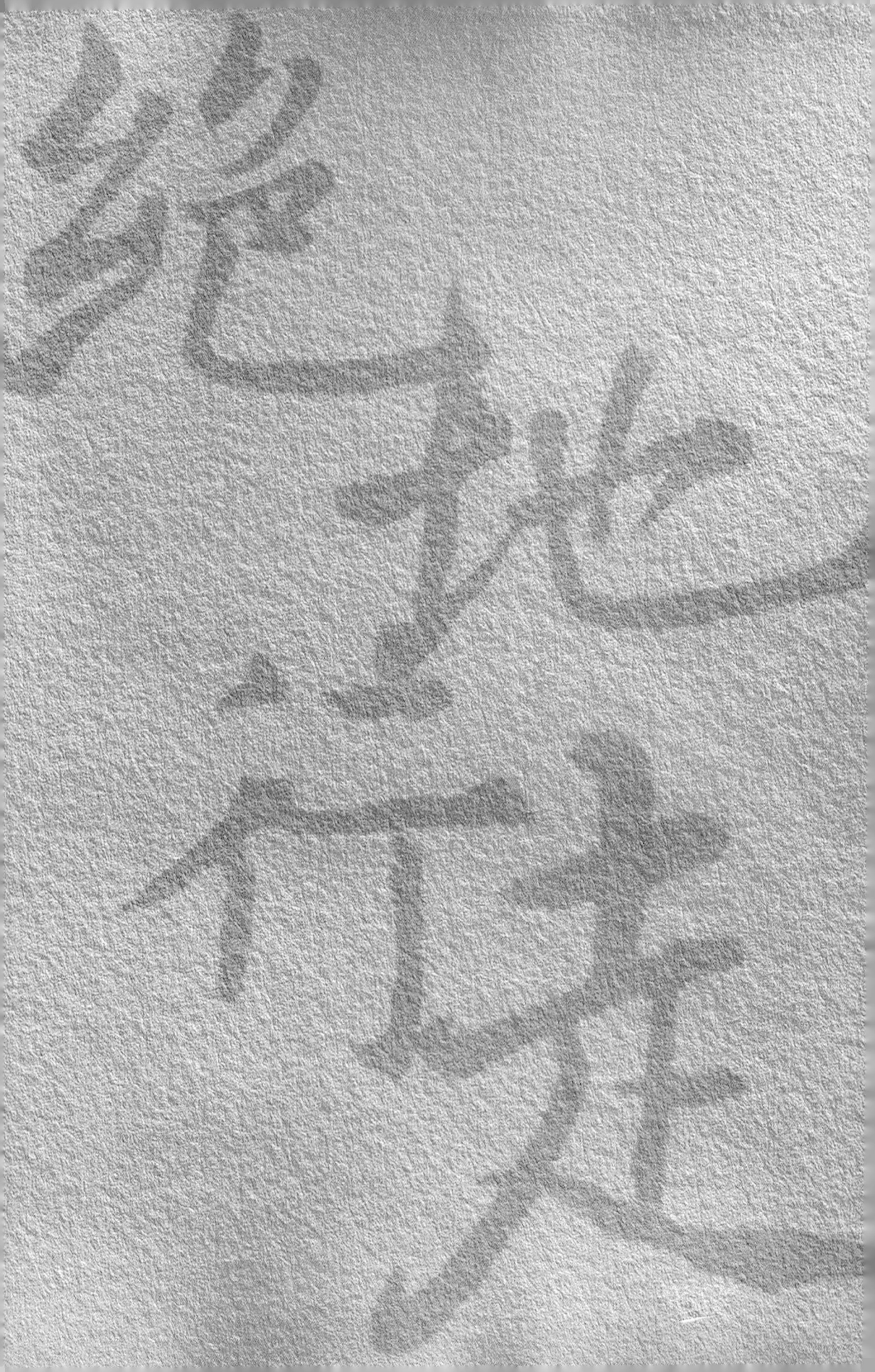

湘九的历程 壹

张廷竹 著

绝地行走

山西出版集团 山西人民出版社

图书在版编目（CIP）数据

绝地行走（湘九的历程 壹）/ 张廷竹著. —太原：
山西人民出版社，2010.5
ISBN 978 - 7 - 203 - 06786 - 3

Ⅰ.①绝… Ⅱ.①张… Ⅲ.①长篇小说 - 中国 - 当代
Ⅳ.① I 247.5

中国版本图书馆 CIP 数据核字（2010）第 066299 号

绝地行走（湘九的历程 壹）

著　　者：张廷竹
责任编辑：张文颖　冯灵芝
助理编辑：高　雷
装帧设计：清晨阳光（谢成）工作室

出 版 者：山西出版集团·山西人民出版社
地　　址：太原市建设南路 21 号
邮　　编：030012
发行营销：0351 - 4922220　4955996　4956039
　　　　　0351 - 4922127（传真）　4956038（邮购）
E - mail：sxskcb@163.com　发行部
　　　　　sxskcb@126.com　总编室
网　　址：www. sxskcb. com

经 销 者：山西出版集团·山西人民出版社
承 印 者：山西出版集团·山西新华印业有限公司

开　　本：787mm×1092mm　1/16
印　　张：18.25
字　　数：300 千字
版　　次：2010 年 5 月第 1 版
印　　次：2010 年 5 月第 1 次印刷
书　　号：ISBN 978 - 7 - 203 - 06786 - 3
定　　价：39.00 元

如有印装质量问题请与本社联系调换

前　言

这部书稿的诞生，与我的战友叶小琦来访有关。那是二〇〇五年一个春天的夜晚，他坐在我家的书房，一杯明前龙井使他谈兴勃发。从他与我截然不同的成长历史谈到当下的处境，末了，他动员我写一部回忆录。

回想一九四九年十月，三野十兵团发起金门战斗，小琦的父亲乃是主要指挥者之一。金门之战是解放军战史上的一次严重失利，虽然使守岛的国军付出了伤亡九千余人的代价，但解放军损失超过此数，据说是解放军军史上少见的一例。战后检查，尽管有诸多客观因素，但胜利者的骄傲、轻敌与急躁等主观原因也不容忽视。三野十兵团二十八军打泰安、参加孟良崮战役、激战淮海、渡长江战上海直至福建，可谓威震华东。防守金门的胡琏将军也曾是其手下败将，却在此役后声名大振。

白云苍狗，世事变迁，半个多世纪过去了，当年的守岛主将有女来到大陆，见到小琦。或许谈不上相逢一笑泯恩仇，只是双方都有些困惑与好奇罢了。都是炎黄子孙、将门之后，遥想当年父辈之恩怨情仇，自然有无限感慨。

了解我和我家庭经历的小琦沉思不已。夜风穿窗而入，思绪随风飘散，他说，你也写一部回忆录吧，海峡两岸的中国人都会产生阅读的兴趣。

我因此而陷入沉思。我的上一代人和我本人，确实都曾有过一些可以称之为传奇的经历。真实而传奇，就有了丰富的故事与内涵，可以奉献于读者。

我尚未至耄耋老年，还在上班，写回忆录是颇具风险性的。一个人走过半个多世纪，遇到过多少好人坏人和不好不坏的人，岂能尽书于斯？多少保留一些，不至于伤害那些帮助过保护过我和我家人的人，爱我的人和我爱的人；也给一些欺压过伤害过我和我家人的人、恨我的人和我恨的人，留有一点忏悔的余地；更是为了他们的后人，还要继续在这个世界上享受美好的生活。

因此，我决定不以回忆录的形式，而是以作者半个多世纪的经历和人生体验为蓝本，写出这部带有当代史诗意义追求的书稿。

诚然，不管我如何努力避讳，还是可能得罪个别人的。生活中总是免不了有一些喜欢对号入座的人，他们看到你还活着，还能写书，心里就有气，就觉得被你得罪了，即便你写的只是一部小说。这是每一个作者都可能遭遇的问题，我和我的编辑因此而变得谨小慎微。

这是一部人生咏叹调，目前分为《绝地行走》《我以我血》《流失岁月》三部长篇小说。既是互有关联的姐妹篇，也是各自独立成文的作品。它们表现了主人公在不同的年代里不同的遭遇和命运，跌宕起伏。不管是笑傲江湖、少年壮志不言愁，还是身临绝地、拔剑四顾心茫然，都是我的歌。

半个多世纪的人生，有的故事和情节，不可能在以往的作品中完全没有描写过或者留下印象，我为此向那些喜爱过我从前作品的读者表示歉意。当然，大量的历史承载和浓缩的社会历练，却是作者以新的视野为之诠释。这既是我对现实生活的尊重，也表现了我对艺术真实的追求。

写作这部书的过程痛苦而艰难，尤其是写到中间时，我因家庭负担太重几度搁笔。原本有个大哥长期住在老年关怀医院需人照料，岳母又患重症动了大手术。术后的老人性情大变，我们动员了几乎所有能够提供帮助的亲友一起守护和劝说其配合医院治疗。二〇〇七年整整一年，我每天下班都在医院。很长的日子，我们不得不请了三个保姆，一个照顾大哥，两个照顾岳母，直到将老人家抱头送终。

彭泽益先生跟叶小琦一样，生前多次要求我真实反映一个家庭与时代紧密联系的历史。这位中国社会学与经济史学界的泰斗式人物，一直怀念湘九的父母。他说，直觉告诉他，湘九的父母历尽苦难而无悔于民族与人生。

湘九的父母其实无须表白。尤其是他的母亲，她一生的委屈与凄凉，超过她的丈夫。泰山不表白高度依然雄峙天东，东海不表白深度却容纳千条江河。我们脚下的广袤大地什么时候说过自己的厚度？她却照样默默地承载着世间万物。人世间，有多少人和事其实难以表白，也无须表白。

写到主人公五十岁后经历的《流失岁月》，表现的形式与前面两本书稍有变化。

因为五十岁后主人公的遭遇十分曲折和艰险，因此而显得更加凝重与精彩。从五十岁那年开始，主人公在现实生活中与以权谋私、使用各种手段侵吞国有资产的特殊利益群体进行了坚决的斗争。主人公曾经被该团伙威逼利诱，被盯梢、监视、辱骂，甚至欲置之死地。同时，还被不了解真相的人们所误解。每次考察，总以为主人公对其顶头上司"不配合、不团结"，其实，主人公不是不团结，而是"不勾结"。

二〇〇四年之前，主人公基本上是孤独地抗争。二〇〇四年后，原先的单位与另一家省级国有资产经营机构合并。在主人公几次揭露了这个犯罪团伙的问题和疑点后，终于形成了新班子里大多数同志对其经济犯罪行为的共识。经过共同的极其艰难的查证后，主人公和战友们找到了该团伙一系列犯罪的线索和证据。可以告慰于先辈、告慰于朋友和读者们的是：在上级有识之士的支持、推动和有关部门的查处下，利益集团的首要分子终于被送进了他们应该去的地方。新华社的报道，使真相大白于天下。

今天的时代，依然发生着一个个由权力与金钱、信仰与背叛、个性与命运交织成的惊心动魄的故事，身处其中，于人生而说是痛苦与不幸，于作家而言是幸运和财富。无论富贵贫贱，湘九的历程还在继续。我想，本人迟早也会以其无限丰富和复杂的真实性，将主人公以后的经历奉献给广大读者。

作为一名本职工作繁忙的业余作者，处于一个千变万化的历史新时期，沧桑浮沉，荣辱穷达，我早已学会带一点悲天悯人的情怀，以不变应万变。千百年来，正直的中国文人总是惶恐地徘徊在庙堂与江湖之间，无非不愿放弃那种深入骨髓的历史使命感和社会责任感而已。巴尔扎克说，他的创作灵感来自痛苦和不幸的时候。作者同样。无论穿上军装或脱下军装，我都是一名战士。这是一种宿命。

我们都知道，对于过去的岁月，个人的记忆难免挂一漏万，不全面，甚至有误；然而，没有个人的记忆，哪有集体的记忆、民族的记忆呢！

我以虔诚的感恩之心，向亲朋友好、向读者奉上此书。

在写作和修改本书的过程中，给予我帮助、指正和鼓励的人们，我将铭记于心。

张廷竹

二〇〇六年至二〇一〇年写于杭州城河边

目　录

童年篇

少年篇

童年篇

TONGNIAN PIAN

一

香港九龙·青山道宝恤医院·大新银行与金巴利道

一九五〇年六月十四日，上午八点钟。

香港九龙。

街道两旁的商场、银行、舞厅和生意畸形兴隆的当铺，此刻还没有开门，只有菜场和卖早点的粥铺、面档与云吞摊已经迎来第一批顾客。报童在十字路口叫卖刚出印刷厂的《星岛日报》，赶往写字楼和工厂上班的行人脚步匆匆。穿着汗衫短裤的上尉副官唐文斌，买了一份报纸匆匆走回公寓。鹤公，鹤公，他全然失去了以往的镇静，惶恐不安地站在客厅里唤他的长官，总统府和军委会免去了您的本兼各职！他看到他的长官坐在书房里，西装笔挺，洁白的衬衫领子下系着一条猩红色的领带，仿佛仍然穿着中将军服般一丝不苟。唐副官把报纸送到他面前，摊开在书桌上，报上刊登着他和另外九名被同时免职的将军的照片和简历。长官笑了笑，穿窗而入的阳光照在他浑圆的脑袋上，他的脸色略微有些苍白。

书桌上有一台黑色的电话机，铃声响起，显得有些沉闷。不仅失去权柄，甚至失去了领饷之处的将军拿起电话，听到他的大女儿柳南银铃般的报喜声：姆妈刚生了一个小弟弟！他茫然地看着窗外，好像一时反应不过来。窗外，远处的港口上空飘扬着一面大英帝国的米字旗，广播里有一个沙哑的男声在唱着一首印尼民歌："呜喂！风儿呀吹动我的船帆，船儿呀随着风儿摇荡……"

一辆八成新的黑色奥斯汀轿车驶向九龙青山道宝恤医院。这辆轿车是向从前的同僚借的。流落香港的同僚不少，其中有一名文官，走过罗湖桥前的头衔是"中央常务委员"。这一年，这位"中常委"的大女儿已经在香港影坛崭露头角，街上到处可以见到她的海报，那美丽的面容和忧郁的眼睛引人神往。这一年，这位风华绝代的影星当然还没有在忧郁中结束自己美丽的生命。毫无疑问，文官的日子比武官好过多了。

当一位护士把婴儿抱出来给他的父母看时，他的父母都有些惊讶。这是一个茁壮的婴儿，浑身都胖乎乎的，粉嫩的脸庞不像别的婴儿皱皱巴巴，而是既光滑又显得精力充沛。这个婴儿有一种天生的忧郁，眼睛特别亮，他看着这个新鲜的世界，看着他的父亲，微微地皱紧了眉头，仿佛要洞穿父亲的心灵，了解他的一切秘密。他没有哭，即使在努力挣脱父亲那虽然壮实却显得有些生硬的怀抱时也没有哭。当他终于被放进了母亲的怀里时，他的眉头舒展了，显得很安详，好像一片云离开太阳，人们的眼睛都因此而亮了一亮。

给他取个好名字吧。

三十九岁的母亲对四十八岁的父亲说。

母亲靠在床上，脸上的笑容有些凄楚。在这个孩子之前，母亲已经生过七个孩子，兵荒马乱中夭逝一个，眼下还有六个。这几年，母亲的梦里充满了内战的硝烟，醒来时总是万般思绪，一片愁情。

母亲对她的孩子们说，幸福的地方和辛酸的地方都不会忘记，而有一个奇怪的地方唤作"故乡"，人们总爱把自己的幸福和辛酸，向这块土地倾诉。他们最终的愿望，往往是将自己的骨头埋到那里去，不管是谁在那里掌权，不管富裕还是贫穷。

张伯伯，我给他取个名字好吗？

父亲转过身去，看到一位少女捧着鲜花走进来。少女圆圆是柳南的闺中好友，她的父亲是一位民国元老。十年后，她嫁给另一位元老的公子，生了一个跟她一样漂亮且更具魅力的女儿。这个女儿名叫倩文。后来，海内外无数华人成为她的追星族。

好啊。母亲虚弱地、不失雍容地微笑着回答。她是一个木匠的女儿，然而，认识她的人都认为她是一位与生俱来的夫人。

他生在香港九龙，就叫他香九吧。

当大人们还来不及将失望的神情挂到脸上时，张家的二小姐已经扑哧笑出声来。

绝地行走

一九五〇年，张家的二小姐刚满十二岁，小学五年级，喜欢唱歌和诗朗诵，有些卓尔不群之感。这名字也太俗了些吧，她哈哈大笑说，用作小名还差不多。

父亲沉吟片刻。

父亲也在想他的故乡，他的故乡在洞庭湖畔的张家大山。

父亲想起秋天皎洁的夜晚，田野里蛙声一片。水光潋滟，平畴广阔，阡陌纵横。十三岁，因为放牛时丢了财主家的一头牛，他离乡出走，惶惶如丧家之犬。他在湘鄂交界的黄山加入一支农民武装，三年后，又因了丢了一支勃朗宁手枪，再次出逃。他逃到长沙，参加了熊克武的部队，后来到广州，出征北伐，他才匆匆回了一趟家乡。到了一九三一年，他已经担任中央军校高级教育班主任徐培根的少校副官。因为三次奔走营救徐培根的弟弟，那个留一头长发戴一副眼镜并出了一本诗集《孩儿塔》的年轻人；因为给湘北的农民自卫军送去一船枪支弹药；或许还因为别的什么事情；他心里有数却永远不会说出来，戴笠先生将他关进了南京鸡鹅巷中央陆军监狱的地下室，一直关到七七事变爆发。重获自由那一年，他终于又回到张家大山去了。他开始报效桑梓了，筑湖堤修水利组织自卫团。然而，他在家乡赋闲的日子不长，主政湖南的张治中先生请他出山，再次去中央军校长沙分校担任了上校大队长，台儿庄决战前夕，又将他引荐给了李宗仁白崇禧。一九四七年，他再度回乡，竞选"国大代表"，彼时，身为浴血奋战迎来胜利的抗日将领，他受到了父老乡亲们的热烈欢迎。那情景，永远留在他的记忆中。

此刻，他油然对故乡充满了思念之情。

面对着妻子怀里的婴儿，他有片缕慰藉，他的故乡已在一年前和平解放，解放时的县长乃是他冒着生命危险、亲自安排上任的；从东北南下的四野四十九军一四六师四三八团兵不血刃开进了县城。

把香江的香改成湘江的湘，这名字不就雅了许多么，他弯下魁梧的身躯征求婴儿自己的意见，湘九，你认为如何？

婴儿鱼一样地鼓起了腮帮，再次皱紧眉头。他还不会说话，只能用表情显示他对这个名字仍不太满意。

不管他满意不满意，他的符号已经成了"湘九"。那些天，他以正常的速度成长着。他在夜里啼哭，在白天微笑。宝恤医院是一家教会医院，建有完备的档案。在用中英两国文字写就的档案上，他的父亲被登记为一名商人，名字也不是他作为将军时所使用的名字；他母亲的职业是家庭主妇，这倒符合她的一贯身份。

一个星期之后，湘九被大姐抱在怀里，二姐搀扶着他的母亲，一起乘上那辆借来的黑色奥斯汀轿车，回到了位于尖沙咀的金巴利道公寓。

湘九的身上有很多谜，满月的第二天便离开金巴利道，从罗湖桥的铁丝网下钻回大陆，成为他的第一道谜。

奥斯汀轿车开到公寓门前时，那里已经停着几辆轿车，还有几辆黄包车鱼贯而至，夫人太太们跳下车直闯张家客厅，唐副官根本拦不住。

邱清泉的夫人，桂永清的夫人，胡总司令、还有汤总司令的太太等人，有的横眉冷对，有的粉面凋零。

她们的手里拿着同一张报纸：《周末晚报》。上面有一篇内容惊人的报道文章。大新银行不景气，要出顶，顶费数百万美元。那位担任过"中常委"的文官出任董事长，鹤公任副董事长并负责筹集资金，准备把大新银行顶下来。起初，副董事长推荐了两个办过钱庄的朋友担任正副经理，入股的各位夫人太太都很满意。但是，这两位仁兄的家属都在内地。他们说，回上海去一趟，把家属接来就到任吧。他们去了上海就再也回不了香港了。于是，当过"中常委"的董事长另外介绍了他的一位朋友来当经理。

组建银行的款项都已筹齐，存放在汇丰银行的金库。金库有保险箱钥匙两把，两把钥匙在一起才能打开保险箱。董事长对副董事长说，一把钥匙交给经理，另一把交给你如何？鹤公说，你是正我为副，你拿着更合适。后来两把钥匙都落到了那位经理手中。

经理失踪了，全部资金被他带走。他从国外寄来一封信，说是暂时"借用"一下。湘九和母亲躺在宝恤医院的产房里时，他的父亲已经急得吐血。不仅他的一生积蓄不见了，更因为那些冲着他和他夫人的情面入股的人，这些女人的先生并不都是贪官巨贾，有的人在位时也算得上清廉朴素。

绝地行走

褓襁中的湘九目睹了闹成一锅粥的场景，有几位已经称得上落难夫人的女人变得歇斯底里。她们在客厅和书房里跺着脚拍着巴掌，摔摔打打哭哭笑笑。湘九的母亲吃惊之下，倒在卧室的床上昏迷不醒。脸色铁青的父亲责问唐副官，你把消息泄漏出去的吗？除了你还有谁?! 唐副官结结巴巴地为自己申辩，他说，您不是让我去请私家侦探吗，一定是他们捅给了报馆！私家侦探查出什么结果没有？一位太太把兰花指戳到了鹤公的脑门上。从前她可不敢这样。从前，她的丈夫是国防部中将部员，而只是少将衔的张某人却担任处长、局长，中将经过他的办公室门前时，都要踮起脚走路。

张某人个性倔脾气犟是一匹湖南骡子谁都知道。张某人身经百战多次随飞虎队飞越驼峰航线，龙云的儿子龙三公子钦佩之余一定要送他一辆最新进口的小汽车以示慰劳，张某人婉言谢绝曰：国难当头，鄙人岂敢受之？这样的事情尽人皆知。否则，四十岁刚出头时，上下左右便如何皆称其为"鹤公"了？

女人尖利的指甲划过将军的额际，他的心里很疼痛。他咳嗽起来，脸上憋得通红。他从口袋里摸出一块手帕，捂住嘴，吭哧吭哧地咳嗽着。张家的大小姐从母亲卧室里跑了出来。二十岁的大小姐柳南号称红色小姐，上过军统的黑名单。柳南把手里卷成一团的报纸猛地砸到客厅的麻将桌上：你们吵什么吵？吵能吵回你们的股金来吗？你们为什么不去找董事长吵？你们是不是怕他家里聚集着大批新闻记者，不光为了报道他女儿的逸闻轶事还要报道泼妇骂街？说起来都是有身份的淑妇贵媛，你们太不像话了！

屋子里刹那间安静下来，妇人们看着横眉竖目的雌老虎张家大小姐，一时惊呆。她们看到鹤公摊开手帕，手帕上洇开了一朵鲜红的血花。

侦探说，那个人跑到南美洲去了。唐副官央求般地告诉各位股东，鹤公把自家的钱全投进去了，他的心里比你们更急啊。

有人说，张某人一向重义气、讲信誉，而今却落入陷阱，无法向朋友们交待，倘若就此携眷去向台湾或返回大陆，岂非有了共谋之嫌？因此，他宁可穷愁潦倒，沦落在香港的棚户区里打工度日，也不愿意脱身而去，做个不清不白之人了。

湘九不相信这就是谜底。湘九的母亲也不相信。中华人民共和国成立仅仅九个半月。湘九出世刚满月。朝鲜战争刚刚爆发。一位前国军中将就把妻子儿女统统送回解放后的大陆，实在令人感到不可思议。

何况，四年后，他孤身一人去了台北。

又过了十年，那位"中常委"飞到了北京。

大姐留给湘九的印象是一种淡淡的西药气味。他在一只大橱的玻璃窗里看到瓶装的红色药片。许多个早晨湘九从睡梦中醒来，看到大姐已经吃过早餐，她从瓶子里拿出药片，这股熟悉的甜滋滋的药气味便弥漫了房间。

楼梯上有人开始走动。大姐每天早晨把弟弟妹妹们喊醒。大哥仲君睡眼惺忪地伸着懒腰，父亲不在家时他就赖在床上不肯起来。二姐三姐和小姐姐挤在盥洗盆旁洗脸刷牙，她们笑闹着，嘴角上泛着牙膏的白沫。二哥已经在楼下跑了一圈回来了。父亲说，女孩子可以不出操，男孩子必须出操。现在不住在兵营附近听不到军号声了，二哥就到维多利亚海滨的长堤上跑步。

湘九伸出手去要大姐的药片，他以为那是糖。药片外面确实包着糖衣，里面却苦得很。母亲凄苦地看着女儿吃药，母亲说，雷米封大陆上还能买到吗？柳南，你得的可是富贵病，我看还是把你留下来吧，既照顾父亲也能治好你自己的病。柳南推开湘九的小手，把一条大辫子甩到身后去。柳南说，姆妈你放心吧，我的病基本上痊愈了，谢天谢地，阿爸没有染上肺结核，医生说那天他吐血只是因为急火攻心。

柳南有一些关系亲密的同学。她给一位在大陆上参了军的同学写信。她说，我是坚决要回去参加新中国建设的。我爸爸现在还心存疑虑，还在动摇徘徊，将他动员回来我暂时还做不到。妈妈说，要留下一个孩子照顾他。那就把我的大弟弟仲君留下好了，反正他也快到十七岁了，快成人了，再说，他是一个落后分子，新中国有他没他都一样前进。

那些个白天家里几乎看不到父亲。奥斯汀轿车不来接他了，唐副官跟着他出门去挤沙丁鱼罐头似的双层电车。有一次母亲问他，今天去哪里了，他说坐轮渡去了香港。母亲说你见到什么人了？唐副官迟疑了一会儿。鹤公说是那边过来的老朋友，约好在一家茶楼见面。他让我在门外警戒，唐副官说，我就没敢进去，也没有见到他的朋友。

"那边"是指哪一边？母亲问，海峡的这一边还是那一边……

唐副官摇摇头。他也搞不清楚是哪一边。

不懂事的孩子们白天玩得很累，晚上一上床就睡着了，大概是半夜时分，柳南被突然惊醒。她看到一个身材高大的黑影站在她的床边。柳南想叫，父亲把食指放在嘴唇中间示意她不要出声。父亲压低了声音对她说，别叫，我看看你们的睡相，让我再当一回查铺的长官吧。父亲转身去到二女儿和小女儿合睡的床前，把她们蹬开的毯子盖好。柳南看见他轻轻地挪动小妹的一只胳膊，把它放进绿色的军用毛毯里去，柳南的鼻腔里突然涌上了一股酸水。她低下头，看到父亲光着脚，厚实的大脚板在幽暗的马赛克地面上泛出寒光。父亲的脚背上有一道伤痕，有人说那是在缅甸，在伊洛瓦底江畔和仙台武士们决战时受的伤，他自己从不提起。父亲光着脚在孩子们的卧室里走来走去悄无声响。

湘九在母亲床上发出了啼哭声。柳南看到父亲像豹子一样敏捷地走出去了，湘九的哭声很嘹亮地响起来，接着便戛然而止。柳南从床上起来，她的二妹也从床上起来了，她们看到父亲抱着小儿子在月光清冷地从门厅映入的走廊里踱步。父亲说，湘九，你要离开阿爸了，你这么小就要离开阿爸了；你要回家了，先回你姆妈的娘家吧，将来再回阿爸的老家去。父亲低下头去亲吻了一下湘九。她们看见他的身子在颤抖，地上的影子像倒映在水面上似的微微摇晃。月光照着他的脸，眼睛里有一点晶莹的水光在波动。

母亲在卧室里轻轻地呻吟，她的胃痛病又犯了。柳南叫二妹去给姆妈倒一杯水。她走到父亲身边。父亲抬起头，朝她笑了笑，女儿觉得他的笑容很严肃。她意识到父亲有什么重要的话要对她说，她默默地等待着。

你姆妈身体不太好，又没有多少文化，家里家外的很多事情，你要为她分挑些担子。父亲说。

柳南的脸色发白。她想说，那你为啥不一起回去？但是，她僵立着说不出话。

我们会团聚的，迟早有一天会团聚的。父亲仿佛知道她心里的疑问，耳语般地告诉她。

那时候，我们就再也不会分开了。

父亲的声音那样温柔，不像平时的他。平时，他对女儿们从来不发脾气，但也没有柔情似水。他对儿子们总是摆着一张长官的脸，犯错误时用马鞭抽打他们的屁股。柳南凝视着阿爸略带伤感的表情，她感到一切如在梦中。

天蒙蒙地亮了，张家的二少爷跑回门厅，看到大姐站在台阶上。她的手里拿着那张上个月唐副官买来的《星岛日报》。照片上的父亲穿着军装，胸前挂着几排勋标。二少爷觉得他的神态很安详，好像照相时就知道这张照片会用在刊登他免职令的报纸上。大姐亭亭玉立，从海上吹来的风拂起她的裙裾，好似一尊雕像。

二弟，大姐回眸对他说道，跑步时注意安全，不要跑远了。

二弟感到惊讶，大姐好像突然变成了姆妈。他迟疑地点了点头，继续往风中跑去。一副近视眼镜在他的鼻梁上急遽地跳动着。

日本佬投降那一天，孩子们在鞭炮声中欢呼庆祝，他的一只眼睛被燃烧的爆竹灼伤，读书时的勤奋好学加剧了他的近视，小小年纪就戴上了眼镜。

他跑到码头上，一艘太古公司的轮船升着浓烟驶向大海。张家的二少爷注视着那艘轮船远去，最后消失在天边，什么也看不见了，只有停泊在港湾里的各种船只上，万国旗在迎风飘扬。听大姐说，大陆上已经见不到一面青天白日旗了，现在飘扬在天空中的是五星红旗。他们要去五星红旗下开始新的生活。张家的二少爷想，现在是一九五〇年的七月，他十岁了，十岁的时候他就要开始走一条陌生的新道路了。

没有什么人来向他们告别。人们根本不知道他们要离开殖民地回大陆去。母亲抱着湘九站在客厅里默默地看着窗外的雨景，小雨淅淅沥沥地下着，湘九的二哥穿着一身红色的球衣在雨中奔跑，金巴利道两边的树叶颤抖着，风吹来冷飕飕的，不像南国的夏天。一只海鸥低低地掠过海面，母亲觉得它像老家屋檐下飞过的燕子。

十六岁以前，母亲住在杭州城里的欢乐巷，燕子在墙门的门檐上筑了一个草巢。有一天，燕子啁啾的声音分外悦耳，一位北伐军的军官带着勤务兵走进了她的家门。母亲的父亲和叔叔坐在堂前，叔叔说，这就是建造笕桥机场的张军代表。母亲躲在厨房里烧水，茶炊在柴灶上噗噗地冒着热气，新摘的明前龙井清香浓郁。父亲喊她上茶，她一惊，溢出的茶水烫着了她的手。她将双手捧着茶杯，端到这位军代表的手中，军代表霍地一下起立，吓了她一跳。叔叔没有骗她父母，这个大她九岁的青年军官真的很有气派，真的是相貌堂堂。

母亲回避了后来的日子里丈夫带给她的无尽苦难。她去金陵城中探监，给他送牢饭。

她在夫子庙摆了一个摊儿，给黄包车夫们缝补破衣烂衫。秦淮河畔灯红酒绿，商女不知亡国恨。母亲一边缝补穷人的鞋袜一边默诵"朱门酒肉臭，路有冻死骨"的古诗。她只读过一年私塾，但是，她依靠这一年的私塾底子，学会了看书写信，学会了查字典。

有过那五年半叫天天不灵叫地地不应的日子，后来的颠沛流离生活也就变得容易忍受。

丈夫在印缅战场，她在重庆璧山的乡间抚育子女。从小就是城里人的她，养猪种菜过着俭朴而散漫的日子。偶尔进城与白崇禧的夫人、桂永清的夫人和周振强的夫人搓几圈麻将，输赢都是小小的，只是为了聊聊丈夫，互通信息。人们都说她的杭州菜做得好吃。有一天，一位来自延安的将军说，什么时候请我们吃一回你亲手做的菜啊，张夫人？她点点头，窘得说不出话来。没想到过了两天，几位从红岩山上下来的先生果然登门造访。她记得，自己手忙脚乱地烧出一桌江南小菜，第一杯酒先敬长者。她说，必老，谢谢您光临寒舍。必老抚须而笑。他转身对来自延安的那位将军说，苍柏啊，你说得不错，张夫人勤劳朴素名不虚传。

眉清目秀的苍柏将军给她留下深刻印象。他说一口带有浓重广东梅县腔的国语，气质儒雅，谈笑风生。后来他不止一次到过张宅，每一次都尊敬地称她张夫人。

母亲在迷蒙的雨丝中回想这些陈年往事，曾经显得遥不可及的人物变得清晰起来。她知道，苍柏将军已经担任了对面那座城市的市长。母亲遥望一桥之隔的边境口岸，如果她去拜访这位穿军装打绑腿的市长，他会不会像当年一样接待她？

街对面的三五牌香烟广告画和电影海报被风吹得簌簌作响，孩子们排好了队，跟着父母去照相馆拍一张全家福。雨停了，父亲穿着一身白色派力司西装，阳光下显得很醒目。母亲身着一袭蓝底子小白花的旗袍，手上戴一只缅甸玉的镯子。他们在炫目的灯光下站好，父母坐在中间，湘九被父亲抱在膝上。一九五〇年七月十四日是湘九满月之日。满月之日照的这张全家福，既是湘九和父亲第一次照相，也是最后一次照相。

　　湘九后来看到这张相片时总有一种不可思议的感觉，他长得太像这个人了！这个微笑着，眉宇间有一种淡淡忧伤的男人怎么可能是他的父亲？同学们说，你是反革命的儿子，你阿爸像凶神恶煞一样，买香烟从来不付钞票的，还要打卖烟的老太婆一个耳光。

　　这张照片的质量很不错，每个孩子的神情都那么自然，只有大人的眉间，锁着一些迷惘和哀愁。父亲请照相馆印了好几张，分别给自己和妻子、大一点的子女们留作纪念。十六年之后，大陆上的几张照片都被扔进火炉，烧成了灰烬，唯有仲君把照片上的人头一个个剪下来，缝进了一件囚徒的棉袄里面。仲君从位于浙北牛头山的劳改场出来时，已是一九八〇年的夏天，赤日炎炎之下他却非要带着这件打满补丁的旧棉袄回家。当他小心翼翼地拆开棉袄，取出这几张被剪成一小片一小片的照片时，弟弟妹妹们都用难以置信的目光看着他。已经身患绝症的母亲没有哭，她苦笑了一下，说，你啊你，真叫作"人还在，心不死"！

　　那天从照相馆出来，父亲叫唐文斌去看房子。父亲说，这件事，你必须保密，绝不能让夫人知道。父亲知道唐副官经常向夫人打他的小报告。在重庆、南京和汉口时，只要他走进舞厅，唐副官就会寻找种种借口离去，过不了多久，夫人和柳南就会不请而至。那时候，不管他在和谁共舞，和某位党国要员的太太，或者和一位女界领袖民主人士，都不得不立即停下旋转的舞步。母亲坐在舞厅的火车座上，沉下脸说，你去跳啊，尽情地去跳，不要让别人笑话我是来干涉你的社交活动！他很尴尬，真的很生气，他只好带着他的大女儿柳南重新走进舞池。

　　但是这一次唐文斌没有再打小报告。唐文斌按照他说的地址往竹园村走，越走越觉得脚步沉重，走着走着，眼泪不由自主地淌下来。他看到远离市区繁华之地的山脚下搭着一些木屋棚户，一些孩子在煤渣堆上追逐嬉闹，几根晾干竹竖在山道旁，上面挂满滴着水的衣服和尿布。唐文斌觉得这个地方还不如他湖南省安乡县老家的城关镇。城关镇有飞檐挑角的百年祠堂，有店铺一家挨着一家的古街新巷，这里却只有贫穷肮脏的酸臭味。唐文斌伤心地坐到一块石头上去，看着一个瞎子坐在算命的旗幡下打瞌睡。一只瘦骨嶙峋的猫喵喵地叫了两声。唐文斌跺跺脚，对逃开去的猫说，鹤公怎么可以搬到这里来？宁愿回洞庭湖乡下去种田，宁愿回去坐牢，也不能住到这种地方来！

唐文斌回到金巴利道，见到夫人他就想打小报告，话到嘴边又硬生生地咽了回去。他知道夫人带着孩子们回去，今后的生活是个未知数。经历了大新银行这场劫难后，夫人能够带走的家财已经屈指可数，到了这种地步，鹤公怎么还能住在金巴利道的公寓里呢？唐文斌知道他不能再让夫人增添新的痛苦和烦恼了。鹤公对他说，我给你一点钱，你自己去做点小生意吧，或者去工厂打工也行。唐文斌说，我哪里也不去，我跟着你去住竹园村。

鹤公说，暂时不去竹园村了，仲君要留下来，在这里读书。要是仲君给他母亲写信诉苦，她会带着孩子们跑回香港来的。

鹤公皱眉蹙首地想了半天说，换一套小的公寓房吧，有两个房间就成，我住一间，你和仲君住一间。

一九五〇年七月十五日早晨，罗湖桥上站着两个英国兵，还有两个红巾缠头的印度籍警察。天色灰蒙蒙的，一股铁丝网锈蚀的气息弥漫在桥的四周。桥下的水静静地流淌着，几茎浮萍随波逐流。一个妇人带着一群孩子从桥头走来。孩子们有的好像还没有睡醒，走路跌跌绊绊，有的落在后面东张西望。

他们走到蓄着大胡子的印度警察跟前时，警察说，排好队，排好队，一个一个排好队！警察把他们带到一幢灰色的房屋前，门口挂着镶英文的铜牌牌。柳南轻声告诉母亲，海关，出入境事务处，还有检疫局。母亲脸色苍白地瞧着警察胸前的卡宾枪，瞧着屋子里正在举起双手打哈欠的移民局官员，抱着湘九的胳膊上起了一层鸡皮疙瘩。

屋子里的人在叫他们。柳南说，姆妈，我们进去吧。母亲站着不动，她的神情恍恍惚惚。柳南轻轻地推她一下，姆妈，他们不耐烦了。母亲就势在湘九的屁股上拧了一下，她说，湘九饿了，要吃奶了，你们先进去吧，过了关在那边等我。母亲转身离开了他们，往桥下走去。

一个英国兵朝她瞟了一眼，做了个询问的手势。母亲又拧了一下婴儿屁股，婴儿在她怀里大哭起来。母亲把一只手放到旗袍的衣襟上，做出开怀喂奶的动作，英国兵恍然大悟地耸了耸肩。母亲迅速地下了桥，从他们眼前消失了。天色依然灰蒙蒙的。一个英国兵递给另一个英国兵一支三五牌香烟，烟雾笼罩了他们的金发碧眼。

湘九后来一直想不明白：为什么所有的哥哥姐姐都是办了护照等正式手续离开香港，唯独没有给他办理？湘九不知道这是父母商量过的事情呢，还是母亲的临时决定。他不敢问。他觉得这好像是一件讳莫如深的事情。在他开始懂事以后相当漫长的岁月里，在中国的许多人的家里，都有一些讳莫如深的往事。他们努力地把这些记忆和疑惑埋藏在心底最深处。

当母亲从一处面很窄水很浅的河道涉过去时，她的膝盖以下，小腿到布鞋全湿透了。出生才一个月的湘九停止了哭泣，他看到母亲在向一个年轻人招手，年轻人怔了怔，飞快地走到铁丝网前。那时候母亲蹲在河边松软的泥沙地上，竭力把一道铁丝网的口子掰大一些，尖锐的铁刺划破了她柔嫩的手臂，鲜血迅速地渗出来。年轻人问了母亲一句话，母亲点点头。年轻人在铁丝网的那一边跪了下来，用他健壮有力的双手撑开这个口子。襁褓里的婴儿就这样被塞过铁丝网，落到了年轻人的怀里。湘九睁大眼睛，好奇地看到一枚红星帽徽，他还看到年轻人背上闪亮的枪刺，刚升起的太阳在刺刀上跳跃着。

他们看到母亲从背包里拿出一件黑色外套。

母亲将头上的发髻松开，一头卷曲的长波浪挡住了她的半边脸孔，穿上黑色外套后，她又将脚上湿透的黑色布鞋脱了，从背包里拿出一双白色高跟皮鞋换上。当母亲重新出现在罗湖桥的桥头时，她好像年轻了十岁。她袅袅婷婷地迎着英国兵和印度警察走过去，走到那幢灰色房屋前点燃了一支美丽牌香烟。刚才向她打过手势的那个英国兵已经在抽第二支烟了。他怎么也想不到她和那个给孩子喂奶去的妇人是同一个女人。他向她吹了一声口哨。

他们不需要太高的警惕性，不必太认真。一九五〇年在他们的心目中，只有从对面跑过来的人，没有从这里偷渡过去的人。

一辆黑色的轿车停在口岸附近的一家旅馆门口，一男一女两个干部模样的人走上楼梯。他们很礼貌地敲门，他们说，是张夫人吗，欢迎您回来。母亲拘谨地坐在床沿上，将屋内的两把椅子让给他们坐。母亲叫柳南带着弟弟妹妹们出去。柳南站在走廊里，隐隐约约听到他们的对话声。

张夫人，听边境检查站说，您带过来一些文件？男干部说。

不是文件。母亲向他们解释，是信件，我先生让我带回来的一些信件。他说这是朋友间的通信，老朋友，有的是十多年前写的，有的更早些，也有两封是近年的。

可以让我们看看吗？女干部温和地说。

母亲犹豫了一会儿。她觉得这两个人不大懂礼貌。这是她丈夫和朋友之间的私人信件，连她自己也没有打开看过。丈夫在他们分手的前一刻才把这些信件交给她，他说，遇到什么万不得已的情况时，可以去找这些写信的人。

但是她不得不把这些信件拿出来。他们向她出示了证件。他们是从羊城过来的公安干部。这些信件放在一只讲义夹中，有些纸张已经泛黄。母亲把讲义夹交出去时双手微微颤抖。她翻阅了一下，放在前面的几封信多是用毛笔写的，有的字迹潇洒狂放，有的遒劲有力。母亲看到几位写信人的姓名，她感到晕眩。她将身子往后缩着，声音里出现了一种乞求：我想自己保管这些信件。

让我们看看再说吧。女干部的声音仍然很温和，但是有一种不容违抗的意味。

女干部从她手里拿走了讲义夹，她没有看，而是直接交给了那位男干部。男干部迅速地浏览一遍，脸色变得肃穆凝重。他合上讲义夹。母亲看着他，他看着窗外。窗外，天空高而清澈，微风吹动着广场上空的五星红旗，孩子们在旗杆下嬉戏。母亲听见湘九在二姐怀里哭闹，二姐在喊大姐，大姐你来抱他吧，我抱不动啦。母亲想哭，但是她的脸上仍旧维持着一种可以称之为微笑的表情。

对不起，男干部回过头来说，这些信件不宜外传，我们替您保管更合适。

母亲坐在床上一动不动。她脸上的笑容已经凝滞。两位公安干部尴尬地坐在那里，母亲听见女干部说，很抱歉，这是我们的工作，希望得到您的理解。母亲打断她的话说，不用解释了，这里面的第一封信就是你们市长写的，我明白。男干部说，这跟市长没关系，请您不要误会。母亲说，我没有误会。母亲又说，跟市长没有关系，跟省长跟中央有关系没有？莫非是迈之先生的主意？男干部吃惊地站了起来，面露难言之色，他搓着手想了想说，这样吧张夫人，我们向上级汇报一下，什么时候可以让您自己保管了，我们就给您送去。

母亲不再说话，她从床头柜上拿起美丽牌香烟，抖瑟瑟地顾自点燃了一支，她吐出一口淡淡的烟雾说，好吧，不送你们了，我们明天就回老家去了。

孩子们看着这两位干部回到黑色轿车上去。风吹过来他们的说话声，女干部对男干部说，迈之先生是谁？跟我们的工作有关系吗？男干部向四周看看，把眼光落在了孩子们身上。几秒钟后，他竖起大拇指朝天上捅捅，对女干部说，上车吧，不该打听的人和事，你就不要打听了。

广播里《步步高》和《金蛇狂舞》的乐曲给张家的几个大孩子留下深刻印象，母亲在上火车之前带着他们最后一次浏览了南国羊城。他们在凉爽的马路上和洒扫干净的公园小径上缓缓而行。母亲让他们在黄花岗七十二烈士纪念碑前列队鞠躬。他们呼吸着椰子树和木棉花的芳香。柳南遥指着一个门口有士兵站岗的大院子说，弟妹们，还记得我们家就在那里面吗？弟弟妹妹拉着她和母亲的衣裙嚷嚷，我们要回那里去，要回我们住过的房间去看看！母亲恍若隔世地瞧着那里，原先是广州行营，现在牌子上写着华南军区的字样。母亲说，把这里的一切都忘了吧，你们再也不会回到这里来了。

湘九在她的怀里挣扎，他向前扑出身子，仿佛听懂了她的话，要把这座大院印到脑海里去。湘九的小姐姐拍着他的小脸说，你一天也没有在这里住过，你看什么呀。

他们在黄昏时分上了火车。美丽的南国的黄昏。那时候没有什么民工潮，车厢里很冷清。车笛渐远，月台寂寞，幽暗的灯火伴着他们走过村镇乡野。火车要开两天两夜，然后才能到达母亲的老家。

老家是钱塘自古繁华参差十万人家的杭州城。那里潮涨潮落，西子湖畔充满风的喧哗、雨的絮聒、鸟的噪鸣。小巷的石板路高高低低，墙门上布满深深浅浅的苔藓。杭州有母亲的母亲，还有母亲的两个哥哥、一个姐姐，还有几户远房亲戚，母亲说，他们都一直依靠我，依靠了十几二十年，母亲对她的大女儿柳南说，现在我们要去投靠他们了。

绝地行走

二

杭州皮市巷一百号·井字楼五号

湘九吓得哇哇大哭那天，已经过了三周岁。他看到小舅姆趴在皮市巷一百号的井圈里面，两只手紧紧抓住井圈，披头散发，像一个女鬼。外婆在堂前呼天抢地地哭：作孽啊，让我摊上了这样一个儿媳妇！母亲抱着湘九站在井圈旁，劝小舅姆上来已经劝了半个钟头。小娘舅坐在天井里一张竹椅上，沉闷地抽着烟。今天的事件又一次令他无地自容。小舅姆骂他是个挨千刀的，明明从小就有小肠气，还讨什么老婆?!

小娘舅文绉绉地说，我是有疝气病，不能使你满意，但你也不能不守妇道呀！你怀的是谁家的杂种？不知羞耻的女人呀，你还要以死相挟！

母亲把湘九放到地上，跑进屋子去倒了一杯茶水。母亲出来时看到湘九扑在井圈上，抓住小舅姆的手。小……小舅姆，怕……我怕，湘九抽抽噎噎地说不清话。小舅姆仰起脸，推开他。滚，她说，新社会了，你们还想骑在劳动人民头上作威作福？祝家的事轮不到张家管！

母亲气得说不出话。本来想把茶水给她喝的，现在咕嘟咕嘟自己喝下去。孩子们都躲在厢房里不敢出来。皮市巷一百号是个大墙门，进门有块黑黝黝的屏风，一个很大的天井，正房厢房加起来十来间。小娘舅身子弱，没有工作，大娘舅一家也过得紧紧巴巴，看到妹子从香港回来都住到了一起。母亲带回来一点钱财，眼看着坐吃山空一天天少下去。母亲知道，这两个月给他们的钞票少了，这也是小舅姆寻衅跳井的一个原因。

大娘舅比小娘舅的胆子更小，抗战胜利时妹夫给他介绍了一个管被服仓库的工作，他却不敢去做。他说责任太重，那些服装鞋帽都是军用品，他还说自己见了扛枪的人就害怕。因为害怕，现在他历史清白，将来盖棺论定，一辈子都是劳动人民。但是，他们吃妹子的饭并不害怕。

遇到这种事，大娘舅大舅姆理所当然地躲在厢房里不肯出来。

母亲已经说得唇干舌焦，她在堂前和天井之间走进走出，走得精疲力竭。湘九就在这时叫出声来，湘九说，姆妈，大……大姐！湘九看到，井圈里的小舅姆脸一下变得煞白。大姐在财经学校读书，星期天才回家，今天不是星期天。

厢房的门都打开了，连大舅姆的女儿阿贞也跑了出来，他们都用期待的眼神看着大姐。大姐先进堂屋，柔声细气地问外婆，外婆，谁又惹你生气了？然后绞了一把热毛巾，给外婆揩脸上的泪水。外婆絮叨着今天发生的事情，外婆说，作孽啊，祝家的脸都被她丢尽了！

大姐回到天井来了。母亲拉住她，长辈的事你不要插嘴，她推开母亲。大姐盯着小舅姆的脸说，跳呀，快松开手，跳下去呀！你把脚踩在井壁凸出的砖头上干啥，你往后退一步给我们看看！

母亲说，柳南你给我闭嘴。

柳南不闭嘴。她坚持要小舅姆跳下去。小舅姆猛地往上一蹿，飞快地爬出了井圈。你们逼我死，我偏不死了！她尖叫着往外走。柳南一把抓住她，你丢人丢得还不够吗？你要一条皮市巷的人都来看你出丑?！小舅姆无力挣脱，只好瘫软到了地上，发出断断续续的呜咽声。柳南嫌恶地看着她微微隆起的小腹，转过脸对小娘舅说，你们明天就去办离婚手续，马上打发她走！

一场闹剧暂时结束了，母亲长长地叹了一口气，坐到藤椅上去。柳南开始跟她谈自己的想法，她想去一趟香港。母亲起先感到惊讶，慢慢地陷入沉思。张家的孩子们曾经在战乱中不断地迁徙，上学断断续续，柳南到了二十二岁才完成学业。她想参加志愿军到朝鲜去没有去成。她认为这是父亲和仲君滞留海外给她带来的影响。因此她要再去一趟香港，将他们动员回来。柳南说，政务院总理讲过几次话了，欢迎阿爸他们这些旧军政人员回来，保证来去自由。

母亲已经不抽美丽牌香烟了，现在抽的是飞马牌，价钱便宜些。她在袅袅烟雾中回想这位总理的音容笑貌。

那是抗战胜利后，在南京，她住在忠岚里，对面就是周公馆。她和周先生夫妇不止一次有过交往。柳南的几位同学上了军统的黑名单，柳南央求母亲帮助他们逃出去。母亲在父亲酒醉酣睡的夜晚拿到了他身上的保险箱钥匙，偷出两张国防部特许通行证。母亲对一位学生说，你千万别去梅园新村了，对你对他们都很不安全。柳南的同学垂泪而立，向她深深地鞠一个躬。母亲站在窗前，望着他们离去，迅速地消融在黑夜中。长江上空吹来凛冽的寒风，一艘小船载着他们悄无声息地驶向对岸，对岸有一个根据地。母亲叹一口气对她的大女儿说道，陈毅先生喜欢写诗、下围棋，喜欢你们这些读过书的青年人。

母亲当然不希望柳南去当志愿军，她害怕枪林弹雨、冰天雪地。她想，柳南归根结底是个大小姐，一个大小姐如何在这样的环境中生存？母亲摘下耳环，摘下戒指，又去里屋拿了一只首饰盒出来。你去跑一趟当铺吧，穷家富路，一路上要小心些。柳南点点头，眼眶里盈满泪水。母亲在心里叹息。她想，让她去一趟香港也好，三年多了，也该有人去看看她父亲和仲君了。

小娘舅从外面回来时天早已黑了。他脸色酡红，至少喝了半斤绍兴加饭，他和妻子下午办了离婚手续，然后就去多益处酒家共进最后的晚餐。小娘舅还在那里唱了一曲《霸王别姬》，他是杭州城里小有名气的票友，擅长旦角。他们在多益处酒家尽兴而归，临分手时小舅姆却又提出了新的要求，说是给她的分手费太少了，她要回皮市巷100号。

小娘舅进门时看到桌上的首饰，眼睛亮了亮。母亲的心立刻哆嗦了一下，她镇定着自己说，她要多少，她还想要多少？小娘舅说，不多吧，她要回娘家的盘缠，还要一年的生活费。母亲的脸白了。已经给了她坐月子的费用，给了她租房子的钞票，难道我们前世欠她的？小娘舅把头低了下去，背脊弓得像一只大虾米。他嗫嚅着，不给她就赖在墙门口不走，巷里的人都过来看热闹了。

柳南站了起来，她拍了一下桌子，小娘舅睁着茫然而惊惶的眼睛看她，退到门外去。母亲来不及拦住她，柳南把腕上的欧米茄女表摘了下来。拿去，够她两年的生活费了！柳南把表扔过去，小娘舅手忙脚乱地扑上去接住。小娘舅的脸涨得通红，他似乎想说什么，又说不出什么，终于跺了跺脚，快快地走出墙门去了。

　　湘九依稀记得大姐重返香港那天的情形。清晨，皮市巷一百号倾巢而出，隔壁邻舍也来看热闹。两辆黄包车停在那里，一辆坐着大姐，另一辆坐着他的二姐三姐，她们送大姐去火车站，她们的手里都抱着大小包裹，都是带到香港去的土特产。二姐三姐拎起一只金华火腿说，大姐，这是我俩用历年的压岁钱买来的，你一定要告诉阿爸和大哥！皮市巷一百号隔壁是个大杂院，大杂院前面就是解放街了，大杂院的孩子们淌着鼻涕羡慕地看着她们，一个叔叔在派出所当警察的大孩子耸起鼻子说，有什么好眼红的？她们吃苦头的日子马上就要到了！

　　这个大杂院里住的大多是工人阶级。那时候有一个工人阶级的女儿还没有出生。两年后，她出生了，然后在一片阶级斗争的口号声中茁壮成长。若干年后，这个叫作小娣的黄毛丫头，成为中国女排的名将。

　　几十年后湘九跟小娣说起这天的情景，小娣却已记不起那个大孩子了。她用怀疑的眼光瞧着湘九说，那时候你才多大呀，你能记得这么清楚？湘九神色黯然地没有回答，小娣的脸色也暗淡下来了，她说，算了吧，一个人的脑子里哪能记着那么多事情呢？你累不累啊大哥。

　　湘九之所以记得，很主要的一个原因是：大姐走了，他们也走了，离开了这座宅院。柳南满怀着动员父亲和大弟弟回来参加新中国建设的愿望抵达香港之时，母亲带着外婆和孩子们搬出了皮市巷一百号。母亲托人给小娘舅找了一个在银行里做茶房的工作，他搬到银行的集体宿舍去了。大娘舅一家搬到众安桥长庚里。母亲搬到井字楼五号，那是一幢灰色的二层小楼，说起来也算是洋房了，面积却比皮市巷一百号小了许多，因此，把皮市巷一百号这座宅院卖了再买进井字楼五号，还略有盈余。

　　母亲的心里其实很矛盾，希望家人团聚的同时，她又害怕丈夫和大儿子真的被柳南动员回来。皮市巷一百号隔壁那个大孩子说的话很快就应验了，从营房里开出来一辆辆越野卡车，呼啸着驶过街头。隐藏在角角落落的"历史反革命"，还有"一贯道"之类，都被检举揭发出来，押上卡车送进牢房。松木场方向隔三岔五传来枪毙人犯的乒乒枪声。

那些夜里，母亲睡不着觉，一支接一支抽烟，她的脸上出现了许多细碎的皱纹。警车的叫声使她心惊胆战。本来不念佛吃素的她，开始跟着外婆烧香拜菩萨。有一天杨师母悄悄地来看她，杨师母说，周太太的丈夫周振强也被逮捕了。

杨师母的丈夫杨若鹏是黄埔一期生，毕业后到黄埔教导团任排、连长，后随国民革命军第一军北伐，屡建战功，一九三二年任第五军二六四旅少将旅长。"一·二八"淞沪之役，杨若鹏率部与十九路军并肩作战，在保卫大上海的战斗中英勇负伤，升任副师长。抗战中期，他担任过九十一军中将副军长，胜利后任淞沪警备区副司令。他与汤恩伯合不来，脾气耿直与汤貌合神离，终于在一九四八年冬天弃职而去，迁居杭州。

杨若鹏刚被抓走，周振强又被捕。母亲愣怔怔坐在那里，一句话也说不出来。

周振强和杨若鹏是浙江诸暨同乡，也是黄埔一期生，当过孙中山先生的卫士。抗战初期，他任教导总队第一旅旅长，率部参加淞沪会战、南京保卫战，也算一名骁将。在重庆时，他任战时干训团中将教育长，重庆卫戍区第三分区司令。母亲和周太太彼时诸多交往。内战爆发，他任浙西师管区司令，却被三野七兵团打得落花流水。母亲寒抖抖地说，周家的公子、千金不是都参加了解放军么，怎么一点不起作用啊？

杨师母颤巍巍地抹着眼泪说，你糊涂了，你真是急糊涂了，人民政府强调老子是老子、儿子是儿子，何况两个小兵兵儿，划清界限还来不及，哪敢说一个不字呢？

又惊又怕的母亲真是有些糊涂了，她说，你们当年在诸暨捐钱捐物办学校，教出来的学生中有不少新四军三五支队、金萧支队的干部，他们也说不上话？

说不上话，杨师母瘫在椅子上说，说得上话也不敢说。

母亲叫杨师母去请周太太，她要请她们在井字楼五号吃一餐饭，老姐妹们说说话，相互有一点安慰。母亲拎着菜篮子跨出门，看到井字楼八号的阿金大姐倚在门边，她穿着双排扣的列宁装，手里正编织着一件毛线衫。阿金大姐比她年轻，未开口先堆起了一脸笑容。她说张师母，你去买菜啊，家里又来客人了？

井字楼八号是个大墙门，在母亲的印象中，几户人家也都跟资产阶级沾一点边。阿金大姐要跟母亲一起去菜场，母亲和她边走边谈。母亲说来的是从前一起搓麻将的老姐妹。阿金大姐说,她们叫什么名字,家境如何?

她们走到菜场,母亲在一个鱼贩子跟前站住。她说,鲫鱼的价钱比前天贵了两成啊?鱼贩子说,这两天军营里的人增加了,他们买去不少鲫鱼,剩下的自然物以稀为贵么。母亲买了一条鲫鱼又去买青菜,青菜也贵了一点。母亲说青菜怎么也贵了?菜贩子朝小车桥监狱方向努努嘴,那里要的量多,但是利薄啊,只好在这里稍微多赚一点。

母亲肯定没有想到,她和鱼贩子、菜贩子的对话,都会被纪录下来,交到孩儿巷派出所去。阿金大姐脸上堆着笑容,精神高度集中,竖起两只耳朵,一字不漏地听他们说话。三十年后,湘九偶然看到了自己的档案,真是大吃一惊。湘九实在想不明白,这些乱糟糟毫无价值可言的材料,怎么都会塞进自己的档案袋来?他猜想派出所管档案的人一定是个半文盲,读过的书比他还少。阿金大姐在母亲和小贩的对话后面都打上了问号,建议有关部门研究一下:这个女人是不是在搜集军队和监狱方面的情报?

阿金大姐可能不是自告奋勇担任这项工作的,档案上注明她是一名"眼线"。她要成为一名积极分子,因此将派出所布置的任务看成一项神圣的使命。曾经有数不清的这样的人,因为得到如此这般的信任而无比激动。张家住在井字楼五号的那几年,她几乎做到了日夜监视,事无巨细都有汇报,湘九档案里厚厚的历史纪录就是明证。

毫无疑问,孩儿巷派出所的警察比起广州公安那一男一女两位干部,对张某人及其家属的了解要欠缺一些。他们走进张家时,沉重的大头皮鞋踩得红漆地板咚咚响,身上斜挂的二十响盒子枪晃晃荡荡。他们让湘九的母亲站着,自己坐在堂屋的椅子上。他们说,你要老老实实彻底坦白,要检举揭发你的丈夫!那时候张家还有一位小保姆阿珍,是个从绍兴乡下逃婚出来的哑巴。哑巴给夫人倒了一杯水,却不给派出所的人倒。派出所的警察说,哑巴你是劳动人民,怎么一点阶级觉悟没有!阿珍却听不懂。阿珍朝她的东家竖竖大拇指,意思她是好人,又朝警察跺跺脚,表示自己的愤怒。警察们很生气。他们说,看样子这哑巴不能在这里呆下去了,她已经被收买了,叫她回乡下去吧,嫁给贫雇农去。

小小年纪的湘九跟着阿珍去看母亲时,母亲已经被带到派出所整整一天。墨汁淋漓的大幅标语覆盖了整个墙面："坦白从宽，抗拒从严，首恶必办，胁从不问。"湘九看到母亲依壁而立，神情淡漠，仿佛已经将一切置之度外。湘九扑向母亲，一名女警察拦住了他。女警察拍一下桌子说，再问你一遍，你从香港回来了，你男人为什么不回来？母亲去抱湘九，跟跄了一下，差一点跌倒在地。她扶着墙壁说，男人的事我怎么管得了？她盯着女警察的眼睛，一个字一个字地告诉她：我是响应周恩来先生的号召回来的，不是来做特务的。

杨师母和周太太在家里等她，见她终于回来了，便拉住她的手不放。屈辱的泪水吧嗒吧嗒地从昔日的将军夫人们脸上掉落到地上。母亲反而平静下来了，拍拍她们的肩说，快吃饭吧，我可饿了一天了。母亲问她的二女儿，外婆知道我今天去了哪里吗？二女儿摇摇头说，她在楼上，耳聋，听不到楼下发生的事情。阿珍把手放在脸上做了个睡觉的姿势：外婆吃过晚饭上床了。母亲对二女儿说，你去请小娘舅来，替我写一份揭发检举书。

杨若鹏的夫人、周振强的夫人吃惊地看着张夫人。张夫人惨然一笑。她说，这一关谁也躲不过去。吃饭间的灯光昏暗，墙上映出她摇曳的身影，显得单薄而柔弱。她摇了摇头，又重复一遍：这一关谁也躲不过去。

杨师母、周太太心事重重地回家去了。夜深人静，小娘舅就在这昏暗的灯光下替母亲写揭发检举书。母亲回忆着丈夫的履历，每一段历史都有血与火的映照，使她的心很疼痛。她说，其实早在北伐战争时期，丈夫便与白崇禧熟悉，他的队伍配合白将军攻克南京汤山，战功卓著。她跟丈夫结婚的介绍人是她叔叔。叔叔是一名建筑设计师。当年，建造筧桥机场的军事代表与民间营造商交往时因贪污索贿而被查办，陆军航空署署长徐培根就派他的副官来接替这项工作。筧桥机场造好以后，中国空军从那里起飞迎击入侵的日本飞机，第一天就打下六架敌机。

母亲在幽暗灯光的阴影下回忆起父亲的少年朋友。有一个人名叫邓洁。邓洁是财主家的少爷，父亲是小长工。父亲因为丢了牛而逃离家乡后，邓洁考进长沙兑泽中学。后来在街头相遇，已成翩翩少年的邓洁对他说还提什么赔牛不赔牛的事呢，迟早有一天天下大同，世界都是穷人的！

一九二六年，"三一八惨案"发生了，段祺瑞向示威群众开枪。有个机智勇敢的年轻人跳墙而出，奔赴北京沙滩红十字会，居然弄到救护车开回铁狮子胡同抢运伤员。母亲喜欢听父亲讲邓洁的故事。他说，当时李大钊先生赠给邓洁一首诗，开头两句是：邓生今杰士，英名天下闻。

小娘舅摘下老花眼镜说，这个朋友现在何处？

母亲皱紧了眉头，想起一九四〇年，新华社电讯传来延安的消息，说是中央直属财经处长邓洁同志荣获边区特等劳动模范奖状。母亲记得那是在重庆郊外的璧山，一家人围着火锅吃饭，父亲哈哈大笑说，早知如此，我俩都留在家乡好了，他一定可以成为大财主，我跟他干，起码也会吃穿不愁吧？

母亲说，胡宗南进攻延安时，延安成立了一个中央纵队，杨尚昆任司令员，邓洁任副司令员。现在，不知道他去哪里了。母亲还回忆起父亲的另一位少年同乡颜昌颐，是南昌起义的"前敌军委委员"，后来，在海陆丰，彭湃当师长他当政委。母亲说，颜昌颐的父亲与她丈夫的父亲同为家乡的落魄秀才，世代耕读，忠厚传家。颜昌颐一九二九年夏天在上海被捕，就义时年仅二十九岁。一年多后父亲被捕。戴笠先生始终怀疑他们之间有什么关系。

湘九的小娘舅放下了毛笔。停，他说，你给我打住。他跑到客厅去，将大门上的司必灵锁咔嗒一声摁下了保险。小娘舅转回身说，你的脑子出毛病了吗，你这是在揭发检举你的丈夫么？

房间里只有他们两人，母亲终于彻底垮了下来。她茫然地看着她的小阿哥，半晌，凄凄惨惨切切地说，你说该怎么写呢？

把他的历任职务写出来，然后就抄报纸。小娘舅重新戴上老花镜，想了半天说，报上多的是声讨的词汇。

小娘舅是个民间书法家，他的行楷俊逸清秀，底蕴深厚。吃饭间里香烟缭绕，小娘舅奋笔疾书，一挥而就。母亲看着白纸黑字，感到自己沉没在某种无边的黑暗中。她竭力回想父亲的罪行，想起他曾经有在外面拈花惹草的嫌疑，她跟踪他，跟他大吵大闹，他踢了她一脚，踢在她的腹部。

后来的几十年里母亲经常向子女们提起这一脚，她觉得，这样才能减轻一些自己对这份揭发检举书的内疚。

小娘舅把这份揭发检举书留在家中，又抄了一份让母亲交到派出所去。交上去的那份想必一直躺在某个档案柜里，已经尘封了半个世纪。留底的这一份倒也很派用场，张家的后代们经常在交待家庭历史时将其作为蓝本。

母亲庆幸自己把柳南送回了香港，因此而避过镇反运动的高潮。如果柳南在，依她的性格脾气，不知道会闯出什么祸。阿弥陀佛，母亲在瑟瑟发抖的夜晚拥被而起，望着供桌上的观世音菩萨轻声祈祷。井字楼旁边是浙江日报馆，月亮的清辉照着门口的哨兵，枪刺上映出的白光令人寒意阵阵。孩子们在床上发出梦呓声，母亲感到自己挑不起一副重担的孱弱无力。

不寐之夜，母亲又一次想起父亲交给她的那个讲义夹，那些写信的人天天出现在广播里和报纸上。要不要去找他们，寻求他们的庇护？母亲一次又一次地询问自己，一次又一次地自我否定。士可杀而不可辱，母亲想她不是什么"士"，终究还是一名将军夫人啊。

思前想后的结果是，她终于彻底打消了这个念头。

外婆去世时湘九没有哭。湘九惊奇地看到家门口点着两株树灯。不是外国人过圣诞节用枞树做的灯，而是木柱子上伸出几枝枝杈，上面插满蜡烛。那时候杭州的风俗，老人去世了要女儿点树灯，外婆有两个女儿，所以点了两株树灯。

外婆躺在堂前的一块床板上，瘦伶伶的身躯好像干瘪了，缩短了几十厘米。红烛高照，木鱼声声，母亲请来几位和尚念经超度。湘九看到姆娘哭得泪人儿似的，母亲则坐在外婆身边，抚摸着老人家枯柴一般的手。湘九想外婆的手一定冰凉冰凉，情不自禁地打了个寒噤。母亲的嗓子已经哭哑了，看着外婆时，那神情好像困倦地面对一派空旷深沉的漠野。

姆娘住在茅廊巷菜场附近，干爷从前是布店的跑街先生。这个跑街先生虽然是绍兴人，却一点没有师爷头脑，脾气倔得跟湖南人一样。他得罪了布店老板后就去拉黄包车，一天的收入只能供一家人吃六谷糊，还吃得半饥半饱。

树灯在井字楼五号门口点了好几天，因为要等柳南回来最后见外婆一面。柳南到香港去了几个月，带回了仲君，却没能将父亲动员回来。她知道自己当不成志愿军了，就报名去支援东北重工业建设。谁也改变不了她改造自己投入时代洪流的决心，她被分配到吉林的一家砖瓦厂做会计，那里离朝鲜战场倒是不远。

仲君骑着一辆兰令牌自行车荡来荡去。自行车把手上吊着一副拳击手套。仲君有一帮小弟兄，高义泰布店的小开、盐桥箱子店的少爷等。湘九听到他们把拳击运动称作"打抱柯心"，湘九想来想去想不通，为什么不叫拳击而叫"打抱柯心"？

即使在外婆去世的日子里，已经到了二十岁的仲君也帮不上什么忙。他总是在回想过去的生活，他对别人不叫他的母亲夫人或者太太，而是叫张师母也很不习惯。在学校里，别人总是用看留级生的眼光看这个大龄中学生。他的成绩勉勉强强。他觉得自己是个"华侨"。他穿着一件花衬衫，头发梳得油光光的，靠在溜冰场的栏杆上，看一名少女从他们身边走过。他打个响指，对高义泰的小开说这位小姐"反司"长得不错。

父亲在办理外婆的丧事时寄来了最后一笔钱。许多年后，唐副官来到了杭州，他们才知道，柳南带着仲君重返大陆的第二天，父亲和唐副官就搬到了竹园村。山道幽暗，漂浮着垃圾的溪涧缓慢地流淌。父亲在黄大仙庙门外摆了个地摊，将他的西装、马靴和一些生活用品出售给路人。唐副官说到这里就说不下去了，抽抽噎噎地哭得像个妇人。已经流干了眼泪的母亲说，你哭吧，哭出来心里好过一些。唐副官于是号啕大哭。

刺骨的寒风，雨中夹着雪花。湘九看到张家和祝家的人都穿着黑色布鞋，鞋面上镶着白布，鞋后跟钉着红条条。他们跟在外婆的棺材后面往赤山埠走，一路走一路撒落飞扬的纸钱。大姐戴着黑色剪绒帽，穿着绗过线的紧身棉袄，很像宣传画上开康拜因的女机手。大姐瘦了，脸孔被东北风吹黑了，长满冻疮的双手显得很粗糙。当她看到年幼的弟弟妹妹拖拖沓沓地跟在母亲身后往山坡上走时，她的眼神变得更加忧郁和暗淡。

外婆的墓地附近有一户农舍，母亲进去拜托他们照料坟冢。湘九看到大姐拿出一张钞票，送到一个憨厚的村夫手中，这户人家就成了祝家的"坟亲"，几十年常来常往。过年时，他们送来一条鱼或一袋番薯，母亲回赠钞票或者粮票、布票。湘九从这里学会了善待乡下人。后来的岁月中他结交了不少这样的乡下人，当更加艰难的日子来到他们身边时，母亲使他深刻地体会到有一句古话真的是教益无穷：礼失而求诸野。

从外婆去世到第二年的春天，父亲没有来信，也没有再寄一分钱。父亲失踪了，从这个世界上彻底消失了。愁眉紧锁的母亲到处打听，欲寄彩笺兼尺素，山长水阔知何处？看到寄去香港的信件一封封被退回来，母亲觉得自己都快崩溃了。因此，听说姐姐的小儿子要去澳门学生意时，她急急匆匆地赶到了茅廊巷菜场。

湘九看到姆娘家住的茅舍门前挂着"光荣人家"的红牌牌。湘九知道二表哥在朝鲜当志愿军。本来大表哥二表哥都可以当志愿军的，但是他们被解放军俘虏时，二表哥只有十六岁，是个新兵，大表哥二十岁出头了，已经是少尉军衔。少尉也不是不可以留下来，大表哥却不想留。大表哥吹牛说，如果他的姨父愿意拉他一把，他早就是上尉连长了。因为吹牛，他将在后来的岁月中付出沉重的代价。他打了一辈子光棍，离开人世时家徒四壁。

一群少先队员在帮姆娘家搞大扫除。一个少先队员对另一个少先队员说，城市里怎么还有茅草屋呀？被问的女孩子臂上挂着两道红杠，是个中队长，中队长说，你是资产阶级小姐，一直住在西湖边的洋房里，所以你不了解劳动人民的痛苦。资产阶级的小姐被她说得羞愧地垂下了头，那个女孩子仍不放过她，她说，你要改造世界观，和你的家庭彻底划清界限！

母亲惊讶地听着中队长的训话，觉得这哪像是一个十来岁的小姑娘。母亲想，茅草屋里有什么可以打扫的，连一扇玻璃窗都没有。少先队员们把夯实的泥地扫了一遍，风吹进蓬门荜户又浮起一层尘土。皇帝也有三门穷亲戚，干爷就是给有钱人做穷亲戚的典范。干爷的兄弟姐妹都在早年去了海外谋生，他们合股开的同慎兴南北货行专营国货，享誉港澳与新加坡、马来西亚。干爷却说，穷家难舍，故土难离，很不把那些"假洋鬼子"放在眼中。但是，他老了，拉不动黄包车了，终于，不得不让他的小儿子去澳门的同慎兴酱园店做学徒了。

姆娘正在发愁小儿子的盘缠，母亲将她拉进灶间，母亲说，这是最后一根条子了，你拿去银行兑现罢。姆娘说，妹子，我们一家拖累你十几年了，你姐夫是一个扶不起的阿斗。姆娘的个子比母亲高，精瘦地站在灶头旁像根晾干竹。母亲唯恐这根黄澄澄的金条被堂屋的少先队员看到，将它塞进姆娘手里，转身离去。姆娘跟到门外，阳光照得她眼花，一种想要哭泣的温情在她浑身上下荡来荡去。母亲说，你叫他长个心眼，一定要想方设法去寻找他姨父。姆娘抹着泪花说，你放心吧，我叫他托同慎兴的人都去打听。

湘九记得那一年小表哥十五岁，十五岁的少年背着铺盖离开了杭州。他的手里拎着一个网线袋，里面是湘九二姐送给他的一只脸盆。脸盆里还有几本书，还有一支关勒铭金笔。这是湘九二哥送给他的，二哥说，这支笔是我唯一值点钱的东西，如果你在澳门实在过不下去，就把它卖掉，也许能换一张回到广州的车票。

后来回想起来，湘九眼前总是出现这样一个画面：他郁闷地看着小表哥走向月台，走上火车，车头喷出的浓烟使他变得影影绰绰，如同梦幻，烟雾消失了，他也消失了。

哑巴阿珍的哭声像号炮一样惊醒了午睡的湘九。他蹑手蹑脚走到阿珍住的小房间门口，听到母亲在苦苦劝她。母亲说，我给你找个合适的人家嫁过去，又不是送你去坐班房，你哭什么？湘九从门缝里看到阿珍用手比划吃饭的动作。她伸出两根手指，今天中午吃了两碗饭；她缩回一根手指，从晚上起，她只吃一碗就行了。母亲抬起哀伤的眼睛凝视着她的手指，咬着牙齿不让泪水掉下来。我会在乎你多吃一碗饭吗？她说，你就是一口饭都不吃又解决得了什么问题？我雇不起你了，知道吗，阿珍？再说迟早你总是要嫁人的！

母亲问阿珍，你对男方有什么要求，要有钱的，还是要年轻健壮的，或者有文化的？阿珍泪眼婆娑地拿起一支粉笔，趴在地板上画了一个男人。这个男人穿着军装，一只脚高一只脚低。母亲疑惑地看看地上的画，又疑惑地看看她。阿珍的脸红了，她将手抬起来，在胸前比划着。湘九在门外笑起来。他已经看懂了阿珍的画，母亲却没有看懂。阿珍只好又蹲下去，在那个男人的胸前画了几枚军功章。

母亲终于恍然大悟。原来阿珍已经有了意中人。这个人就坐在报馆的传达室里，人们都叫他"排长"。据说，排长的一条腿在朝鲜战场上被炮弹炸断了，因此，他光

绝地行走

荣地坐在传达室里，每个月的工资和抚恤金加起来，比一般的编辑、记者还多。

湘九踮脚下了楼。他想起排长在黄昏时分拖着一条假腿慢吞吞地走到对面，站在吴山堂门口的树荫下。阿珍牵着他的手，穿着母亲送给她的花缎子棉袄，黑平跟皮鞋，扭扭捏捏，左顾右盼，然后穿过法院路走到了排长身边。湘九舔舔嘴唇，仿佛又尝到了大白兔奶糖的甜味，在这样的浪漫时刻，排长每一次都给他两颗糖。

湘九想去看看，今天排长是否站在吴山堂门口？

他拿起一张小凳子，搬到门前，然后站到凳子上，他的小手使劲地扭动司必灵锁，咔嗒一声，把门打开了。中午的井字楼周围很安静，法院路上梧桐树绿荫蔽日。湘九望着吴山堂尖顶上的十字架，感到肃穆的氛围。他一步步向前走，走到井字楼的路口，犹豫了一会儿，吴山堂门口没有人。

一阵风琴声从教堂里传出来，吸引着他。二姐带他进去过，唱诗班的孩子们给他留下深刻印象。神父戴着黑色的阔边帽，站在台上画十字，大家一起说"阿门"。湘九觉得教堂像戏院一样有趣。湘九走到了法院路的路中央，他的小脸上漾起梦幻般的笑容。

一辆大卡车在法院路上飞快地跑着，司机在冷清无人的街道上开车放松了警觉。当他看到一个小孩突然出现时，他惊骇极了，手忙脚乱地踩刹车。事情几乎在同一时刻发生，一个骑自行车的年轻人冲到卡车前面，他从车上跃起扑向孩子。当汽车带着巨大的惯性冲过去时，司机惊恐地抬起一只手捂住自己的脸。急刹车的声音尖啸着划破天空，车停下了，司机久久地不敢睁开眼睛。

排长从报馆里一拐一拐地跑出来。神父从吴山堂跑出来。还有众安桥小学的几位老师，他们以百米赛跑的速度冲向现场。他们看到年轻人是从井字楼方向冲出来的，他抱着孩子，艰难地从地上站起来。

湘九觉得一切如在梦中。他看到年轻人头上的帽子破了，帽徽沾上了土。久已泯灭的记忆复活了，他好像回到了襁褓里，在钻过铁丝网的那一刻看到的第一件东西，就是这颗红星。他的耳膜被各种人嘴里发出的惊叹声和笑骂声震得嗡嗡响，茫然而又害怕地抱紧年轻人的脖颈，叫了一声"大哥哥"。

这个"大哥哥"很腼腆。新鲜的血液涌上他的脸孔，他垂下头，任凭暴跳如雷的司机大骂。司机以为他是湘九的大哥，他不为自己辩解。司机说你们都昏了头了，让这么小的伢儿跑到大马路上来！他却对司机说，对不起，让您受惊了。

当街上的喧闹声传进井字楼五号时，母亲霍地站起，湘九呢，她问哑巴阿珍，他睡醒了没有？阿珍跑进卧室，跺跺脚，惊慌失措地跑回来。母亲转身跑到楼下，看到大门敞开着，门边有一张小凳子。母亲和阿珍迎着人群跑去。人群散开了，那位年轻的士兵一手抱着湘九，一手推着自行车走向她们。

那天晚上湘九发烧到三十九度，医生给他开了阿司匹林，他在睡梦中叫大哥哥。仲君走到他身边，他醒了，他推开仲君说，救我的不是你这个大哥哥。母亲把他抱在怀里，母亲说，那个大哥哥回兵营去了，他说还会来看你的。湘九说，姆妈，我长大了也要当兵，也要做大哥哥那样的人。母亲笑了，眼泪却止不住地淌到他的身上。

半个世纪以后，湘九在一本书的后记里写到他的童年和理想。他说，这件事一直留在他的记忆里，成为卖火柴的小女孩在冬夜里看到的一束火光。他认为，"人生的理想和信念往往产生于童年，此后的岁月只是不断地对此进行修正、完善和发扬光大罢了"。

这个士兵没有再来。也许不久就调防了，也许井字楼八号的阿金大姐已经告诉他，张家是一户不宜交往的人家。当然，不一定是井字楼八号的阿金大姐，其他地方也有阿银大姐阿铜大姐。湘九闷闷不乐地坐在家门口发呆，他想念着那个穿军装的大哥哥。

十七岁的三表哥秋生来了，秋生说，我有个同学当兵了，我带你去兵营里找他吧。

湘九骑在秋生肩上，秋生带他走进皮市巷旁边的乌龙巷。乌龙巷里其实没有兵营，只有一座看守所。秋生的同学是公安兵，戴着苏式钢盔，挎着冲锋枪，威风凛凛。

士兵宿舍的整齐划一给湘九留下经久不衰的深刻印象，二十多年后他穿上军装，每到一处军营首先看内务。他看到老式的楼房里，士兵们的床铺就是地板，洁白的粗布床单上摆着方方正正的绿色军被。铺位对面是一排靠墙摆放的枪械，墙上挂着一只只钢盔。一间宿舍一个班，一个班只有一张小桌子，桌上如同士兵列队似的摆着牙缸牙具，每一支牙刷都朝着同一个方向。湘九惊讶于那里的干净整洁，这座看守所不仅没有使他害怕，反而有一种温煦的感觉。他记得天井里阳光明媚，士兵们都对他很亲切，秋生的同学快乐地带着他们参观，对于这个简洁朴素的新家充满了自豪感。

湘九没有找到救他的大哥哥，他拉着每个士兵的手叫大哥哥。秋生想看看看守所里关押的犯人，他同学为难地摇摇头。湘九说，我也想看看，杨家伯伯和周家伯伯是不是关在这里？秋生的同学吓了一跳，哪个杨家伯伯和周家伯伯？他问湘九，湘九说杨若鹏、周振强。秋生的同学神情紧张地想了一会儿，将他们送到大门外去。他说，他们怎么可能关在这里呢？他们也许早已被送到北方去了，说不定就在北京。他们在战犯改造所学习，那里待遇比这里好得多，一个礼拜吃两次肉。

湘九对秋生说，我要将他说的话早点告诉杨师母。

杨师母住在皮市巷新开弄五号，门口有四眼井。杨家的小儿子在井边打水，看见湘九就跑过来。湘九说，你阿爸在北方，一个礼拜吃两次肉。杨家小儿子愣了愣，拉着他的手回家去。母亲已经坐在那里跟杨师母聊天。杨师母对湘九说，你今年五岁半还是六岁了，你居然敢到监牢里去打听杨家伯伯的情况了？湘九看看胖乎乎的杨师母，她手里拿着一串佛珠，慈眉善目的脸上带着忧伤的神情，湘九的心里忽然有些难过。您放心吧，他说，我听那个当兵的大哥哥说，他们是受优待的，经常可以出门参观学习呢。

香烟缭绕的观世音菩萨座下放着一封信，杨师母说这是杨先生寄来的。果然如湘九所说，他到了遥远的改造所，和周振强当"学员"。那里吃得饱穿得暖，每天早晨出操，跟兵营差不多。杨先生说，改造思想是应该的，就是互相检举揭发不习惯。有些人简直没有一点道德原则，把什么罪过都往别人身上推。

母亲陪着杨师母长吁短叹。杨家小儿子找东西给湘九玩，他家的孩子都大了，什么玩具也没有。杨家的小儿子说，你在家里玩什么？湘九摇摇头，我家里也没有玩的东西，主要活动是在百草园里抓蛐蛐儿。百草园？杨家小儿子感到不可思议，难道你是童年的鲁迅吗，你家哪来的百草园？湘九说，从井字楼一号到六号，六户人家后面有个共同的小园子，种着一些花花草草，我二哥说，这个园子就是我们的百草园。湘九还说，二哥的蛐蛐盆儿都是自己做的，用的是横河边的黏土，二哥还会做矿石收音机。

杨家小儿子露出了羡慕的神情。新开弄五号是个大杂院，小小的天井里铺着石板，自然抓不到蛐蛐儿。杨家小儿子从抽屉里拿出一柄短剑。他把这柄短剑从刀鞘里抽出来给湘九看，他说，这是我阿爸留下的纪念品，你不要告诉别人。

湘九好奇地看着这柄短剑，玳瑁的剑柄很漂亮，短剑上刻着"蒋中正赠"四个字。湘九只认识一个"中"字。他不敢用手去摸剑刃，只是摸着剑柄爱不释手地看。他想把剑插在腰上，那样子一定很威风，可是他的腰上连一根腰带也没有。

母亲在唤他了，杨家小儿子未及拦住，他已经跑到母亲身边。母亲看到他手上的短剑，脸色刹那间大变。你怎么还保存着这个东西？母亲责备杨师母。杨师母也变了脸色。她骂小儿子，你从哪里翻出来的这柄中正剑？你想找死啊！她的小儿子沮丧地垂着头，把短剑交出去时，眼眶里有晶莹的泪珠儿在打转。湘九觉得是自己闯的祸，想替他求情，可是看到母亲的脸色那样难看，他不敢开口。

母亲是来跟杨师母商量搬家问题的，母亲说，湘九的阿爸杳无音讯，这个家维持不下去了。母亲打算卖掉井字楼的房子，然后租房子住。杨师母建议她搬到新开弄五号来。新开弄五号最里边还有两间房空着，一间在楼上一间在楼下，杨师母说她和房东的关系不错，租金好商量。于是母亲和湘九跟着她去看房子。打开房门，闻到一股陈旧腐朽的气味，地板上爬着蚂蚁，墙上有蜘蛛网，光线十分黯淡，湘九看到母亲闭上了眼睛，好像要哭的样子。

母亲抱着肩膀在空荡荡的朽木地板上走了几步，突然睁开眼睛。好吧，她对杨师母说，你去和房东商量，我家孩子多，吵，请他多包涵些。她的双手仍抱着肩膀，好像感到身上很冷似的。只有两个房间，她喃喃地自言自语，如何住得下这么多人？

杨师母拿出一个绸缎被面，要母亲带给哑巴阿珍，说是送给她的结婚礼物。杨师母说，男方来过没有，打算怎么娶她过门？母亲叹口气说，他老家在江北乡下，自己一个人住在报馆宿舍，还有什么好讲究的？我请你们吃餐饭，给阿珍做套新衣裳，也就算尽了心了。母亲告诉杨师母，她跟排长和阿珍商量办他们的婚事时，阿珍哭得很伤心，她说她也没有什么亲人了，他们逼她小小年纪嫁人时，已经恩断义绝。阿珍只

绝地行走

当自己从小是个孤儿，张夫人就是她的母亲，报馆宿舍离井字楼很近，她会常常过来侍奉"干娘"。母亲说，当着排长的面，她把手上的一枚戒指给了阿珍，也算是一件嫁妆吧。

这是母亲手上的最后一枚戒指，从那以后，她的身上再也没有出现过任何首饰了。排长和阿珍弯下腰，恭恭敬敬地给她鞠了一躬。那天，排长穿着一身压箱底的新军装，脸上的胡须刮得精光。

在湘九六岁之前的记忆中，家里有十几双皮鞋，其中有一双中间白两头黑的男皮鞋，湘九经常趿拉着走来走去，感到十分神气。衣橱里还有十几件大衣，有的镶着狐皮领子，有的是海勃绒。他六岁时，收购旧货的人背着大竹篮，一趟一趟地进出家门。皮鞋一元钱一双，大衣五元十元一件，这些东西统统被他们背走了，大竹篮用不着了，他们又拉来了一辆辆大板车，搬走大橱、写字台和圆台面桌子。小娘舅红着眼睛站在堂前，拍着写字台说，良心啊良心，老黑檀木的台子，桌面镶的是太湖石，你们出的价钱却简直跟抢劫一样！被人称作朝奉先生的旧货老板嘿嘿地冷笑着说，好！东西确实是好！但是卖给谁呢？这年月，有钱的人不敢买，无钱的人买不起啊！

后来到了晚年，母亲坐在青盖瓦泥地下的堂屋，一件薄薄的旧棉袄打满补丁。过年了，母亲把子女们叫来，凑足五元钱给她做了一件的确良包棉袄布衫。大年初一早晨，杨师母等几位老姐妹来拜年了，母亲把头发梳得整整齐齐，清清爽爽地出现在她们面前。母亲说，我穿得还算体面吧！我享子女们的福了！

六岁的湘九站在井字楼五号门口，看着隔壁六号家七岁的大春吃饭。大春的外婆拿着饭碗，一匙一匙地喂他。大春不吃，外婆说，大春啊，我的乖外孙啊，听外婆话，吃饱了你才会慢慢地长大。湘九感到祖孙俩很滑稽。他说，大春你怎样才会长大呢？你看看，我早已长大了！

湘九觉得自己确实长大了。他的心里已经有了忧伤。他站在萧瑟荒凉的冬日百草园里，看着树枝上和墙角的积雪，回想夏天的时光。夏天，二姐在这里种下的一株海棠花开了，二哥在这里捉到两只花蝴蝶，做成了标本夹在课本里。欢声笑语尚在耳畔，冬天已经来了，一切都结束了，海棠花不再盛开，蝴蝶也不再飞舞。湘九想，我还会回到这里来吗，还能重新见到这里的夏天吗？

湘九的忧伤不无道理。几年后他再来看大春时，这座百草园成了地方国营杭州民生药厂的一部分，一堵高高的围墙把童年的嬉戏之处变成了彻底的梦境。

湘九看到二姐把一些餐具从旧货贩子手里夺回来。二姐抱着那几个湖蓝色的餐盘和碗盏落下辛酸的泪水。这些精致的餐具是从香港带回来的，英国货，父亲把它们作为圣诞节礼物送给四个女儿。半个世纪过去之后，湘九在六十八岁的二姐家里看到硕果仅存的两只盘子，它们在餐厅的枝形吊灯下依然发出玲珑剔透、晶莹细致的光亮。湘九对二姐说，每次出国我都想买一套餐具给你，都怕托运行李时打碎了，不敢买。二姐摇摇头说，再好的东西也代替不了它们，它们已经成为我家的文物了。

这天晚上下雨，雨打着窗外那株梧桐树的枝叶，小娘舅愁眉苦脸地等待着妹子最后的决定。举凡张家祝家的大事，大娘舅从不出面，他只在他的女儿阿贞交学费时才到井字楼五号来一趟。阿贞已经十八岁了，在化工专科学校读书，这也是做小姑妈的一笔负担。小娘舅说，我找了几家买主，没有一个出的价钱超过一千元。

一千元，卖一幢二层小楼，听起来像天方夜谭，那时候却是千真万确。不卖，日子如何过下去？除了柳南已经参加工作，其余的孩子都还在上学。二女儿初中毕业了，音乐老师说她嗓子好，天生的女中音，建议她去北京报考中央音乐学院附中。仲君闹着要去广州读书，那里有所著名的专门招收华侨子弟的大学，对于港澳回来的学生可以降分录取。母亲取出自己的私章，在卖房协议上盖下去，惨淡的月光照着她，面色如土，一袭白色的睡袍在穿窗而入的夜风中伤心地飘拂。哥哥姐姐们都怪小娘舅，说他根本不懂生意经，轻而易举地让他们失去了栖身之地。唯有湘九站在小娘舅一边。他知道小娘舅是个老实人，他无奈地生活在这个时代的漩涡中，除了随波逐流别无选择。

湘九同小娘舅最有感情。小娘舅叫他"幺儿"，这是湖南人对小儿子的称呼，本来只属于父母亲。小娘舅可怜这个满月就离开了父亲的小外甥，跟着妹子如此称呼他。星期天，湘九总是跟着小娘舅去建国中路的所巷一家面店吃面。小娘舅吃完一碗肉丝面后油光满脸，翘起了兰花指咿呀喂呀地唱起《贵妃醉酒》，开面店的老陈摇头晃脑地拉着京胡为其伴奏。湘九为他们的唱腔所打动，觉得那哀怨的声音如水一般在周围流淌着，时间就这样缓缓地过去了。

一千元到手那天，仲君登上了去广州的列车。他似乎还没有意识到自己早已成了一个破落户的飘零子弟，他像一名挣脱了封建家庭束缚的大少爷那样向往自由的天地。自由也是一柄双刃剑，把握不好就会杀伤自己。一年后，他在校园里提"意见"。他说，你们宣传来去自由，为什么我来了却去不得了？人们很快就调查出了他的全部底细。这个纨绔子弟绝对不满现实，他和高义泰的小开、和盐桥箱子店的大少爷们是一丘之貉。他们经常聚在一起发牢骚，甚至想逃出去投奔资本主义社会。他们说不定就是特务分子，终究摆脱不了被一网打尽的命运。

哑巴阿珍出嫁那天，柳南来信向母亲汇报了对自己终身大事的想法。她已经是个大龄女青年了。后来，在湘九看到的档案材料上，记载着井字楼八号的阿金大姐和吉林砖瓦厂某个类似于阿金大姐的人对她的看法，说她交往过不少男青年，因此而断定其"风流成性，很可能会以色相引诱革命干部落水"。可怜的柳南绝对想不到档案上会对她如此评价，虽然北国的风霜雨雪已经使她冷静和成熟了许多。柳南说，厂里有个青年技术员正在热烈地追求她，但是她觉得不合适。因为他是一名孤儿，是革命烈士的后代。柳南说她有一位中学时代的老同学，快从朝鲜回来了，这个老同学的祖父是地主，父亲是一个曾经留学东洋的铁道工程师，也许基本相仿的家庭背景不至于造成今后不平等的地位吧。

谁也无法判断柳南选择的对错。母亲将柳南带到家里来过的男同学筛选了一遍又一遍，居然没有发现一位是合适的。一九四九年以前来过张家的男同学基本上是些穷学生，家里常常为此要开两桌饭。这些穷学生离开了张家后便杳无音信，再出现时已经穿着军装，带着警卫员，也有的穿着中山装穿着三接头皮鞋，路过张家目不斜视，似乎不认识他们了。母亲幽幽地吐出一口烟，对哑巴阿珍说，大小姐的命不如你好啊，其实她才是个丫头的命。哑巴阿珍似懂非懂地点点头，泪流满面。

杨师母周太太都过来吃阿珍的喜酒，阿珍的喜酒同时也是张家与井字楼五号告别的宴会。周太太说，她的儿子和女儿很快要复员了，他们都长得高高的，像周先生，他们参军后在八一队打篮球。现在不需要他们为军队打篮球了，他们准备回家找对象，将来教自己的伢儿踢皮球。

杨师母向哑巴阿珍道喜，阿珍身穿干娘的花缎子旗袍，窈窕婀娜，容光焕发，好像换了一个人。她终于苦尽甘来，找到了人生的归宿。她说要给报馆的拐脚排长生一个大胖儿子，将来也当兵，当排长。

湘九依偎在哑巴阿珍身上，他惆怅地想到这是他最后一次依偎在她怀里了。阿珍是张家的最后一个女佣，许多年后，她依然为自己在张家做过女佣而感到骄傲。她对红卫兵小将们说，张家的勤务兵、保姆和主人同桌吃饭，张家不准他们称呼孩子为小姐、少爷。小将们要打她，让她和过去的主人站在一起接受批斗，她逃走了，一边逃一边挥着手哇哩哇啦，意思她说的全是真话。

那天晚上母亲喝了半斤绍兴黄酒，面色绯红，站起身向男方的亲友们敬酒。有人说她是哑巴阿珍的东家，她摇摇头，现在还谈什么东家西家？她说，说不定很快我要去给你们做女佣了。说这番话时，她的脸色很平静，反而把别人的心里搞得很潮湿。有几位客人是男方的老战友，他们穿着挂军衔的新军服，挎着三角皮带，个个精神焕发。母亲说，到了我上你们家做女佣那天，还请多包涵。原先神气活现的几位客人，倏然沉默下来，一种柔软的东西在昏黄的灯光下游动。他们甚至不敢抬头看她的眼睛。报馆的保卫处长后来对人说，他看到一种深藏不露的惊天动地的阅历在这个妇人的泪花后面闪闪烁烁。

冬天的小巷里人迹稀少，百草园在惨淡的月光下缩成一团。小娘舅又喝多了，他翘起兰花指，扭动着瘦伶伶的水蛇腰，唱词儿是"总有这角枕锦衾明似绮，只怕那孤眠不抵半床寒"。他的观众只有一个湘九。湘九觉得小娘舅的身躯单薄如一张纸，被园子里的寒风吹动着，发出簌簌的声响。屋子里乱糟糟空荡荡的，一些日用品都已放进纸箱，二姐三姐小姐姐的床也搬到新开弄五号去了，她们蜷缩在地板上度过井字楼的最后一夜。母亲坐在一张竹椅上，靠着墙抽烟。她的烟抽得那么凶，烟雾袅袅，好像都进了她的眼睛。柳南的信被风吹落在地上，翻卷着，如同凋零的几片落叶。

只有二哥还在看书。他在十五瓦的暗淡灯泡下看书。他的嘴里念念有词。他学的是俄语，这种语言需要把舌头卷起来，或者抵住上腭再让舌头打个滚儿，他总是打不好。因此，他十分努力十分勤奋地在练习着，一遍又一遍地练习。

夜的寒风将少年的朗读声吹出窗外，如泣如诉。

三

新开弄五号·大塔儿巷幼儿园·紫金观巷小学

一辆三轮车走走停停，接走一个个上幼儿园的伢儿。男伢儿女伢儿兴高采烈地坐在车上，大声歌唱"找呀找呀找朋友，找到一个好朋友，敬个礼呀握握手，你是我的好朋友"。一个伢儿坐在墙门口的门槛上，眼泪汪汪地看着他们。车上的伢儿说，你为啥不和我们一起上幼儿园？他说，我家没钱，交不起学费。

这个伢儿就是湘九。湘九在搬到新开弄五号后真正地体会到了什么叫作城市贫民。有一天夜里他在床上打滚，一个劲儿地叫姆妈，姆妈，我肚皮疼煞了！母亲说怎么会肚皮疼呢，你又没吃什么不消化的东西！湘九的脸上冒出了虚汗，胃部一阵阵痉挛，他呻吟着，仍然说肚皮疼。杨师母过来了，她摸摸湘九的额头，没有发烧，她又按一下他的肚皮，肚皮瘪塌塌的，杨师母说，他饿坏了，赶快给他烧一碗六谷糊！

二姐二哥三姐和小姐姐都从床上起来了，他们羡慕地看着母亲把六谷糊送到湘九手里。黄澄澄的六谷糊散发着香气，湘九被烫得龇牙咧嘴，但是他一刻不停地狼吞虎咽。哥哥姐姐默不作声地看着六谷糊一匙一匙消失在他的嘴里。这个过程其实很短暂，他们的感觉中却漫长得无法忍受。母亲说，幺儿，你肚皮不疼了吗？湘九点点头，不疼了。哥哥姐姐们绷紧的神经一齐松弛下来。小姐姐第一个跑进厨房，其余的孩子跟进去时，看到她已经端起了钢精锅往嘴里倒，三姐一把夺下钢精锅，稀薄的六谷糊从小姐姐嘴角淌下来。小姐姐舔着手指说，给我留一点啊，我只吃了一口，真的，一口！

涕泗滂沱的小儿子请求母亲送他去上幼儿园那一幕情景，使新开弄五号的邻舍们都红了眼圈。杨师母跟母亲说，你就带他去报名吧，横竖一年后就能读小学了，要不，这一年的托儿费我出！母亲沉默了许久，换上一件旗袍，又拿起梳子梳湘九的头发，母亲说，你是生到张家来讨债的，张家前世欠你的是不是？

　　幼儿园在大塔儿巷，离新开弄不过三四百米。两扇黑森森的铁门给湘九留下一生中挥之不去的深刻印象。这是一九五七年夏天，报上刊登着一条新闻：一位发表右派言论的人士坐上了一辆黄包车，拉黄包车的师傅却叫他下来。黄包车夫说，你是什么人，你配坐我拉的黄包车吗？！报道旁还配了一幅漫画，发表右派言论的那位先生大腹便便，狼狈不堪，黄包车夫义愤填膺，充分显示了人民群众的爱憎分明。湘九就在这一天走进大塔儿巷幼儿园，幼儿园的领导会不会欢迎他？

　　彼时的湘九确实沉浸在梦幻般的欢乐中，他看到一位女教师身边簇拥着一群家长和小伢儿，那些伢儿大多比他小。女教师问伢儿们的姓名，然后叫他们数数字。一个男伢儿数到八，接下去变成了十三，女教师皱起眉头。男伢儿的母亲气得脸上发红，她把儿子拉出人群，就站在教室门口教训他：八后面是九，你怎么说成十三？我真的被你气煞了，你这个十三点！

　　她的骂声影响到许多孩子的临场发挥，他们对女教师的回答因此而变得结结巴巴。排在湘九前面的两个伢儿，一个数到八，然后说八后面是九，不响了，九后面呢？女教师和颜悦色地问他。他低下头，犹豫不决地想了十几秒钟，终于抬起头来大声地说：九后面不是十三！

　　另一个伢儿显然成熟些，他跟湘九同年，住在新开弄的弄尾，患有小儿麻痹症，一条腿粗一条腿细，弄堂里的伢儿都叫他"跷拐儿"。跷拐儿口齿伶俐，从一数到四十三，然后才卡了壳。女教师问他，你父亲做什么工作，他说他阿爸是木匠，做五斗橱，做写字台，做椅子；如果弄堂里死了人，他骄傲地说，棺材也会做的！女教师笑了，周围的人都笑起来，家长们说，这个小跷拐儿真聪明。

　　湘九穿着小姐姐穿过的花衬衫，他的模样也跟女伢儿一样腼腆。当他飞快地报出从一到五十这一串数字后，周围的人们都安静下来。女教师摆摆手，打断了他。女教师说，你看看这间教室里现在有多少人？湘九环顾四周，说，七个大人，八个小孩，一共是十五个人。刚才考完了三个孩子，没有考完的还有几个？还有五个小孩子，湘九说，如果他们和三个家长一起离开了，那么就剩下九个人了，其中四个是大人，五个是小孩。

你是杭州人吗？你的普通话是谁教的？

我二姐教的。湘九恭恭敬敬地回答女教师。我二姐去北京了，她是女中音，老师说她一定能考上音乐学院预科。

你父母在哪里工作？

湘九窘迫地抬起头看他的母亲。他看到母亲也在发窘，她垂下了头，额上的细碎皱褶都向上翘起，凉风穿窗而入，她的脸上却沁出一粒粒汗珠儿。老师，我能和您单独谈谈吗？母亲以一种乞求的声音向女教师说，女教师迟疑地点点头。那一刻她们的神情都很肃穆，周围的人因此而面面相觑。

毫无疑问，去幼儿园报名这一幕是他人生的第一场悲剧，湘九从这里读懂了人生如梦这个词汇。如果说正是这一天，使他感到了自己的命运从出生那一天起便与众不同，那么到了小学毕业再也不能上中学时，他就完全麻木了。他要感谢命运的安排，上学的愿望从幼儿园开始便受到了致命打击，因为这个愿望而淌出的泪水从此将不再来临。

你不是交不起学费，你是成分不好！

这句话是小跷拐儿说的，说完这句话，他从三轮车上吐下一口唾沫。唾沫准确地落在湘九的花衣裳上，接着，从他手里又扔出一把瓜子壳儿。三轮车上的男伢儿女伢儿都快乐地拍起手来，踏三轮车的叔叔回过头说，坐好，你们都给我坐好！唉，这么小的伢儿，怎么都学会了欺侮弱小？

为小跷拐儿的话所惊怵，湘九忍不住去问母亲，姆妈，幼儿园真的是因为我成分不好才不要我的吗？姆妈，什么叫作成分？

母亲愣怔怔地看着他，半晌无语。湘九默默地回到墙门口，又坐在了门槛上。

二哥放学回家了。二哥在寒冷的冬季里只穿一条单裤。他那不穿袜子的脚背在门洞的幽暗中泛出白光。湘九看到二哥颤抖着，眼睛里有一点火花在跳动。他把弟弟从门槛上拉起，一直拉到天井里，他说，你不要整天坐在这里丢人现眼，你要走你自己的路!

二哥给他布置了很多作业。有语文，有算术。秋凉了，大雁往南飞，一会儿排成一字，一会儿排成人字。二哥说，你到楼上的窗口去，看看天上，大雁是不是这样往南飞的？二哥要求他在一年之内学会加减乘除。二哥捣鼓着他的矿石收音机，说，等你上学了，我再教你做一个矿石收音机。

等到上小学一年级时，湘九已经学完了从一年级到二年级的全部课程。

柳南来信说她决定嫁给那个志愿军了，因为他快要回国。柳南说我们断断续续地通了几年信，最后总要有个结果。有一个重要的情况柳南没有告诉母亲，这个志愿军也是因为出身问题不适合在野战部队而是到了文工团里吹小号。有一天，演出时遇到敌机轰炸，给他造成了严重的脑震荡。在这个年代，他的受伤更使柳南别无选择，她的命运已成了定论。

二姐已经经过初试、复试，她的成绩非常好。一位老教授对她很欣赏，请她住进他家。

老教授的儿子叫他姐姐，老人们待她如同己出。但是二姐的心情却快乐不起来。她看到老教授每天都去开会，上级要他们提意见，回家后，老教授坐在书房里不停地抽烟，喝茶，他的脸上堆满阴霾。

二姐忘不了那一天，老教授把她叫进书房。老教授说，前几天，你被录取了。二姐喜极而泣。老教授又说，现在要求你主动退出。二姐的脸成了一张白纸。二姐的性格颇似母亲，她居然站起身，给老教授的茶杯里续了水，恭恭敬敬地送到他手里。她的手颤抖得那么厉害，茶水晃荡出来淌满了衣襟。她给老教授鞠了一个躬，噙着泪说，谢谢您，干爹，我永远不会忘记您的恩情。

老教授大恸。原先准备了许多话，自古天将降大任于是人也，必先苦其心志，劳其筋骨，饿其体肤，空乏其身，年轻人总是要经受一番苦难坎坷的磨炼方可成其事业等等，现在却一句也没派上用场。老教授诧异于这姑娘的理智和定力，她似乎早已对此有了心理准备。她好像还知道老教授已经戴上了一顶右派大帽子，知道单位里贴满了批判他的字报。

绝地行走

她的一声"干爹"，犹如惊雷。

二姐不愧为张家的孝子贤孙，十年后的大字报上有许多莫须有的罪状，唯有这一条没有冤枉她。在她秉承其父母的品格中，有一条是不能食言。如果有机会北上，她就会去看望她的干爹，伺候老人家。后来的岁月中老人家孑然一身，居住在一间四面漏风的小房子里，他躺在小床上，扳着指头计算干女儿到来的日子，她的到来使他感到人间尚存一缕温暖。

二姐回来了，虽然没上音乐学院预科，但她已经成为一位小有名气的业余歌唱家。她的初中时代的音乐教师龙骧开始孜孜不倦地追求她。龙老师比她年长十岁有余，父亲是一九四九年以前杭州城里著名的律师，两个哥哥是职业革命家，一九四九年之前，杭州法院路上的他家是地下党省委的联络点。龙骧老师还有一个哥哥、一个弟弟，那一年夏季已经提过"意见"。当他骑着一辆自行车，把湘九放在前杠上让他的二姐坐在后架上，嘎吱嘎吱地奔向花港观鱼，奔向虎跑和六和塔时，他的这两位倒霉的兄弟，已经开始没完没了地检查自己的反动思想根源。

阳光明媚。阳光在爱情来到的季节里总是明媚的。龙骧老师拿出一块塑料布，摊开在钱塘江的沙滩上，布上放着两瓶汽水、两个面包和几块巧克力。他是一个很洋派的艺术家。巧克力来自于他的从前当过游击队司令现在成为外交官的五哥。

海鸥低低地掠过江面，潮水泛着白沫轻轻拍打沙滩，他们的皮肤在那个夏季晒成了浅棕色。湘九后来问龙骧的弟弟小黑：为什么你被打成了右派你哥却能逃过这一劫？小黑认真地想了想，说，这要归功于你二姐，因为她长得又美丽又贤淑，我哥忙于追求她，忙得废寝忘食，他根本无暇关心政治，也无暇关心其他的一切事物了。

又美丽又贤淑的二姐坐在沙滩上，倾听潮涨潮落，倾听追求她的龙老师表白爱情。她的心情很矛盾。母亲旗帜鲜明地反对她和龙骧谈恋爱，不仅因为男方比她大十来岁，更因为她无法想象自己的女儿如何进入一个革命大家庭。

一个哥哥、一个弟弟被打成右派的事实缩短了两户人家的距离。一个月前还在夸夸其谈的龙老师突然变得沉默是金，不再提起他的家庭的光荣历史。有一天晚上湘九跟着二姐去太平洋电影院门口与他见面，湘九想看《赵一曼》却没能看到。龙骧愁眉紧锁，说话的声音很轻，他说，我家遭难了，遭大难了，父母亲都病倒在床上，北京的两位兄长也救不了这场灾难！龙骧拉起二姐的手，语无伦次地说，这段时间我恐怕不便去找你了，你再作一番考虑吧，我感到真有些对……对不起你。

那天晚上湘九和二姐回家很迟，进门后看到母亲坐在床上看报纸。报纸上登满了有关右派分子猖狂进攻的消息，龙骧的两位弟兄也名列其中。夜风萧瑟，糊窗的旧报纸发出不祥的簌簌声，母亲很费劲地从床上下来了，仔细瞧二姐的脸。母亲在华欧糖厂包了一天水果糖，她的双手变得粗糙了，原本丰满的双颊凹陷下去。她垂着腰，披上一件薄毛衣，抖瑟瑟地给自己点燃一支烟。你那位朋友的两个兄弟出了事，她说，这说明谁家里都不是保险箱啊。母亲把手放到女儿的肩上去，缓缓地移动着，抚摸着二姐冰冷的面颊。烟雾遮盖了她的表情，她在烟雾后面沉思。

抗战时我常从璧山去重庆，跟章伯钧罗隆基王造时他们都见过面的，母亲说，我是一个妇道人家，只能洗耳恭听他们的种种高论。

母亲咳嗽起来，三姐推门而入。三姐说，姆妈，我给你倒杯水吧？母亲挥挥手，回到你的床上去，她对湘九的三姐说，我和你二姐谈话，谁也不许偷听。

他们不过是些文人，要民主要自由，喊喊口号而已，他们不可能去推翻现在的政权。母亲走过去，关上房门。现在，他们都成了"敌我矛盾"，这里面一定有什么误会存在吧？我搞不清楚。母亲又咳嗽起来，摁灭了手里的香烟，她说，你现在不要疏远他家，尽管我不愿意结这样的亲家，但是，现在人家是困难时期，我们不能显得势利……

湘九记得那天夜里，他和二姐睡在一起，他听到二姐在被窝里啜泣。他伸出手去，摸到了二姐脸上的泪水，一种令人戳觫的浓重阴影笼罩着整座城市，二姐却不是因为害怕而啜泣。二姐为她的母亲哭泣，她知道母亲身上承担着多么大的精神和物质压力。母亲对她说，给你大哥写封信去，问他为啥很久不来信了？你告诉他，沉默是金，这个时候不要讲话，什么话也不要讲啊。

华欧糖厂的包装车间有三十来名临时工，都是女的，湘九的母亲年龄最大。她们围坐在一张大长方桌旁，把盒子里的糖果拿出来包上糖纸。那时候没有什么机械化流水线，女工的手就是流水线。

一粒糖果卖一分钱，包糖果的工钱能有多少？母亲最高的一天收入是五角五分，天冷了，屋子里生起一只煤球炉，年轻的女工做一会儿，走到炉子旁去烘烘手，暖和一下。母亲的手脚慢，她舍不得费这个时间，因此，她的双手长满了冻疮。湘九跟着母亲进入车间，中午把家里带去的冷菜冷饭放在煤球炉上热一热，二姐三姐小姐姐都对他说，一定要热一热，否则姆妈的胃病会加重。

湘九很想吃一粒糖。他已经很久没有吃过糖了，他回忆起自己吃过的最后一粒糖，是在井字楼吃的。大春吃糖的时候，给他吃了一粒。包装车间有那么多糖果，他可不可以吃一粒？

正是吃中午饭的时候，母亲终于坐到了煤球炉旁，火光映红了她的脸，她端起饭盒。饭盒里有几片酱瓜、一块腐乳，这几乎是她每天中午雷打不动的下饭菜，而在从前，她喜欢吃一些做工精致的菜肴。

当湘九将他稚嫩的小手一寸一寸移向桌上的糖果时，他看到一双鼓励的眼睛，这双眼睛来自一位漂亮的女工，她是哑巴阿珍的同乡。她从阿珍那里知道这个孩子，像阿珍一样喜欢他，同情他。女工向他使了个心领神会的眼色，伸出手将一粒糖果向他面前移过去一点。那是一粒还没有包上糖纸的软糖，白白的，花生牛轧糖。

湘九迅速地把糖放进嘴里。

一个耳光突然打来，将他嘴里的糖块打落到了地下。湘九惊恐地看着母亲，气愤、恼怒以及恨铁不成钢的伤心，使得母亲浑身颤抖。你太不像话了！你……你给我滚出去！"母亲骂他。母亲把他按倒在长方桌上，她高高地举起手，打他的屁股。那位漂亮的女工拦住她，哀求她，孩子这么小，吃颗糖算得了什么！求求你，别把他吓坏了！她一把拉起湘九，把他抱在了怀里。一股黑暗空虚的感觉充满了湘九的全身，他睁开眼又闭上，那时候他感觉不到脸上的疼痛，他确实被突如其来的雷霆之怒吓坏了。

人生刚刚开始，湘九便承受了道德的重负。他看到母亲从口袋里掏出一分钱，拉着他走到车间主任跟前。母亲低下头，向车间主任作检讨。她说子不教母之过，我儿子的行为令我深感惭愧。车间主任摇摇头，把手放到抽泣着的湘九头上，深深地叹了一口气。张师母，这件事不要再提起了，他说，这孩子将来会有出息的。

这一分钱，放在母亲的掌心里，沉甸甸地闪耀着白光。从那以后，在漫长的岁月里，每当湘九面对财物的诱惑时，眼前就会出现这一片白光，一片让他深深感到敬畏的白光。夜幕渐暗，街旁的路灯投下同样惨淡的白光。母亲带着湘九回家，一步一步走得那样沉重。那天的穹宇灰昏，犹如一块巨大的尸布。西子湖畔飘来的花香是一种腥甜的气味，使人心头空落落的难过。走到皮市巷口了，一百号的新房客们向这一对母子指指点点。一个流里流气的男人冲着母亲喊："张师母，徐娘半老，风韵犹存！"另一个男人吹起口哨，哼着歌儿："郎呀，咱们俩是一条心……"路边的行人在笑，母亲脚步匆匆，目不旁视。那个名叫小娣的小丫头走到湘九跟前，怯生生地说，小哥哥，你哭啦？母亲低下头去朝儿子看，这才发现他的眼泪，正在像断了线的珍珠那样扑簌簌地往地下掉落。

接下来发生的事情使这个夜晚更加令人伤感。

屋子里坐着那么多的人，却显得空空荡荡，大家都说不出话或者都不想说话。干爷喝了一口茶，润润喉咙，搓搓双手，站起身欲言又止。小娘舅大娘舅都黑着脸，眼神暗淡无光。姆娘说，妹子，澳门的来信不一定信息确凿，你听了就当一阵风吹过，一阵风。

母亲咬着嘴唇说，把信拿出来，读给我听。

干爷把小表哥的来信送到小娘舅手里，小娘舅捧着信，双手抖得像得了寒热病。

小表哥学徒满师了，去了一趟香港，到处打听姨父的消息。茫茫人海，他觅不到半点踪影。小表哥找到报馆，登了一则寻人启事，寻的是唐文斌。这则寻人启事连续刊登一个星期，一星期后，他接到一个神秘的电话。

电话里的人说，他是唐文斌的朋友，他问湘九的小表哥来自何方，为什么寻找唐文斌。当小表哥问他唐文斌现在何处时，他的回答却变得吞吞吐吐。小表哥在一九四九年以前只见过几次唐副官，那时他年纪很小，到姨父家找表兄妹们玩耍。他怕姨父怕得要命，远远地听见他进门的马靴声，就逃进盥洗室去，躲在门背后不敢出声。见不到姨父也就见不到他的副官，所以，他们之间几乎互相没有什么印象。但是小表哥从对方的口音中捕捉到一种久已泯灭的记忆，姨母说过这是湖南侉子特有的"侉话"。

绝地行走

张家的孩子们有时候喜欢学父亲说话，他们骄傲地觉得这种方言将他们与某个伟人拉近了距离。

离开大陆之前，小表哥曾经跟着湘九的哥哥姐姐们一起去中苏友谊馆看过一部电影，那是一部纪录片，一位伟人站在天安门城楼上，伸出一只手说："中华人民共和国中央人民政府，今天成立啦！"小表哥蓦然想到，对方的乡音未改，他并非唐文斌的什么朋友，他就是自己要找的唐文斌。

小表哥说，我们见面谈一谈吧。

对方却不肯见面。对方说，你再等我的电话吧，你最好不要留在香港了，回澳门去吧，我会把电话打到澳门去的。

小表哥回到了澳门的酱园店，进了同慎兴南北货行帮助他姑母打理生意。相比香港，澳门地盘小，各方面都要单纯一些。小表哥每天夜里都守在电话机旁，他忐忑不安地等待着一个确切的消息。

电话铃声在一个风雨之夜急遽地响起。电话里有很多杂音，对方好像站在某个公用电话亭前，汽车从他身旁驶过，溅起马路上哗哗的流水。对方说，你不要再找唐某人了，他一时还想不起张家有你这个内外甥。可以告诉你的是，鹤公去了台湾，两年前去的，唐文斌护送他到台北，又与他在台北分手。据他所知，分手不久，他的长官便溘然逝世了。

天塌下来了！湘九噤若寒蝉。

灯光骤然暗淡。一阵令人窒息的缄默骤然笼罩了新开弄五号。一屋子的人都低着头，不敢朝他的母亲看。长大后，湘九总是回想起这个夜晚。隔壁人家都熄灯了，天井变得广袤而黑暗，一棵高高的大树孤零零地矗立在那里，树上的枝丫像绝望的妇人展开的手臂，痛苦地伸向漆黑潮湿的夜空。墙外，一根倾斜的电线杆子依稀可辨，微红的灯光在地上投下一圈孤零零的光影。星星雨点在灯光中闪烁。水洼睁着死鱼般的眼睛。母亲在哆嗦。她的嘴唇在哆嗦，她的手也在哆嗦，她的整个身子都在哆嗦。湘九觉得所有的人都好像站在一个悬崖的边缘上，一边战栗，一边又心胆俱裂地向后退却。他们在等待着，等待一个失去了丈夫的妇人的痛哭失声，但是，她却哭不出声来。这个等待的过程过于漫长，令人觉得此身如浮萍似的无依，他们的心中只有惊恐和空虚。

母亲伸出一只手，要小表哥的信。

薄薄的几页信笺，仿佛千钧重。信中好像有一根根针，戳进了她的手指，然后又毛骨悚然地透过她的骨骼，钻进她的血管，漫延到她的全身。她疼痛得面无血色，她的每根骨头都在疼痛。她迅速地浏览一遍信上的词句，放下，又重新拿起来，她说，信上怎么说的？

脑溢血，干爷说，人家告诉他，突发脑溢血去世。

哪个"人家"？母亲突然抬高了声音问道，他去过台湾了吗？

干爷和姆娘的脸色都变白了，姆娘跑到门边去了，打开房门，朝四下里张望一下，又把门关紧。干爷的两片厚嘴唇在痉挛，她的问话使他心惊肉跳。她说出的这个地名，好像是一个万丈深渊，听在耳里就已令人双腿发软，因此，他不敢重复这个词儿。那一刻，他们的目光呆滞，好久都说不出话来。他们在一片迷茫的夜雾中看到自己的小儿子正登上一艘太古公司的轮船，驶向海峡，他们听到波涛的响声，小表哥乘坐的轮船如灵柩一般在洋面上漂荡。

干爷语不成句、声细如蚁地说，去……去过了……

他说不下去了，这个倔得如一头驴的男人，第一个哭了。

有关父亲的死，有着不同的版本，小表哥带来的是第一个版本。小表哥说，按照唐文斌的指点，他找到了阳明山下一处破败的院落，那里是父亲和副官下榻的所在。他们从香港飞到桃园机场，一落地，马上被人送到了那里。当副官面对墙上狭小的铁窗、屋角里两张小床而转身离去时，门外的人拦住了他。父亲却在床上坐下了，仿佛早有预料似的对他说，将就一下吧，连累你了。

小表哥已经见不到那窗那床，他悲伤地面对一片荒凉的废墟。他找到荣民总院，传说中鹤公就在那里跟他的副官分手。鹤公说，今天是个机会，你快走吧，回香港或者回洞庭湖老家去都可以。鹤公摘下腕上的表塞到他手里，这是他身上最后的财产了。医院里挤着很多病人，许多老兵像鹤公一样支着拐杖，步履蹒跚地围着医生护士。相对于被监视的长官，唐副官还有些自由，盯着湘九父亲不放的人，不太重视他的去留。这个十五岁就到张家当勤务兵的小老乡如惊弓之鸟般离开了他的长官。

小表哥在荣民总院的档案室找不到有关姨父的病历，只看到一个逝者的名字，很多年后有人说这个姓名似是而非。干爷始终不敢说出荣民总院所在的那座城市的名称。他只说，名字跟湘九父亲在香港时用的化名一样。

化名？母亲喃喃地说，他用的化名跟阿狗阿猫一样，全中国有几千万。

在兄弟姐妹们的哭泣声中，母亲依然那么镇静。她镇静得叫人害怕。也许，她是一个从腥风血雨中走过来的人，她既知道这个世界上没有神话，也知道这个世界上谁说了都不算，只有自己说了才算。

不知多少回了，她听到或想到过丈夫的死。比方说二十世纪三十年代，他被囚禁在戴公馆的地下室里。比方说二十世纪四十年代，他随着陈纳德航空队飞越"驼峰航线"。在长达八百余公里的深山峡谷、雪峰冰川间，一路上都是坠毁的飞机碎片。那时候，每天都要坠毁几架、十几架战机，他却活到了抗战胜利那一天。有一个名词叫作幸存者。因为她的丈夫过去是个幸存者，所以她以为现在的他也应该是个幸存者？

所有的人都这样认为：母亲不可抑制地回到了从前，那些深刻的历史记忆再一次将她席卷而去。对她来说，"死亡"两字早已过于遥远和陌生。就像小表哥信上说的"六张犁"那样，这个地名在海峡的这一边波澜不惊。人们要等到几十年以后，才知道二十世纪五十年代中期至六十年代初期"六张犁"这三个字对海峡那一边的人意味着什么，那是一批批囚徒从火烧岛走来的最后的归宿。

小小年纪的湘九惊讶于他们所说的"拐杖"二字，他看到过父亲抱着他照的那张照片，如果说父亲最后的日子距离那张相片只有四五年，气宇轩昂的他怎么可能像个弯腰曲背、拄杖而立的老者？他跟他的母亲、他的哥哥姐姐们一样难以想象，父亲已经在凄风苦雨中孑然一身一步一步走向了死亡的陷阱。他为什么要把他们送回海峡的这一边？为什么要走向已经将他逐出门外的海峡那一边？莫非他早有预感，自己将走向一条不归之路？因此，他宁愿将妻儿的身家性命托付给海峡的这一边？！

房间里留下了几十颗烟头，娘舅、姆娘和干爷终于站起身来告别。他们的出门和进门一样，无声无息。他们的思想节奏缓慢，动作笨拙，无法表达内心的感受。母亲闭上了眼睛，仿佛他们的来去已经跟她毫不相干，所有的人都已不再存在。

姆娘毕竟是亲姐妹，她在门边迟疑不决地回头，看到妹子靠在椅子上，如同一个衰老不堪的人那样无意识地摆动着手臂，她的脸如蜡像。姆娘走回她身边说，到我那里去哭一场吧，我那里没人管……

母亲终于重新睁开眼睛。她突然嚎叫了一声，那声音尖利，啼血，如同野兽发出的哀嚎。所有人皆被这裂帛之声惊呆。母亲的五官都变了形，她摇摇晃晃地站起身冲着他们喊：我怕什么？我还有什么可害怕的?!

新开弄五号的邻居都从屋子里跑了出来，他们听到一阵撕心裂肺的号啕声。他们看到湘九的母亲泪泗滂沱，那哭声仿佛不是从喉咙里出来的，而是从快要胀破的胸中爆发出来。她哭得上气不接下气，哭得脸色发紫，天崩地裂也没有像她哭得那样可怕。

她哭得昏了过去。

后来的日子里，张家的兄弟姐妹们都祈望小表哥再去一趟台湾，把父亲的情况彻底搞清楚，活要见人，死要见尸，父亲的骨柩究竟在哪里？有的孩子大了，考学、招工、入队、入团都要有一个确切的说法。但是小表哥再也没有去过那里。

归根结底，小表哥和唐文斌一样，都是普通人，普通人的愿望就是远离风霜刀剑，就是平安无事。很多年过去之后，小表哥告诉湘九，人的性格就是命运，他因此而失去了一个重要的机会。这个机会很可能使他走上一条前程大放异彩的道路，但是，他放弃了。他因为害怕而放弃，因此，当别人成为大亨成为官员的时候，他只能日出而作日落而息，辛辛苦苦地做一家大排档的小老板。

从海峡那一边回到澳门没几天，他接到了一位姓柯的先生打来的电话。

即使他很不关心政治，也不可能不知道柯先生那家公司的背景。柯先生请他喝咖啡，地点就在南光公司的会客厅。小表哥忐忑不安地想，自己只是一家南北货行的小伙计，在澳门这个豪客们一掷千金的大赌城中，如同一粒尘垢而已，柯先生这样的大人物怎么会知道他的存在？而且，居然要请他喝咖啡？

小表哥把这场会晤告诉湘九时，湘九已经多少继承了一些母亲的秉性，母亲说，每临大事有静气，湘九点点头，记在心里。但是湘九依然有些吃惊。他在报上不止一次读到过有关柯先生的报道，看到过他的照片，那是一位早年参加过大革命的老人家。湘九想象他正值人生盛年时的儒雅风度，想象中的小表哥，坐在他对面时一定十分地侷促不安，如同一个刚从乡下出来的土包子。

柯先生西装革履，和蔼可亲。柯先生问他抽不抽烟，小表哥红着脸摇摇手说不会抽。柯先生问他家里的情况。他说，你的一个哥哥是志愿军的班长对吧？你的父亲是黄包车夫，工人阶级。小表哥点点头，喝一大口咖啡。柯先生笑着说，咖啡要小口小口地喝，慢慢喝。

柯先生终于问到了他去台湾的情况，那时候小表哥的紧张如同当年申请出境坐在公安局的长凳上。他的手掌上湿漉漉的，汗珠儿从脸上掉下来。他飞快地把海峡之行说了一遍，丝毫不敢隐瞒。他想他隐瞒也没有用，柯先生似乎对一切都了若指掌，再说，他也没有什么可隐瞒的，他去打探姨父的消息，确证其死活，只不过是尽一个晚辈的人之常情。

柯先生小口小口地、慢慢地啜饮着咖啡，他微笑着，似乎很欣赏他诚实的态度。南光公司门外的街道很幽静，亚热带的一场阵雨刚过去，棕榈树显得碧绿、凉爽。柯先生坐在沙发上，把一条腿搁到另一条腿上去，好像很休闲的样子。然后，他提出了一个很严肃的问题。

你知道两年前那里发生的事情吗？

小表哥茫然地看着他，什么事情，他说，那里发生过什么事情？

柯先生微微摇首，似乎感到很遗憾，这个工人阶级家庭出身的澳门小伙计一点不关心政治。柯先生挥挥手，一位看上去又像秘书又像保镖的年轻人马上走了过来。年轻人把几张旧报纸放到他们面前的茶几上，小表哥看着这些纸张微微发黄的报纸怔怔发呆。做学徒的日子里，他从早到晚都泡在酱缸里，一上床就睡着了，他确实不学习不看报，孤陋寡闻。

他拿起一张报纸看。他的身上猛地绷紧了。更多的汗水汩汩地淌落下来，打湿了手上的报纸。"兵谏"、"兵变"这样的标题使他害怕，他好像听到了枪声似的缩紧身子。他看到一个从小在课本上读到过的将军的名字，这个姓孙的将军出身于西点军校，在印缅战场上担任主力军军长，他指挥的"仁安羌大捷"举世闻名。姨父和唐副官抵达台北时，孙将军已被免去陆军总司令半年，转任有名无实的"总统府参军长"。

不久，孙将军的一位老部下郭先生被秘密拘捕。报上说，郭先生在长时间的严酷刑讯下身心崩溃，不得不在侦讯官们杜撰编造的"匪谍自首书"上签了字。

几天后，孙将军也被秘密拘捕。

此案牵连三百多名将校。

会客厅里静悄悄的，那位秘书或者保镖已悄然离去。报纸从小表哥手里飘落下来，他的眼圈红了。他们相对无言。

你没有问他一下，我父亲究竟是……三十年后，湘九对小表哥说。

小表哥愧疚地低下了头。没有，他说，我不敢问他，再说，他也不一定很清楚。小表哥抬起头来，看着湘九身上笔挺的校官服，迟疑了一会儿，终于下了决心一般，继续往下说道。

那时候，我才刚满十八岁啊，真的害怕极了！他说，我想，搞清楚这些东西对我来说只能是一种沉重的负担……也许，海峡对岸就是要"宁可错杀三千，不可放过一个"呢！是的，我感到，我对不起你们，我那时只想做一个规规矩矩的生意人……

湘九不无怜悯地看着他，为自己母亲的娘家感到悲哀，祝家的亲戚都是这种性格，他们注定只能是升斗小民芸芸众生。那时候，湘九已经不会因此而生气，他知道，即使没有这种怯懦，张家兄弟姐妹们遭受的漫长的精神和肉体重荷也不会减轻多少。

你姨父也是西点军校毕业的。柯先生对小表哥说。

听姨妈说，他读的是西点军校印度分校将校班，那大概是一个战地短训班，算不上正式生吧。小表哥轻声回答。

差不多，都受过西方的教育，柯先生说，他们还在印缅并肩作战过。

你什么时候再去那里？

看到小表哥困惑莫解的表情，柯先生耐心地启发他。他说，你只是看到一个逝者的姓名，这名字是否就是你姨父尚待确证。你应该去找你姨父的朋友们、同僚们，他们可能知道得比唐副官更多。总有一些人会接待你的，你把这些人对你姨父、对时局的看法和接待你时的态度带回来，我们再帮你出出主意。

他用了"我们"这个词儿，给小表哥留下深刻印象。多年后，港澳也放映起样板

绝地行走

戏，李铁梅高举红灯唱道："我家的表叔数不清……"于是，一个叫作"表叔"的称呼流行开来。小表哥听到"表叔"就会想起柯先生，想起这场谈话，这时候他的心里便是五味杂陈。昔日的机会已经随时光流逝，一去不返，他只能叹息命运，命运安排他日复一日地卖豆浆、卖糍饭、卖烧饼油条，偶尔买几张永远也中不了奖的六合彩彩票。

小表哥说，谢谢您的关照，柯先生，请给我一点时间，让我好好地想一想。柯先生握着他的手说，好吧，你认真地想一想，想明白了就来找我。柯先生站在门口的台阶上，挥着手，凉爽的海风送过来他最后的一句话：替我向梦魂夫人表示深切的慰问。

那是一九八六年还是一九八七年夏天，湘九写了一个反映边境防御作战的电视剧剧本，珠海电视台是合作方之一。湘九和小表哥分别了三十几年后重逢于斯。

梦魂夫人？湘九大惑不解。他们站在一幢高楼的阳台上，面前的大海风平浪静。小表哥说，我也不知道梦魂夫人是谁。湘九头上的八一军徽在晚霞照耀下熠熠生辉。傍晚，海水幻成了金绿色，火热的蒸气被浪潮推动着，远处，天地混沌，影影绰绰。

我给母亲打电话，她也许知道。湘九转身返回屋里。

电话接通了，母亲躺在病床上接电话。谁，谁告诉你的？母亲仿佛被人打了一针强心剂，惊讶而又亢奋的声音穿越过千山万水到达他们耳里。那是你父亲的字，或者说别名，只用过很短暂的一段时间。二十年代中后期，母亲说，大革命时期，后来就再也没有用过了！

小表哥啜泣着接过电话，叫了一声"姆娘"，再也说不出话。小表哥这一年不过五十岁，五十岁的他已经满头白发。他跪在地上接的电话，叩了三个头。咚咚咚地传过去，电话线两头的人皆热泪盈眶、泣不成声。小表哥曾经回过一趟家乡，没有去看姆娘。他有个妹妹住在半山钢铁厂宿舍，钢厂保卫处的人对他盘问了好长时间，他就再也不敢乱说乱动了。

小表哥没有再去台湾，也没有再去见柯先生。小表哥请求同慎兴南北货行把他派到香港的支店去，他在那里又干了几年，然后出来自己创业。当他成为一家大排档的小老板时，他终于遇见了唐文斌，彼时，唐文斌已经成了一家纺织品进出口公司的总经理。

这一年真是多事之秋。

母亲不去华欧糖厂包糖果了，她进了皮市巷口的缝纫工场做工，每天要缝四套劳动布工作服。每套劳保服的缝工费是三角钱，一天缝四套可挣一元二角。

盛夏酷暑，母亲坐在缝纫机前挥汗如雨。寒冬腊月，母亲的手足都冻僵了。缝纫机是自己带去工场的，全工场的机子数她的最好。二姐常说，姆妈从香港带回来三件宝：申嘉牌缝纫机、欧米茄手表，还有一枚猫儿眼戒指。到了晚年，二姐还在念叨，她努力了一辈子，也没能重新获得这三件宝。

夏天，母亲的身上长满了痱子，东一块西一片淌出黄水。她面对着蒸笼般的缝纫工场黯然垂泪，她对杨师母说，我干不下去了，我连活下去的信心都没有了。杨师母说，阿弥陀佛，好死不如恶活，我先生在远离亲人的地方，在战犯改造所都要努力地活下去，你怎么能想不开呢？母亲的整个身子都陷在山一样垛起的劳保服堆里，她抬起精疲力竭的脸说，杨先生坐牢了，总还有活着回来的一点盼望吧，我怎么办，我一点希望都看不到了！

工场外行人道旁的树，都像病了似的，叶子挂着尘土在枝上打着卷，空气又热又闷，像是不远的地方有个油库在燃烧。一位女学生走到工场门口，向里面张望。杨师母说，你找谁，你好像是湘九的表姐呀！阿贞点点头，说，我找小姑妈，我小姑妈还好吧？杨师母撇撇嘴说，好什么好，她都快被你们这些伢儿拖死了，自己的伢儿，哥哥姐姐的伢儿，都指望着她，以为她是开银行的啊？

阿贞是来告别的，她告诉小姑妈，她毕业了，分配到湖南长沙一家化工研究所工作。阿贞的脸上喜气洋洋。这家化工研究所在全国也是有名的大所。她说，等她安顿下来，再把她的父母接过去，他们就能开始一种新的生活了。

这真是一件好事，母亲用袖套揩着脸上的汗水说，盘缠还要想想办法。

母亲朝她大哥的女儿笑着。这是一种很恍惚的笑容，迷茫地，如半空中飘浮的云雾一样。工场里机器在旋转，尘垢飞扬，女工们把头发塞在帽子里，将嘴巴和鼻子藏在肮脏的口罩里，紧紧张张地干着活儿。母亲走到一位领导跟前去，恳请预支这个月的工钱。

你忘了？你早把下个月的工钱都预支完了。领导沉下脸说她。

母亲很有点无地自容。

她确实忘了，她已经把下个月的工钱都预支完了。因为她的外甥、湘九的二表哥从朝鲜回来了，他所在的部队集体转业，奔赴北大荒屯垦，不愿去的可以回乡。二表哥选择了后者。

光荣已经迅速地成为历史，现在二表哥失业在家，求职时人家问他有何专长，他说他能扛机枪。他从十六岁开始扛机枪，一直扛了八年，他的最高职务是机枪班班长，代理过半年副排长。没有一家机关或者企业需要一个除了扛机枪啥也不会的人。更麻烦的是，他的档案上写着，他的姨父是一名国军中将，他的一个弟弟在海外。

他要抽烟，他要喝酒，喝上了头就拍桌子骂娘。他说，老子在朝鲜一把炒面一把雪，没有功劳也有苦劳！他确实是有功劳的，从渡江战役到五次战役，他有五六枚军功章纪念章。嗒嗒嗒，他作出瞄准的姿势对人们说，老子在冰天雪地里把枪管都打红了，一扫一大片，扫得联合国军和李承晚的兵鬼哭狼嚎。

民政局的同志对他说，我们知道你是功臣，你就再做一回功臣吧，上级动员城市闲散人员支农下乡，请你起带头作用。

喝得醉醺醺的二表哥在一张表格上按下了手印。那时，三表哥秋生在笕桥机场修跑道，一个月才回家一趟。秋生匆匆地赶回来。猪头三！他从地上跳起骂他的二哥，你算什么狗屁功臣，你要把全家都害了你才死心?!

原来二表哥填的表格是全家下乡支农。秋生气得只能冷笑了，干爷姆娘躲在房间里痛哭流涕。母亲带着湘九的二哥闻讯赶去，母亲说，到了这一步，再骂他也没有用了，当心金钱巷派出所的户籍警赶来，那时候就不是光荣支农了，而是拿一根绳索将你们捆了押送下去！

一辆卡车停在茅廊巷菜场旁边的茅舍门口，破旧的家具，锅儿缸灶，都搬上了车，从前帮助光荣人家搞大扫除的红领巾们，现在敲锣打鼓欢送他们下乡。湘九看到母亲把预支的工钱塞到姆娘口袋里去。干爷已经走不动路了，秋生扶他上车时，他踏了个空，跌坐在地上。几天时间，他变得形销骨立，吭吭地咳嗽着，那症状一如从前的柳南。

卡车开动了，屁股上冒出一股黑烟。车子摇摇晃晃地往城外走。姆娘探出头来，看到她妹子依然站在那里，正摘下袖套抹着眼泪。妹子的身上已经觉不到一点将军夫人的踪迹，她穿着一身大襟儿蓝布衫裤，一双带搭襻的黑布鞋，像个大户人家的女佣人，比哑巴阿珍还像女佣。

刚送走姐姐一家，现在又要送侄女去遥远的湘江之畔橘子洲头，下一步是她侄女的父母、母亲的大哥大嫂。母亲站在工场门口的太阳下，觉得自己如同一头骆驼背负着重荷行走在干涸的沙漠中，行走在绝地上，实在已经支撑不住。

阿贞回家去了，母亲叫她放心，盘缠会送过去的。母亲拖着沉甸甸的脚步回家。黄昏苦短，在半明半暗的光线里，她原本丰腴的手臂已经变得青筋绽露，呈现出痉挛的灰白色。她坐在窗下给柳南写信。这是她第一次给柳南写信，一百个字里大约有四五个错别字。她第一次亲笔写信给她的大女儿，竟是为了给她的侄女儿讨一笔盘缠。

虽然，柳南已经在陆陆续续地向家中十元、二十元地寄钱了。

十年之后，一场"文革"风暴席卷全中国，阿贞与杭州的亲戚们彻底划清界限。从柳南到湘九、到秋生兄弟，都说她老人家犯不着，还说到良心什么的。母亲训斥他们。母亲说，人家有人家的难处，为什么非得强人所难？她是晚辈我是长辈，天下哪有晚辈有难求助长辈，长辈却无动于衷的道理？！

帮助过你的人永远都会帮助你，你帮助过的人却不一定，母亲语重心长地告诉幺儿湘九。你不必记住你帮助过的人，你只需记住帮助过你的人就是了。

湘九记下了她的话，这些话使他受益终生。湘九忘不了这个多事之秋，心中刻下的烙印一辈子隐隐作疼。他在这个多事之秋进了紫金观巷小学读书。紫金观巷就在新开弄的尽头，湘九从家到学校只有三百米路。第一天上音乐课。"一年级，一年级，快乐的一年级，我们唱歌游戏，大家笑嘻嘻"。但是，湘九的心里一点都不快乐。木匠的儿子小跷拐儿和他进了同一个班。当大多数同学还写不出自己的姓名时，湘九走到黑板前，非但写出了自己的姓名，还写出了校名，写出了第一课课文。小跷拐儿在教室里带头起哄，说他是小反动派，不能让他当班长。

胖乎乎的查老师却让他当了班长。查老师说，湘九离八周岁还差半年多，就算他八岁好了，天下也没有八岁的反动派。下课时，小跷拐儿又带了一帮同学围攻他，说他穿着一身花衣裳，不男不女，要他去女厕所小便。他们站在男厕所门口，拦住他，他憋尿憋得面红耳赤。

那天晚上湘九回到家就脱衣裳。三姐和小姐姐穿过的衣裳，湘九把它们扔在地上，拿脚狠狠地踩。湘九说，我再也不穿它们了，我不去读书了，我是男人、男子汉，我长大要去当兵的，当将军！

母亲拿起了鸡毛掸子，啪的一声下去，湘九背上出现一条红印。湘九咬着牙忍受剧痛。

他盼望二姐出现，二姐会来夺母亲手里的鸡毛掸子，劝说母亲息怒。可是，二姐已经出嫁了，嫁到龙骧的大家庭里去做一个小媳妇了。还好，三姐放学回来了，三姐哭着冲过去挡住母亲，姆妈，求求你，不要打小弟弟！三姐说着跪在了地上。

除了仲君，张家的子女读书都很争气，三姐在学校里的绰号是"教授"，据说她连糊在板壁上的旧报纸都爬上爬落一行行读过。三姐两耳不闻窗外事，一心只读圣贤书。三姐以清高自负而出名。她跪在地上，母亲只好放下了鸡毛掸子。

母亲从橱里拿出了两匹黄布，两匹军黄色的斜纹布，大概是抗战胜利时联合国救济署援助的剩余军用物资，母亲带着它去香港，又带回来，始终没有脱手。母亲在昏黄的灯光下为他一针一线裁剪衣服。湘九因此而读懂了"谁言寸草心，报得三春晖"的古人诗句。

后来的岁月中，湘九一直穿着这两匹黄布做的衣服，等到红卫兵穿着父辈的黄军装走上街头时，湘九早已穿烂了几身这样的"军装"。

唯一的例外是那年六一儿童节。

六一儿童节，一年级新生要上台表演节目，湘九编了一首儿歌《敲紫泥》。学校的操场里竖起了一座小高炉，紫金观巷小学的师生们，要为实现一千零七十万吨钢的宏伟目标作贡献。所谓的"紫泥"是一些紫红色的矿渣渣，敲碎了做成耐火砖。"敲紫泥呀敲紫泥，小朋友呀都来敲紫泥"，湘九的艺术才华第一次得到展现，为同学们鼓足了干劲。查老师说，上台表演节目时要穿得整洁一些、好看一些，虽然表演的是敲紫泥，也不能脏兮兮地走到舞台上去。

湘九举起手问老师，我家里有一套小西装，是二哥穿过的，我可不可以穿上去参加表演？

查老师迟疑了几秒钟，可以呀，她说，你是"打拍子"的，可以穿得别致一点。

母亲和哥哥姐姐们都感到惊讶，湘九兴奋地回到家就要穿西装，还要系领带。他把头发打湿了，拿起梳子仔细地梳着，梳了一个小分头。他对着镜子左照右照，小姐姐说，姆妈，你看看你的幺儿头，简直像个艾森豪威尔！

她的话被不幸而言中。到了六一儿童节，湘九穿着这身灰色的小西装，系着猩红的领带走进校门，引起了全校轰动。高年级一位老师跑进一年级教室，这位同学，快，快把西装脱下来，老师说，给我们班演帝国主义的同学穿一下！湘九把它脱给"艾森豪威尔"。另一位老师又跑进来。西装呢，她说，西装被借走了？那就把领带摘下来吧，我们班有个同学要演"杜勒斯"！湘九又把领带给"杜勒斯"系上。到了他自己上台去"打拍子"时，只穿着一件大哥穿过的衬衫，下摆长得垂到了膝盖，他拼命地往腰里塞，塞得腹部鼓鼓囊囊，像一只怀孕的甲壳虫。

这套小西装成了演活报剧的最佳道具，美国总统英国首相法国总理都穿过它。开始是拥护炮击金门游行，后来换了学校，又上街演出，人们挥拳高呼"要巴拿马，不要美国佬"，高呼"我们大家一起来，保卫古巴的革命"。扮演帝国主义的学生常常要在地上打个滚，常常把这套小西装搞得脏不拉叽，惨不忍睹。

一辆吉普车上装了四个大喇叭，小朋友们跟着它大声地歌唱。母亲和杨师母挤在街边看游行。一辆大卡车将喇叭按得震天响，小朋友们举着旗帜标语，乱嚷嚷地堵塞了十字路口。母亲说，天哟，这不是我儿子他们学校的队伍吗？杨师母说，那怎么办，赶紧把湘九找过来吧，她们三脚并作两步跑过去。卡车上的司机注意到了这两个妇女又来挡道，探出头来骂她们扰乱交通秩序。卡车上的人们举着喜报牌子，穿着劳保服，这么热的天，脖子上还都围了一块白毛巾。这是钢铁大军的形象。他们的小高炉里炼出钢铁来了。

杨师母站在人群里嘀咕：这些小高炉炼出的铁渣渣能造枪炮么？母亲掐她一下，你不要瞎说，犯错误的！犯啥错误？杨师母说，把这些铁渣渣拿去造枪炮才会犯大错

绝地行走

误呢。母亲赶紧把她拉出人群。母亲说，给你戴一顶攻击"大跃进"和"总路线"的大帽子，你就知道什么叫犯错误了！

她们回到了工场，工场里坐着两位干部。母亲仿佛回到了走过罗湖桥的那一天，这一男一女两位干部的态度，好像是跟广州的那两位干部从一个模子里刻出来的。他们要求母亲给丈夫写一封信，拿去电台广播，讲讲这里的大好形势，讲讲政府对她和孩子们无微不至的关怀照顾，希望她的丈夫认清形势，回头是岸反戈一击，投身于统一祖国的大业。母亲冷静地说，我丈夫已经去世了。两位干部摇摇头。都是这样说的，男干部说，你们这些眷属都这样说。母亲说我有外甥从澳门寄来的书信为证。这种书信能作证吗？女干部不耐烦地沉下了脸。她抱起双臂，坐在母亲的申嘉牌缝纫机上，居高临下地教训她。这是检验你对政府的态度的问题！国防部长彭德怀的命令你看到没有？万炮齐轰金门岛！莫非你还抱有幻想？你还想等他们反攻大陆过来，继续当你的姨太太？！

男干部没能阻止女干部，母亲霍地一下站起，脸孔涨得血红。我是张某人明媒正娶的夫人，请你不要侮辱我！母亲也抱住了双臂，站在一堆劳保服上，站得比对方更高一些。女干部瞠目结舌了，男干部连忙说，她是口误，口误，请你不要计较。

湘九拿着一面小铜锣来到了工场。湘九说，姆妈，我们明天不游行了，明天全市都要打麻雀除害鸟呢。湘九看到那两位干部就闭了嘴，有些尴尬地用衣袖揩着脸上的汗水。母亲看着浑身上下脏得像小泥猴儿似的儿子，眼眶不禁湿润了。母亲说，打麻雀要敲锣打鼓吗？你瞎说！湘九将双手护住锣，真的呀，老师布置任务时说，没有锣鼓就敲脸盆、敲钢精锅，把麻雀从天上震落下来！

母亲愕然。她怎么也不相信，全市人民要一起敲脸盆敲钢精锅，把麻雀统统从天上震落下来。湘九噘起了小嘴，认真地告诉她，他最崇拜的科学家高某人也写了文章，科学地论证麻雀绝对是害鸟。所以全市人民敲响器也是远远不够的，全国人民都要敲，一起敲，才能把叽叽喳喳的小鸟统统消灭掉！

湘九的出现缓和了工场里的紧张气氛。干部们摸着他的头，问他今年多大了，在哪里上学等等。听说他是一年级的班长，他们变得和蔼可亲。女干部说，政府给了你妈妈一个光荣的任务，你要督促她好好地完成哦，完成得好，我们跟老师去说，让她在班上表扬你，完成得不好，你这个班长就可能当不成了。

湘九看到母亲的脸色变得难看极了，似乎有一种奇异的压迫感，使她缩拢了身子，她的睫毛在微微颤动，仿佛眼睛里掉进了沙子。她把儿子拉到身边，如同一只母鸡，欲张开翅膀保护她的小鸡儿，又觉得十分地力不从心。湘九看到母亲眼睛里出现的是一种难以言说的恐慌和迷乱。他害怕地抱住母亲说，姆妈，政府给你的光荣任务你一定要好好完成，姆妈，姆妈你怕什么呀？

人们坐在天井里乘凉时，母亲坐在窗台下写信，桌子上放着一本学生辞典，遇到写不出的字，母亲就叫湘九帮她查一查。她写得很艰难，每一句话都要斟酌半天。好几次，写不下去了，她就在那里喃喃自语。湘九听她说起俞大维、吉星文、赵家骧等人的名字，她说，金门这么不经打呀，第一炮就打伤打死了那么多高级将领？湘九说你认识他们吗。怎么不认识？母亲说，俞大维是你阿爸的湖南老乡，曾国藩的曾外孙，哈佛大学高才生，抗战时当过兵工署署长，保障中国军队的物资供应，可谓功勋卓著。吉星文就更不用说了，卢沟桥事变时，他下令"坚守阵地，坚决回击"，打响了全民族抗战的第一枪！他是吉鸿昌的侄儿呢，叔侄俩都是抗战英雄。那时，田汉先生专门写了一个话剧《保卫卢沟桥》，吉星文的形象，是以真名实姓出现在舞台上的！

皮市巷新开弄属马市街派出所管，户籍警进来时，母亲正写到"大女二女已经结婚，生活美满幸福，仲君蒙人民政府关怀在广州读大学，身心俱健"。母亲抬头看到户籍警时第一个反应就是把烟掐灭。她知道新社会的干部很反感抽烟的女人。户籍警拿起未写完的信看着，脸上的表情很复杂。母亲倒了一杯凉开水，迟疑地送过去，她说，我写得不好，请你批评指教。户籍警苦笑起来。我是穿草鞋的农民出身，斗大的字识不了几个，他说，哪里谈得上指教。

户籍警坐在一张骨排凳上，看着这一对母子半晌不出声。母亲突然觉得他的样子很陌生，好像很犹豫，有一种欲言又止的感觉。母亲想，这是怎么了？这个年轻的警察，平常还是挺和气的，即便对她这样的"去台人员眷属"，也不吹胡子瞪眼睛。母亲说，有什么事吗，你吩咐好了，是不是要我们下乡去支援"双抢"？叫我二儿子去好不好，他已经读高中了。

户籍警从口袋里摸出一张通知书，放到桌上。

一张劳改部门送来的通知书。

湘九睁着茫然而惊惶的眼睛，看着他的母亲，看到她捂住了脸，眼泪从指缝间慢慢地溢出来。她扑到桌上，伸出一只手去抓这张纸，她的手如鸦爪般弯曲。湘九害怕地叫姆妈姆妈，母亲的手一松，通知书掉落下来。泪眼模糊的妇人将枯萎的目光愣怔怔地看着年轻的小警察，很沉重地穿透了他的心。小警察站起了身，回避她的眼睛，他低下头说，你去探视一下吧，手续到我这里办。说完他就跨出了房门。

夜里十点多，盐桥箱子店的老板娘来到了新开弄五号，她也接到了同样的一张通知书。她得到的信息比母亲多一些。她说，她的大儿子，仲君，还有几个年轻朋友，平时聚在一起胡说八道，说过要偷渡去香港的言论，实际行动是没有的。她问母亲，你有一个大外甥当过国军的少尉还是上尉吧？他是第一个被抓起来的。他们都怕极了，在预审室里乱说一气。

母亲的眼泪已经干了，她静静地听着，思想跑到了很远的地方去。跑到了广州那所大学，跑到仲君被押送回来的路途中，还有劳改农场的监舍与旷野。她其实没听箱子店老板娘说话，只是感到她的声音喋喋不休地在耳边回绕。老板娘说，本来没有这么严重，你儿子却不服，在看守所里还打了班长，结果被加重处罚，判了八年徒刑。

班长，母亲说，看守兵的班长吗？

哪里呀，箱子店老板娘压低嗓门说，同一间牢房的犯人！一个贼骨头，刑事犯！

母亲松了一口气。她点了一支烟，猛吸几口。这倒有点像他老子的脾气，她在烟雾中说。箱子店老板娘愣了愣。是的，她傻乎乎地说，你儿子对那个"班长"说，你算什么东西，也敢欺侮大少爷我？你儿子一个"抱柯心"打过去，打落了他两颗门牙。

从半夜到天亮，母亲坐在床上不停地抽烟，飞马牌早已抽不起了，现在抽的是一角三分一盒的大红鹰。孩子们被烟雾熏得睡不着觉，一个个从床上起来看着她发呆。读高中的二哥戴着耳机，一边听矿石收音机一边陪母亲想心事。他低着头，年轻的头发乱蓬蓬地竖起，脖子刚劲傲慢地挺直，好像准备迎接一场新的暴风雨来临。三姐和小姐姐将双臂抱住双腿，膝盖抵着下巴，忧心忡忡望着黑黝黝的窗外出神。他们都已经有了一种沧桑感，人生的坠落与幻灭对他们来说，实在是过于猛烈过于迅速和过于集中了一些。

一夜无寐的母亲去了一趟菜场，买了一斤猪肉、两斤绍兴香糕，将猪肉用霉干菜蒸好后，她又找出一床铺盖，棉被、毯子，像当年跟父亲学的那样，横两道竖三道打成一个小背包。她背着这床铺盖，拎着食品到了法院路，先到龙骧家歇一歇。龙骧母亲吃惊地说，亲家母，你这是去哪里呀？母亲跟着女儿叫她阿婆。阿婆，我去小车桥监狱看大儿子，他被关进去了！阿婆怔了怔，递给她一支烟，又给她倒了一杯水。阿婆说，你别急，人关进去总会放出来的，急也无用。

从法院路到小车桥不过几百米远，母亲和阿婆遥望着森严壁垒的监狱和晨风中闪烁着寒光的枪刺，满脸困惑迷惘。阿婆说，我也给儿子送过牢饭的，也是送了整整八年。那时候这个监狱叫作陆军模范监狱，我家老三在里面担任过地下党支部书记。阿婆拍拍母亲的手说，我送牢饭时你不是也在送牢饭吗？我听说，亲家公坐牢时穿着一身破旧的黄呢子军装，一个人被单独放风，他出操一样地走到墙根，啪地一个立正，向后转，又出操一样地走回来。

旧社会给丈夫送牢饭，新社会给儿子送牢饭，母亲叹着气说，我上辈子不晓得造了什么孽！千万不能这样想，阿婆劝慰她说，我的老四老小不也成了右派分子吗？只不过他们没有被关进去坐牢而已。如果处理得重一点，我不也成了旧社会给三儿子送牢饭新社会给四儿子小儿子送牢饭的人?!

阿婆比母亲年长二十岁。她在那个早晨陪着她的亲家母站在监狱门口等待接见。做妻子做母亲就要学会受苦受难，背井离乡、孤灯独守、忍辱负重都是一种历史的过程。母亲从这位小脚亲家母身上得到一种宠辱不惊的安慰与力量，后来的岁月里，她们始终互相鼓励，患难与共。

剃了光头身穿囚衣的仲君走进会见室时，母亲一时竟认不出来。会见室里摆着一张长条桌，一边坐着十几个囚徒，另一边是他们的亲属。几个看守严肃地站在角落。没有人敢大声喧哗，也没有人敢哭出声，仲君叫了声"姆妈"，低下头不响了。他比从前瘦了许多，凹陷下去的脸颊上有些儿黑晦，像一片雾影。当母亲伸出手去，想抓住儿子的手时，他却往后退缩一下，一双深陷的眼睛紧张地朝看守瞟了一眼。母亲的

绝地行走

心，刹那间被蜇了一下。她知道不准与囚徒有这样的接触，以防他们传递纸条什么的。但是，这是她的儿子啊！

仲君不敢看母亲憔悴的脸，他的心如刀绞。二十多年没有长大的他，终于在镣铐中长大了。面对母亲，他的忏悔没有声音，只有苦笑，苦笑里面混杂着难以言说的痛楚和衰弱。当母亲把霉干菜焐肉和香糕送过去时，他喊了一声"报告"，一位看守马上走过来，检查这些食品。等到他终于点点头，表示可以交给仲君带回牢房时，二十分钟的会见时间已经到了。

二姐在市公交公司卖月票，中午回家吃饭时听说了这件事。二姐匆匆忙忙地跑到小车桥，她看到尖顶的岗棚门外站着持枪的士兵，大墙上竖着尺把高的通电铁丝网，她还闻到酸臭的阿摩尼亚气味，听到看守们严厉的呵责声。二姐的脚软了。她想象铁门里面只有一小块灰色补丁般的天空，她的母亲和大哥就在这块补丁下面相对垂泪。二姐把身子靠在一棵梧桐树上，稀薄的阳光透过树叶落下来，将她凄苦的表情染成斑斑点点。一群妇孺从铁门里出来时，二姐有气无力地喊：姆妈，姆妈你在哪里？

二姐已经怀孕了，怀孕的她和母亲互相搀扶着往法院路走，中午的阳光那么灿烂，两个妇人却走得那么孱弱无力。到了女婿家，阿婆说，亲家母，你去藤椅上躺一会儿吧。母亲脸上松弛的皮肤颤动着，缓缓地睁开眼睛，到了这一刻，泪水才透过一层浑浊的薄翳，淌落下来。

母亲抖瑟瑟地从身上摸出那封未写完的信，对二姐说，今天必须交上去的，我写不下去了，你帮我写完它吧。

这天夜里二哥读完了俄语又开始听他的矿石收音机，听到电台的女播音员呼叫父亲的姓名。二哥说，姆妈，电台里在播放你写的信！母亲捂住耳朵说，我不要听！正好杨师母进门，杨师母说，真的吗，我家里有收音机，我去打开听听！杨师母耳朵有些聋了，把收音机开得很响，天井里纳凉的左邻右舍都竖起耳朵认真地听。母亲捂住耳朵，女播音员甜得发腻的声音依然顽固地在她耳边回响。当女播音员读到"大儿子仲君蒙人民政府关怀，在广州读大学，身心俱健"时，母亲终于忍不住了，她站起身，趴在窗台上对杨师母喊：你还有完没完了！你把它关了，听见没有，把它关了！！母亲的喊叫声嘶力竭，好像在流血，把院子里的人都吓坏了。杨师母说，好，好，我把它关了，你自己写的信，怎么又不让人听呢？

收音机换了一个台，炮声轰鸣，海面上布满了烟和火，炮弹落到海里激起的水花到处散开，天空全是铁片的乱哄哄的声音。人们的耳朵被震得嗡嗡地响。他们眼前，仿佛可以看到在遥远的福建前线炮火仍在继续，从这一头到那一头，岛屿在摇晃、下沉、融解，无限广大的空间跟大海一起在抖动。这是一场亘古未有的震撼世界的炮战，削石为泥，犁地三尺。

这样的夜晚，不止一位多灾多难的母亲在辗转反侧，她们真的不知道，何年何月，她们才能安然入寐。

以小跛拐儿为首的几个同学每天欺侮湘九，湘九的衣服上经常沾满泥浆和口水鼻涕。老师把批改好的作业本交给湘九，湘九一本一本发给同学。小跛拐儿说，我的本子里怎么少了一页？另外两个同学也叫起来，我的本子里也少了一页，肯定是你撕的！湘九说，我刚从老师办公室拿来的，一本都没有翻开看过，我怎么会撕你们的本子？小跛拐儿把作业本扔到湘九脸上去，你这个小反动派，你大哥坐牢去了，你对劳动人民有满腔仇恨！他们揪住了湘九的头发往教室墙上撞。他们说，你的成绩为什么那么好，害得老师总要我们跟你比！我们比不上你，老师就在家长会上说我们，回去挨家长的打，今天我们一定要打还来！湘九说家长打你们跟我有关系？又不是我打的。他们更加愤怒了，说，你还要嘴硬！你还敢跟劳动人民嘴硬?！

有一天，天黑了湘九还没有从学校回家，母亲等急了颠颠地奔向紫金观巷小学找儿子，看到他站在教导处里，满脸泪痕。母亲惊愕地问，你闯什么祸了站在这里？湘九不吭声。母亲说，查老师呢，她在哪里？我找她去。屋子尽头站起了教导主任。教导主任说，查老师正在校长室作检讨，因为你儿子闯的祸。母亲傻了眼，他闯什么大祸了？老师，你不要吓唬我，我再也经不起吓了。教导主任走到她跟前，很严肃地对她说：我不是吓唬你，他闯的确实是大祸，天大的祸呀！要是认真追究起来，这孩子一辈子的前途也就毁了。

母亲发抖了，她抖得像一片风中落叶。教导主任叹口气，给自己点了一支烟，暮色渐浓，烟头在黑暗中一闪一闪地眨着无奈的眼睛。教导主任说，你儿子在墙上乱涂乱画，写什么打倒小跷拐儿，这个同学举报说，旁边就有一条毛主席万岁的标语，他是在指桑骂槐。你说，这件事该怎么处理？这个祸闯得大不大?！教导主任说，校长和我都非常为难，不把这件事和你们的家庭出身、阶级立场联系起来，人家要说我们是有意包庇呢！

母亲像雷劈了的树一样倒下去。湘九赶紧扶住她。天那么热，他们却觉得有一股阴湿的寒风在门外呼啸着，姆妈，姆妈！湘九无助地呼唤。母亲缓缓地睁开眼睛。啪，一个巴掌打在儿子脸上，疼痛的不是湘九，是她自己。

二哥从家里赶到学校时，母亲还在打他。教导主任说，该打，不打他记不住这个教训。母亲的拳头雨点般落在湘九身上，每一拳都显得那么痛苦那么无力。二哥挡住了母亲，把她拉到一张椅子旁坐下，他跪下来，抱住了母亲冰凉的膝盖。回去，你还不给我滚回家去！二哥转身怒斥湘九，你不要上学了，你没有资格再上学了！湘九懵里懵懂地往外走。回来！二哥说，给老师鞠个躬。湘九在门边站住，弯下腰，向教导主任深深地鞠了一躬。

汗水。泪水。三百米的路程，湘九仿佛走了三十年。一层一层昏暗的夜幕垂落在他的脚下，如同走向云端，如同进入地狱。当他终于走到新开弄五号时，门外的四眼井旁，听说他闯下大祸的大人孩子都愣怔怔地盯着他看。正在用井水冲凉的杨家小儿子走到他身边，轻声问他到底怎么回事，湘九那因为咬紧而发肿的嘴唇翕动起来，他想申诉什么，又说不出来，于是，重新保持他的沉默。他走进家门，三姐姐小姐姐都坐在桌子旁等着他们，谁也没有吃晚饭。

二哥阴沉着脸走进来。他让湘九面壁思过，两个妹妹问他：姆妈呢，姆妈去哪里了？二哥说，她去查老师家了，查老师被他害得不轻。湘九站在小天井里，面对着泥灰剥落的墙壁，觉得自己的心脏像被一只铁手死死地掐住了，透不过气来。

他的身体里只有恐惧和疲惫，他的脚下只有一片虚空，墙壁的下半部分爬满青苔，墙的上面有一只巨大的蜘蛛网。他觉得自己就是网里的那只蜘蛛，作茧自缚而无处可逃。

整整一个暑假，湘九都在面壁思过。每天早晨，他都会很自觉地走到小天井去，站在那里想自己的心事，直到有一天周师母来。周师母说，一个小孩子犯错误，还能没完没了地惩罚呀？湘九过来，周家姆妈给你吃糖！周师母脸上喜气洋洋，将一把大白兔奶糖放到桌上。母亲说，你有什么喜事，儿子还是女儿结婚啦？周师母说，他们结婚的话，我还不会提前告诉你一声吗？我家老头子就要被特赦啦，宣统皇帝排在第一位，他排在第六位。

母亲去叫杨师母，周师母拉住了她。周师母不安地说，杨先生没在这一批特赦的战犯名单上。母亲愣了一下，说，那也要告诉她，有了第一批就有第二批，让她也有所安慰么。周师母仍然有些犹豫不决。她说，人家说我家老头子改造得好，我感到这句话压力很大，也许，有人会以为他揭发检举了不少人呢。

母亲说她过于小心眼了，再说，报上也很快会发布正式消息的。母亲问周师母：你说到那时再让杨师母来问你好呢，还是现在告诉她好？周师母沉默了一会儿，眼圈儿红了，她说，那我现在就跟你过去。她们走进杨家，杨师母正坐在佛像前看杨先生的来信。杨师母对周师母说，我正想去祝贺你呢，你先来了，好，好，今天我们喝一盅庆贺庆贺。

那天中午，母亲暂时抛开了一切烦恼。正好，柳南寄来十五元钱，母亲取出钱去了一趟菜场，买了鱼虾之类的好菜招待两位老姐妹。杭州城里的原国军将领眷属中，湘九父亲的军阶并非最高，母亲的年龄也并非最大，但她似乎是她们的主心骨，或者说为首分子。周先生跟爱新觉罗·溥仪他们已经到了北京，周恩来、陈毅、罗瑞卿在中南海西花厅宴请他们，还要请他们畅游大江南北，看看新中国的建设成就。杨师母喝了一盅酒脸上就飞起了红晕，眼睛里却有一缕驱不散的忧伤，她说，我家老头子说他身体不大好，已经住过两次医院了，我想去看他，但是山高路远，我一双缠过的小脚如何去得了啊。

她们在家里谈得很热烈，不知道墙门外正在发生的事情。

湘九站在新开弄里吃周家姆妈给他的大白兔奶糖。自从在华欧糖厂偷吃一颗糖挨了母亲一个耳光后，他再也没有吃过糖。现在他手里有了一把糖，他要将糖分给小朋友们共享。新开弄五号有个小女孩跟他同年，名叫凤英，湘九说，凤英给你吃一颗糖。墙门里还有个比他大的孩子叫阿狗，湘九说阿狗你也吃一颗糖。他的身旁围拢来许多小朋友。小跷拐儿和他的朋友们也过来看热闹了。

他们说，我们现在要"跳鞍马"了。

他们抓住湘九，强迫他弯下了身子，他成为一具活的鞍马。他们排好队，一个接一个从他背上跳过去。小跷拐儿喊"预备——起"，一个男伢儿就撒开了脚丫子朝他奔过来。他的双手在湘九弯下的腰间一压，双腿分开，湘九颤动一下，他落了地，众人大叫一声"好!"小跷拐儿又喊一声"预备——起"，另一个男伢儿摇摇晃晃地朝他奔过去。

湘九挣扎着。小跷拐儿死死地摁住他的脑袋。阳光暴晒的地上蒸腾起湿热的地气和尿臊气味，湘九眼前直冒金星。他觉得自己的腰要断了，双膝在跪下去。他的血都涌上了脑血管，使他感到脑袋胀裂般的疼痛。他凝聚起全身的力量，突然大喊一声，昂起他的头，摁住他的两个伢儿摔倒了，小跷拐儿也摔倒了，而那个刚跳上"鞍马"的伢儿骑在了他的双肩上。湘九猛地向前扑倒，脑袋撞在嶙峋的石头上，撞出了血淋淋的两张大嘴。

孩子们向四下里逃开去，有的捂住脸，有的尖声叫嚷。

母亲和杨师母、周师母听到哭喊声惊慌失措地跑出来。她们看到的是一个十分可怕的场景。湘九躺在地上，一只血手印印在墙上。鲜血持续不断地、一泡沫一泡沫地从他头上的窟窿里涌出来，淌到腮帮上、肩膀上，顺着孱弱的胳膊一直流到指尖，流到地下。他那张因为失血而变得惨白的小脸向着天空，太阳因为目不忍睹而躲进了云层。母亲晕过去了。周师母蹲下身去拼命地叫湘九湘九，湘九你醒醒! 杨师母回首跟她的小儿子跺脚，快啊，快把他抱起来送医院去抢救! 听见没有? 快，快送去!!

二哥冲了出来，从杨家小儿子手里夺过湘九。他以百米冲刺的速度穿过皮市巷马市街直奔浙二医院。

几十年过去了，湘九依然能够清晰地回想起那间手术室。回想起医生将一块白布蒙住他的脸。他听到冰冷的手术器械落到盘子里发出金属的碰撞声。他还听见二哥对麻醉师说，麻药用多了会不会影响我弟弟的智力? 他奇怪自己并不感到疼痛，虽然医生正在一针一针缝合他的伤口。上面的伤口缝了两针，下面的伤口缝了六针。他听到手术室门外好像是杨师母的说话声：阿弥陀佛，这孩子的命太硬，也许，不破点相反而养不大呢。

不知道什么缘故，后来人们把阿狗当成了造成这起伤害事故的罪魁祸首。也许他年龄大一些？那一年他十三岁了。也许因为他的出身成分也不大好？他的父亲算不上资本家至少也算一个小业主。也许这些都不是主要的原因。主要的原因是，参与闯祸的孩子起码有六七个，唯有阿狗的娘，买了半只火腿送到张家，诚恳地向他们赔礼道歉。

二哥给大姐写了一封信。他对柳南说，湘九伤好之后，也不能再在这里住下去了，不能再去紫金观巷小学上学，这里不适合他的成长，万一再出点什么事，全家人都将不得安宁。

柳南的回信是从天津寄来的，她丈夫从部队转业到了天津一所高校当职员，她也从吉林砖瓦厂调到了天津一家铸锻件厂。柳南的信写得像电报一样简单扼要：寄上一笔盘缠，迁徙来津。

被连绵秋雨浸湿了的赤山埠山路在颤巍巍的树荫下伸展着，悲哀的遐思伴随着他们踏上石阶。向外婆告别时，母亲点燃三支香，朝外婆的坟墓拜三拜，又转过身，朝东南方向拜了三拜。二姐说，姆妈你朝那边拜什么？母亲说，拜你们的老子，我恨他。母亲说得沉怨刻骨。

长大以后，湘九慢慢地明白了母亲当时的心境。她确实恨他们的父亲，她的丈夫。恨他那样轻而易举地把她和孩子们送了回来，又那样轻而易举地将自己亡命于海外。她还恨他不把自己的真实思想和计划告诉她，而她居然多少年来习惯于不闻不问男人的世界。在袅袅的香烟中，她倾听着从灵隐方向传过来的暮鼓晨钟，思念着一个明明死了却被当成活着的男人，这一切，怎能不叫她蚀骨铭心地痛恨？

湘九头上的伤口拆了线，那脑袋却依然肿得像一只猪头。母亲带他去浙二医院打针，回来时到马市街向周家告别，在那里，湘九第一次看到了黄埔一期生周振强。这个孙中山的卫士高大健壮，穿着一身灰色的中山装。周先生瞧着他满头的绷带说，"打仗"受的伤吗？你是"志愿军"还是"美国兵"？湘九低下头去，无地自容。周师母将他受人欺侮的情形讲给周先生听。周先生面无表情地听完后，拍拍他的肩，说，将门之子，这点小伤算得了什么?!

周先生已经当了全国政协文史专员，准备携眷去京城定居。周师母换了一身蓝卡其布列宁装，黑皮鞋，看上去年轻多了，跟省里来的统战部女干部一样。周师母说，我们乘同一趟火车北上吧，一路上也好多说些话。母亲说，我们还没有准备好，不好意思耽搁你们行程。周师母还要劝她同行，周先生看到了湘九母亲脸上尴尬的表情，他将脸转了开去，腮帮子微微抽搐，他说，好吧，我们先走一步，横竖京津之间距离很近，我们会再见面的。

湘九在路上问母亲：我们为什么不跟他们同行？

他们乘的是卧铺，说不定还是包厢软卧。母亲说，我们坐得起吗？就是坐得起，能有资格坐么？

人家是上任去的，我们是逃难去的。

这句话分量太重，说得湘九面色如土。他知道是他连累了一家人。他的浮肿的脸上，双眼如两条细缝，泪水从缝隙中溢出来。家里开了个会，三姐的大名叫梅，她即将初中毕业，二姐说，梅妹就不要去天津了，平时住校，星期天可到我家改善一下伙食。梅读书读得那么好，她应当读高中、读大学，迁徙到北方去是一个未知数，不利于她的升学。

大娘舅大舅姆已经搬到长沙去了，阿贞在化工研究所找了对象。姆娘一家去了湖州乡下。秋生在修水利，秋生的妹妹当工地上的"铁姑娘"，红旗猎猎，大食堂放开肚皮吃饱饭，鼓足干劲搞生产。送行的亲戚只有小娘舅一个人。湘九对小娘舅说，我们走了，你就冷冷清清了。小娘舅说我还有几个堂兄堂妹，有往来的。母亲红着眼睛说，少提他们。宝兴跟你往来吗？他妹子跟你往来吗？黑髦的态度也难说，人家躲我们都来不及，你就识相一点吧。

火车呜呜地开动了，汽笛发出一声吼叫，车头冒出一股白烟。杨师母站在月台上，哇的一声大哭。母亲探出车窗去，说，不要哭，你千万不要哭，我们还会见面的！母亲看到一对男女跑上了月台，女的挥着手哇啦哇啦地叫嚷，男的一瘸一瘸跟在后面。母亲喊，阿珍，不要跑，当心肚皮里的伢儿！阿珍仍在跑着。去年，阿珍的第一个儿子已经两岁，闷在被窝里大哭阿珍却听不到，结果被闷死了。阿珍的男人气得要打死她，她逃到新开弄五号，与母亲抵足而眠，一直到她男人慢慢地恢复理智。谢天谢地，阿珍又怀孕了！母亲噙着热泪对阿珍说，坐月子的时候到天津去吧，我侍候你。

　　火车往北跑，一阵冷风从车窗外刮过，吹得窗帘飘飘荡荡。窗外掠过收割完的田野，一个世界变得空空荡荡。小姐姐问母亲，黑髦是小外婆的女儿，住在延定巷，我们知道。宝兴是谁呢？宝兴也是我的堂房兄弟，母亲说，他年纪轻，五十年代初期派去哈尔滨铁工厂实习，回来后当工段长、车间主任，听说已经入党了。母亲脸上出现缅怀往昔的神情。

　　夜雾来了，夜雾悠悠地罩着河流山川，黏湿而冷酷地抽动着，好像深不可测的海面上的波涛。母亲仍在缅怀她的故乡、她的过去。母亲也有过她的少女时代。她是工人的女儿，她的亲戚们多半也是劳苦大众，现在翻身了，早已跟她疏远。黑髦也许是一个例外吧。她父亲是一名建筑设计师。小娘舅把这个堂妹介绍进了银行，她成了干部，小娘舅还是茶房。

　　火车在下关乘轮渡驶向对岸。湘九很惊讶。这么长这么高的车厢，里面坐了这么多人，放在轮船上怎么不会沉下去？他问二哥。二哥说所以你要好好学习天天向上，要有知识，要搞清楚十万个为什么。二哥早就不抓蛐蛐儿了，他现在的理想是到实验室、到设计所去工作。他说，在那里才能看到真正有知识的人们，他们拿着圆规、直尺和三角板，伏在大桌子上设计线路图，他们的智慧创造出科学和财富。二哥拿出一本《科学就是力量》杂志给湘九看，他说，读书多么不容易，你现在更明白这一点了吧？你要忍辱负重，你的面前只有读书一条路。

　　湘九点点头，他想，到了天津，总没有"小跷拐儿"了吧，我一定可以好好地读书了。

四

天津·丁字沽·工学院和小戏院

天津是北方的十里洋场，李鸿章在这里竭力兴办过洋务运动，一八九五年《马关条约》签订后，列强们瓜分中国沿海商埠，划分租界，设立银行，天津更有了一番畸形的繁荣。母亲对天津的历史却不甚了解，她的印象中，只记得七七事变不过二十几天，在飞机和大炮的掩护下，大批日军就从大沽口登陆开进了天津城，南开大学的图书馆、教室和宿舍等都付之一炬。张伯苓，母亲想起这样一位老人，后来他到重庆创办新的南开中学，我去捐过几次钱。

湘九觉得有些词儿从母亲嘴里说出来怪怪的，比方说书上称"淮海战役"，母亲却叫"徐蚌会战"。母亲说徐蚌会战后，林彪的部队率先发动了平津会战。在此之前，蒋中正要求傅作义率部南撤，加强长江防线，傅却认为蒋对他有排斥之意，因此而深怀戒心不愿南撤，结果被林彪罗荣桓聂荣臻进行了战略包围和战役分割。天津警备司令陈长捷在地下室里被俘，现在，他与周先生一起特赦，成了全国政协文史专员。

事实上天津的十里洋场也没有带给他们很多印象，他们眼里的天津像座大集镇。他们告别了火车，改乘一辆风尘仆仆的公交车，从西站出发，驶了十几站才到了郊外一片新建的简易楼房前。下了车，他们看到一幢红砖裸砌的楼房前站着一位小脚老太太、一个跟湘九差不多年龄的孩子。母亲的心一沉。她没想到柳南的婆婆带着小儿子前脚后步也赶到了这里。不到五十平方米的两居室住房，如何住得下老老小小两三户人家？

湘九看着忙碌的大姐和大姐夫。他觉得这个大姐夫不像个军人。他把厨房里的锅儿缸灶都搬到走廊上去，让他的母亲和小弟弟住进去，厨房大概有五平方米，放下一张高低床，还有一个肥皂箱做成的小柜子。另外两间正房，一间他们夫妻带着一个刚出生的婴儿住，一间给岳母和孩子们住。房间里摆了一张大床、一张两尺半宽的高低床，转个身都十分困难。大姐说，这些床都是你姐夫亲手做的。湘九看着高高瘦瘦的大姐夫，觉得他确实很像一位从乡下进城来的木匠。

终于安顿下来后他们都累极了。母亲和小姐姐躺在大床上，二哥靠在高低床的下铺休息，湘九不无艰难地爬到上铺去。姐夫在走廊上喊：开饭啰，今天咱们吃饺子！姐夫的弟弟小老虎从屋子里奔出去，高兴得手舞足蹈。母亲和她的孩子们闻到一股韭菜大葱和大蒜的气味，感到恶心。几天的旅途使他们失去了食欲，这是一个原因，另一个原因是杭州人不习惯大葱大蒜气味。他们无精打采地从床上起来，慢腾腾地走到餐桌旁去。

小姐姐的名字叫兰，柳南说，兰，你怎么不吃？小姐姐说，我吃不下去。大姐夫说，这么好吃的饺子你怎么会吃不下去？我还搁了大肥肉呢。他将筷子掰开一只饺子，果然有一些白花花的肥肉颤悠悠耸动着。小姐姐的脸色变了，她将手捂住嘴，哇的一声呕吐出来，小老虎很惊奇地朝他们看了，伸出一只肮脏的小手去，抓起这只饺子就往嘴里塞，一边吃一边说，你们不吃都给俺吃！姐夫用筷子打一下他的手说，瞧你这副猴相。

气氛突然间变得很微妙。小老虎的娘站了起来，这个小脚老太太其实不过五十多岁，梳着髻，穿着黑色的大襟衫，看上去倒有六十多岁的样子。她板着脸，从他们第一眼看到她起，其实她都板着脸。她骂了一声小老虎，老虎，这不是在俺们家里，端着碗回屋里吃去！

她放下筷子进了小房间，小老虎委屈地跟进去。大姐夫站起身，想跟进去，朝柳南看一眼，又坐了下来。张家的人都放下了筷子，闷声不响。过了足足有半分钟，母亲端起一碗饺子对柳南说，你送过去吧，请老太太原谅你小妹不懂事。

经过这几年单身在东北的生活磨砺，柳南的棱角已经磨去不少了，何况现在她是人家的儿媳。她将双手捧着饺子，去敲婆婆的门。她推门，推不开，里面上了插销。

柳南压制着内心的不快喊：小老虎，你开开门吧，大嫂给你们端来一大碗饺子啊！

她听到插销松动的声音，她推一下门，还是推不开，插销又插上了。接着，大家都听到了小老虎被打的哭喊声。老太太怒气冲冲地骂她的小儿子：你这辈子没吃过饺子吗？俗话说娶了媳妇忘了娘，你这么小，你离娶媳妇还早着呢，你就不听娘的话了?!

柳南紫涨着脸把那碗饺子端了回来。柳南说，别管她，咱们吃吧。大家都把眼光投向母亲，她不拿起筷子，谁也不敢动手。母亲朝柳南的丈夫看着，看得他满头的汗珠儿慢慢地落下来。他张着嘴，想隔着房门对他母亲说话，又说不出什么，原本还算白净的脸上颜色不断变幻，最后变成难看极了的铁青色的苦相。

母亲叹了一口气。这口气叹得绵长悠久，仿佛是从一口深井里慢慢地提起来一样。她站起身来，走到门边去，轻轻地敲门。孩子她奶奶，母亲跟着婴儿的辈分称呼她，您就消消气吧，您可不能和孩子们一般见识啊。这里是您的家，我们只是客人，您这样就不像是待客之道了。

母亲说得轻声细语，她的国语里带着浓浓的江南风味，好像唱越剧似的。母亲只读过一年私塾，那个从安徽过来的老太太比她文化高。小脚老太太终于就坡下驴了，她听出了亲家母话里的话。她拉开门说，什么主人客人啊，现在男女平等，俺家也就是你家了。

从第一餐饭开始，母亲和她带来的儿女们就成了投亲靠友的客人，这个地位从此固定下来，使他们增添了更多的漂泊感。小姐姐上学去了。二哥没有上学。他已经读完高二，准备以同等学力的身份去参加高考。湘九想跟小老虎去丁字沽小学作插班生，想不到的是，这所小学断然拒绝了他。

生命在一分钟前后展开了两个部分，一分钟前窗台上停着一只希望的小鸟，一分钟后它飞走了。丁字沽小学的教导主任看着湘九的成绩单时，一迭声说，没问题没问题，这个孩子就上二年级吧。然而当他读到湘九的《品德评语》时，他的眉头渐渐皱紧。评语上的措词其实很含糊，只是说湘九对伟大领袖不够恭敬，要改正乱涂乱画的缺点。但是湘九却不敢含糊。教导主任问他究竟发生过什么不恭敬的行为，湘九老老实实地将自己跟小跷拐儿之间发生过的一切作了坦白交待。

教导主任摊开双手对湘九的大姐夫说，面对这个孩子的家庭成分以及这纸《品德评语》，他确实感到很遗憾，爱莫能助。

　　湘九重温了当初报考大塔儿巷幼儿园时的旧梦。他凝视着窗外湿漉漉的校园。校园的操场上孩子们在嬉戏，欢歌笑语传进他的耳里。曾经接纳了没有城市户口的安徽乡下孩子老虎的校园，在接纳这个已将户口迁到天津的学习成绩优异的杭州孩子时，却显得毅然决然的冷酷无情，没有一丝笑靥相迎。湘九没有哭泣，他只是带点麻木的神情在凝想着。对于已经构成的事实，他明白自己是无论怎么努力也不能消除或者弥补的，黯淡的、严峻的、漂泊的、寄人篱下的生活图景已经彻底展现在他的面前，他既缺乏安全感也没有归属感。

　　他想，我该流浪到何处去呢？

　　大姐夫任职的工学院有一座孵房，孵僵了的蛋母亲称之为"喜蛋"。有一天她在家里闷得慌，出门走啊走的就走到了孵房门前，她拦住一位师傅说，您把这些喜蛋送到哪里去啊？师傅说送去作喂牲口的饲料。母亲大吃一惊。她说，卖给我吧，我喜欢吃这个。师傅露出了比她更加惊讶的表情，他想不通，看上去温文尔雅的一位妇人，居然爱吃这种东西。你拿去吧，全送给你了，他说。母亲接过篮子说，送给我不太合适。我付钱吧，便宜一点，谢谢您的关照了。

　　那就收你一分钱一个吧。师傅说。

　　篮子里有八九十个喜蛋，母亲不容分说地塞给他一元钱。师傅愣怔怔地站在孵房门前，瞧着这个喜滋滋的南方妇人拎着这篮孵僵的鸡蛋鸭蛋离去，着实感到不可思议。

　　不可思议的还有小老虎和他的娘。他们闻到走廊上飘来的香味。他们垂涎欲滴。母亲煮蛋时放了茴香桂皮，放了酱油和白糖料酒。她端着煮好的喜蛋上桌时，张家的孩子们欢呼雀跃，小老虎和他的娘也露出了欣喜之情，但是，当他们看到母亲剥开一只喜蛋，露出那只已经成形的带毛的小鸡仔时，他们恐惧地捂住了嘴。俺的天哟，小老虎的娘霍地一下站起，脸都黑了，扭着小脚逃到门外去。这是人吃的东西吗？她说，你们简直太野蛮了。

为了避免和野蛮人共进午餐，他们在走廊上放下一张小桌子，母亲和湘九们吃喜蛋，他们吃大葱窝头。里面吃得津津有味，外面吃得皱眉蹙首。母亲说，这么有滋味有营养的菜，若是喝点酒就更好了。小女儿兰放下筷子说，姆妈，我去给你打酒吧。母亲摸出一角钱，十分遗憾地说，这里买不到绍兴加饭，只好打二两二锅头来解解馋了。

兰走过小老虎身边时给他使了个眼色。兰说，我不知道去副食店的路，小老虎你给我指一下。小老虎朝他娘看，他娘不吭声，小老虎说，我去楼下给你指一下路就回来好吗？兰点点头。

他们站在楼下的门洞里。兰把一只喜蛋递到小老虎手里。小老虎迟疑不决地剥去蛋壳，想吃又不敢吃。兰说，吃吧，真的好吃极了！小老虎闭上眼睛，一口吞下去，咀嚼着，渐渐地露出陶醉的神情。楼上，他娘在唤他了，老虎啊，你死到哪儿去啦，怎么还不回来！小老虎赶紧抹着油光光的小嘴回去了。

大姐夫陪着他娘吃窝头大葱咸菜。大姐夫说，娘，您想吃什么您就吩咐我去买吧，您的身体要紧。老太太说，是啊，俺干吗这样节俭？你明天就去给俺买两斤羊杂碎来，也让俺的儿子孝敬孝敬俺。

接下来的几天，一幢楼里都飘荡着羊膻味。锅里炖着羊肝、羊肚、羊肠，热气弥漫屋里屋外。一般来说，上年纪的杭州人都不吃牛羊肉。后来湘九特意考证过这个问题。老人们说这或许跟完颜亮有关。"提兵百万西湖上，立马吴山第一峰。"这是南宋偏安之时，金人潜入临安面对城隍山景画的画上题的诗。吴山就是城隍山，立马山峰脚下就是踏着皇城根儿了。杭州不仅是暖风熏得游人醉的杭州，孩儿巷住过陆放翁，忠孝巷是于谦故里，岳飞墓张苍水墓都吟唱着"青山有幸埋忠骨"的千古绝句。杭州的百姓们因此而不喜欢闻羊膻味。

啼笑皆非的母亲忧郁地坐在窗前。她被浓烈的大葱味大蒜味羊膻味熏得晕晕乎乎，坐卧不宁。母亲跟湘九说，幺儿我们出去走走吧。湘九说，去看戏吧，五分钱一张票，可以从早上看到晚上。他们往集市上走，穿过两旁的菜摊、水果摊、药材摊和杂货摊儿，来到了丁字沽小戏院。这是一座简陋得不能再简陋的戏院，门口的戏牌上永远写着河北梆子《打渔杀家》《秦香莲》《狸猫换太子》等十几出戏。这些戏连轴演，观众随时可以进去看，随时可以退出来。剧场里有茶水供应，卖瓜子、卖点心的小贩穿梭往来。母子俩刚坐下，一块毛巾从他们头上飞过去，他们回头看，一个胖子接住了毛巾，笑嘻嘻地揩起脸来。湘九转过身去看台上，一位穿黄袍的年轻人捧着三炷香正在卖力地唱，他问母亲这是什么戏呀，母亲说你别吵，让我仔细地听一听。

> 唐太子急拈香低声祷告，
> 李世民忙下拜恭敬参神。
> 我乃是大唐国高皇次子，
> 父李渊祖李柄李虎幺孙……

这个是唐王李世民！母亲听懂了，脸上出现笑容。原先她以为听不懂什么梆子戏的，没想到能够听懂。这唱腔和京剧差不太多，母亲轻声说，我已经好多年没看过京剧了。

坐在嘈杂如市场般的丁字沽小戏院里，母亲居然回想起了南京的国民大会堂。母亲说抗战胜利了，一家人回到南京，她去看梅兰芳的《霸王别姬》，就坐在周恩来邓颖超身后，她的身旁是张治中夫妇。蒋中正宋美龄入场时，场内一阵骚动，有人起立，有人鼓掌。个子高高的蒋先生面色清癯，穿一袭长衫，向人们双手作揖。蒋夫人则是淡妆浓抹，走到母亲跟前时站住，伸出手去与她相握，问长问短。

她浑身都香喷喷的，母亲说，她在"八一三"淞沪抗战时负过伤。第二次世界大战中国家元首夫人负伤，唯她一位啊！

湘九永远清晰地记得这个天津郊外小戏院的中午，阳光穿过土墙的小窗照在他们身上，母亲沉浸在往昔主流社会的回忆中。母亲的手上已经长满硬茧，摸着他的小手时糙啦啦的，她闭起双眼回想京都盛事，小戏院的河北梆子变幻成了京剧大师的艺术表演，整个事实像一场梦。

母亲轻声告诉他，你不要自暴自弃，你会有光明前途的。你要努力学习，长大做一个对国家对社会有贡献的人。从小吃点苦，对你未尝不是好事。

她的声音仿佛穿越了无数时光来到他的耳中，穿越了高山、河流和大海。他的心因此而飘出戏院的小窗，飘过高山河流，飘向海峡的惊涛骇浪。他看见一片帆叶在风中远去。树叶变成金黄色，鸟在筑巢、唱歌，世间万物变幻无穷。台上已经换了一出戏。母亲惊奇地说，这出《白蛇传》与越剧《白蛇传》怎么不一样？这出《白蛇传》有托姑抚子一幕。白娘子凄凄切切地唱道：

> 将娇儿付与了姑母怀抱，早晚间还望你务把心操。我的儿好比那水上浮草，漂过来漫过去生根不牢。当打的还望你好言训教，当骂的还念他无娘娇娇。倘若是我的儿成人大了，把姑母教子万古名标……

触景生情，母亲热泪盈眶，她那夹杂着一些银丝的黑发，端庄地披在她那神情哀伤的脸庞周围，引人注目。一位老人问湘九，你们不是老丁字沽的人吧？湘九点点头。老人又说，你们是从五大道过来的？湘九摇摇头，他不知道什么五大道。

很久很久之后，湘九旧地重游，住在五大道之一的马场道市府招待所，他才知道了天津果然是十里洋场，那里的别墅洋房幽静雅致，一派历史悠久的欧美风格。

母亲又想起了张伯苓。从她嘴里说出的这位教育家是个既幽默又深刻的老头儿。一九二九年南开女中部第一届学生毕业，毕业典礼上张伯苓校长说：你们将来结婚，相夫教子，要襄助丈夫为国为公，不要要求丈夫升官发财。男人升官发财以后，第一个看不顺眼的就是你这个原配。

湘九想笑，却笑不出来。母亲回忆着当年在名媛淑女的客厅闺房听来的这些逸事，脸上的神情却如此落寞，使他黯然神伤。

台上在演戏，台下乱哄哄的，有的抽烟，有的喝茶，有的吆喝，有的吵架，还有的喊：抓住他抓住他，他是贼！母亲买了两个烧饼，和湘九一人一个细细咀嚼。空气浑浊，他们坐到窗下去。傍晚，周围的一切仿佛都在神思恍惚之中，台上已经唱得声嘶力竭，台下却在鼓倒掌，有人还把零钱和香烟扔到台上去。

这是梦景吗？湘九呆呆地想，这地方距离母亲的国民大会堂可能是一万里或者一百年。

这座小戏院成为天津留给他们记忆最深刻的地方之一。如同漂泊的船临时停靠一个小码头，母亲隔三岔五地来到这里，一如当年去新街口的咖啡馆。她对湘九说，你父亲不抽烟，喝酒也不多，家里放几瓶别人送的白兰地，偶尔喝一杯而已。说这话时，母亲抿一小口二锅头，虚虚地吐出一圈烟雾。湘九觉得她的心也随着烟雾浮了起来，忧伤地在半空中飘着。下雨天，他们听见窗外雨珠迸裂的声音。母亲说，你父亲烦我抽烟，他喜欢不抽烟的女人，在重庆时，有个小学女校长不抽烟不喝酒，一副很清纯的样子，他就跟她好上了。

柳南和母亲讨论过这个问题。柳南说她第二次去香港时，仲君告诉她，有一天在街上看到父亲，身旁走着一个女人，女人手里牵着一个孩子。母亲说是不是那个小学校长？他把她带到香港去了？柳南想了半天说，不可能吧，他怎么会把她带到香港去呢，他有这么执著？再说，你也没有证据，证明他和那个小学校长真的有关系。柳南说，我知道他经常帮助抗战烈士的遗属抚养孩子，或许仲君看到的，就是哪一位遗属和她的小孩。

遗属就不能做他的情人了？母亲气呼呼地说，日久生情，帮助的时间长了，人家就不会粘上他不放了？

柳南无法回答这个问题。这个问题要在许多年之后，有一双姐弟从海峡对面来信，说他们的母亲曾经说过，他们的父亲是张某人，这才似乎有了定论。然而，这双姐弟的生母似乎也并非是同一个人。于是二姐四处托人，寻觅半个多世纪前那位小学女校长的下落。她认为这双姐弟中的姐姐，可能是小学女校长的女儿。问题是如果小学女校长一直生活在大陆，她的女儿怎么会去了香港，又怎么会跟着并非生母的另一个女人去了台湾？

这是有关父亲最后情况的第二或者第四个版本了，而第五个版本则是一位九十二岁的老太太从洛杉矶打来的电话。九十二岁的老太太是前国军九十七军军长、一兵团蒋副司令的夫人，她对湘九说，当时，你父亲贫病交迫，受人监视，我出了一千元钱送他去的医院，我没看到彼时他身边还有什么人，也许有人照顾过他一阵子吧，但是不会有孩子。

这些版本将在以后的岁月里陆续浮出水面，彼时却仅仅是一些纷乱的猜测和想象。彼时的母亲很想找一个工作，哪怕去工学院孵房里孵小鸡也行。母亲认为她孵小鸡比那些师傅更有经验，抗战时她在璧山孵过很多小鸡。在敌机轰炸过的田野上，毛茸茸的小鸡破壳而出，叽叽喳喳地抢吃着弹坑边草丛里的小虫。母亲说这是一幅战乱中带给人和平希望的美好图画。

柳南却反对她再去打工。柳南说您就留在家里帮我带孩子吧，这孩子交给她奶奶带我不放心。柳南是从健康和卫生的角度出发。她接受不了奶奶将嚼过的馒头喂到孙女嘴里这种方式。但是孙女的奶奶不这么看，她用这种方式喂大了五六个孩子，如何到了这个孙女身上就有了问题？

不同的文化背景制造出各种形式的矛盾，老太太盘着腿坐在床上，叼着旱烟筒生气。湘九把老太太的情绪告诉大姐。大姐幽幽地说，你大姐夫家从前也是名门望族，老爷爷是有名的开明士绅呢。他有个堂姐是南开大学的部长，还有几位亲戚在外省当高干。他从前也是个有主见的人，受伤后，性格、脾气都变了。

大姐夫每天都躲在茅房里抽烟。他抽的是岳母给他的烟，自己一分钱也舍不得花。头发长了也不去剃头店，而是叫柳南给他剪。他永远地穿着一身邋遢的旧军装。他害怕跟人打交道。他每天画图纸搞发明。他搞的发明最后都变成了一堆废纸。

他们念叨了许久的堂姐终于在一个星期天大驾光临。大姐夫一大早就站在路口迎接。好不容易看到一辆轿车驶近了，他抬起手招呼，轿车却疾驰而去。老太太心神不宁地在屋子里踱来踱去，仿佛来的不是她晚辈，而是长辈。她叫小老虎洗脸、洗手，又叫他去买烟，买恒大牌。母亲想出门去回避一下，柳南说您不能走，您也是长辈，他姐姐就是来看望长辈的。母亲说，这不是难为我吗，人家像迎接从宫里出来省亲的元春一样，到时候，我是该鞠躬呢还是磕头？

快到中午了，一辆老旧的嘎斯吉普终于摇摇晃晃地驶来。车门开处，一位剪短发穿列宁装脸色庄重的女领导干部出现在众人面前。二哥躲出去了，小姐姐也躲出去了，只有湘九和小老虎站在门口迎接她。她摸摸小老虎的头，小老虎叫她一声大姐。柳南指着湘九对她说，这是我小弟弟，湘九也叫了一声大姐。

这位大姐进了门，先看摇篮里的婴儿，然后再看老太太，其实不用她抬腿，老太太早已坐在婴儿身边。侄女儿送给婶婶一条恒大烟，婶婶说，怎能让你破费呢，俺抽旱烟就行了。侄女儿说，您拿着吧，带回去给乡亲们一人一支，也算我的一点心意了。

老太太的脸色变了。她想不到这个当领导干部的侄女居然让她早日回老家去。当她丈夫的侄女进了亲家母的卧室向她问候时，老太太板着脸回到自己的小屋去。她的脸色苍白，双腿微微颤抖，一屁股坐在小床上，床板发出了吱嘎的叫声。她听到堂姐对堂弟和弟媳说，安徽农村户口想迁到天津市是不可能的，我办不到，办得到也不敢去办。她说，放开肚皮吃饱饭的日子很快就要过去了，现在不回去，将来的口粮都会成为问题。

她的话让母亲吃惊。母亲相信她知道的情况肯定比报纸上的话更真实、更可靠一些。因此，母亲比老太太还忧心忡忡了。母亲知道，城市的贫困和饥饿跟乡村不同，城市里的穷人每天都面对着富人，他们因此而分外的敏感、自卑和痛苦。母亲觉得自己带着三个子女住在这里，已经快把大女儿大女婿压趴下了。柳南每个月的工资都要拿去还上个月向人借的债。而且她又开始咳嗽了。当年从香港带回的雷米封早已服完，要是她的旧病复发，这日子还怎么过下去呢？

南开大学的女部长只坐了半个小时，告别时，母亲下了楼，一直送她到车旁。母亲本来想提起张伯苓的，如果她感兴趣的话，还可以谈谈马寅初。抗战胜利时母亲和马老先生一家乘同一艘轮船从四川回南京。一路上走走停停，共同生活将近一个月。母亲想问问马老被戴上右派帽子后的生活情况：老爷子身体还撑得住吗？但是，几次话到嘴边终究还是咽了回去。谁知道人家是否愿意谈这样的话题？

女部长给了小老虎和湘九一包水果糖，他俩飞快地跑出去，跑到了工学院的操场上。操场上有小老虎的十来个同学在踢足球，这包糖被他们一抢而光。他们因此而接纳了南方来的小朋友湘九，乱哄哄地将老师讲过的课复述给他听。

躲出去的二哥坐在工学院图书馆里看书。其实二哥每天都去工学院图书馆。中午也不回来。他从书包里拿出一个玉米面窝头，一边看书一边吃午饭。图书馆的阿姨倒一杯水给他。阿姨说，你吃得惯吗？听说你们在南方只吃大米饭。二哥说，我家常吃六谷糊，六谷就是玉米，我习惯。

二哥在校门口捡到一枚校徽，他把校徽佩在胸前去教室里听课。他穿着大姐夫的

绝地行走

旧军装，戴着近视眼镜，很虔诚地望着讲台上的教授，教授们因此而注意到他。有一天一位教授下课时叫住了他，这位同学，你叫什么名字，怎么总见不到你的试卷？二哥低下头无言可对。良久，他才轻声细语地将自己的学历和身份告诉教授。教授沉吟了半响，拍拍他的肩说，没问题，你会考上大学的。你就填我们学院我教的这个专业吧，我们欢迎你。

二哥唯一花钱的享受就是看晚报。给他买晚报的任务落在湘九身上。二哥最关心的人叫容国团。他把他的格言"人生能有几次搏，此时不搏更待何时"贴在床头上。在遥远的德意志联邦共和国多特蒙德，第二十五届世界乒乓球锦标赛使他如痴如醉。容国团只身闯关，技压群雄，先后战胜了日本亚军星野展弥、匈牙利名将别尔切克、美国冠军迈尔斯。当他取得决赛权，将与七次获得世界冠军的匈牙利名将西多较量时，二哥坐立不安，从图书馆回到家，第一句话就问湘九，报纸买来没有？

偏偏是那一天，湘九跟着放学回家的小老虎去了足球场。一个同学把脚踢到了小老虎腿上，小老虎跌倒了，痛得龇牙咧嘴地叫骂。同学说，你再骂我就不客气了，小老虎说操你姥姥。同学挥拳打去，湘九一挡，拳头落到他脸上，额头上出现一个大包。湘九扑过去，把小老虎的同学撞倒在地，小老虎也扑了上去。于是，有的同学帮小老虎和湘九，有的同学帮对方，操场上发生了一场混战。等到曲终人散时，暮色已经降临大地，湘九搀扶着小老虎，像伤兵一样一瘸一瘸地走了半天才回到家。

二哥惊愕地看着衣衫撕破挂落的湘九，气得半天说不出话。湘九的脸上挂着几滴褐色的血迹，蒙着一层灰暗的苍白，嘴唇肿胀发紫。他站在昏暗的门边，一时还反应不过来。等到听明白了二哥的话后，他跺了跺脚，说，我现在去买，然后就跟跄着又跑了出去。

二哥在他的身后咆哮着，追他，他在前面跑。他们越过铺路用的碎石子堆，跳过一摊摊小水洼。跑过小戏院，跑到了丁字沽邮局门口。邮局已经打烊了，湘九拼命地敲门，值班的人打开窗子说，敲吗呀，下班了，你要发加急电报也得等明天了！

湘九苦苦地哀求他卖一份晚报。他不耐烦地说，早卖完啦，今天晚报出了号外，人们像疯了似的抢着买！湘九转过身，像一名罪犯站在警察跟前般地面对二哥。二哥开始还阴沉着脸，听到"号外"两个字，愣了愣，随即从地上跳起，向空中打了个响指。湘九瞠目结舌，他从来没有看到过二哥兴奋成这个样子，在他眼里，二哥似乎永远是一个沉默寡言、少年老成的人。

他为中国洗去了"东亚病夫"的耻辱，二哥说，他是英雄！

他们站在小戏院门口，等着看完戏走出来的观众，他们拦住了一个老头儿，借他手里的晚报看。他们在戏院门前昏暗的灯光下看到中国第一个世界冠军捧着奖杯向人们挥手，他的照片占了整整一个版。二哥说，容国团只比他大三岁，也是从香港过来的，因为家境贫寒，他十五岁就辍学，进入渔行当了童工。容国团能够从一名社会底层的穷孩子成为时代英雄，我们为什么不能？

那天晚上二哥的话真多。他们一路走一路谈着，连晚饭都忘了吃。当然，他们绝对不会想到的是，九年之后，这位英雄便成了"叛徒"，成了"特务嫌疑"，含冤自尽。

英雄总是比常人更脆弱一些。比方说他们的大姐柳南也是"叛徒"，也是"特嫌"，容国团自尽那天，她被人从财务处押送到了锅炉房去烧锅炉，她却没有跳楼，没有上吊，也没有服安眠药。

长大后回想天津，湘九印象至深的是那一次洪水袭击。当时外国新闻社发出了一篇《中国一列火车在洪水中失踪》的报道。出事的是从沈阳开往北京的十二次列车，不过它并没有消失，而是被洪水困住了。它被前不着村后不着店地困在了一座大桥上，一半在桥上一半在陆地，情况十分危急。列车上有七百多名乘客，还有苏联士兵，怎么办？车上的司乘人员是一群年轻的姑娘，平均年龄二十一岁。她们大胆地决定退回沈阳，可是列车因为断电已经与上级和调度失去了联系。大雨在继续，洪水在上涨，沿途都是灾民，列车如何克服困难？

困难总是可以克服的。"三八女子包乘组"动员军民同舟共济，谱写抗洪交响曲。一位大校组织了三十多名不同军衔的军人组成警卫队维持秩序。后来拍了一部电影《12次列车》，电影里的大校是位运筹帷幄决胜千里的指挥员，而实际生活中他叫李劫夫，是一名家喻户晓的军旅作曲家。

连续的暴雨在夏天来到时突袭了京津地区。片刻间城市变成水乡泽国，交通处于混乱状态，大桥下的积水超过两米，一辆辆熄火的汽车犹如一头头瘫痪的水牛，趴在水里动弹不得。行人们小心翼翼地在积水中探索着回家的路。百年老屋经不起暴雨的冲击，一间间坍塌下来。湘九和小老虎看到一个老太太爬在废墟上哭泣，他们跑过去叫大娘，大娘，我们扶您去商店里喝口热水吧。居委会在商店里设了个临时救助站，有热水，还有一只备了常用药的药箱。

九岁的湘九和小老虎快乐地在雨中在水里游来游去。他们终归还是孩子。所有的愁惨景象要在三十五年后重新出现。那是一九九四年，在同样的夏天，湘九从军队转业，去一座正在遭受台风袭击的城市担任行政副职。那时候，他的脑海里涌现出童年纷乱的记忆，他想到城市的气象服务、市政应变能力、交通疏导和防灾系统等多处软肋。他在暴雨和台风中说，我们的灾难大多存在人为的因素，领导一座城市，首先要给予市民的是一种安全感，安全感是生活质量的最重要前提！周围的政府官员们，觉得他好像在拍电影时担任演员似的。

他们在水面上追逐一只只西瓜。商店的一楼进了水，不少货物沉在了水下，西瓜却漂浮在水上。小老虎游的是狗刨式，他的屁股一撅一撅，很快抱住了一只大西瓜。湘九不学狗刨式，他觉得自己应当有一种更漂亮的姿势。他游蛙式或自由式，样子虽然好看一些，但是每当他的小手触到一只西瓜时，西瓜就漂开了。

他们是互相搀扶着回家的，他们在一条河的堤岸上跌跌撞撞地走着，差一点找不到家了。风变得阴冷潮湿，眼前白茫茫一片，脚步就像踏在脆弱的梦境里。水面上漂浮着死鸡死猫，漂浮着碎木条、打开的皮箱和日本尿素袋子，救人的小艇跟人一样摇摇晃晃。远处的楼房像船上的桅杆竖在空中，近处的楼道很黑暗。小老虎抱着一只大西瓜进了楼，昏暗的天光下他那恍惚的脸、惊惶的眼睛和被冷风吹得发紫的嘴唇，带给湘九一种陌生而害怕的感觉。婴儿在猫一样地啼哭，母亲在哄她，小老虎的娘在祷告，她说，他们都回不来了，俺们怎么办？小姐姐趴在窗台上瞧着被淹没的马路，说，二哥到不了考场了，二哥考不上大学了！湘九永远也忘不了那个情景。湘九说，他怎么会考不上呢，他会游泳的，一游就游进考场去了！

二哥没有游进考场去。这是他人生的一次重大失误。他已经考完几门课了，现在是最后一天考试。他乘坐的公交车在海河边抛了锚，于是他下车涉水过去。他以为水很浅，一脚踩下去却踩不到底，当他的身子重新浮出水面时，近视眼镜离他而去。他拼命地捞啊捞，终于捞到那副眼镜时，一块镜片已经碎裂了。那时候他的脑子肯定迷糊了，没有继续往前走，而是游回来，上了岸往家走。他要换一身衣服，换一副眼镜，然后重返考场。

不知道他是如何战胜了千难万阻到达考场的，只知道当他终于到达那里时，考试刚刚结束。幸运的考生们纷纷从考场里出来，从他身边走过。他傻乎乎地站在那里，一颗泪珠像一位不速之客，像这场风雨的最后一滴雨水，像命运安排的又一场噩梦，滚出了他的眼眶。

因为西瓜是小老虎捧回来的，母亲没有责骂湘九。但是，谁也没有心情吃那个西瓜了。夜里，柳南和丈夫终于回到了家。柳南听说二弟的遭遇后，不知如何才能安慰他。张家的三个儿子，老大已经身陷囹圄，读书成才的希望只能寄托在老二老小身上。现在，他们的希望全都破灭了。

母亲说我们还是回杭州去吧，那里终归是我的老家。

母亲对柳南说，万一你阿爸还活在人间呢，有一天，他去杭州找我们，也许就再也找不到我们了。

柳南心如刀绞。柳南刚收到三妹的信。梅在信上说，她已初中毕业，老师说她很可能上不了高中，因此她报了名，去杭州郊区的大观山农场当农工。同她一起报名的，还有杨师母的小儿子。老师给他们看了大观山农场的发展规划，人们把那里描绘得十分美好，果木成林，风景如画。

他们的周围是一片汪洋。万籁俱寂，水声宏大，他们被汪洋所淹没。他们仿佛站在一个小岛上，只看见一派混沌，那么沉重、黯淡，到处是忽隐忽现的漩涡，夜色深沉，水面变成大块的青铜，闪出阴森的光亮。整个世界保持着一种凝固的、令人透不过气来的严峻状态。

历史本来是由无数志士仁人共同创造的，是由南腔北调的各位将军墨客学者政人一起擎起火把，引导着劳苦大众从泥泞血污中走出来的。母亲一向以为她和她的丈夫也是创造这个历史的群体中的一员，此刻她的心却在痛苦地呻吟：她的孩子们为什么总是走来走去还是走投无路？

母亲举家南归的决定令人吃惊，柳南想说些不同意见，艰难地翕动着嘴唇却无从说起。母亲说，就这么定了吧。她伸出手去摸香烟，却发现烟已抽完了。小老虎的娘看到了走过来，手里拿着一盒恒大烟。老太太说，这是我买来请我那当高干的侄女儿抽的，她一支都没抽，你抽吧。母亲说谢谢。老太太看着母亲，母亲也看着她。母亲说，她奶奶，有话直说吧。

俺也要走了，带着老虎回安徽去。老太太终于下了决心般地说，她吐出一口辛辣的旱烟烟雾，神情黯淡落寞。户口在乡下，长期住在这里也不是办法，她说，回去了多少还能干点活，给家里做做饭、喂喂猪。

您把小老虎留在这里吧，母亲恳切地对她说，这里学习条件好，小老虎蛮聪明的，读书读不上去就可惜了。

老太太摇摇头。小老虎是她的宝贝疙瘩，留在这里不放心。她嘴上说的却是小老虎太调皮，恐怕大哥大嫂管教不了他反而淘气。再说乡下也有学校，读不读得上去是他自己的命。如果他不喜欢读书，再好的学校也帮不了他。

我要去一趟北京。这是那天晚上母亲最后说的话。我要去看看周太太。来了一趟天津却不去北京看她，我心里过意不去。周太太也是个苦命人，好不容易盼到周先生自由了，当上了全国政协的专员，她却病了，而且病得不轻。

这是母亲第一次去北京。她孤零零一个人去的。

周太太住在北京一家医院。母亲到达那里时，身后轻烟样的晨雾笼罩在紫禁城的城墙上，远远望去故宫和白塔的轮廓显得很模糊。有人在湖边打太极拳，有人在吊嗓子。几个小姑娘放声歌唱："让我们荡起双桨，小船儿推开波浪……"母亲想她们跟湘九小老虎的年龄差不多，她们可以在湖面上迎着朝阳荡起双桨，湘九和小老虎却只能在大水里捞西瓜。

母亲穿着一件开司米织的背心，旗袍和布鞋，剪着短发，这使她看上去很像一名从外省来的小学教师。这位很像小学教师的妇人向小姑娘们打听医院的所在，小姑娘把手一指，从胡同里进去，往东走就是了。

母亲在医院的女厕所洗了一把脸。她对镜自怜，从手提包里拿出一瓶孔凤春雪花膏，轻轻地擦脸。她站在那儿眯斜着眼朝洗手盆上面那面模糊不清的镜子瞟去，一边寻找着最佳的角度，一边端详着自己那苍白、秀气、清瘦的面貌，似乎要从中看出遗留在自己身上的某种气质来。照镜子如同回忆过去展望未来，母亲不愿意让人看到她的落拓。除了要体面外，自尊是她最后的一点财富了，如果再失去它，她就什么也没有了。

她闻到来苏尔的气味，听到哭声和呻吟声。她想起过去的年代，想起丈夫负伤的时候。将军和士兵们乱糟糟地躺在地上和担架上，到处是污血。她去伺候他们，给那些嘴唇发白，困难地喘着气的伤员们换药，洗绷带，喂水。日本人的飞机在天上轰鸣着，一个护士尖叫着逃开去了，她不逃。她对伤员们说，放心吧，炸弹不会落到这里。

周太太住在一条走廊的尽头，那里很安静，没有哭声和呻吟声。母亲轻轻地推门进去时，周太太眼睛睁得大大的，显得有些茫然，好像她是透过一层泪水在凝视着这位老姐妹似的，不能把视线集中起来，不敢相信她们会在这里重逢。母亲朝她微笑着，仿佛一切都没有什么了不起的。仿佛她们昨天刚分手，今天一早又见面了。

美丽的周太太像花儿一样萎谢了。她那原本白皙丰腴的脸盘小了，下巴尖了，浓密的头发变得稀疏，失去了光泽。当母亲握住她的手时，她的脸上浮起一层苦笑，额上出现了一道道深刻的皱纹。我的命真苦，总算安定下来了，却住进了医院，周太太对她的老姐妹说。说话时她想抬起身子来，但是抬不动，她那脑袋轻飘飘地回到了枕头上去，没有一点儿分量。

周先生坐在病房的一张椅子上，脸色疲惫苍凉。母亲想起在重庆时，这位战时干训团中将教育长给学员们训话，身披大氅脚蹬马靴，何等威风何等精神。医院附近有一处军营，母亲想到凋零的号声，由此而体会到一种英雄末路的凄凉。母亲对周太太说，你会好起来的，你和周先生还要在一起平平安安地度过后半生呢。

母亲陪着周太太，陪了一个上午。她们回忆过去的时光，她们的过去是李清照的词："三杯两盏淡酒，怎敌他晚来风急。"她们的过去是金昌绪的诗："打起黄莺儿，莫教枝上啼。啼时惊妾梦，不得到辽西。"她们的韶华销蚀在战乱中，再回首已近半百。母亲的手指温柔而忧伤地掠过周太太眼旁的鱼尾纹、垂下来的泪囊，梳理她那稀疏而干枯的头发。周太太婴儿一般依偎着她。她们的心里都十分清楚，这是她们最后在一起的时光了。屋子里静得可以听到周先生手表的嚓嚓声，一秒一秒，计算着人生最后的足迹。

在栽满树木花草的昆明湖铁栅栏前，母亲和周先生互道珍重，然后上了一辆公交车。她看着周先生蹒跚离去的身影，觉得所有的旧生活已经过去，好像在灰蒙蒙的街景里慢慢融化了。车子驶向京城西郊。景色一点点地显得萧瑟。母亲向售票员打听工业学院，售票员卷着舌头说，过了双榆树就到了。

母亲去看她的干儿子，工业学院的一名青年教师知民。抗战胜利那一年，知民的父亲带着部队到处受降，把知民寄养在张家。知民和黄埔三期出身的父亲性格完全不一样，他是一个腼腆的、循规蹈矩的中学生。当身为一兵团副司令兼九十七军军长的父亲带着太太和两个子女匆匆登上军舰驶离定海码头时，知民和他的小妹妹留在了大陆。小妹妹跟着外婆生活，知民考上了北京这所工业学院。这是一所来自陕北的学校，它的前身叫作延安自然学院，校长是徐特立。母亲看到这所学校就想起了一篇著名的文章，一位伟人对这位校长说，您过去是我的先生，您现在也是我的先生，您将来必然还是我的先生。

母亲想，知民怎么也会成了这位校长的学生？也许，因为知民确实是个品学兼优的好学生。也许，那时候学校还来不及完全向一部分人的子女敞开大门，而将另一部分人的子女拒之门外？

门卫将母亲挡在了校门外。他们给这个部门打电话，又给那个部门打电话。

他不在办公室。门卫说。

他在上课是吗？我可以坐在宿舍里等他。母亲说。

不必等了，门卫面无表情地说，教师宿舍也不是可以随便进去的。

母亲耷拉下肩，像挨了一刀。她不知道，知民是真的不在呢，还是不想见她？她无精打采地走到街对面去，坐在马路的路沿上。她的脸色很难看，汽车驶过扬起的尘土染白了她的头发和睫毛。不，知民不是那样的人！她大声对自己说。她透过尘土望着门卫把守的校门，仿佛看到那个怯生生的年轻人站在某幢教学楼的窗前，他们彼此遥望，割不断的亲情令人潸然泪下。

她等了一下午，没有等到她的干儿子，没有任何人理睬她，她只好重新上了一辆公交车。

母亲就这样离开了京城。她在京城只过了一个白天，既没有去天安门广场，也没有逛颐和园，更没有爬一爬八达岭长城。后来的日子里她常常以此自嘲，不到长城非好汉，她对湘九说，我不是好汉。我已经筋疲力尽了，什么地方也不想去了。

母亲在夜幕降临时回到了天津。从西站出来后，她坐在海河边聆听河水起伏的声音，如一首忧伤的歌曲伴着她缅怀曾经有过的人间真情。她侧耳聆听，仿佛那歌声一旦飘逝便再也无法寻找了。

她在海河边坐了许久，她的心跟着波浪一起翻腾。河水渐渐地变得平静，她的心也终于平静下来。后来，她走到了劝业场，在狗不理包子铺买了一斤包子，她一个也吃不下，全都带回家去给了亲家母和孩子们品尝。

小老虎和他的娘吃完了狗不理包子就离开了天津卫。他们走过西站高高的天桥，走得跟跟跄跄。一座城市缓缓地消失在他们身后，像一座海市蜃楼，一个脆弱虚幻的梦景。他们吃饱了玉米面窝头和黑麦面条的胃将去迎接即将到来的饥馑。天下人大饿的年代，安徽乡下吃观音土剥树皮的大有人在。

他们走后不到一个月，母亲带着二儿子、小女儿和小儿子也登上了南归的列车。天津是大城市，杭州是中等城市，从天津把户口迁回杭州比从杭州迁到天津更容易些。母亲的怀里还抱着柳南的女儿小南，这孩子还不到一周岁，就离开了她的爹娘。

列车一站一站地往回走，他们在列车的行进声中想着各自的心事。晨光微曦中，他们又一次看到了长江。江水茫茫，母亲遥望着远方的六朝古都出神。兰说，姆妈你在望什么呢？母亲唇际漾起一抹苦笑说，我在找你出生的地方忠岚里，怎么望不见呢？兰说，哪能望见忠岚里呢，隔着这么远的路，连中华门也看不到。

湘九愁绪满怀，不知道回到杭州还能不能上学，紫金观巷小学还会不会收留他。小跛拐儿和几个经常欺侮他的同学又出现在了他的眼前，他攥紧拳头，砰的一声打出去，厚实的车窗发出吱嘎的呻吟声，小南的奶瓶从小桌上跌落下来。兰发出惊叫声，弟弟你发疯啦！湘九回眸时脸色铁青。

湘九自己也感到惊讶，天津之行不过半年时间，他的身上有了一股杀气。北方苍

绝地行走

凉的自然氛围和粗犷的人文环境让他体会到坚忍、豪放、刚烈，他跟着小老虎打出了工学院操场上的威风。母亲随着兰的惊叫回首，倏然间有一种熟悉的气息扑面而来，这种感觉久已泯灭。湘九将双手撑膝端坐着，大马金刀的姿态一如其父。

你们要更懂事些，母亲对子女们说，我们回不到新开弄去了，那里的房子早已租给别人。母亲说，我打算住到黑髦那里去，她是我堂妹，她的娘我叫小婶娘，你们叫小外婆。小外婆是房东，我们是房客，你们不懂事的话她就会撵我们走。她做得出来的！母亲警告子女们：那样的话，你们就只能流落街头了。

湘九因此而紧锁眉头，列车上一首广播歌曲在他耳边回响，一首来自印度的电影插曲："到处流浪，到处流浪，命运唤我奔向远方啊，奔向远方!……"他遥想着异国他乡，流浪者拉兹和自己的形象，似乎重叠在了一起。

五

杭州·延定巷五十四号·众安桥小学和岳王路自由市场

二哥在杭州延定巷五十四号只住了三天，三天后他接到了大姐夫拍来的一封电报。工学院的教授们为他惋惜，替他查了高考成绩，除了最后那天没有参加考试，其余各科他都名列前茅。他的情况不晓得通过哪个渠道惊动了天津的有关部门，领导对大姐夫说，你的二舅子可以明年再考，也可以推荐他参加工作，半工半读。

二哥拿着这封电报在街上跑，一片明媚的阳光照耀着车辆行人，照耀着他矫健的身影。他第一次成为阳光男孩，路旁的树木花草都向他微笑致意。他跑进湖滨派出所，找到户籍警山东老和。他说，和同志，我来迁户口。老和像看一个精神病人那样看他。老和说，你不是昨天才报进的户口吗？你今天又来迁走户口了，你是不是觉得俺们闲得没事干，跑来帮俺们分忧解难了?！

老和拿着这封电报翻来覆去地看，他的神情有些迷惘，还有些苦闷沮丧。他奶奶的，这小子还真的是鲤鱼跳龙门了，天津市莫非一点不了解他的家庭情况?

从本质上说，老和并不是一个存心刁难别人的人，无非谨慎一些气量小一点而已。二十几年后，湘九领着两名军人前来办理特招入伍手续，那时他的眼睛里才真的出现了一种溃乱的幻景，仿佛有人正在试图颠覆其参加革命以来的坚定信念。他坚决拒绝给湘九的入伍登记表上盖上一枚派出所的公章，虽然，那只是证明湘九本人并无犯罪纪录。

因此，在湘九的档案里，他的入伍手续始终有这么一点小小的缺憾。

老和找不到任何理由阻止二哥重返天津，二哥在黄昏时分再次登上列车。全家人都去车站送行，唯独缺少三姐梅。梅已经去了大观山农场，天天在那里种果树。她所在的生产队里三分之二是刚出校门的青年学生，三分之一是右派分子，当然也有几个什么分子都算不上的人，比方有一个华侨大学生，因为学的是园艺，就到了农场担任技术员。这个技术员后来成为梅的孜孜不倦的追求者。

一个星期后，母亲收到了二哥从天津寄来的信，他已经参加工作。他进了第二自行车配件厂，成为一名钳工学徒。随信寄来的还有五元钱，是从他第一次拿到的徒工津贴中省出来的，说是给湘九交学费。母亲把信拿去给查老师看，母亲说，实在不好意思，除了您，我们还能去求谁呢？

查老师带着母亲去找教导主任，请他帮帮忙，把《品德评语》适当地修改一下。查老师说，这关系到一个孩子的前途和命运，您就高抬一下贵手吧。教导主任沉吟了半晌，说，你写吧，这本来就是班主任写的，我只负责盖章。

教导主任一边盖章一边重复他的话。他说，我哪有工夫将一个个学生的评语都仔细去看呢，我只管盖一下章而已。

湘九没有跟到教导处去，他趴在教室的窗台上偷看同学们上课。他坐过的位子上坐着一名陌生的女生，听查老师说，她是从外校转进来的，作文跟他一样好。湘九瞧着这个名叫抗抗的女生，回想着那些发生在这个校园的秋天和夏天的往事，他的拳头又一次握紧。他知道查老师会帮助他，让他重新获得上学的机会，但是，他再也不会回到紫金观巷小学来了。

这个名叫抗抗的女生取代了他，老师将她的一篇作文作为范文在课堂上宣讲。小跷拐儿没有发现窗外的湘九，他低着头，在玩弄着手里的一把弹弓。从这把弹弓中射出的石子，曾经多次落到湘九的身上。那时候湘九是一只孱弱的小白羊，他好像大灰狼。湘九努力地抑制着内心的冲动，他很想冲进去，夺下那把弹弓，揍他，像当初他们揍他一样。

他抬起手，抚摩着额头上的伤疤，两道狭长的伤痕将伴随他的一生。

操场上的小高炉早已拆掉了。麻雀重新在树上啁啾。湘九把脸贴在教室门外的墙上，就像一头牛犊在舔着有盐分的墙，紫金观巷小学最后留给他的是一种致命的孤独。

　　五十四号是一个大墙门，坐落在延定巷中间，门口有个自来水龙头。石灰剥落的墙壁，木料支架的屋顶，破旧黝黑的门窗，前天井后天井，住着十来户人家。管自来水的老陈给孤寡老人挑水，一双塑料拖鞋踩着小石子铺成的路面，噼啪噼啪地响。巷口有家市东旅馆，有个剃头老王，还有一家年糕店。出了巷口就是众安桥了，是南宋年间勾栏瓦肆所在。卖油郎秦重打工的酱园店已经成了杂货店，湘九想，这个小伙计挑一担油走到昭庆寺去见花魁女，汽车起码要开五六站，累都累煞了。

　　剃头店里有一台红灯牌收音机，经常唱越剧《盘夫索夫》。

　　严兰贞咿呀喂呀地唱：

> 官人你若有千斤担，
> 为妻我分挑五百斤。
> 官人你有何为难的事呀，
> 说与为妻听啊分明……

　　湘九问母亲：

　　这个女人力气有这么大吗，挑粪要挑五百斤？

　　母亲笑得肚皮都疼了。母亲说，她是要为丈夫分挑重担，明白吗，是"分"而不是"粪"！母亲站在剃头店门口，跟着严兰贞的唱腔哼哼，月明月暗之夜，曲儿比月光更朦胧，母亲替古人担忧的眼睛里闪烁着两汪泪水。

　　巷口还有一个皮匠摊，皮匠大妈悄声告诉湘九，抗战胜利那一年，你阿爸陪你姆妈来延定巷看望叔叔、婶娘，众安桥一带都戒严呢。现在你看看，人家分挑五百斤，你姆妈却是千斤重担一肩挑了！湘九啊湘九，你要为你姆妈争气！

　　湘九点点头，跟她说一声再见，大妈的眼眶为之潮湿。年轻时，皮匠大妈因生活所迫，操过最古老的一门行当，她利用的是自身资源，召来的却是众人唾弃。张夫人，不，张师母从不对她另眼相看，湘九也学母亲的样，对她像对待所有的老人一样尊敬。

湘九终于重新背上了书包，插班到众安桥小学读二年级下学期。班里的同学，三分之一跟他同年，三分之二比他小一岁，他的心理因此还算平衡。上学一个星期后，班里最弱小的同学平平告诉他，有十来个同学住在岳王新村，那是省里厅局级首长们住的地方。平平说，穷不同富斗，民不同官斗，你不要去惹他们。

为什么，湘九说，为什么你要这样提醒我？

正是课间休息之时，平平把嘴向讲台方向努了努。那里有几个同学在翻阅老师的点名册。他们的眼神与湘九相遇时，迅速地转了开去。湘九疑惑不解地走过去，同学们一哄而散。湘九打开点名册，看到每个学生的家长姓名后面注着一个字，有的是"工"，有的是"干"，有的是"贫"，有的是"资"，他排在最后一名，注着一个字："反"。

湘九一时反应不过来，反应过来时感到脑袋轰的一声炸开了。这时候教室里很安静，很多人屏神凝息地看着他。他能做什么动作？什么也不能。他确实很想把这页纸撕去，最好点一把火，把这一切都彻底烧毁。但是他知道自己不能这样做。从紫金观巷小学到天津，又从天津来到众安桥小学的经历，让他明白了这个年龄本不该明白的许多道理。他重重地拿起这本点名册，又轻轻地放下去，同学们惊讶地发现他突然笑了。他笑得恍恍惚惚地，笑得像假面人一样。

他的心在滴血他的脸却在笑。

他记得自己走下讲台，走到平平跟前，平平惊惶不安地看着他，他拍一下平平的肩，平平抖了抖。湘九说，放心吧，人不犯我我不犯人。他环顾四周，咬了咬牙齿，提高声音又补充一句：人若犯我我必犯人。

老师将他的座位安排在最后一排。他慢慢地走过去，好像在接受检阅。他的同桌名叫沈丽英，是个身材高挑的小姑娘。他走到她身旁，一下坐到椅子上，沈丽英觉得自己和课桌都晃了晃。后来沈丽英对他说，你的样子像一匹狼，你张牙舞爪地走过来，把我吓都吓死了。

下午上体育课，体育老师虽然是个女教师，却是当兵出身。她叫大家排好队，立正稍息一二一，动作不规范重做一遍，然后跳高。第一个跳的同学名叫姚官明。姚是班里的"大王"，父亲是杭州棉纺织厂的机修工。他个子长得高，力气也大。一根竿子横在沙坑前，姚官明起跑的姿势很优美，跑到竿前一跃，轻松地越过竿子站在沙坑上。后面的同学喊，老师，把竿子放低一点！我们怎么能与"大王"比呢！老师无奈地摇摇头，把竿子放低一些。

轮到湘九跳了，湘九离开队伍，走到沙坑前。人们不解地看着他，看他把竿子往上移，移到姚官明刚才越过的高度。人们窃窃私议。体育老师说，你跳得过去吗？你比姚官明矮半个头，上身长下身短，你怎么跳得过去！

湘九回到起跑线，屏神凝息。他对自己说，我一定要跳过去。他以百米冲刺的速度跑过去，跑到竿前猛地往上跳起，竿子摇晃了一下，跌落下来，他落到沙坑里，屁股坐在地上，竿子在他身上跳了几跳，然后才缓缓地掉落到了他身旁。

哄笑声骤然爆发。一个同学说，这家伙太牛皮了！另一个同学说，他也想做大王吗，他连小喽啰都当不上！平平和强强跑过去，把他从沙坑里拉起来。湘九推开他们，自己走出沙坑。他脱下布鞋，把鞋子里的沙子倒净，然后将竿子又放到了刚才的高度上。

稍微放低一点吧，体育老师说，你能跳过去的。

湘九朝她看一眼。他听说这位老师也是因为家庭出身问题复员的，他因此而想到周振强的一双子女。二哥的高中语文课本上有一句诗叫"同是天涯沦落人"，他向女教师行了个注目礼。

他没有把竿子放低。

他的上下颌在呼呼地发颤，他那涨红的脸和散乱的头发以及两片哆嗦的嘴唇，给人们带来一种奇异的压迫感。当他再次回到起跑线时，人们向后退去。仿佛有一曲百年孤独的悲歌在操场上回荡，湘九垂首聆听。他抬起头，悲歌骤然而止。

湘九如一匹羚羊飞奔而去，瞬间越过标杆。

那天晚上，天空布满繁星，西子湖畔搭起了国庆节的检阅台，一只只花盆摆放着，红艳艳的花朵放到嘴里有一股甜味。湘九和平平强强们在湖滨荡来荡去。一会儿摘朵鲜花吮吸，一会儿去湖边垂钓。他们把针烧红了弯成鱼钩，挂在玉米秆子做成的浮子上，浮子动了，捞起一只又一只小虾。平平说，你当不了大王也要当二王，人家就不敢欺侮我们了。平平的父亲从前是盛昌布店的老板，现在成了西湖伞厂的职工，但是老师的点名册上还是给他注着一个字："资"。强强的父亲是慧光照相馆的会计，母亲是石贯子巷居委会的治保主任。这个操一口徐州腔的治保主任刀子嘴豆腐心，称湘九为"落难公子"。"九里山下古战场，儿童拾得旧刀枪。"或许是她的童年和青年时代见过了太多的内战烽烟，所以她认为一切都会改变的，包括落难公子的人生。

湘九因此而感激她，一直怀念她。

三十年以后，强强的母亲躺在市第一医院的病房里，已近弥留。她示意子女们把湘九找来。她看到黑无常白无常在病房里、在她的家里晃来晃去。她认定只有湘九守在她身边，索命的鬼魂才不敢贸然下手。穿着军装佩戴大校军衔的湘九匆匆赶到病房，见到老人家的喉管上插着管子，因为全身免疫力下降而满脸疱疹。湘九大惊。他握住老人家的手，坐在床沿上，叫她放心，他会守护她，如同守护亲娘。老太太脸上浮起了笑容，终于平静地入睡了。强强一家人惊讶之极，这是她病重以来第一回安心地进入梦乡。

湘九守护她两天两夜，她的呼吸和脉搏正常。强强的哥哥说，你太累了，去休息一会儿吧。湘九放下老人家的手，走到医院的阳台上去。他点燃了一支烟。仅仅是一支烟的工夫，强强哥哥惊叫出声。老人家痛苦地挣扎起来。湘九扔下烟头奔进病房，老人家已被黑无常白无常带走。

当湘九推着老人家的遗体缓缓走向太平间时，他深深地感到悲哀。他毕竟是一个普通人而不是神仙，拯救不了这个世界上的任何一个人。无数童年往事萦绕在他的脑际。困难的日子里他走进石贯子巷七号，老人家有时给他盛一碗粥，有时给他一块番薯。

湘九对平平强强们说，只要我们自强不息，谁也别想欺侮我们。

湘九不明白母亲的堂妹为什么叫黑髦，她打扮时髦，皮肤却并不黑，甚至可以说白净。也许她的小名原来叫黑猫？她的样子也不像一只猫。

黑髦手上戴一块英纳格女表，骑一辆兰令女车。那个年代的女人普遍不用化妆品，她却描眉毛抹口红，穿着海勃娀大衣和高跟鞋。那时找对象最吃香的是南下干部，她却找了一个五金电器行的"小开"。这个"小开"不同于仲君交往的那些纨绔子弟，是一个很本分的人。湘九到过那家电器行，看到黑髦的丈夫坐在高高的账台上，戴着一副袖套。他的头顶上有几道铁丝，通向各个柜台，营业员把开好的票据和钞票夹在夹子上，用力一推，票据和钞票就顺着铁丝滑到了他面前。中午，他看到湘九就下来了，从店堂里后面的小厨房里拿出热好的饭菜，他说，你给黑髦姆娘送去吧，再回来到我这里吃饭。

湘九拎着食盒走到官巷口人民银行，看到黑髦和同事们在柜台里面聊天。一个女人说，食堂的菜油水太少了，一点不好吃。黑髦说，你已经够丰满了，少吃一点吧。另一位同事说，你是站着说话不怕腰疼，老公天天送好吃的来。食堂的菜你吃几天试试，清汤寡水你受得了啊？黑髦翘起兰花指，丰腴的手背上有一个个小酒窝，像她脸上那两个酒窝一样。她说，今天老公不送了，叫我的堂外甥送来了。

湘九把食盒放到她办公桌上。在众人的注视下，黑髦将一块糖醋排骨放到嘴里去。湘九低下头，不敢看她咀嚼的样子，他心里有一种期待，期待黑髦夹一块排骨送到他嘴边，但是没有。湘九痛苦地感到自己无法把握住脸上的表情和舌齿间慢慢滑出的口水。

饥饿的年代暂时还没有完全到来。湘九在等待黑髦吃完饭再把食盒拿回去的过程中，提前体验了这种滋味。黑髦说，昨天听我妈说，这个月的房租，你们没有准时给她，对吗？湘九恨不得找个地洞钻下去。黑髦却微笑着抓住湘九的手，把他拉进怀里去。你们看，我这个小外甥长得很漂亮吧？大家都看着湘九了，有人说，眉清目秀的，这孩子的确长得漂亮。湘九觉得黑髦真的成了一只黑猫，自己像一只可怜的老鼠正在任其玩弄。他想反抗，想挣脱她的手。黑髦说，我跟我妈说了，自家亲戚，欠几天房租你还好意思逼债哪？湘九站着不动了。黑髦终于叹一口气，放开了他。她说，我妈就是这种小市民，你们别跟她计较。

湘九拎着食盒回到电器行。他叫黑髦丈夫小干爷，小干爷，我回来了。小干爷说，你去厨房吃饭吧，我给你留了两块排骨。湘九摇摇头。我不饿，他说，我回家去吃。

天色晦暗，雨丝斜挂在狭窄的街道上。湘九没有回家吃饭。他怕母亲问他为何不在小干爷那里吃，他不知如何回答才是。他走到中山中路一家旧书店门前，遇到了平平。平平从居民区食堂出来，手里抓着一把蚕豆。平平说，你一颗一颗吃，慢慢吃。湘九狼吞虎咽。湘九说，我们进去看书吧。平平说，老是看书不买，书店老板会骂我们的。

湘九望着街上湿漉漉的柏油路面和低陷处的水洼，眼睛里有一种饥渴的神情。他装出躲雨的样子，悄然踅进店里去。他在角落里拿了一本书，高尔基的《童年》。他看到老板出门去了，他赶紧一目十行地翻看着。书上有些不认识的字句，并不妨碍他阅读的兴趣。

高尔基的两个舅舅是粗暴、自私的市侩，外祖父经常殴打外祖母和孩子们。高尔基说："有时连我自己也难于相信，竟会发生那样的事。有很多事情我很想辩驳、否认，因为在'那一家子蠢货'的黑暗生活中，残酷的事情太多了。"

十一岁走上社会的阿廖沙在召唤湘九，他们共享人生的苦难和辛酸。一个只读过三年小学的流浪儿终于成为大作家这个事实在启迪他、教育他，湘九想，终有一天，我要成为中国的高尔基。

小孩子做错了一点事，要脱掉裤子挨打。父子兄弟间为了分家打得头破血流。米哈伊尔舅舅为了寻开心，用烧红的顶针捉弄老匠人格里戈里。母亲跪在地上哀求继父不要在外面鬼混，继父用他穿着靴子的脚猛踢她的胸部。外祖父与老伴一起煮茶时，茶叶也要放在手心里细细数过，最后，又把老伴与外孙赶出家门，让他们自谋生路。高尔基说："每当我回忆起俄国令人压抑的龌龊野蛮的生活，我常常问自己：这种丑陋的行为有必要去写吗？我每次都怀着充分的信心回答自己：有必要！因为这就是活生生的丑陋的生活现实，这种现实目前还存在着。要改变这种现实，要从人们的记忆和心灵中，从我们沉重龌龊的生活中清除它的影响，就必须透彻地了解这种现实。"

将近三个月时间，湘九一有空就去旧书店。如果店里只有伙计在，他就进去看高尔基的书。他读完了《童年》，又读《在人间》和《我的大学》。他默默地站在角落里，清癯的脸上露出痛苦和迷惘的神情，令伙计下不了驱赶他的决心。有一天母亲叫他去买二十斤米，一角四分三厘一斤的籼米，鬼使神差般地，他只买了十八斤。

他拿着两角八分钱冲进旧书店，恳求老板把《童年》卖给他。

老板说，这本书还有七成新呢，至少要卖四角钱。

我只有两角八分钱，我欠你一角二分好了。湘九涨红了脸嗫嚅着，看看老板的脸，又看看手上的书，这本书其实很旧了，封面和内页都已发黄。湘九摇了摇头，继续用恳切的语气请求他，他说，下次我还要买《在人间》和《我的大学》，那时，你说多少钱我就给你多少钱吧。

老板无可奈何地挥了挥手。算啦算啦，卖给你算啦。他说，看来你真是个要读书的伢儿，我亏本卖给你了。

湘九给他鞠了个躬，兴高采烈地出门。书店隔壁住着他的同学阿尉，阿尉说，你上当了，这本书，我看到他从收废品的人手里买下的，只付了一角钱！湘九拍拍手里的书，是吗？他说，我喜欢这本书，吃亏也算是便宜了。

那天傍晚，母亲从米缸里舀米时，湘九紧张地站在旁边，心都要跳出来了。母亲却丝毫没有觉察，像往常一样舀了两杯米，拿去做饭了。湘九跟出去，帮她从井里打水，帮她洗菜，母亲说，你去做功课吧，他才走回屋里去，他坐在桌前对自己说，我再也不能做这样的事了。

那天的晚饭，他只吃了平时的一半。他算了一下，每天省二两米，十天可以省回买这本书的钱。母亲说，今天怎么吃这么少？他说，下午去强强家，他姆妈给我吃了一碗番薯汤。

连续几天，湘九都以各种借口省二两饭。他显得更瘦了些。杨师母来时看到了，说他简直像"三根筋挑着一颗脑袋"。杨师母对母亲说，肉票呢，你把肉票都拿哪里去了？给他买几两肉吃吧，正是长身体的时候。

母亲唯有苦笑。

每隔两个月，母亲要去一趟乔司农场，仲君在那里劳动改造。全家的肉票，母亲凑拢来买一斤肥肉，烧好送去给大儿子吃。大儿子的日子比小儿子苦和累，母亲因此而永远过着顾此失彼的日子。

有一天夜里，饥肠辘辘的湘九在床上辗转反侧，闻到一股霉干菜焐肉的香气。他实在经不住这香气的诱惑，悄悄地下了床，翻箱倒柜搜索。那时候他和小姐姐兰同住在小阁楼上，兰被他惊醒。正当他掀起米缸的盖子时，兰从床上坐了起来，她说，你在找什么？

落雨了。湘九站在窗前说，外面在落雨，好像还是雨夹雪。

落雨好，明天不用在操场上上体育课了。兰的手在棉被上拍了拍，打个哈欠说，我们可以在室内打乒乓球了。

湘九关上了窗子，将淅沥的雨声隔绝在外面。他犹豫了一会儿，听到小姐姐重新发出鼾声，他揭开米缸盖，发现米缸里有一只搪瓷茶缸。

他拿起茶缸，抓起一块肥肉塞进嘴里。

听到一声叹息，他吃惊地抬头，看见小姐姐苍白的有些浮肿的脸上呈现一层愠色。

姆妈不该把这碗肉藏在这里，兰说，害得我们都睡不着，我知道你肯定会来偷吃！

兰拉了拉床头的灯绳。小阁楼被十五瓦的昏黄灯泡照亮了，照出一种黯淡的简陋的轮廓。破旧的棕绷床上有两个被窝，地上放着一只藤箱，墙上挂着祝家不知哪一代老祖宗发黄的画像。

灯光乍亮时湘九抬起一只手遮住眼睛，他无地自容。

兰已经读初中了，但是她的发育并不很理想。湘九看见她细细的脖颈上青筋在蠕动，嘴唇也在不由自主地哆嗦，眼睛里有一点火光在随着他手里的茶缸跳动。湘九听见了她嘴里吞咽口水的声音。他走过去，将一块肉放到她嘴边。

他看见小姐姐颤抖着，闭上眼睛，同时把嘴也闭紧了。湘九说，吃吧，就吃一块，姆妈不会发觉。兰快哭出来了，她摇着头说，我不吃，我要你放回缸子里去，我要睡觉了。但是她没有躺回被窝里去，她好像没有力气再躺下去了。当弟弟终于把这块肉塞进姐姐嘴里时，兰伸出手去紧紧地抓住了那只茶缸，唯恐打翻在地似的。

这是他们记忆中最好吃的一块肉，后来的两三年他们几乎不知肉味。湘九珍藏着几本小学时的作文簿。在一篇作文里他这样写道：我的思想里有不少资产阶级的东西。我想吃肉。我总是想吃红烧肉或者霉干菜焐肉。老师说我们的领袖都不吃肉了，要和人民群众同甘共苦。我怎么还想吃肉呢？我一定要好好改造思想。

因为偷吃一颗糖而被母亲打了一个耳光的往事，依然深刻地留在他的记忆中。但是湘九已经不是当年的湘九。当发下来一张菜卡，每天只能去菜场买一人一分钱的青菜时，湘九动起了歪脑筋。如果菜场的营业员用铅笔在卡上打钩，他就用橡皮轻轻地擦去，如果用钢笔，他就用褪色灵。褪色灵是向街头小贩买的，一小瓶一角钱，他以此换来每天两回买青菜的机会。

一场火灾改变了书店老板对他的态度。火是从书店隔壁的棉花店烧起来的，迅速地蔓延到门口。正在看书的湘九听到伙计的惊叫声，急忙跑出去看。慌乱中他又跑回书店，端起一只脸盆往外冲，脸盆里盛满了书店伙计揩桌椅的脏水，湘九猛地泼向着火的棉花胎。书店老板跑出来时，看到他正抓着两床棉花胎往街对面跑，那里有个自来水龙头。老板看到这个伢儿拧开龙头，自来水哗哗地浇灭了棉花胎上燃烧的火苗。

当乱哄哄的救火场面终于平静下来时，书店老板看着浑身湿淋淋的湘九，长叹了一口气。你获得了一张免费的阅览证，他说，明白吗，以后尽管来这里看书吧。

惊魂未定的湘九愣怔怔地看着他，半晌才明白过来。

这是一个现实中的悲惨世界。黑髦的同事，那个嫌食堂油水太少的女人在饮食店买了一个馒头，刚咬了一口就被人夺去。当她惊叫着扑过去又打又闹时，那人已经吞下了半个馒头。打扮时髦的银行女干部居然从肮脏的乞丐嘴里抢回剩下的半个馒头，居然把它送回自己嘴里。虽然乞丐臭烘烘的唾液令她恶心欲吐，她却硬是把馒头咽了下去。

黑髦的娘，母亲的婶婶，每天指桑骂槐。母亲交不起房租时，把香烟票肥皂票粮票布票油票一张一张抵押给她。这个穿旗袍戴手镯头发梳得油光光的房东老太太依然很不满意。老太太很注意保养身体，筋骨强健走路咚咚响，一条巷的人都将她称为"雌老虎"。有一天，在井边，老太太又骂起了母亲，说她收留了这户人家，没想到收留的是一帮永远没有出头之日的穷鬼。

母亲气得浑身颤抖。但是她没有回嘴，因为老太太是她的长辈。那天是星期天，小娘舅来了。小娘舅平时见了这位婶婶像老鼠见了猫一样害怕，这天实在忍不住了走过去劝说。小娘舅说，您骂得太难听了，婶娘，您是祝家的长辈，收留小辈也是应该的么，何况她只是晚交了几天房租。老太太将双手叉着腰说，什么叫应该的，莫非是我前世欠祝家的啊？再说这一帮小猫狲也不姓祝，而是姓张！

小娘舅情急之下顶了她一句：当初你是怎么来祝家的啊，你带来的儿子又姓啥？

啪，一个重重的耳光打在小娘舅脸上。

很多年以后湘九看到自己档案中，那些外调人员走遍全国，挖掘出他自己从来不晓得的五亲六眷。他发现这个老太太原来是母亲叔叔的续弦，还带来过一个"拖油瓶"儿子。母亲的叔叔既然是一名建筑设计师，在那个年代也算得上思想开明了。他抚养这个孩子，教他设计图纸。但是这个孩子不学好，跟娘改嫁前就学会了偷鸡摸狗，后来去了遥远的青海劳改农场。

湘九神夺意骇。他出世之前，他的外公早已去世，外公的弟弟也早已去世。这个外公的弟弟还活着时，他的妻子去世了，他又娶了一个女人，而这个女人在嫁给外公的弟弟之前嫁过另一个男人，生过一个儿子。这个儿子和湘九既没有血缘关系也没有感情联系，甚至听都没有听说过的，竟然会出现在他的档案里，一次又一次地影响着他的前途和命运。

那天，三姐姐梅也在家，大观山农场离杭州市区只有几十公里，她每个月回来一趟。

梅在井边洗衣服，满耳都是这个老太太的污言秽语。梅听得面红耳赤、心惊肉跳。看到小娘舅被打，梅挺身而出。她说，你怎么打人呢？小娘舅从小就被你打，现在年纪这么大了还被你打，你还讲不讲一点道理？

老太太手里拎着一只吊桶。她把满桶的水搁在井圈上，惊讶地看着梅。这个过程大约有五六秒钟。梅蹲下去重新洗衣服了。老太太蓦地抬起吊桶，哗的一声，从梅的头上泼下去。

春寒料峭，梅抱着双肩瑟瑟发抖。她被冰冷的井水从头淋到脚。她的上衣粘在肩上，裙子粘在腰间，她显得更瘦了，脸色白得像一张纸。她的身上四面滴水，如同滂沱大雨中一把来不及撑开的雨伞。

井台旁突然寂静下来，邻居们默不作声。在屋里做作业的湘九感到了异样，跑到后天井去。他被激怒了。他听到牙齿在自己口腔里作响。那时，他的第一个反应是以牙还牙。他回身向地上找东西，看见一只木盆，他捧起半木盆的水，一步一步向老太太走去。

回来！母亲喊他。

他没有停步，而是高高地举起木盆，母亲冲了过来，抓住他的手，晃出的水溅湿了他俩。水从湘九的脖颈流入，流到他的背与胸部，由他的衣服里哗哗地流下去。他瞪着老太太，脸色铁青，仿佛一头露出獠牙的小老虎。母亲说，放下木盆，回到屋子里去，这里没有你说话的份！

他不动。

梅说，弟弟，给我拿件衣裳来！

他不得不放下了木盆。

他回到屋里，拿了一件外套出来，披到梅的身上。梅的牙齿嗒嗒打颤，湿透的衣服显出少女身体的曲线，她的脸因害羞而涨得通红，两行热泪沿着双颊流下来。湘九扶着她离开后天井。他回首对老太太说，你死后，连个捧骨灰盒的人都不会有。

这句话太狠毒。老太太闻之一震，眼睛里出现了恐惧和迷乱。黑髦结婚多年未孕，母女间常有龃龉。老太太愣了一会儿，四周的人依然看着她不做声。老太太控制不了身上的颤抖，猛地拍了拍井台，向看热闹的人们怒骂：看什么看，老娘不需要你们抬棺材！

灰白色的雾气使天空显得阴霾，地上有一洼一洼的泥浆水。穿破汗衫的男人，光屁股卖五香豆的伢儿，拎茶叶蛋的乡下大嫂，穿着露肉的大襟儿布衫的老太婆，天不亮就走进了岳王路市场。他们在这里叫卖一切可以卖的商品，这些商品中也包括人。老太太在这里领走了一个小女孩，大约三四岁的乡下孩子。老太太对黑髦说，这是你的女儿，你认也得认，不认也得认。

黑髦说，我和我老公都很正常，我们没有毛病，我们迟早会生出自己的伢儿，我们为什么要领这个伢儿？

岳王路自由市场紧邻众安桥小学，每天有一些天真的、好奇的小脑袋伏在教室的窗台上，瞅着市场里的交易。湘九是其中一个。他看到母亲在地上摊开一条床单，把家里的旧衣服、旧鞋子、饼干箱、茶杯、脸盆和痰盂放在床单上叫卖。他看到粗野的男人用脚踢踢这些东西，和母亲讨价还价，说着调戏的话。课间休息时，母亲将一个烘番薯从窗子里递进来，母亲说，对不起，今天没有给你吃早饭，我刚才卖掉一件毛线衫，给你买了个烘番薯。

湘九说，姆妈你吃吧，你也没有吃早饭。

湘九的班主任孔老师看到了这一幕。孔老师是一位少校军官的妻子。孔老师把脸转向门外。光秃秃的栗树间，湿湿的微风轻轻吹拂，岳飞的坟墓岳云的坟墓肃静无声。众安桥小学的前身是杭州国民小学，国民小学的前身是忠精庙。一代忠臣殉难风波亭，此乃初痓处。操场旁是碑廊，岳武穆王手书的《谢媾和赦表》义正词严，大气磅礴。孔老师昨夜批阅湘九的作文，看到文中写到母亲给他讲岳母刺字的故事，教育他长大了要像岳飞那样尽忠报国，孔老师的心里因此变得很潮湿。

湘九的作文往往写得比其他同学长，人生艰难，使他比同龄人有更多的体会与思考，他的作文簿很快就用完了。

这是我送给你的，孔老师把两本新簿子交给湘九，你欠缴的学费我也替你垫上了，回家跟你母亲说一声，等她什么时候有钱了再还给我吧。

她的学生没有吱声，只是抬起头朝她看了一眼，他无法抑制自己的感激之情。他的眼眶里滚动着泪花。他又想起了点名册上那个"反"字。现在他已经不会责怪老师了，他知道这不是老师的事。

住在岳王新村的同学们总的说来对湘九不错。事实上当时多数干部家庭家教甚严。比起一般人，他们住得宽敞些，吃得好一些，穿得暖一些，耀武扬威的却是不多。杭林父亲是参加过长征的老红军，财政厅副厅长，杭林的衣服上也打着几块补丁。那时候，杭林个子不高，胖胖的，穿着一双老头布鞋。他在操场上向湘九致敬，脚一抬，一只布鞋飞上了天空，布鞋落下来了，他笑嘻嘻地伸出一只脚去接，居然准确无误地将鞋子重新穿到了脚上。六一儿童节又到了，老师要学生们穿着白衬衫蓝裤子参加大合唱。湘九没有蓝裤子，杭林将他带到家里。杭林说，你选吧，选一条不打补丁的蓝裤子。湘九红着脸，做贼似的从抽屉里拿出来一条蓝布裤子。演出时间快到了，他却怎么也穿不好这条裤子，孔老师过来一看，他拿的是杭林姐姐的裤子，开口在右边。女同学们围过来看，一个个笑得弯下腰，湘九只好穿着这条裤子上了台。

后来到了农村插队，湘九在广播里听到一条新闻，东海舰队的一名士兵向上级打报告，说他原先在东北插队，靠父母的关系开后门当了兵。他要求回东北农村去。广播里号召全国的干部子女向他学习。

海风在屋子外面像狼一样呼啸，湘九坐在知青宿舍里缅怀过去。湘九想，这就是我的童年伙伴杭林，他仍旧是一个虔诚的理想主义者。那个时代的人基本上都是理想主义者。杭林掀起的这场风波后来演变成一场闹剧那是另一回事。最高指示说：开后门的也有好人。于是，无数"好人"继续留在了兵营，相比之下，杭林倒像是成了"好人"的对立面。

每天都有回家作业。老师说，你们自愿组合，谁家宽敞就到谁家去做作业。湘九和六七个同学面面相觑。赵小平说，到我家去吧，我和弟弟住一个大房间。

赵小平的父亲是厅长，母亲是处长。赵小平的弟弟只有五岁，好奇地坐在床上看他们打打闹闹。湘九画了一张岳飞的像送给他，小平弟弟说，你画得真好，你是一个图画家！湘九雅兴大发，画了一张又一张，分送各位同学。湘九在同学们的吹捧声中晕乎乎地想，我将来究竟是当高尔基呢，还是当齐白石徐悲鸿？

赵家的奶奶扭着小脚走进来，叫他们不要闹了，好做作业了。赵奶奶看着图画问湘九，这是你画的吗，"图画家"就是你？湘九点点头。天寒地冻的日子，湘九穿着一双露出脚指头的破布鞋，瑟缩着脑袋。他的书包是绿色的绸子，母亲用一块捡来的窗帘布做的。赵奶奶说，你跟我来，我有话对你说。

湘九跟着赵奶奶走进厨房。煤饼炉上炖着一锅小米稀饭，湘九的肚皮里发出咕咕声响。赵奶奶盛了一碗稀饭。老人家说，吃吧，孩子，听说你也是好人家出身，你要是饿了，就来找我。

她的话给湘九留下难以磨灭的印象。他不明白自己怎么会是"好人家出身"。湘九认为他的父亲像电影里的反动派一样，欺男霸女，鱼肉百姓。他悄悄把老人家的话告诉母亲，母亲说，她说的好人家是指有名望有社会地位的人家吧。母亲说这个老太太肯定不是贫下中农出身，否则的话她不会使用这种词汇。母亲叫儿子不可再去麻烦老人家，或许，她的儿子媳妇会责怪她。

到了一九六六年夏天，岳王新村门口贴满大字报。湘九发现母亲的猜测一点没错，赵奶奶果然不是贫下中农。她是"资本家太太兼地主婆"，她的儿子、赵小平的父亲，大学毕业后也经过商，直到抗战胜利前夕才参加新四军。这个资本家出身的大学生加入新四军后，进步很快，在一些老资格的工农出身的干部眼中不免会有一些不同看法。因此，这位厅长和他夫人一向循规蹈矩，对任何人都和风细雨。

赵小平性格内向，待人和气，是公认的好学生。好学生也会犯错误。下课时同学们聚集在岳飞和岳云的墓旁，那里有一张乒乓球桌。高年级同学总是霸占着这张球桌，他们挥舞着海绵球拍对湘九们说，去去去，你们拿着这样垃圾的球拍，只配去操场上的水泥球台上打球！湘九们很生气，他们手里的球拍是三夹板做的，光光的没贴海绵。这样的球拍一用力就裂了，确实很垃圾。一个绰号叫"饭桶"的同学首先冲过去，跟高年级同学扭打起来，湘九们怕"饭桶"吃亏，紧随而至。中队委员赵小平在这场混战中声嘶力竭地嚷：不要打啦，我们打不过他们的呀。但没人睬他。

父母将刚发下的工资放在书房抽屉里。父母都在单位开会。那天晚上，窗外的光线由暗红渐渐至虚无，最后是一片幽暗，空气中有一种暧昧的苦涩的气味。湘九看到赵小平犹豫不决地站在书房的门槛上，好像在想什么心事。湘九刚想问他，他进了书房。湘九听见他拉动抽屉的声响，湘九走到门边，从虚掩的门缝里看到他拿起一叠钱，从中抽出一张拾元大票。湘九惊讶地"啊"了一声。赵小平回眸，把食指竖在嘴巴中间，示意他噤声。

他俩站在客厅里，面面相觑。赵小平的个子比湘九高，但是他低着头，好像要哭的样子。湘九想他的胆子真是太大了。湘九说你把它放回去吧，赵小平迟疑了一下，轻声说，他们不会发现的。楼下响起了汽车的刹车声，完了，湘九想，他父母回来了。赵小平转身走向自己的房间，湘九依然站在客厅里。风从窗外吹进来，洞穿了他的瘦小身躯，他在风中打着寒噤。

赵小平将拾元大票买了一副流星牌海绵球拍、两个红双喜乒乓球，同学们欢天喜地。他们围住乒乓球桌，对高年级同学说，我们使用的是一流的球拍和球，跟容国团和邱钟惠用的一样！去去去，你们去操场上的水泥球台玩去！身高力大的姚官明当裁判，没有人愿意跟他发生冲突。三年级的湘九们占领了阵地。

这样的好日子只过了一星期，一块球拍不翼而飞。有人说是"饭桶"藏匿了，湘九要他交出来他坚决不承认。放学了，他们不让"饭桶"回家，拖着他去派出所。快到派出所了，"饭桶"止步不前，他说，要我交出来可以，每天让我先打三局。

气愤之极的同学们说，打他，打这个小偷！

湘九打了他一个耳光。

这个耳光打疼了他的手，也打疼了他的心。"饭桶"确实调皮，逃课，说谎，捉弄女同学，偷改考分。"饭桶"也很可爱。他的兄弟姐妹很多，还有年迈多病的爷爷奶奶，全靠编铁筛网的父亲养活全家。

"饭桶"夹一只铁丝编成的书包上学，鼻梁上架一副没有玻璃的铁丝眼镜，手里持一柄破雨伞当文明棍。"饭桶"每天早晨站在教室门口，很绅士地推推铁丝眼镜，然后从口袋里掏出一块肮脏的手帕，揩拭那并不存在的眼镜玻璃，他对同学们说：先生们女士们，早上好！

"饭桶"曾经被勒令退学。教室里在上音乐课，操场上在上体育课，他一边走一边放声歌唱："茅草棚里的小乌龟呜啦呜啦唱，风儿卷着猪猡荡秋千，这里的猪猡多快活！"他看到老校长坐在大树下闭目养神，他继续唱："树上知了叫，懒猪睡懒觉，看猪猡们多快活多逍遥！"

这天之后的许多个夜晚，湘九做过不少痛苦的梦。其中有一个梦是"饭桶"捂着脸不可思议地看着他。"饭桶"惊惶怨恨的眼神使他无地自容。这些梦折磨着湘九，他知道自己将永远愧对这个调皮可爱的老同学。他怨恨自己自以为是的所谓正直，他的心底却在失去善良和同情。很多年以后，腰缠万贯的"饭桶"出钱发起同学会，酒足饭饱后，请老同学们参观他的新居。有的同学不想去，认为"饭桶"终于逮住了一个显摆的机会，藉以嘲弄他们当年对他的小看。湘九说，显摆怎么啦，他成为成功人士了，难道就不该显摆显摆？他付出的辛酸和痛苦代价，他的努力过程我们莫非还不了解？

湘九率先去了"饭桶"的新居，老同学们纷沓而至。湘九在他装潢得如同星级宾馆的新居里向"饭桶"鞠了一个躬，为当年的那个耳光赔礼道歉，"饭桶"潇洒地挥

绝地行走

挥手说，有这么回事吗，我怎么想不起来了？

湘九担心的事情终于发生了。赵小平的母亲把他叫进书房。她问湘九是否是知情者，湘九无法回答，他的脸色呈现出虚弱的苍白，一缕从不梳理的头发凌乱地披垂到额上。赵家阿姨和颜悦色地说，小平已经承认了拿钱的事实，现在只是找你核对一下。买球拍给同学们锻炼身体情有可原，关键是如何认识这件事，你们究竟犯了什么错误，你明白吗？

赵家阿姨是上海人，参加新四军前住在淮海路一幢西式洋房里。赵家阿姨把一双柔软的手放在他头上，亲切而又恨铁不成钢地抚摸着他的一头乱发。湘九的嘴唇冰凉冰凉的，眼睛里闪烁着一种茫然而愧疚的泪光。原来以为赵家会驱逐他，会认为他这个野孩子带坏了赵小平的顾虑消失了，他的泪水毫不害羞地流淌下来。

很久很久以后，赵小平的弟弟和妹妹成了他的部属，逢年过节时他去拜会两位老人，仍然会想起这难堪而温暖的一幕。赵家伯伯和阿姨说，谢谢你对这两个孩子的帮助。湘九说，哪里，是你们培养教育了我。

岳王新村的人不可能都像赵家一样对他施以仁政。岳王新村不仅是一座大院子，旁边还有两座小院。小院里有个同学生病在家休养，孔老师对湘九说，你每天去一趟，把老师讲的课给他讲一讲。湘九在课堂上分外认真地记笔记，放学后背着窗帘布做的绿书包去他家。黑铁门旁有个电铃按钮，湘九搬来三块砖头垫底，又踮起脚才能按到电铃。保姆看到他就轻声关照，他的同学在休息。湘九静静地站在小花园通向洋楼的台阶下，等候他的同学从床上起来，喝完一杯牛奶，然后再由保姆唤他进去。

湘九认真地给他讲课。唐宋元明清你记住了？他点点头。司马光砸缸的"砸"字你会写吗？

他迟疑一下，摇摇头。湘九把"砸"字写在纸上，请他照样写一遍，他说，你的字没有书上的字正规。湘九说，那你就照书上写吧，写十遍。同学说写两遍吧，写十遍太累了。湘九说，写五遍行不？写两遍你记不住，明天又要重写。

湘九很耐心地对他说，你要有点毅力，等你病好了才能跟上去，不然就只能留级了。同学当然不喜欢留级，他说，你的听课笔记写得太潦草了，明天你要写得清爽一些。湘九想老师讲的内容这么多，我哪能一笔一画地记呢！但想想同学毕竟还在恢复期，湘九点点头说，我会努力的。

门外响起轿车的喇叭声，同学把课本啪地合上。你回去吧，他说，我爸爸妈妈回来了。

湘九站起身替他收拾桌上的书本。他按住湘九的手。湘九明白了，他要让父母看到他在病中还坚持学习。餐厅里飘出饭菜的香味，保姆把一盘盘菜肴端上了桌，湘九艰难地把口水咽回喉咙里去。湘九对保姆说，阿姨，我走了，保姆送他到台阶旁，依然那样轻声地说，你真懂事。

同学有一个长得很漂亮的姐姐、一个很可爱的妹妹。妹妹穿着小海军装，一头柔软的童发在小花园的花丛中飘啊飘。晚霞映红了半边天空，蝴蝶跟着姐妹俩蹁跹。湘九觉得她们生活在仙境里，生活在童话中。多年后湘九有了自己的女儿，他给她买的第一套衣服就是小海军装，女儿长大了考进北京大学，报到那天穿的也是一身海军服。

湘九帮助他学习两个月，从来没在他家吃过一餐饭。同学给他一碗水，盛水的碗沿上有个缺口。有一天湘九看到他家的猫在啃鱼骨头，盛猫食的碗上也有一个缺口。湘九不再用他家的碗或杯子喝水，口渴了或者饿得不行时，他拧开花园里的水龙头，往肚子里灌一些自来水。

两个月后的一天，孔老师说，今天是你最后一天当小老师了，明天他就重新上学了。湘九松了一口气。湘九到了他家，对他说，祝贺你，你可以跟上班里的课程了。同学以一种复杂难言的眼光看了他好久，看得湘九发憷。湘九觉得他的眼睛后面好像还有一双眼睛，竭力地想要穿透他的五脏六腑。

星期六下午，学习结束得早，同学的父母还没有下班。同学进餐厅去喝牛奶了，湘九替他收拾书包。一个小本子掉落地上，湘九弯下身子去捡。打开的本子上有一首打油诗，湘九好奇地读一遍：

我班有个小儿郎，

他的父亲敌中将。

虽然帮我做功课，

阶级斗争不可忘。

同学喝完牛奶回到客厅时，看到湘九正跟跄着脚步走下台阶。同学说，你走啦，你怎么不说声再见就走啦？湘九没有回首。湘九知道，他的脸色像刮过的骨头一样难看。他的身体非常疲乏，好像散了架，他的脚步千钧重。小花园里没有晚霞也没有蹁跹的蝴蝶，只有一个铭心刻骨的梦。

人啊人，为什么在你这么小的时候，在童年时，就如此残忍？

残阳如血。

岳王路上清冷寂寥，没有人能够回答他。

沈丽英对湘九说，她妈妈在铁罐子里藏了十几个鸡蛋，到了夏天，鸡蛋里会不会钻出小鸡仔来？湘九说有可能吧，但是，等小鸡破壳而出，再把它们养大杀了吃，这个过程太漫长了。

湘九建议她把鸡蛋煮熟吃掉算了。沈丽英说妈妈发现了会打死她。湘九苦思冥想，上课时看见一个又一个鸡蛋向他飘来，甚至闻到了小葱炒蛋的香味，他的唾液源源不断分泌出来。湘九说，你去妇女保健院搞一支针管，把鸡蛋里的蛋清蛋黄都抽出来吃掉，你妈就不会发现了。他还说，你长得太瘦了，生鸡蛋是最好的营养品。

湘九以为自己只是跟她开了个玩笑，几天后沈丽英却很认真地问他，我是否长胖了一点？湘九打量她，前排的女生阿苹也回过头来打量她。沈丽英嫣然一笑说，快说呀，我是不是长胖了？

正是课间休息的时候，一个妇人闯进了教室。妇人手里攥着一把鸡毛掸帚，劈头盖脑地打下去，沈丽英触电一般从座位上跳起来。沈丽英的妈妈说，气死我啦，今天你外公外婆来了，我想炒盘鸡蛋孝敬他们，敲开一只蛋空的，敲开另一只又是空的！湘九慌忙挡住妇人的手说，对不起，阿姨，这个主意是我出的，你女儿太瘦弱了，我想给她补补身子！妇人一掸帚打在他身上，疼得他赶紧逃开去。妇人说，你这个小坏蛋，我去跟老师说，再也不能让你坐在我女儿身边了，你把她彻底带坏了！

湘九沮丧地看着哭泣的沈丽英，他想自己又犯了一个错误。前天下午自修课，女生阿娣向身为值日小队长的他报告要上厕所，正忙于帮助平平解一道算术题的湘九头也不抬地说，现在上什么厕所，下课再说。下课铃响起时阿娣却站不起来了。下一节是语文课，老师布置造句："泛滥成灾"。一位男生站起身说：阿娣请求上厕所，湘九不同意，阿娣泛滥成灾。教室里笑翻了天。"饭桶"兴奋地跑到黑板前去，一笔一画地写出"泛滥成灾"四个大字。老师拿着教鞭狠劲儿地敲起了桌子，太不像话，湘九你太不像话了！

　　那天放学后，湘九被叫到校长办公室面壁而立。操场上有一群同学在踢足球，一个从外地转学过来绰号叫"大头"的学生分外活跃。他回首向湘九做了个鬼脸说，小瘪三，湘九你真是一个小瘪三。

　　陈校长命令湘九转过身来。他说，你愿意做瘪三吗？如果你不学好，你的将来只能是做瘪三。

　　陈校长面前摊开着一本簿子，湘九的作文簿。陈校长说，昨天我看了你的作文《我的志愿》，我很感动。你长大了要当一名地质勘探队员，到最艰苦的地方去为国家寻找矿产资源，我想把你的文章推荐去参加市里组织的作文大赛。但是我现在后悔了，不想推荐你了，因为你口是心非，其实你胸无大志。

　　湘九承认自己口是心非。他的理想是当兵，当将军。孔老师的丈夫给他们作了一次报告，一江山岛战役时他身先士卒，冲锋在前。一个战友牺牲了，又一个战友牺牲了，他接过千疮百孔的战旗。为了证明其所言非虚，孔老师带学生们观看了这场战斗的纪录影片。她指着那名终于把战旗插上峰顶的军人说：看，这就是他！湘九激动地站起身。终有一天，我也要成为这样的军人！他暗暗发誓。

　　但是，写作文时他的心又如坠铁般跌入茫茫。这怎么可能呢，怎么可能让我这样的人参军？他不得不改成想当地质勘探队的队员。

　　湘九不承认自己胸无大志。如果实现不了，胸有大志又有什么意义？陈校长似乎看穿了他的思想。陈校长说，天将降大任于是人，必先苦其心志，劳其筋骨，饿其体肤，空乏其身，你懂不懂?！

　　陈校长对学生要求很严，"饭桶"经常挨他的教鞭。陈校长操一口海宁腔。海宁陈家书香传世，在科举制度最兴盛的明清两朝，举贡进士者两百余位，先人中名相迭出，宠恩无比。即使到了陈校长这一代，他的姐姐也曾留学法国，并且三次到过延安，史称革命窑洞里的第一位女博士。

在此之前，陈校长从来没有训过湘九，更不用说使用教鞭了。

夕阳穿窗而入，听不懂什么"苦其心志，劳其筋骨，饿其体肤，空乏其身"的湘九，此时此刻却感受到了分外的沉重。

陈校长送给他一本书，他姐姐的作品：《工作着是美丽的》。陈校长说，你目前还谈不上工作，你要明白，学习着更是美丽的。有一天你会深深地后悔：没有把更多的精力用在学习上。

黄昏使人陷入沉思。湘九拿着这本厚厚的书走过操场。"大头"追了上来。"大头"在他的猝不及防中抢走了这本书。他迅速地翻了翻书，说，这好像是一个大右派写的书啊！老实交待，谁给你的？

湘九生气地一把夺回书。湘九瞪着他，他瞪着湘九，好像乡野里狭路相逢的两条狗。"大头"像一条大户人家养的金毛狮子狗，湘九像一条流浪的草狗。"大头"说，想打架吗，本人非把你打趴下不可。湘九感到绝望。他不想打架。但是他似乎走到了绝地，前面没有进路，后面也没有退路。他说，到学校外面去吧，我奉陪到底。

他们推搡着走到岳王路上。一堆碎石子堆在一根电线杆子旁边，一轮残阳已淡了许多，一些同学围上来。湘九看到平平强强国华，看到他帮助他做功课而他却说"阶级斗争不可忘"的那位同学。湘九还看到沈丽英和阿苹。身为班长的阿苹想阻止他们又不敢阻止。她是"大头"的邻居，他们的父母是官场同僚，她急得眼泪都快掉下来了。

"大头"走到他跟前，抓住他的双肩。

湘九也抓住他的双肩。

湘九确实不想打这场架，他觉得太对不起陈校长。但是他不能示弱，更不能把送书人说出来。一听说作者是"大右派"，他就想到说出来书是谁送的，很可能会给陈校长带来难以预料的麻烦。

湘九紧紧地攥住对方的肩膀，使他动弹不得，当他在脚下使了个绊子时，湘九抬起脚，躲开了，上身依然硬邦邦的，纹丝不动。

"大头"松开手，抱住他的腰。

他依然攥着"大头"的双肩，只是将身子弯下去一点。

湘九不打他，也不让他打。他们僵持在那里，战场上处于胶着状态。

两个人都瞪着眼睛。"大头"的眼睛圆滚滚的，一张脸涨得血红。他们在对视中较量。

他们仿佛较量了一年或者一个世纪，国华说，我们等得胡子都要长出来了。

"大头"终于泄气了。你这个人真没劲，他说，跟你打架都打不起来！湘九笑一笑，松开了手。那时候他像一根衰惫的草，晚风抚过他。"大头"说，这本书借我看看总可以吧？我不会出卖你的。

湘九无言。他把书交给"大头"。他的一只衣袖被"大头"撕破了，从肩上挂落下来。

现场离石贯子巷很近，强强说去我家吧，让我姆妈给你缝几针。湘九向他家走去，后面跟着一群出身于平民家庭的同学。阿苹追上来说，湘九，你今天表现不错。

湘九说，为什么，因为我没有把他打翻在地吗？

阿苹已经成为湘九的同桌。湘九站在旧书店里读完了一本书《钢铁是怎样炼成的》，他觉得自己就像童年的保尔·柯察金，随时准备向侮辱他的任何人予以还击。湘九看到了阿苹眼眶里委屈的泪花，但是他告诉自己不能心软，他只能昂起脑袋扬长而去。

意识到自己的错误是在远足那一天。那天"大头"带了六七个富强粉肉馅包子，湘九却只有一个洪涝时在大水里浸泡过的番薯。这种番薯很难煮熟，苦涩难咽。"大头"对同学们说，谁在地上爬一圈，给他咬一口包子。响应者寥寥。"大头"增加了赏赐，爬一圈给半个肉包子。有的同学动心了，将两只手变成爪子放到地上去。湘九朝"饭桶"和平平撅起的屁股上各踢了一脚，他说，日本佬再打进来时，你们肯定会做汉奸！

"大头"笑嘻嘻地走到了湘九跟前。"大头"说，我知道你要面子，我不请你爬，请你跑一圈总可以吧？从断桥跑到平湖秋月再跑回来，我送你一个肉包子。他把肉包子送到湘九面前，湘九咬着牙不张口。他闻着肉包子诱人的香味，听到同学们七嘴八

绝地行走

舌的劝说声。他们说，跑一圈成不了汉奸，你不是经常跑步的吗，跑吧，一个肉包子呢！

湘九有一种回天无力的痛苦感觉。他的小兄弟们都已接受"曲线救国"的主张。他走到湖边的草地上去，烟雨蒙蒙，许仙和白娘子相会的断桥成为他身后的背景。他看着白茫茫的湖水出神，觉得自己的意志和领导才能都远远不如保尔·柯察金。

一只柔嫩的小手托着一只雪白的包子出现在他面前。

一个声音轻轻地说，吃吧，我带多了吃不下，你帮我吃掉它。

那一年湘九十二岁，十二岁的孩子内心有了一种悸动。他看着阿苹的眼睛，她的眼睛里仿佛有无限的感伤。他再看她的手，像古希腊雕刻一般纤细的手掌里托着她的同情之心。湘九垂首而立，无语可对。阿苹抓起他的手又说一声，你帮我吃掉它吧。

湘九情不自禁地说，将来有一天，我要在宫殿一样的餐厅里请你吃饭，我一定会还你这个情。

我等着这一天，阿苹说，等你在宫殿般的餐厅里请我大吃一顿。

湘九轻轻地咬一口肉包，一股油水流到了他手上。湘九舔着手指头又咬一口肉包。阿苹说，你可别把手指也咬掉啊！

二十五年后，湘九三十七岁了，从北京一所军事院校放寒假回来。报社约他写篇小散文，他写了这件往事。早晨，电话铃声响了，一个清脆悦耳的女声说，你啊你，你还算有点良心，知道还欠我一顿大餐！湘九从床上跳起，对着电话大叫，来吧，我今天就还你这个人情！湘九的女儿抱住他说，爸爸，这个阿姨是谁？爸爸，我要跟你一起去吃大餐！

湘九带着妻子女儿到了海丰西餐社，他们以为这里是杭州最好的西餐厅。听说星级宾馆有更漂亮的西餐厅，但是，湘九的女儿不敢去。中日友好饭店开张时，湘九带着女儿走到门口，被门童挡住了。那时湘九穿着一件人造革夹克，身上有一股劣质烟草气味，湘九的女儿穿着奶奶做的旧棉袄，小心翼翼地瞧着穿得像将军一样神气的门童。门童朝他们看了一眼，说，本宾馆不接待参观者。父女俩尴尬之极。

等到湘九的女儿长大结婚之时，湘九给亲朋友好们发了一封信，不收礼不办酒，移风易俗。但是他想，兄弟姐妹和岳母大人总要聚一聚吧？电话铃声响了，友好饭店的一位副总说，张老师，我是您的忠实读者，您能接见我一下吗？湘九说，你是友好饭店的老总？太好了太好了！请您接见我吧。我要在你们宾馆办两桌酒，对，一定要在友好饭店，给我女儿举行婚礼！

湘九看到一位穿着职业套装的中年女性款款走来，刹那间他真想让时光倒转，回到他们的童年时代去。无数往事涌上心头。小学毕业之后，他并非没有见到过同桌的她，一次在他插队的地方，一次在路上，他却都回避着她。那时，他们咫尺天涯。女儿怯生生地拉一下他的衣袖，爸爸，你怎么啦？湘九恍然醒悟，对阿苹说，我们请你吃早餐吧。

不是要请我上宫殿般的餐厅去吃一顿大餐吗？阿苹笑容可掬地抚摸着他女儿的脑袋说，这个地方可不像宫殿。

湘九环顾四周。陈旧的装饰，简陋的火车座，化纤地毯。湘九说，这是序幕，主要内容在后面，下次再单独请你吧，去香格里拉饭店。

为什么要单独请这位阿姨？湘九女儿问他。她噘起嘴，怀疑地看着他们。为什么不带我去？还有妈妈，她为什么也不能去呢？

湘九尴尬地看他的妻子，妻子朝他耸耸肩，一脸无辜的表情。湘九叹了一口气，说，好吧，都去。阿苹，把你先生和孩子也一起带去吧。

直到今天，他依然欠着她这一顿"大餐"。

湘九梦见阿苹还在请他吃肉包子，梦中的肉包子却总是放到嘴边就被人夺走了。湘九把梦境讲给二姐的儿子乐乐听，乐乐说你把肉包子给我吃么，别人不会夺小孩的东西。幼儿园老师问孩子们长大后要做什么，乐乐站起身说做日本鬼子。老师大惊失色地说，为什么做日本鬼子？乐乐说，《鸡毛信》里的日本鬼子抓住烤羊腿啊呜啊呜地吃，他们的生活太幸福了！乐乐还说，小舅舅梦里吃肉包子也不给我留一口，我当上日本鬼子也不给小舅舅吃烤羊肉。

严寒的冬季。一块平原。中间有一条黄泥路蜿蜒穿过。母亲说，湘九，你看见了吧，有许多人比我们活得痛苦艰难一百倍。母亲指着一个戴脚镣的老人说，他过去是大学教授。湘九摇摇头，他不敢相信。昔日的大学教授脚上戴着镣铐，肩上扛着一把铁锹，在泥泞的路上艰难地哐啷哐啷地走。他朝湘九古怪地微笑着，笑容里满是辛酸和衰弱。一名士兵横着枪刺呵斥他们，快走快走，不准说话，不准停步！母亲手搭凉棚往队伍后面看，她说，你大哥出来了没有？我眼睛不行了，你帮我盯着。

湘九看到了仲君，他有一种强烈的哭的欲望。阴冷的天空下，整个乡野缩成一团，仲君像机器人似的在队列中走。他的两颊凹陷，眼睛像龙虾似的突出，整个身躯仿佛透出一种幽灵的气息。湘九有这样一种感觉：一阵风能把他吹走。当湘九喊他"大哥"时，他摇晃了一下，却没有停下脚步。他的没有血色的肮脏的土灰色的脸上似乎没有表情。直到湘九奔过去时，他才发出了嘶哑的叫声，叫的却不是弟弟，而是"政府"。

报告政府，我母亲和弟弟来了。他对看守说。

看守挡住了湘九和母亲。排在仲君前后左右的囚徒都把脸转向他们。看守审视着母亲，皱紧眉头，他说：今天不是探视日。

母亲拎着一袋食品，一脸痛苦、乞怜却又勉强保持着尊严的神情。她的得了浮肿病的双腿在哆嗦着。我恐怕等不到探视的日子了，我走不动了，她对看守说，我给他炒了两斤黄豆粉，我怕他也得浮肿病。

不准污蔑政府！看守生气地说道，挥挥手，让囚徒们继续往前走。他们的粮食供应很正常！得浮肿病的犯人可以不出工！你把食品拿回去吧。

湘九无声地看着这个看守，他觉得简直像在梦里一样，一个母亲给儿子送来两斤黄豆粉，竟然成了污蔑政府。明明有许多囚徒得了浮肿病躺下了，他却拒绝他们送来救命的食粮。这难道是真实的吗？

他看到囚徒们盯着母亲手里的食品袋，他们眼里燃烧的贪婪火光使他身上掠过一阵阵寒意。

仲君向前走了几步，突然发出一阵低沉的呜咽蹲倒在地上。他用痉挛的双手蒙住脸，就像一个孩子在哭泣。母亲推开看守的阻拦向他奔过去。看守从腰间拔出手枪，脸色铁青地喊：队伍继续往前走，不准停留！

看守奔向母亲。

前面的队伍却停下来了，骚动着，后面的人纷纷踮着脚向前张望。母亲把仲君拉到了路边，不顾看守的阻拦安慰着他。湘九被囚徒们挤着往前走，走了几十米，鞋子都被挤掉了。他愕然地看到戴脚镣的大学教授和一名士兵扭打在一起。士兵要他吐出嘴里咬着的一件东西，他不吐。湘九从人缝里钻过去，看到教授满嘴鲜血。

躲在人群中的某个囚徒喊道：不准打人！

士兵气愤地转过了脸，我打他了吗？我怎么打他了？！他把手里的步枪扔给另一名士兵，涨红了脸继续争夺教授嘴里的东西。他在路上捡起这条黄鳝就往嘴里塞！你们看清楚没有，他脸上的血是黄鳝血，不是我打出的血！！

乡野显得那么广袤、那么昏暗，只有几株高高的大树孤零零地矗立在那儿，树上的枝丫像饥饿的人们展开手臂向上苍祈求普度众生。教授嘎吱嘎吱地咀嚼着那条如蛔虫一般细长的黄鳝，鳝血和泥浆顺着他的腮帮淌落下来。士兵争夺不过疯狂的囚徒，细细的鳝尾一点一点从他手里滑出，最后全部吃进了教授肚中。失去了人类尊严的呜咽声从囚徒们中间、从母亲和大哥那里凄凄惨惨切切地传进湘九的耳膜，湘九将舌头舔着嘴唇，仿佛也有鲜血正从自己的唇际淌落下来。

二十世纪八十年代初，仲君终于离开了劳改场回到家中。服刑八年，留场十四年，他已经不习惯自由。湘九的同事和朋友们来到他家时，看到这位大哥霍地一下站起，恭恭敬敬地喊"报告"，他们被他唬得一愣一愣，他们结结巴巴地说，大……大哥，您也坐……坐下吧。仲君小心翼翼地坐下。他们说，湘九呢，湘九不在家吗？仲君再次起身立正。他不在家，他说。他将双手贴在裤线上，姿势如同受检阅的士兵一样标准。

有一天湘九打了一斤绍兴糟烧与他对酌，湘九提起了教授吃黄鳝这件往事。湘九说，那位教授现在何处？仲君说他被平反了，回北京的一所大学去了。说完这句话，他的眼睛红了，嘴唇痛苦地颤动一下，脸孔如假面一般僵硬。一阵沉默之后，他突然冲着他的弟弟发起火来，别提这种事情好不好？他嚷，一掌拍在饭桌上，跳起的酒杯在地下发出了碎裂的声音。我是人，你懂不懂？我不是畜生！别让我总是回想那些日子！湘九惊讶地看到，眼泪从他那久已干涸的眼睛里像泉水一样流溢出来，丰饶地流过他的脸颊，落到身上，落到地下去，他号啕大哭。

他终于再也不向任何人喊"报告"了。

饥馑的岁月还在继续。

追求梅的华侨技术员坐在楼下，梅躺在阁楼上不肯下来。母亲陪坐了两个钟头，实在是无话可说，尴尬之至。母亲说湘九你去陪一下吧，总不能将他一个人晾在那里。湘九觉得这个华侨佬有一种不屈不挠的精神。他很瘦弱，脸色白净，一些暗蓝的血管在他的眼睛里倔犟地颤动。梅被大观山农场精简回家了，家里又多了一个负担。心高气傲的梅想，难道我要因为生活所迫而嫁给这个华侨吗？我当然不嫁。

湘九像户籍警一样详细了解他的履历。一九五九年，中国政府决定租船接运旅居印尼的自愿归国华侨，这个处于反华排华厄运中的年轻人，爬上舷梯时热泪盈眶。他告诉湘九，他在船上写了一首诗抒发内心的激情：啊，您是风云动荡时的宁静港湾，您是流离颠沛中的温暖故土。您是祖国母亲仁爱的使者，您是中华民族精神的象征！

湘九说，你这么进步这么革命，你怎么能追求我三姐呢？我家出身不好，海外关系复杂，若是我三姐嫁给你，必然会影响你的前途。

华侨佬尴尬地笑了，笑得很忧郁。他说，我的海外关系更复杂啊，我家里还有一个小小的橡胶园。我早已没有写诗的激情了，现在我只想找一个知书达理的妻子，找一个小小的、只属于自己的宁静港湾。

湘九喜欢他，觉得他厚道、诚实、温文尔雅，是一个靠得住的男人，梅姐嫁给他不会受欺侮。中午，华侨佬说，我请你吃饭好吗？湘九欣然从命。他们走到龙翔桥精美餐室。华侨佬研究了半天菜谱，点了一个炒鸡块、一个冬瓜汤、两碗米饭。

毫无疑问，这是三年困难时期里湘儿吃过的最好的一次午餐。这顿午餐留给他的美好记忆长存不衰。橡胶园主的儿子只喝了一点汤，把鸡块和米饭都让给他吃了。当全家都在挑剔这个人时，湘九却坚持梅姐应该向他托付终身。小姐姐兰无限失望地指责他。她说，一盘炒鸡块就把你收买了，你这个人很容易成为叛徒。

梅病恹恹地躺在床上。只要这个人来了她就病恹恹地躺在床上。梅的好友"西瓜"说，你总要接见他一次吧，否则每个星期天他都会在你家楼下坐着，一坐就是一整天。梅硬起心肠说，那就请你去接见他好了，你这么胖，他那么瘦，你俩配成一对正好取长补短。

从夏天到冬天，橡胶园主的儿子真的每个星期天都来延定巷五十四号报到，成为墙门里一道引人注目的风景线。

这道风景线消失在一个萧瑟荒凉的冬日黄昏。

这天傍晚，湘九执意要留他吃一餐晚饭。

众安桥小学对面的浙江日报馆要盖房子，门前堆满了从钱塘江边运来的黄沙，湘九在黄沙堆上玩耍时，居然发现了一种贝壳类的东西名叫黄蚬。湘九一个一个地寻找，有时能找到大半碗，拿回家煮熟酱油蘸蘸，味道很鲜美。湘九说，今天我家有好菜，你一定要在这里吃饭。

湘九在母亲淘好的米锅里又加了一把米，喜滋滋地放到煤球炉上去。厨房是三户人家合用的，狭窄得做饭时有一家人在厨房里忙碌另一家人就进不去。那天发生的事情湘九猜想是孩子所为，合用厨房的另一家有七八个孩子。大人小孩都知道，他们是劳动人民，湘九家是反动派，他们免不了要代表无产阶级对反动派实行专政。

小小年纪的湘九居然能够不劳而获地连续几天拿回黄蚬给母亲吃，居然还要请客，他们当然很愤怒。因此，当湘九兴奋地回到厨房，揭开煮熟的饭锅时，看到了一颗已经大部分融化在米饭中的煤球。

这是一锅不掺任何杂粮的白米饭啊！不掺番薯丝、不掺萝卜、不掺玉米的白米饭！！湘九气疯了。

客人听到湘九的叫骂声赶到厨房。母亲从井台旁跑过来把湘九和一个小姑娘拉开。她问小姑娘，是你干的吗？小姑娘用仇恨的目光看着他们，不吭声。母亲回转身对湘九说，算啦，把饭重新洗一遍，做稀饭吃吧。湘九拿起菜刀，一刀劈下去，厚厚的硬木砧板被他劈去了一只角。客人拦腰抱住他，叫他不要冲动，母亲打他一下，说，你比她大，大人不记小人过，你别再惹是生非了！

这户人家的七八个孩子都从家里跑了出来，围着他们，主要是围着湘九。小姑娘有两个哥哥，一个比他大，一个跟他同年。两个哥哥都长得很苗壮。华侨佬想挤进去把湘九拉出来，两个哥哥一人推一下，将他推出门外，差点跌倒在水泥地上。

他靠在湘九家的门框上，眼睛里流露出待宰的牛羊般的悲伤。

延定巷五十四号墙门里发生的一切，距离橡胶园主儿子从小认知的世界无疑十分遥远。他仿佛突然清醒了，终于选择了逃离。既然他是一个温良恭俭让的、手无缚鸡

绝地行走

之力的书生，他的海外关系又如此复杂，他怎么能够保护梅和梅的家人呢?

湘九送他到巷口。握手道别时感到他的手冰凉冰凉的。街上刮着风，穿着臃肿的行人在漫空飞舞的梧桐树叶间走过，汽车上背着鼓鼓囊囊的大煤气包，一个萧条的世界熄灭了对爱情和人生向往的火花。湘九说，对不起，让你看笑话了。华侨佬苦笑了一下，说，不可笑，一点都不可笑。

那天晚上二姐来到娘家，看到他们正在喝一锅黑乎乎的稀饭。湘九不喝这锅稀饭。他坐在竹椅上生闷气。二姐的大女儿小红说，小舅舅，你去我家吃饭吧，我家今天的饭菜很丰盛。湘九最喜欢小红，这个小丫头像个可爱的小精灵。湘九抱起她说，你家来客人了? 小红说，我的三伯伯和五伯伯都从北京来杭州了，他们在家里老是谈什么"七千人大会"，我一句也听不懂。

湘九让小红骑在他的肩上，送她回家。他看到龙骧拿着一只照相机，站在客厅里对他的兄弟们说，手放到膝上，靠拢一点，对，笑一笑。人们下意识地按照要求摆出了当时最流行的拍照姿势。镁光灯咔嚓一闪，龙骧说，好，表情很自然，很开心!

二姐当了民办小学教师。她接二连三地生了几个孩子，在这样困难的岁月，身体亏了许多。但是她仍得侍奉公婆，操持一大家子人的柴米油盐酱醋、吃喝拉撒睡。龙骧的兄弟们都在外地，难得回来一趟，总是客人。湘九看到二姐一回家就忙个不停，心里又是一阵酸涩。

小红把他带到她的三伯伯五伯伯跟前，湘九叫了一声三哥、五哥。三哥戴一副眼镜，面容清癯，举止间有一种儒雅的知识分子风度。他是国家计委副主任，中科院学部委员。五哥则是矮矮的个子，举手投足很有一副官相，游击队司令出身的他，现在担任外交官。他们跟湘九当然没有什么可谈的，在他们眼里，这个小鬼头似有非有。

他们继续给家人作报告，说刘少奇对新中国成立以来的工作特别是对"大跃进"以来的工作经验和教训进行了总结，毛泽东就党的民主集中制问题作了重要讲话，并作了自我批评。周恩来邓小平也作了自我批评，承担了责任等等。"七千人大会"开过大半年了，"调整、巩固、充实、提高"的八字方针使得国计民生开始进入恢复期，他们因此而感到振奋。

湘九跟他的外甥女小红一样对报告不感兴趣。他起身告别，阿婆叫住了他。阿婆交给他一罐红双喜香烟，说是五哥送的，阿婆要转送给亲家母。湘九替母亲推辞说，您还有没有了？只有一罐的话，您就留着自己抽吧。阿婆迟疑一下说，这样吧，小罐里有五十支香烟，我和你妈一人二十五支，我俩都过过瘾。

　　打开罐子时湘九听到五哥在问龙骧，岳王新村你知道怎么走吗？我们想去看望几位老战友。龙骧说，省委不是给你们派了小车吗，司机肯定知道。

　　湘九冲口而出：岳王新村离这里很近，走过去不过一刻钟。五哥说，那就请你带我们走过去吧，权当饭后散步。

　　湘九怀着一种复杂难言的感觉看着三哥步上赵小平家的台阶。赵小平的父母都是三哥的老部下，他们在一起度过艰难的战争岁月。当他们惊喜地出现在门口时，湘九躲到了台阶下的阴影里去。五哥说，走吧，小弟弟，带我到你那个"大头"同学家去。五哥抱着膀子很豪爽地笑出声来：他老子当年跟我可是老搭档啊。他娘是个漂亮的女学生，到达根据地第一天我就接见了她们，那时，她们激动极了，向我又是鞠躬又是敬礼。

　　湘九央求五哥不要提起他，五哥不解地问为什么，湘九说不为什么，最好别让他们知道我是你们的亲戚。

　　湘九自己也不明白当时究竟是什么想法。他想，我是你们的亲戚又怎么样呢？如同《流浪者》里所说的那样：贼的儿子还是贼。别以为我二姐嫁到你家是为了改换门庭。母亲说过，张家的后人一定不要想去沾任何人的光。

　　直到四十年后，湘九才向赵小平的父母提起这件往事。赵家伯伯八十多岁了，湘九提着一只花篮去看望他。老人说，我老了。湘九说，您不老，您的老领导九十多岁了还在著书立说呢。老人问他怎么知道，湘九说出三哥的名字、他和三哥的关系以及四十年前带他前来看望之事。赵家的两位老人惊讶之至，拉着他的手说，你呀你，你真是太倔了，你怎么一直这么倔呢。

　　同样是在四十年后，湘九在一次会议中从主席台上下来，坐到一位老太太身边，叫了一声"阿姨"。"大头"的娘亲切地跟他握手，说，我知道您是我儿子的小学同学，没想到您现在是我的领导了。湘九说，阿姨您太抬举我了，我算什么领导啊，您才是我们的老领导。湘九告诉她，五哥很关心她的近况，嘱他代致问候。"大头"的父母在动乱岁月中受尽磨难。父亲英年早逝，母亲晚年独居，体弱多病。湘九握着老人家的手再三嘱她保重，有什么需要帮忙的事情，请她尽管吩咐。

这就是人生吗，变幻莫测的人生。

依然是饥馑与严酷年代的人生。

杨若鹏将军终究没有等到特赦出狱那一天，更别说当什么文史专员了。这个"一·二八"淞沪抗战时曾与俞济时李延年钱伦体宋希濂署名通电全国，"誓与我十九路军亲爱将士，喋血沙场，共同生死"，"宁为战死之鬼，羞作亡国之民"的硬汉子，临终时蜷缩在病榻上，瘦得像一条鲱鱼。杨师母抽噎着说，她曾经多次想象过丈夫离开人间的样子，总是很壮烈很凝重，面对着的应该是战场或者刑场，却没想到他会那样孤独地躺在那里，那样凄凉地离去。

梅被大观山农场精简了，杨家的小儿子没有被精简。他跟着母亲去料理父亲后事，临行前来了一趟延定巷五十四号。湘九简直认不出他了，瘦骨嶙峋的杨家小少爷，因为风吹日晒而变得黑黝黝的，缄默无言如一块路边的石头。告别时，湘九送他到巷口，他挥挥手，转身离去，风儿吹起了他那单薄的衣衫，两条肥大的裤管晃荡着，好像没有屁股。

湘九觉得用不堪回首这个词儿不足以形容他们一家人度过的饥馑年代，他不知道该如何简练地概括这一段悲惨岁月。湘九想母亲是个要强的女人,要强的女人一般都很自尊。自尊的女人如果失去了丈夫,独自抚孤成年，就会吃很多很多苦，这是与其他人家不可同日而语的。

更不相同的是，一九三一年父亲被戴笠送进监狱时，母亲只有十九岁。十九岁的小姑娘今天在街上逛荡时胸前还吊着饮水的奶瓶，可是母亲却带着两岁的柳南从杭州赶到南京，每个月去一趟鸡鹅巷陆军监狱探视父亲。母亲说父亲被关在地下室里，只有在她去探监的时候才能出来见见阳光。如果她不去，他就只有一条路可走了：承认自己是异党分子，供出他的同道者。母亲说长年不见阳光的人会得软骨病。母亲不愿意父亲得软骨病。她说，如果他不是异党分子，他当然不能屈打成招；如果是呢，就更不能承认了，那是要牵连多少人的哪。

母亲叼着阿婆送的红双喜过滤嘴香烟坐在夕阳里，她的困惑神情给子女们留下至为深刻的印象。她说，你们的父亲被戴笠抓走没几天，有人就来通知我了，隔几个月还送来接济我们生活的费用。

母亲说我问他是谁，回答说是您先生的朋友，我说他从来没说起过有你这个朋友啊，他笑笑，说是受其他朋友所托。我说托你的朋友又是谁呀？他说有很多很多。有段时间这个人不来了，我也死了心，打算完全靠自己自力更生。过几天却又换了一个人来敲我的门，也不多说什么，放下几块银洋钱，悄然而来，悄然而去。

母亲的思绪随着一缕缕烟雾荡漾开去：这些"朋友"，现在怎么都不见了呢？

一九六三年，湘九一家终于度过了最为饥寒交迫的岁月。一九六三年距离父亲出狱二十六年，距离他入狱三十二年了，母亲的困惑却仍然在徘徊着，久久地挥之不去。她仿佛想到了某个答案，既复杂又简单，却说不出口来。她回忆当年，回忆那些有人帮助她接济她的日子，感到真的像一个梦了。

湘九将她的困惑神情记在了心里。他感到母亲犹如一尊塑像，风吹过来增添着深深的秋意。淡淡的烟雾从她的眼前升起，她的回忆随烟雾飘散。湘九想，正因为母亲经历了那个时代的苦难，所以才能够经受得住这个时代的苦难。

母亲因此而既是旧时代也是新时期的受难者，她的样子一如教堂墙上含着苦涩微笑的圣母玛利亚。

湘九恳求母亲不要再去岳王路自由市场摆摊儿。阿苹说，这两天就要取缔黑市买卖，严厉打击投机倒把活动。湘九相信她的话具有某种权威性。母亲却说，不去摆摊儿怎么交你的学杂费？你大姐二姐二哥给的钱只能维持我们的最基本生存，入不敷出。

快过年了，小娘舅带来一只大公鸡。小娘舅被下放去了农场。他曾经向领导报告说，我只是一个茶房，一个茶房怎么可以冒充干部下放呢？领导理所当然地不理睬他。小娘舅在农场劳动了两年，带回来的只有这只公鸡。小姐姐兰跟湘九说，年三十晚上你要吃得斯文一点，鸡腿给姆妈和小娘舅各吃一只，翅膀留给二姐吃，胸脯给梅吃吧，她身体不好。湘九说那我就只好吃鸡头鸡脖子了。兰说，那是我吃的，你就吃鸡屁股吧，油很多的。湘九急得跳脚说，我才不吃鸡屁股呢，我要吃鸡头鸡脖子还有鸡爪子！

那天早上，母亲却拎着这只公鸡去了岳王路市场。

下学期就要毕业了，寒假里老师给他们补习功课。湘九在教室里听到了窗外公鸡的啼鸣声。他爬到椅子上去，看到母亲蹲在地上，被缚住的公鸡惊慌地看着路人，它的啼鸣渐渐变成悲惨的呜咽声。湘九痛苦地大叫一声，母亲吃惊地回头。母亲说，你叫什么，我把鸡卖了给你们买猪头肉吃。湘九说我不要吃猪头肉我要吃鸡。母亲皱紧了眉头，她的脸孔仿佛由于一种失望、一种生气而扭歪了。你给我回过头去，她对小儿子说，你的任务是好好上课！

天气很冷，湘九的心比天气更冷。他看到鸟儿在树上发抖，灰白色的雾气使天空显得阴霾。阿苹捅他一下：老师来了。他没有回头。他看到一些穿着警蓝裤子的汉子出现了，市场骚动起来，他的心一下揪紧。姆妈！他把身子探出窗外去，快，快把公鸡给我！他喊。母亲的脸一下子变得惨白，她跟前的公鸡已经被一双三接头皮鞋踩住了，公鸡凄惨地发出了痛苦的咯咯叫声。

老师走到他身边。下来，老师说，趴在窗台上成何体统！

他不肯下来。他看到市场里已经停止骚动。岳王路上是一片充满了脚步声却又是墓地一般的沉寂，所有人的脸都被勒令向着街边的墙壁，不准交头接耳。往日的喧嚣倏然间消失了，使得教室里的师生也大为诧异，他们纷纷站起身，把脸转向了窗外。对面，报馆大楼顶上的高音喇叭突然响了。

湘九看着母亲手里的大公鸡被人夺走，看着母亲被人命令面壁而立。湘九泪如泉涌。

"市人民政府公告，市人民政府公告……为了国民经济的好转……安全和巩固……为了严厉打击投机倒把活动……即日起取缔自由市场……一切犯有长途贩运、黑市买卖……扰乱国家经济的人……必须坦白自首……"

这是他第一次听到这种震耳欲聋的、无比庄重的、带有极其冷峻的权威语气的广播声。他觉得好像有许多小老鼠在啃着他的心。他战栗着向后退却。他不敢再看母亲，母亲遭受的屈辱使他的心都碎了。他从椅子上跌落下来了，坐在彻骨寒冷的水泥地上哭泣着。他感到绝望，一个孩子坐在极地雪原上的绝望，周围白茫茫一片，没有人迹，无声无息。

已是黄昏时分，巷里的孩子们点燃了过年的鞭炮，湘九和梅姐兰姐仍然提心吊胆地站在湖滨派出所门口，等待着母亲出来。起初有许多簇拥在那里的人，有老人，有孩子，哭着喊着，请求执法者高抬贵手，放他们的亲人回家过年。随着一个个受过处罚的人出来后，人群变得稀疏，最后只剩下了他们姐弟。

夜深了，鞭炮的碎屑已经被纷纷扬扬的雪花掩埋了，城市变得冷冷清清，他们还站在那里。店铺稀疏残缺的霓虹灯光映着他们冻红的脸庞，对面的市一医院黑灯瞎火，通往太平间的小门阴森可怖。母亲终于精疲力竭地出现在他们面前了，他们围上去喊妈妈妈妈。母亲苦笑一下说，我们回去吃年夜饭吧，鸡被没收了，猪头肉也买不到了，怎么办？梅说，我们不想吃鸡。兰说，我们也不想吃猪头肉。湘九说，我们吃青菜炒年糕吧。母亲想了想说，小娘舅还带来了一斤油渣，托人从肉类加工厂买来的，我们吃青菜油渣炒年糕吧，香得很。

一斤猪油渣只要几角钱，从此成为湘九的最爱。三十年后，湘九成为一个拥有五百三十万人口的地区的副专员，常有机会面对山珍海鲜美酒佳肴，湘九却总是感到吃不下去。秘书问他，专员您喜欢吃什么呀？湘九说吃碗面吧，最好是油渣面。秘书和接待单位的领导面面相觑。有一次秘书跟行署宾馆的老总聊起此事，老总说，你这个秘书真不够意思，你在耍我。老总喷出一口中华牌香烟的烟雾说，我们这里的勤杂工都不愿吃这玩意儿，你小子却蒙我说专员爱吃？

青菜有了，猪油渣有了，饭也可以吃饱了，报纸上又开始宣传"阶级斗争，一抓就灵"了。农村要搞"社教运动"，城市开展反对贪污盗窃、反对投机倒把、反对铺张浪费、反对分散主义、反对官僚主义的"五反运动"。

众安桥小学来了一位年轻的男老师，他的名字中有个字是"兴"，姑且称他兴老师。兴老师是团支书，总辅导员，刚来时对湘九很好。看到湘九总是穿着一条黄裤子，他说，你父亲是军人吗？湘九懵里懵懂地点点头。他们站在期终考试的分数榜前。兴老师说你叫什么名字？湘九指着自己的名字说，这是我的名字和分数，这次我考得不够好。兴老师笑了，他说，语文第一名，算术第二名，你还说自己没有考好，你真谦虚。

在兴老师的推荐下，湘九当了一个月大队委员。一条杠的臂章换成了三条杠，湘九兴奋得几天睡不着觉。那时候他已经开始变嗓子了，人也长高了许多。他成了一个翩翩少年，班里的女同学，有时被他看上一眼，脸上不觉会飞起两朵红云。有一天去西湖电影院看电影，看的是《兵临城下》，银幕上唇枪舌剑，座位上窃窃私语。前排几个女生在分糖吃，湘九凑过去看，一个叫小林的女生说，给你吃一颗，把糖塞到他手里，湘九的心猛地一跳。电影院里光线十分暗淡，小姑娘头靠在椅背上，头发触到了他的手上，痒痒的，使他很感动。

他想起了在华欧糖厂偷吃一颗花生牛轧糖的往事。手里的这颗糖与那颗糖一模一样，不由得引出星星点点的怅然和梦幻。过了好几天，糖都快漾掉了，他才把它吃掉，把糖纸洗净了晾干，夹在课本中作书签。

这些都是下意识的行为，却被另一位女生看到并传播开去。小林坐在他前面，从此不敢和他说话，见了他总是低着头，只是悄悄地瞄他一眼。小林的父母是知识分子，好像出身也有点问题，湘九因此觉得比较容易接近。但是她不跟他说话，他也不好凑上去说。有时互相看一眼，赶紧转了方向，脸都红了，有一种怪怪的感觉。

仅此而已。不可能有任何进一步的发展。再说他的身旁还坐着阿苹。何况湘九只当了一个月大队委员。一个月后，兴老师发现了他的父亲不是革命军人而是反动军官，就把他一撸到底。湘九再也没有心情观察女同学对他的感觉了。

后来，夏天来临了，女生们穿上了无袖的运动衫，上课时，她们规规矩矩地把手肘搁在课桌上。湘九低下头去，从那无袖处看见了一个女生的胸部，湘九如同被雷劈了一下。两朵微微隆起的蓓蕾使他唇焦舌燥，整个身心都飘浮在了半空中。他的内心似乎有一朵柔软的花儿正在绽放，他的脸又红又热，他惊慌失措地将脸转开去。女生觉察到了他那做贼一样的眼光，她缩拢了身子说：你不怀好意。

班里集体去看的最后一部电影正是《流浪者》。他们并肩坐在黑魆魆的影院里，有一种透不过气来的感觉。后来他们都进入了跌宕起伏的剧情，丽达跟拉兹的爱情使他沉溺于痛苦的遐想中。拉兹进了监狱，丽达在法庭上慷慨陈词。丽达去监狱看拉兹，相对无言。一个悲凉的漂泊的世界展现在他们面前，湘九看见阿苹的眼睛里闪烁着莹莹泪光。

湘九傻乎乎地说，有一天我成了拉兹，你会不会去看我？

你不会的，阿苹说，你不会成为拉兹。

那天夜里，湘九梦见阿苹在跟他赛跑，跑过池塘，跑过林荫小道，跑过小镇的街道。阿苹从来没有穿过海军服，梦中的她却有一块画着蓝杠杠的白色披肩在背上飘呀飘。醒来时仰望着窗外的星空，湘九又一次想起《钢铁是怎样炼成的》，阿苹在他的梦中好像变成了冬妮娅。

他要努力，他要奋斗。说不定，他还是能够考上中学呢。他的文章已经印在一本书里，这本书的书名叫"小学生作文选"。一位名叫向前的市领导为这本书作了序，号召同学们向作者学习。

毕业考试和升学考试，他都名列第一。

其实阿苹早就知道湘九上不了中学。孔老师说，阿苹，你是班长，你成绩好，一定能考上重点中学。阿苹说，湘九成绩比我更好呀！孔老师摇着头叹了一口气，说你难道不晓得他的父亲在海外，生死不明么？

有一天晚上，阿苹帮父母整理行装，他们要下基层，要去农村搞社教运动。夜深人静，爸爸妈妈谈论起当前的政治形势。妈妈说，听教育部门的朋友说，今年的初中招生就要特别强调、贯彻和扩大为工农子弟开门的阶级路线了。

陈校长和孔老师在做最后的努力，他们请来了黄龙洞戏曲学校的招生老师。班里的学生一个个站起来，让招生老师过目。陈校长指着湘九说，这个学生长得英俊，歌唱得好，画也画得不错，你们不是想开舞台美术专业吗，这个专业招不招小学毕业生？

七八个同学进了音乐教室。湘九放声高唱"蓝蓝的天上白云飘，白云下面马儿跑"。他在变声，嗓子沙哑而带有磁性，招生老师听了感觉不错。湘九回到教室，阿苹说，恭喜你，你有复试资格了。

笑话，我像个唱戏的小白脸吗？湘九却梗着脖颈说。

阿苹无言，吴越古城不唱京戏唱越剧，都是些落难公子中状元私订终身后花园的娘娘腔。阿苹说，那你画图画不是也画得挺好吗？湘九笑得很苦涩地回答，我姐姐到北京的音乐学院考预科，没上一天学就叫她回家了。我不是你们这些"八旗子弟"，我有自知之明。他居然把她称作"八旗子弟"，阿苹为之忿然。她又羞又恼想发火却又发不出来，憋了好半天才憋出一句话，这句话语不惊人，却叫湘九发了半天呆。她说：

你的怨气太重，这样会得罪许多人。你将来后悔莫及。

湘九有些心虚地说，我妈说做人要靠自己奋斗。我后悔什么？永远不后悔。

然而，世界上没有一个不抱幻想的孩子。

这个夏季，知了在树上发出单调的叫声，湘九每天坐在墙门口等通知。邮递员骑着自行车过来了，他赶紧迎上去，邮递员朝他摇摇头，他垂头丧气地走回来。挑水老陈同情地说，下午邮递员还要来一趟呢，下午就有你的信了。湘九呆呆地坐在石门槛上，觉得自己的心如一叶扁舟，在钱塘江上漂啊漂，漂到天黑了起风了也不知道码头在哪里。

母亲叫他吃饭了，他站都站不起来，一点胃口也没有。

强强来看他了，强强考进了杭一中。杭一中的前身是杭州高级中学，鲁迅先生在那里教过书。国华也来看他了，国华考进了十一中，十一中的前身是惠星女中，也算有点名气的。他们带来其他同学的信息，岳王新村的大都进了浙大附中。阿苹和小林也是十一中。平平进了民办的清波中学。

八月的最后一天，邮递员终于送来了他的信，他的手指哆嗦着，半天才拆开信封。一纸不录取通知书从他手里飘落下来，他捂住腹部，感到肠胃在痉挛，疼得他直冒冷汗。国华和强强再次到来时，看到湘九坐在马桶上。他抬头看他们，他们也呆呆地朝他看。湘九脸色苍白地笑着说，我的信来了，一封安慰信，要我"一颗红心，两种打算"。强强说，你能打算什么呢，你才刚过了十四岁生日。国华说，莫非叫你去做童工，新社会不招童工。湘九无比珍惜般地最后看了一眼那封安慰信说，我想把它留作纪念，做个镜框挂到墙上去，让所有人都看看，最优秀的考生收到的却是这样一封信，你们说好不好？

国华强强还没有回答他，他已经将这封信揩了屁股。他们的最后印象是一颗鲜红的招生办公室公章，印章上沾着些青黄色的屎。强强说，还有一个同学收到了这样的信，宝清。湘九系着裤带说，太好了，没想到我还有个同伴，我这就去找他吧。

一九六四年九月一日上午八点钟，众安桥小学应届毕业生皆跨进了中学校门，唯独湘九与宝清仍徘徊于小学的门外。他俩悄然潜到暑假前就读的教室窗前，发现一屋雏鸡般的新生，仿佛这才恍然大悟：自己此生再与学校无关了。他们出了众安桥小学的校门，踯躅于西子湖畔。他们爬到八十八师和十九路军淞沪抗日阵亡将士纪念塔上去，懒洋洋地晒着太阳，如同两条被潮水冲到海滩上等死的鱼，在烈日下最后地喘着气。

湘九的手，一遍又一遍抚摸塔上的炸弹模型。模型的石料很高档，凝脂如玉，他心头沉甸甸地痛，塔基上刻着阵亡官兵的姓名籍贯，从东北到广东，忧伤地纪录着他们对故土人世的眷恋。湘九天真地想，我阿爸为什么不在抗战时死去呢？为什么不被日本人的一颗炸弹炸死？如果那样死了的话，湘九恶狠狠地想，我就不会被母亲生到这个世界上来了，母亲和哥哥姐姐们也许就能够得到宽恕，用不着受这么多的罪了。

湘九问宝清，你因为何种原因跟我同样遭遇？宝清说我的成绩太差。湘九挥挥手说，扯淡，比你差的有的是，不也进了杭四中浙大附中！湘九的印象中宝清一家赤贫，母亲在众安桥堍摆个水果摊儿聊以度日。宝清低下头去剥自己的手指甲，半晌才抬起头说，我父亲也有历史问题。

同是天涯沦落人。湘九将手遮住眼睛，红太阳照得他头晕。父亲的历史跟我们有什么关系，凭什么总是牵着我们的腿？宝清跳起来问他。湘九说，趴下，当心从塔上掉下去，摔个半死不活。湘九说你想不通吗？想不通就去跳西湖好了，西湖就在眼前，没有盖子。

从夏天到秋天，两个小人儿东逛西游。天空下面是平常得不能再平常的城市街景，梧桐树的黄叶飘落到马路上，花坛的花朵露出它们苍白的花瓣。湘九发了狠心，跑到城隍山脚一所工读学校，要求当一名工读生。工读学校的学生不是派出所送来，就是家长送来的，没有看到过自己找上门的孩子。湘九听姆妈说起过，宝兴娘舅的妹妹在这所学校当教导主任，湘九对一位老师说，我要找教导主任。老师说你跟祝主任什么关系？为什么找她？湘九说，我是她堂姐的儿子，我请求做你们的学生。

老师的眼镜从鼻梁跌落到鼻尖上。她的表情不可思议。她接过湘九的成绩单看一遍，再抬头看他时，俨然看到了一个小骗子。你等着，她说，不要走开，我这就去报告主任。她匆匆地往楼上走去，高跟鞋笃笃响，如马蹄声碎。

湘九耐心地等待着，瞧着一群工读生在操场上出操，一二一，一二一，带操的老师穿着警蓝裤子，那副严肃的神情使他想起大哥所在的劳改场。老师回来时身后跟着的不是教导主任，而是一名保卫干事，他们冷冷地盯着他。湘九说，我妈的堂妹子不在吗？你妈真有这么个堂妹子吗？保卫干事如审讯犯人般问道，你是不是找错地方了？湘九抬起眼睛哀伤地看着他们，慢慢地转向楼上，他看到挂着教导主任小牌牌的办公室砰的一声关上了门，他的身子为之一震。

被工读学校拒绝的湘九沮丧地站在城隍山上，瞧着山门两旁的一副对联发怔。"为善者不昌祖宗之余殃殃尽必昌，为恶者不灭祖宗之余德德尽必灭。"湘九想，我的祖宗究竟造过多少孽，何年何月才能殃尽必昌？

他对宝清说，我们报名去农村插队吧，杭州城里没有我们的立足之地了。

他俩站在湖滨街道办事处的姚同志面前，姚同志难以置信地看着他俩。姚同志说，你们年纪太小了，挑得起这一担水吗？他俩随着姚同志的眼光看向窗外，天井里自来水龙头旁放着一双盛满水的水桶。办公室里还有几个人，都在看他俩，倾听姚同志和他俩的对话。湘九想只要挑起这担水，我就能下乡去了，而我作为杭州市民的资格也将随之消失，他有一阵突如其来的惶恐。

湘九和宝清走到了这一双水桶跟前。宝清比湘九长得高一点，看上去也壮实些。宝清犹豫不决地抓起扁担，缓缓地蹲下身去，他摇晃了一下身子，突然说，我挑不动，我的腰骨吃不消！一个户籍警笑起来说，挑不动还来报什么名呢，这里是你们寻开心的地方啊？湘九说，我来试试，挑得动挑不动反正都只有一条路可走了！姚同志说，挑得动就同意你下乡，挑不动的话明年再说吧。湘九夺过宝清手里的扁担，蹲下身去猛地站起来，两只水桶晃晃悠悠地离开了地面。

一九六四年十一月二十四日，湘九迁出了户口，旋即启程下乡。早晨，母亲带着眼睛旁的两圈黑晕最后一次替他收拾行装。街道送来了一顶蚊帐、一床棉花胎，还有一朵光荣支农的大红花。收拾完了，母亲坐在床沿上不吃不喝不哭不闹，只是死盯着儿子，好像要把他烙在脑子里，好像这一走就再也见不到他了。

湘九面对着这双死鱼般泛白的凝固的眼睛什么话也说不出来。他觉得人生走到这一步不是自己的过错，却又愧疚得很。古人说父母在不远游，他是母在父不在却不得不远游。延定巷居民区组织了一帮人敲锣打鼓来欢送湘九，喧闹声传进墙门，好像教堂的丧钟响了。湘九在"丧钟"声里垂了头跟母亲说道，姆妈我走了，我向街道提过一个请求，给梅姐解决工作问题，他们说可以考虑。母亲点点头，你长大了。她说，她不想哭，但是热泪却夺眶而出，洒满衣襟。

母亲的话使湘九感到自己已真正告别童年。他走出家门时不敢回头再看一眼。兰姐上学去了，送她上车的是梅姐。梅姐在列车开动的刹那间哭成一个泪人儿。强强平平赶到车站，给他带来了一个惊人的消息：兴老师被逮捕了，罪名是奸污幼女。

湘九在一个似梦非梦的世界里遨游。

列车在前进，通向一个不可知的前程。眼前的一切容易忘却，而过去的情景却历历在目。兴老师的弟弟是湘九的同班同学，这个工人的儿子憨厚善良。湘九想，他和他们一家如何承受得起这样的打击？他的心头因此而感觉沉重，没有一点幸灾乐祸的感觉。兴老师曾经让他当过一个月的大队委员，兴老师又将他一撸到底，湘九觉得皆情有可原。兴老师出身好年纪轻，无疑有着十分光明的前程，但他却把自己毁了。他犯的罪不比劳改场里那位戴脚镣的教授，也不能跟仲君相提并论。他犯的罪在任何朝代都为人所不齿，永无出头之日。

朋……朋友，一个结结巴巴的说话声将他从遐想中惊醒，他看到一个剃小平头的少年，身材粗壮而结实，正以十分虔诚的神情看着他。我妈说，请你……你们多多关照我。湘九在泪花中露出了笑脸。这个名叫小成的少年比他强壮多了，却已经向周围的人逐一打过招呼，仿佛他是一名弱不禁风的儿童。湘九在火车行进的隆隆声中诚恳地回答他说：我们互相关照吧。

湘九只有十四岁。他的脖子上还挂着红领巾。所有的下乡青年年龄都比他大。个

绝地行走

别人超过他整整一倍。他们不是后来的"知青"，而是一群"社会青年"。他们当中有精简职工，有困难时期解散了学校的大学生和中专生，也有湘九这样的小学毕业生。

他们中的大多数人家庭出身有问题，老子不是资本家就是反动派。他们基本上是一群乌合之众。将自己称作"知青"，是因为他们实在想不出更恰当的名称。

一个叫吕劲的同伴拉起了二胡。此人是龙骧的学生，在杭州杂技团当过乐队琴师，因为"作风问题"而被"精简"出来。这个人是一个例外，他是孤儿，烈士的后代。他的琴声悲愤、忧伤而潮湿，在车厢里回荡着，凄凉婉转，听得人的心也浮了起来。如果没有这《二泉映月》的琴声，人们不会感到如此寂寞，琴声令人深深地体会到人生的孤苦无助。

湘九在车窗外的一片秋雨萧瑟中彻底告别了他的童年。

少年篇

SHAONIAN PIAN

六

宁海县长街公社山头大队·松岙水库·杭州延定巷

离乡背井走上社会的第一晚，他们住在宁波南站旅社，睡的是大通铺。男女青年的房间中间，只隔着一层木板墙。夜深人静，姑娘们想家的饮泣声穿过木缝在他耳边萦绕不息。湘九彻夜未眠，一早就起来荡马路了。

宁波给他的印象是萧瑟和冷淡的。月湖边的人家在洗刷马桶。饭店门口瘦骨嶙峋的狗警惕地看他。汽车南站就在火车站对面，几辆风尘仆仆的长途汽车破破烂烂。早饭吃的是馒头、稀饭和咸菜，一个名叫玉的大姑娘说，有没有油条？我在家里天天吃油条。吕劲说，油条是不可能有的，馒头和稀饭也是暂时的，你要做好与贫下中农们同吃同住同劳动的准备，贫下中农吃不起油条。

玉的父亲是大资本家，上海杭州嘉兴都有他开的造纸厂。玉的生母是谁，她从未提起过。她跟父亲的小夫人住在一起。玉见这位夫人如同老鼠见猫。她从黄龙洞戏曲学校毕业后进了杭州越剧团，不到三年就被精简回了家。如今，玉好像一只败翎的凤凰站在鸡群之中。她冷冷地瞟一眼吕劲，掏出三分钱向湘九说替我去买根油条。

湘九啼笑皆非地拿了钱去买油条，感觉自己成了这位小姐的书童。小姐很欣赏这个书童。她翘起白嫩的兰花指将油条扯成两半，半根给他，半根自己吃。小姐掏出绣花手帕揩着嘴说，到了目的地，我们要求分到一个生产队吧，你跟着我不会吃亏。

他们坐上一辆长途汽车，在铺着碎石子的公路上颠簸着。城市消失了，一片乡野。汽车开上盘山公路，他们瞧着幽谷深潭发出惊呼声。他们看到了大海，远远望去混沌一片，漂着一些幽灵似的船帆。夕阳已靠山了，天上迤逦着几块白丝条般的云彩，抹上一层晚霞。他们觉得汽车开得像牛车似的慢，玉说，怎么还没有到啊，不是说只有几个小时路程吗？

司机说，到了，马上就到了。

汽车缓缓地下了山，进入一片平原。车站上簇拥着一群人，公社大队的干部和生产队队长们，看到他们就噼里啪啦地鼓掌。他们下了车，站在黄昏的公路边上，听凭发落。这时候都是心事重重的，没有人想对他们的未来发表一点见解。一个瘦瘦高高的农民喊湘九，湘九走到这个农民跟前，玉跟在他身后。农民说，这是你的家眷吗？湘九愕然。玉说，我也是下乡青年，我们要求分到一起。

湘九说，我有这么老吗，我才十四岁啊。玉快活地笑了。她说，我比你大八岁呢，可是在老乡眼里，我却年轻得可以做你的家眷了！

农民姓蒋，是山头大队十七生产队的队长。蒋队长把玉的行李挑在肩上，叫他们跟他走。十七队分到三个杭州青年。除了玉和湘九，还有一个女青年名叫姗姗。姗姗的父亲是吴山路旧货商店的股东，也算资产阶级，但她这个资产阶级比起玉来实在是相差太远。暮色苍茫，他们在狭窄的坑坑洼洼的泥泞路上高一脚低一脚地走着。玉走不动了，姗姗搀扶着她，鼓励她继续往前走。走到一个名叫大湖的村庄时，玉再也走不动了，蒋队长只好让他们在凉亭里休息一下。

玉说，湘九我想喝水，我真的是渴死了，累死了！

湘九走进村庄，怯生生地敲农户的门。一位婆婆惊讶地打量少年。湘九怕她听不懂自己的杭州话，连比带划，从灶间的水缸里勺了一瓢水。恍然大悟的婆婆拿起热水瓶，倒了一碗茶水给他。婆婆说，听说今天有下放的杭州人来，但是你这么小，你是跟着父母下放来的吗？湘九摇摇头，什么话也说不出来。

他捧着茶碗，送到玉面前，玉吹着碗里的茶水，好像上面浮着一层尘土似的。湘九想叫她留下一点水给姗姗喝，但是玉仰起头，很快就喝得一滴不剩了。

湘九觉得他们三人像是在逃难，一个大户人家的千金小姐带着丫环和书童逃难。

长街公社的范围很大，山头大队也很大。山头其实是一座小镇，分成东西南北四片。后来山头大队变成了山头公社，湘九所在的生产队变成山头公社第四大队第四生产队。

山头大队一共有三十名杭州青年，起初住在一起。

第一餐饭很丰盛。

古老的祠堂里雾气弥漫，像澡堂一样。敞开的门放进入冬的寒气，和肉汤冒出的蒸气萦绕在一起。知青们坐在桌子旁边，将筷子伸向肥腻腻的猪头肉和大螃蟹。大队干部在台上讲话，知青代表老林在表决心，孝仔和毛三对湘九说，吃啊，快吃，明天就没得吃了。湘九捅捅小成，那就吃吧，放开肚皮吃。小成疑惑地说，我妈说，要尊……尊敬干部……他们还在讲……讲话，我们能吃……吃吗？

再不吃就被人家吃光了。湘九嚼着一片猪耳朵说。

小成下了决心。他的表现顿时令人刮目相看。他夹起几块肉往嘴里塞，同时端起碗喝汤，汤汤水水吧嗒吧嗒地从他嘴角往外直溅。他又抓起一只大螃蟹，嘎吱嘎吱地咬。他的吃相像饿了好几天的天篷大元帅。湘九跟玉和姗姗目瞪口呆地看着他。玉说，今后的挑水、劈柴就让他包干了。

海风吹进祠堂，很冷很冷。大多数人都戴着帽子，女知青把围巾包住脑袋。他们的脸孔因有了醉意而变成粉红。一个姑娘哭了，在门边抹眼泪。湘九认识她，她家住在皮市巷旁边的小营巷，一九五八年，一位领袖到小营巷检查卫生工作，进了她的家门，这个小姑娘和他的合影曾经登在报纸上让万众羡慕，现在，她却躲在这里悄悄地哭泣。

灰白色的晨曦给海滩和田野蒙上了一层潮湿柔软的薄纱。第一个早晨他们起来得很早。欢迎的晚宴结束了，他们开始自力更生。一切都是空白的：没有电灯，没有自来水，没有煤球炉，没有父母，也没有了兄弟姐妹。湘九拿着毛巾牙刷走到村外的小河边时，看到昨晚哭泣的姑娘已在那里。河水冰冷彻骨，他们把手放进水里时浑身哆嗦着。湘九叫她一声，他说，兰英姐，你家里一切都好吧？

兰英神情黯淡。她的父亲开诊所，在一家药房还入了股，运动来了，说他是资本家。她的母亲重病在床。她初中毕业后再也上不了高中了，当了两年社会青年后下乡。居民区把她自愿下乡的决心书登在黑板报上，本来想登到报纸上去的，当年刊登过她与领袖合影的报纸，现在却对此嗤之以鼻。

兰英到了农村不久就发现她陷于困境之中。在海边荒凉的盐碱地上，生活的艰苦和劳动强度远远超出了这个姑娘的想象范围。她战战兢兢地爬上水车，一脚踩空整个身子滑落到水田里。浑身湿漉漉地坐在田埂上时她觉得自己像一只迷途的羔羊。更要命的是，民兵大队长看上了她，大队长让媒人告诉她，嫁给他才是她的出路。兰英怎么肯嫁给他呢，避之唯恐不及。民兵大队长挎着一支木壳枪，长长的枪穗一直垂到膝盖上。他不会种田也不会做手艺，他只会喊立正稍息只会捆人打人拍桌子训人。兰英说我情愿上吊也不会嫁给他。

湘九也怕民兵大队长，他长着一双阴沉的眼睛、鹰鼻，有点像电影里的德国党卫军军官。他不苟言笑，对家庭成分有问题的知青，总是用审视的神情看着他们。春节将至，知青们买了车票想回杭州过年。民兵大队长带来了公社副书记山东老李。老李说，叫你们留在这里和贫下中农过一个革命化的春节，你们居然敢不听?！老李叫大家把车票交出来。民兵大队长拔出木壳枪，砰的一声放在桌子上。他对毛三说：你起个带头作用。毛三抖瑟瑟地把车票掏了出来。

湘九为毛三感到悲哀。毛三长得很结实，一脸络腮胡子，父亲是富强绸厂老板。如果毛三与民兵大队长对打，后者极可能不是他的对手。但是枪杆子里出政权，毛三见了枪杆子就发抖。

毛三的软弱可欺后来成为山头大队干部们的共识，无论搞什么运动，他们都将他作为一只鸡，首先拿来杀给猢狲们看。

湘九喜欢跟兰英在一起。他觉得比他大五岁的兰英就像他的小姐姐。许多个夜晚，他们坐在玉和姗姗的宿舍里听海风吹过长街平原，回想杭州城里的点点滴滴，想着他们的父母、兄弟姐妹和同学们，感到一种难以言说的孤单。兰英帮他洗衣服，教他缝棉被，兰英对湘九说，你像我弟弟一样，你真的很像我的弟弟。

几年之后，兰英嫁到诸暨去了，湘九才知道她没有弟弟。诸暨是她父亲的老家，亲戚们多少能够给她一些关照。一九七四年冬天，回城当了两年工人的湘九在延安路上与她邂逅重逢，他看着她农妇般粗壮的腰身、脸上的皱纹和长满冻疮的双手，忍不住溢出了泪花。湘九对兰英说，你为什么不多等几年呢？你今年才三十岁，你多等几

绝地行走

年就能回到杭州了。

兰英在大街上抚摸着他的脑袋。她说湘九你终于长成一个大小伙子了。她说，我等不及了呀，再等下去我就要被民兵大队长吃掉了。兰英说她嫁给了一个初中文化的农民，孩子也四岁了。湘九说你告诉我地址，我去诸暨看你。兰英说何必呢，何必去看我，我命定的只能做一个乡下人，看到你们只能徒添一层内心的惆怅。

湘九看她上了一辆公交车，车门关上了，她挤在人群中向他挥手。湘九想象她去长途车站换车，想象她坐在肮脏拥挤的长途汽车上，回到她的丈夫孩子身边去。兰英在问自己，是啊，我为什么不多等几年？有湘九他们这批知青在，民兵大队长真的敢吃掉我吗？

如果她能坚持几年，她会看到这个结论。她已经听说了另一位女青年的事，那个姑娘其实比她更难坚持，然而，当她终于坚持不下去打算用自己的终身去换取眼前温饱时，湘九们挺身而出，将她保护了起来。

兰英是否感到茫然和自责？湘九不知道。他只看到，她将手放下后，又抬了起来，悄悄地揩着眼睛。车子很快开走了，这个动作在他眼前一闪而过。

或许，随着车窗外的城市和郊区一点一点消逝时，兰英意识到，正是没有多等几年，她把自己的青春时光提前和彻底地抛弃掉了。

木来湘九不想回城过年的，因为下乡时间太短，他打算下一个春节才回家团聚。但是民兵大队长来了，通知他和高维庆、毛三去开会。走进会场后他们感到气氛不对，坐在小矮凳上的大多是蒋家祠堂的人。知青们所在的是山头大队第四片，四片有冯家杨家王家蒋家。冯杨两家出书记主任会计，出民兵大队长。王家多的是贫下中农。蒋家就不对了，跟奉化溪口的老蒋同一个宗谱，历史最清爽的最高职务也只能当生产队队长。民兵大队长说，开会了，都给我老老实实坐好，不许乱说乱动。湘九愕然抬头。民兵大队长说，你们都是地富反坏分子，明天你们自带干粮去修水利，做两个月义务工！

湘九从地上跳了起来。

高维庆拉住他，不让他顶撞民兵大队长。高维庆示意毛三出去，毛三悄然走出门去。

高维庆是个货真价实的狗崽子，父亲是大学教授，曾经跟着龙骧的三哥闹过革命，后来却写了自首书，镇反时，他被作为叛徒镇压。高维庆在全国中学生象棋围棋比赛中多次获奖，数理化在全省名列前茅。

高维庆对民兵大队长说，我们的成分是下乡青年，我们不是地富反坏。民兵大队长哼了一声，我问你，你们下乡是不是来接受改造的？他将手指着湘九。湘九说，我们的思想改造和地富反坏被监督劳动是两码事。民兵大队长冷笑起来。他不理睬湘九了，叫一个姓蒋的小伙子站起来。

小蒋是个刚从部队复员的班长，民兵大队长却说他不老实，妄图翻天。原来，当兵那年大队里只有他一个适龄青年，为了完成征兵任务大队支书将他的家庭出身由富农改成了中农，现在他回来了又要恢复富农子弟待遇，他不服，于是民兵大队长宣布对他采取专政措施。

小蒋的争辩丝毫不起作用。他掏出一枚三等功奖章也救不了自己。民兵大队长挥挥手，两个持枪的民兵将他五花大绑捆了起来，吊到房梁上去。湘九闭上了眼睛。命运再一次残酷地打破了一个少年脱离家庭选择新人生的幻想，前不见古人后不见来者的陈子昂也没有他此时此地的悲凉。

湘九走到会场中间，咬牙切齿地说，你把我也吊起来吧，吊死老子也不做你那个"义务工"！

两个民兵扑过来，把麻绳往他身上套。

这时，忽然有站哨的民兵拉响了枪栓，大声吆喊：什么人，站住！接着听到踢踏踢踏的脚步声和沉重的喘息声，似乎有一支队伍开过来了。手电筒的光束直射会场，会场乱了，民兵们愣住。民兵大队长说，怕什么，莫非台湾的老蒋还敢反攻大陆不成？慌里慌张的哨兵却跑进来，啪地一个立正：报告，一大批杭州人闯进来了！坚决赶出去！民兵大队长拔出木壳枪，众人呆若木鸡。

湘九看到所有的民兵都端起了三八式老套筒步枪，有几个人的手抖得树叶似的，怎么也拉不开枪栓。湘九奔到门口，看到连森和小成走在队伍前面。连森是杭州柴木巷棺材店的小开，一九五六年一场大火烧毁了棺材店，连森成为孤儿。这个孤儿一把

绝地行走

拉过湘九，把他挡在了自己身后。连森说，愚蠢，他叫你当四类分子你就当了?!

民兵大队长说，你们想造反吗?

一个老头儿驼着背从队伍里走出来。这是一个职位很低资格却很老的老头儿。后来的岁月里湘九经常怀念他。如果他的人生道路上不曾遇见过这么一位老人，很难想象湘九会变成怎样一个人。在受尽屈辱的漫长日子里湘九之所以还抱着一线生存的希望，无疑与这位老人有着深刻的关系。老人姓刘名家贵，安徽金寨人，参加过二万五千里长征。他在一九六四年年底出任浙江省宁海县上山下乡知识青年安置办公室主任，只是一个行政十六级的正科级干部。

这一切，湘九都是事后才知道的。

那天晚上刘家贵正好来到山头大队。

当毛三把会场上的情况告诉知青们时，每一个知青都感受到了兔死狐悲的痛楚。刘家贵推门而入时倒吸一口冷气，他看到湘九的哥儿们姐儿们已经操起棍棒扛起锄头铁锹。这帮本来就是走投无路才来到此地的少男少女们脸上凝聚着生死与共的决心，准备鱼死网破。刘家贵喝令他们放下武器，他们理都不理，他火了，脱下了被夜露浸湿的外衣，露出弹痕累累的十三根肋骨。他拍着胸脯吭哧吭哧地咳嗽着说，他保证把湘九和高维庆带回来，从此不准任何人将知青作为四类分子对待。说完了这话他一甩手直奔会场，伙伴们这才将武器扔了一起赶来营救湘九维庆。

刘家贵走到民兵大队长跟前，民兵大队长开始发抖。刘家贵的双眼如鹰鸷，发出冷冷的寒光。人们都凝神屏息了，等待着看一个结果。刘家贵瞧着农民们粘着稻草的蓬乱的头发、眼眶很红的眼睛，瞧瞧吊在房梁上的小蒋，又瞧瞧湘九，湘九显得那么瘦小、孱弱、疲惫。刘家贵嗓音沙哑，如一台发电机进了沙子。

把人放下来，他说，另外，不许把知青当成专政对象，他抬高嗓门，这是中央的政策!

民兵大队长没有争辩也没有低首，他挥挥手，小蒋从房梁上回到了地面。知青们离去时，民兵大队长回到主席台上去，转身时冷冷地看了高维庆一眼。这一眼使湘九打了个寒噤。显然，他猜到了谁是最阴险毒辣的阶级敌人。

后来的发展完全证明了湘九的预感。不论发生任何事端，高维庆都成为山头大队首当其冲的"隐藏得最深的一颗定时炸弹",为了把它充分地挖掘出来公之于众,民兵大队长与高维庆斗争达二三十年之久。一直到高维庆当上县水利工程公司的总经理,而他却潦倒落拓成为五保户,他才不得不痛苦地接受了失败的事实。

集体户里点亮了一盏美孚灯,刘家贵与何秘书跟湘九们促膝谈心。何秘书是河南洛阳人,在空司当过中尉军官。何秘书为何从北京贬到了这个浙东小县来当个芝麻绿豆官儿对知青们来说是一个谜,据说也跟家庭出身有关。当刘家贵再也走不动了时,何秘书孑然一身背着一只挎包和一支手电筒走遍每一个知青点,宁海县安置办公室实际上就设在他那只打过几块补丁的军用挎包里。

刘家贵的脸是古铜色的,面容清癯,全身的线条简洁,颇有神韵。刘家贵是一个饱经风霜、参透玄机的老人。他坐在煤油灯下不像一个枪林弹雨中走出来的老兵,而像书写聊斋故事的蒲松龄。刘家贵说,渴望强壮的人必须经受锻炼,参加水利工程是一个锻炼人的机会,大海能使发育不良的身心变得开阔健壮。刘家贵还说,生活就像一盘棋,眼前的输赢都是暂时的,下棋的人要有耐心,一步一步地走下去,才会有一个公正的结局。

湘九说,过完年我们再和贫下中农一起去修水利,我们不跟地富反坏去做"义务工"。

刘家贵站起身握他的手,一言为定,他说,我会去工地上看你们,天冷,我给你们送酒去。

送走刘家贵之后,湘九和连森翻越两座大山,绕过了长街车站直奔县城。长街车站上站着山东老李,见一个回城过年的知青拦一个,不听劝的押送去公社写检查。整个长街公社有七百多名杭州下乡青年,被他拦住的不下百名,跟湘九一样翻山越岭逃亡的也有不少。

从山路到县城说起来只有七十几里地,却让他俩走了整整一夜。荆棘划破他们的手脚,野兽的叫声使他们胆战心惊。天亮时他俩终于走下了山,发现是一个名叫沥洋的小镇,离山头其实只有三四十里山路。连森说还要走吗?我实在走不动了。湘九说,那就去沥洋车站吧,这里总没有山东老李了。

当湘九挑着一根扁担，一头是二十斤黄豆一条米鱼鲞，一头是铺盖，终于走出杭州火车站时，鹅毛大雪纷纷扬扬飘落下来。到家了，我们终于到家了，两个少年站在雪中喃喃自语，火车站周围的景色令他俩如痴如醉。

凛冽的冷风扑面而至，湘九缩紧脑袋。他舍不得将布鞋踩湿，光脚踩着雪地回家去。走进延定巷五十四号时，他的全身都冻僵了。

母亲看到湘九这般模样，赶紧去厨房烧水。湘九跟进厨房，看到母亲在抹眼泪。湘九说，姆妈你不要伤心，我不是好好地回来了吗？母亲将一壶热水倒进脚盆，说，赶紧烫烫脚，穿上鞋子吧，明天我去给你买双胶鞋。

天黑了，梅姐还没有回家。兰姐说，梅上班了，在巷口的工场里一天忙到晚。湘九欣喜地说，她做的什么工作啊，我去看看。

湘九赶到工场时天已经黑透了。工场门口挂着一块厚布帘，一股热气暖烘烘地透出来。湘九想梅姐的工作环境不错，居然有暖气。当他掀开布帘进去时，却吃了一惊。他看到每个工人面前有一只煤饼炉，在充满煤烟和焦味的空气里，熊熊火光映红着他们脸上的汗珠。

湘九看到了梅，她手里拿着一把刮刀，将一根竹管在煤炉上烘软了拉直，然后一头顶在墙上，一头顶住腹部，用刮刀刮去凸出的竹节。汗水溅盲了她的眼睛，她摘下满是雾气的近视眼镜，用袖套揩揩脸上的汗，又埋头干手里的活。

泪水在湘九眼眶里打转。

梅的脚下堆满了毛竹管，她们的产品是笛子和箫。湘九觉得这活儿比母亲在华欧糖厂包糖还苦。湘九说，这就是街道给你安排的工作？老子主动报名下乡就给你换来了这么个结果?! 梅抬起头来，惊讶地叫声弟弟，弟弟你回来了！梅回过神说，弟弟你刚才自称什么？老子？这是你说的话吗，离开家才三个多月，你就变得这么粗俗了?!

梅的双脚麻木，站起来又坐下去，她的手上有不小心被刮刀割开和被毛竹刺伤的一道道裂口。湘九一只手搀扶她，另一只手攥紧了拳头。他想打人，逮住哪个当官的人打他一顿。工场里却没有官，只有一些像梅一样孱弱的妇人和残疾人。梅在雪地里捂着肚皮向前走，她的腹部被竹管顶得满是淤青。梅说，再过几个月就能长出硬茧来了，那时就不痛了。

大雪纷飞，巷头巷尾静寂无人。湘九搀扶着梅姐在雪夜里回家。一种难以抑制的悲怆之情袭上心头。走到墙门口了，看到黑髦的娘牵着领养的小女孩出来，老太婆撑着伞，对孩子说，找你爹娘去，明天向他们要压岁钱。小女孩怯怯地说，他们会给我压岁钱吗？他们快要生自己的孩子了。

　　梅看到了湘九脸上的表情。梅说，老太婆已经不是房东了，房子由房管局接管了。梅又说，老太婆带着这个孩子也不容易，过去的事就把它忘了吧。

　　梅的手那么粗糙，湘九在雪夜里握着它，像握着一把龟裂的板刷。

　　茫茫世界变幻无常，唯有亲情不变。大年初一早晨，乐乐和小红来了，他们给外婆拜年，找大姐的女儿小南玩，小南过了年就要回天津去上学了。湘九说我们放鞭炮吧，他买了一串百子鞭炮，一个个拆下来放。砰的一声响，孩子们发出欢快的惊叫声。梅发了工资，给孩子们一人两角压岁钱。一个少年跑进墙门，叫母亲干娘，干娘我给您拜年来了！少年是井字楼七号黄家的小儿子，从小认了湘九母亲作干娘。母亲赶紧将一个红包送给他，红包里有伍角钱。

　　一年半后红卫兵批斗黄家姆妈，少年也被揪到一条长条凳上站着。大字报上有一条罪状就是认反动军官太太为干娘。黄家一向节俭，一只火腿放了几年舍不得吃，小将们把火腿挂在他家门外说，革命同志们看看，这户人家富不富？火腿都吃不完啊，长满了污花！

　　湘九去看宝清，他家冷冷清清。宝清说他也接到了街道通知，年后去富阳农村插队。富阳比宁海近多了，算是对他没能挑起那担水的一种照顾。宝清的母亲问湘九在乡下的劳动情况。湘九却不想多说，他一点情绪都没有。后来宝清问他在乡下最想干的是什么，湘九认真地想了想说，我现在只有两个想法：一是能当一名拖拉机手，二是最好找到一个穿鞋子的工作。天太冷了，我怕赤脚，夏天水田里有很多蚂蟥，我讨厌那些噬血动物。

　　他对人生的追求降到了最低点，但他明白这也是遥不可及。山头大队的知青中，大约有五六名是家庭成分好的，开拖拉机或者能穿鞋干的活儿，首先要照顾他们。其实他们也轮不到，整个公社只有两三辆拖拉机，怎么可能轮到他们呢？

　　母亲却对湘九的同伴中有几位大学生很感兴趣。母亲说，你要向他们多学一些文化知识，否则你永远只是一个小学毕业生，永远不会有多大出息。湘九想到了老林，老林是上海一所名牌大学的学生，即将毕业时因为与一位女生超越了同学关系而被退学。湘九拎了几斤黄豆去看他父亲。

走到棚桥菜场时，他看到了老林的父亲，这个曾经是师范学院体育系教授的右派分子拉着一辆板车，正在挨家挨户送煤饼。湘九说，伯伯，我帮你送。他帮老人抬起一筐煤饼往楼上走。老人说孩子你回来过年了，我儿子却没有回来。湘九说他是集体户大组长，觉悟自然要高一些。老人叹口气说，他是想跟我划清界限吧，但是他又怎么划得清呢？

湘九哑口无言。

在湘九的眼里，老林无疑是一条汉子。他佩服老林超群的意志和毅力。湘九永远不会忘记那天下午，寝室里空荡荡的，只有他们两个人。湘九拿出一把理发推子正在给老林剃头。湘九的理发技术完全是无师自通，在后来的日子里，他用这把推子换来过不少鸡蛋、大米和年糕，用它养活过自己，也解救过别人的饥馑。

一个孩子在楼下喊，林大哥，你的信，从上海寄来的。

老林站起身，湘九的手一松，老林就这样从摇摇晃晃的破楼梯上跑了下去，脑袋上咬着湘九的理发推子。湘九跑到窗口，看到他的手抖得那么厉害，撕了半天才把一封信的信封撕开。湘九又替他高兴又为他担忧。那姑娘曾经每隔一天就寄来一封信，现在却有一个多月没来信了。

信笺从老林手里飘落到地上，飘落在泥泞中。

湘九飞奔下楼，捡起这封信。湘九看到过这位出身于高干家庭的姑娘的照片，她的字跟她的容貌一样娟秀。姑娘在信上说，她转学了，转到江西一所高校去完成最后的学业，那里没人知道她的过去。

姑娘在这封信的结尾说，希望老林把她忘掉。

一场现代中国版的《罗密欧与朱丽叶》，提前落幕了。

湘九把老林搀回楼上去，老林的身子僵硬，四肢垂直，湘九感觉负着一具尸体。进了宿舍他的手一松，老林仰面躺在了地板上。湘九喊老林老林，老林你别吓我！老林的眼睛睁开了，突然坐起，用手扯自己的头发。他先把理发推子扯下来，带下一把连根拔起的头发。接着，他又扯下额前一绺秀丽卷曲的长发。他的前额因此而沁出了鲜血，湘九吓得扑过去抓他的手，他却猛地一掌把他推开，湘九的腰撞到了床板上，痛得龇牙咧嘴。

湘九说，你疯啦？

老林说，我没疯！这个世界疯了！！

他喊得声嘶力竭。湘九和他在他的喊声里被一种虚弱的感觉共同攫住，他们感到相同的绝望。桌上摊开着老林的照相本子，去年夏天，他跟他的女友还一起去下放当兵来着。在军港旁边的海滩上，一对情侣依偎着，他俩身穿着洁白的水兵服，柔和的目光中满溢出对爱情与未来的向往。这是一对多么令人羡慕的情侣，郎才女貌，海鸟轻轻地掠过他俩身边，唯恐惊扰了这幅美丽的画面。

湘九走到桌旁，轻轻地、小心翼翼地合上照相本。一个人间的梦境结束了，少年的心，似乎跟主人公一样疼痛。

他看着老林，老林看着他，在傍晚时分暗淡的日光下，两个人默默无语。

几分钟，十几分钟，几十分钟以后，老林才从地上起来，打来了一盆水，洗净脸上身上的血迹泥污。老林的痛苦似乎过去了，重新变得冷静理智。也许，他早已在心中一千遍一万遍地想到过这一天？

今天的事不要和别人说起，老林对湘九说。

湘九点点头。他想老林真是一个坚强的男子汉。如果换了我，会不会真的发疯？湘九想，也许会的，他对自己缺乏信心。他想，如果必须冒这样的风险，承受这样的痛苦，我宁可不谈恋爱。至少不同权贵人家出身的小姐谈恋爱。

现在是冬天的日暮黄昏，湘九跟老林的爸爸拉着卸完了煤饼的板车归去，心里充满了对这位孤单老人的同情。他们走过众安桥河下的棚户区，许多孩子在煤渣路上追逐嬉闹，路旁堆着肮脏的残雪，他们踉踉跄跄地走着，残雪在车轮下吱吱作响。老人穿着一件破呢大衣，破胶鞋，一顶棉帽耷拉下两块肮脏的护耳。这个以拉大板车送煤饼为生的老教授对湘九说，你母亲说得对，你要继续读书。让我的儿子教你吧，他距离拿到本科毕业的文凭，只差了一个学期。

正式拜老林为师是在春夏之交，在这之前，湘九和连森孝仔维庆去了松岙水库。这是一个从一九五三年就开始动工的水利工程，靠近象山港石浦镇。一座座悬崖峭壁像人类原始的图腾，神情冷漠地屹立在海岸边。一年年开凿取石的山洞陡立，聚满清凉彻骨的千年雨水。古老的炮台伴随着松涛和海浪低沉的呜咽，如一曲苍凉的歌抚慰他们与大自然共存的灵魂。长街平原西北侧的伍山洞穴带给他的震撼和遐想，为什么总是难以忘怀？

湘九穿着一双电工胶鞋，延定巷五十四号的邻居锦荣送给他的。锦荣是锅炉厂的电焊工，比湘九大一肖，也属虎。锦荣在大年初一早晨送来这双胶鞋。他对湘九母亲说，你不必去给他买胶鞋了，我厂里发的劳保用品，比店里卖的胶鞋结实多了。

零下五度。湘九把胶鞋脱下，小心翼翼地放在岸上，卷起裤管下河。他的双腿陷在淤泥中，捧起一块块淤泥递送给后面的人。挖淤泥的工具像一把弓，插进去转一圈，往上一提，一大块沉甸甸的淤泥就带了起来。湘九浑身泥浆，凛冽的寒风吹得他捧不住泥块，跌倒了又爬起来。

每天天蒙蒙亮他们就起来了，吃完早饭就出工。乡民们嘲笑他们洗脸刷牙，他们拿一块抹布一样滑腻腻的手巾，往嘴里胡乱抹几下说，我们也刷过牙了。湘九恳求派工的人安排他去扛石头，同样苦和累，总比陷在泥浆里冻得半死不活好一些。但是派工的人说，抬石头安排在秋天，那时你再来修水库吧。

因此，到了第二年的秋天，湘九和连森才轮到扛石头。他们扛着二三百斤重的石块，跟跟跄跄地往前走，汗水溅盲了他的眼睛，湘九像土拨鼠一样乱晃耳朵。他喘着粗气说，我要去学石、石匠，我真的抬、抬不动了。

湘九跪在乱石子堆上，帮石匠们拉风箱，将烧红的铁撬棍铁凿子拿到铁砧上去锤打，又学习在水桶里淬火。他拜石匠为师，将铁钉子放在大石块中央，抡起大锤一下一下地打，大石块豁然裂开，变成了便于搬运垒砌的小石块。一九七二年，湘九回到杭州成了造船厂的锻工。上班第一天，他抡起十八磅榔头，叮叮当当配合师傅打出一批车刀，车间里的工人们都看傻了眼，他们交头接耳说这哪像是一个刚进厂的学徒啊，他早就是老师傅了。

刘家贵老人没有食言，怀里揣着两瓶烧酒，带着何秘书来到工地上。他喊湘九，湘九连滚带爬地从河底走上来。刘家贵认不出湘九了，他面前站着一个泥猴儿，除了眼睛，全身裹满泥浆。刘家贵说，你是湘九吗？妈的，多么清秀的一个孩子，怎么成了这般模样?! 老头子挥挥手，带着他往最近的村庄走，他说，找户人家烧锅热水，洗一洗换身干衣服咱们喝酒。湘九看到村前有个池塘。湘九说，不用了，我就在这里洗吧。

何秘书惊叫着伸出手去拉他，湘九已经脱去棉衣跳进池塘。池塘里积着薄冰，湘九的身子被尖利的冰刃划破。他把一件件内衣抛到岸上，光着身子潜到水底。他感到水里比岸上还暖和一些。水面上漂浮着一朵朵湘九身上流出的血花。他听到刘家贵跳着脚喊连森取衣服来，找不到衣服把被子抱来！

湘九就这样裹着一条棉被回到宿营地。刘家贵摸着他的额头说，烫得很，小子，你在发烧，你不要命啊！刘家贵打开一瓶烧酒，抹在他光溜溜的身子上，瘦骨嶙峋的一双老手，搓得他浑身发红。湘九感到晕乎乎的，酒精在他身上燃烧，他在一个炼狱里烤着，连泪水都被烤干了。

一把花生米，一盘炒年糕，用田里作肥料的草籽炒的，老人跟他们喝酒。高维庆沉默寡言。刘家贵说，有人反映你到处勘察地形山势，你得跟我说清楚这是为什么。我知道你的家庭情况，但我相信你不会做蠢事，你们是新中国培养起来的年轻人。

他的话突如其来，众人都愣住了。茅屋里只点着一盏飘忽不定的油灯，空气里有一种言语不清的沉重压力。高维庆摸出一盒烟，散给大家，十五岁的湘九也点上了一支。高维庆猛抽了一口烟，问刘家贵和何秘书：你们真的信得过我？

刘家贵与何秘书面面相觑，过了一会儿，两人不约而同地点点头。

高维庆腾地一下站起，抓起酒瓶往嘴里灌，放下酒瓶时，他的脸红得像涂上一层血。

世界上哪有这样年年修年年垮的水利工程？从一九五三年动工到如今，投下了多少人力财力？都是劳动人民的血汗哪！高维庆说。这个工程的设计本身就有错误，选择的地点、土质、规模和产生的效益都欠认真的论证。施工更有问题，不该用石料的用了石料，该用石料的又用了泥土。他说，不管高品质低品质的水泥都从外地运来，有这个必要吗？盐场、海滩、渔村的贝壳、蛏子壳堆成了一座座垃圾山，这都是做水泥的好材料！高维庆掏出一个小本子扔到桌上，这是我认为需要修正的方案和数字，不是妄图配合老蒋反攻大陆的地形图，请你们审查吧。

湘九离开三门湾这片神奇的土地不久，知青们纷纷回城了，唯独高维庆不走。他像一叶曾经漂泊无定的舢板，牢固地拴在了这座港湾。一片波涛起伏的蓝色海洋在他面前闪闪发光，他似乎只有投身于这片海洋，才能找到出路。

但是，在那个夜晚，一切还是想象。高维庆在自己朦胧的想象中发抖。后来在极其艰难困苦的条件下建起的胡陈港水库和从北仑港到海门港的一条条海塘大堤，是他为自己及他的工友们树起的一座座里程碑，他们用穿着草鞋和破胶鞋的脚步丈量了无愧的人生。

翻阅完小本子的刘家贵半晌无声。重新举起酒杯时他的手抖得太厉害，半杯酒洒落地上。你把意见都整理出来，我替你送到省水利厅去，他说，我把他们的总工程师请到这里来。

你从哪里学来的这些知识？何秘书问高维庆。高维庆坐下，重新点燃了一支烟。他说，我连高中都没有读完，但是我从小喜欢数理化。大言不惭地说，我的脑子是逻辑思维的脑子。

这个夜晚，永远留在了湘九的记忆中，无论何等低贱的生命都有其存在的价值，湘九因此而意识到不该让自己的青春虚度。

春暖花开时他们回到了山头。不久，来了两位省水利厅的工程师。高维庆请房东敏佳娘炒了两盘菜，招待省厅来的客人。他和他们秉烛长谈，一边喝着劣质的地瓜烧一边还跟客人下棋。高维庆说，松岙水库虽然是工程浩大，旷日持久的水利工程，要靠它改变从长街平原到青珠山以南百十公里方圆的土质，还是办不到的，它只能解决部分土地灌溉和人畜饮水。他认为，这里的土地大多是盐碱地，因为不断围垦海涂，扩大的土地更是难以成为良田，要从根本上解决问题，需要建设一项更大的水利工程。

高维庆成了湘九们的大哥。他的年龄比老吕老林小，但是他身上有一种感染人的东西，毫不掺假，天然而成，令人无法拒绝。湘九总结过当年的认识，他对自己成为高维庆的忠诚追随者作出如此解释：有的男人是注定了要干一番事业的，任何厄运都无法改变他的使命。跟这样的男人同生死共命运既是他的不幸，更是他的幸运。

那时候湘九还没有这样深刻的认识。那时候，他的榜样是老林。老林借来了一盏汽灯，照得楼下的堂屋跟白昼一样明亮。湘九和连森挂起一块黑板，老林宣布，山头知青农业中学开学了！不光是知青，几个青年农民也跑来听课。老林自己掏钱，买来了中学课本发给大家。湘九身边坐着跟他同龄的大队支书的儿子加和。加和恭恭敬敬地称呼老林为林老师。若干年后，这个农村小伙子成了公社党委副书记、宁海县城关镇书记，二十八岁那年成为全省最年轻的县团级领导干部之一。可惜他没像湘九那样坚持不懈、持之以恒地学下去，因此，到了五十五岁时他担任的职务乃是县政协主席。

多数人的学习热情只维持了个把月。小成说白天干活那么累，晚上还要读书，怎么吃得消？小成问湘九读书有什么用？湘九说将来总会有用的。小成哈哈大笑，随手拿起他插在牙缸里的牙刷往窗外一扔，牙刷插到了粪缸里。小成说，你生来就是挑粪的命，你只要记得今天挑了几担粪就行了。小成结结巴巴地说，老林他读了名牌大……大学又有什么用，还不是照样跟我们一……一起挑牛粪！

湘九很想揍他。但是看着他牛一样壮硕的身躯，湘九不敢动手。他跑到楼下，看到自己的牙刷笔直地竖在粪堆上，他犹豫了几秒钟，还是小心翼翼地将牙刷从粪上拔起，拿到河边去洗干净拿回来继续用。一支牙刷要两角钱，可以在长街镇上买四个肉包子了。有时，湘九口袋里有一角钱，他会特意走十里路去镇上，吃完两个肉包子，再走十里路回来。

极端贫困的生活，没有可以追求的目标，会使人变得愚昧，变得目光短浅、狡猾和市侩起来，这是湘九的深切感受。他告诫自己不能半途而废。三个月后，"山头知青农业中学"只剩下了他一个学生。他们早已点不起汽灯了，老林在昏暗的煤油灯下给他布置作业。老林惊讶于他的悟性。老林说，用不了三年，你会把中学的课程学完。我看你的兴趣在文科，你去向陈明请教吧，他是金华师院中文系的高才生。

陈明所在的上宅大队离山头有五里路。当城镇乡村处于一片狂热的红色风暴之中时，一盏小马灯在崎岖山道上时隐时现。湘九的手里还拿着一根棍子，用来对付出没于山林的野兽。陈明的生活极为清苦，作为一个曾经的大少爷，他却维持着最后的体面和自尊。春节回城时他总是穿得干干净净，他的微笑依然很动人。

只有湘九知道，他常常饿着肚子接待他。三块砖一口锅搭起的炉灶冷冷清清，他躺在板床上，戴着耳机收听不知道是什么电台的广播。板床上的稻草褥子在他身下窸窸窣窣响，他对湘九说，广播里说，不要在公共场所大声说话，不准随地吐痰，女人上班要穿高跟鞋，要化妆，每天应该换一套裙装。

最得意的人是成龙，他穿上了国防绿军装。知青们坐在杨支书家的堂屋里欢送他，杨支书代表大队送他一个红包。红包里有多少钞票？有的说十元，有的说二十元，小成说可能有五十元。成龙向每个女知青要一张相片，带到部队去每天晚上可以看一遍。所有姑娘都送了，只有玉拒绝。玉从鼻孔里哼了一声说，恶心。

湘九从会场里溜出来，不想看他那张春风得意的脸。他身上的新军服太漂亮，相比之下，湘九像个叫花子。下乡时龙骧送给他一条肥大得不成样子的裤子，没穿几天屁股上磨出两个大洞，兰英说布都漾掉了没法补了，湘九舍不得扔掉，就在长裤外面穿了条短裤。他穿着这么一身奇装异服在溪里摸鱼，玉坐在溪边跟他说话。玉说当个大兵有什么好？这些女人真是没见识。湘九抓住一条小鱼儿扔到岸上，既嘲弄她也嘲弄自己说，别吃不到葡萄说葡萄酸了。

一阵锣鼓声传来，成龙出发了。那时候村里人都在田里施肥，风吹来使他们闻到一股淡淡的粪味。湘九和玉不由自主地站起身，看着山脚下成龙跟知青们一一握手道别。玉说，湘九你真的也很想去当兵吗？

湘九无语。他想起童年的梦想，感到自己的回忆已经锈迹斑斑。他的沉默那么沉重，玉因此而叹了一口长长的气。

蒋队长来找他了。蒋队长拖着他到三片去。湘九说我到那里去干什么？蒋队长说那里缺一个会计。湘九吓一跳说，我不懂账目我干不了。蒋队长说，你干得好坏是一回事，干不干又是一回事，我向他们推荐的，你不去干叫我的面子往哪里搁？

湘九哭笑不得地被他推搡着在村巷里走，湘九想，真是见鬼了叫我去当会计。那时候一个生产队有后来的三四个生产队大，后来的队就没有会计，只有一个记工员了。湘九说，原先的会计干什么去了？他干得好好的怎么又不干了？蒋队长说，他是地主家庭出身，"四清"工作组说不能再叫他干了。

湘九抱住了一根牌坊石柱不肯往前走。他说我的成分比地主还差，我不能去。蒋队长急得拎起他的衣领往前走，湘九在他的大手下像一个木偶荡来荡去。蒋队长说，他们请示过工作组，同意找一名知青来当会计，可以放宽一下政策。蒋队长说你到了那里就知道了，你干好干不好都无所谓。

他们走到了一间石砌的小屋，小屋里坐着五六个老者，黑黝黝的角落里还坐着一个面色苍白的年轻人，蒋队长说他就是原先的会计。老人们审视着湘九，他那么年轻那么稚嫩，他看不懂账目，这一切都使他们感到满意。看上去像是队里主事的一位老者慢条斯理地说，好了，这个会计就是你了，你放心，账还是让原先的会计来做，你只要签上自己的姓名就行了。

湘九在臭烘烘的小屋里被劣质烟草熏得脑子里一片混沌。他坐在地主儿子身边，听他把账上的名目和款项一一读给老者们听。湘九想，我总不能稀里糊涂地在一本假账上签字吧？他的目光越过了漏风的门窗而望到监狱。他不得不认真地瞧账册，慢慢地融进了会计的解释和老者们的议论中。等到散会时，湘九觉得自己已经初步地搞懂了一些会计知识。

湘九当了一年多三片的会计，前半年完全是一个傀儡，后半年有了一点发言权。他知道了每年应该瞒报一点收成，少缴一点农业税，用来接济青黄不接时社员们的生存。地主儿子越来越放手让他干了，"四清"工作组却撤走了，湘九说还是恢复他的职务吧，也好让他多拿几个补贴。

湘九的同情心和谦让获得了老人们的一致好评，他终于在同样的一个春天的夜晚全身而退。

当十七队的社员们在田里嘲弄湘九当了一个傀儡时，憧憬的笑容已经在成龙脸上凝固。接兵部队让他在县城做了最后一次体检，医生捧着他的卵蛋研究了半天，说他患有睾丸炎。他的国防绿军装被人剥下，换到了另一个年轻人身上。

坐着一辆长途车颠簸在回乡的路上时，成龙感觉到自己的啜泣声飘出车窗，像破碎的纸片一样纷纷扬扬。湘九和知青们赶到村口迎接他的归来。他们看到成龙步履蹒跚跚，两天时间仿佛老了十几岁。玉说，什么叫人生如梦，你们看到了吧，这就叫人生如梦。小成说，大队给他的红包呢，应该拿出来还给集体吧？湘九说，大小姐、小少爷，请你们能不能少说一句?!

山头街上鞋店的婉芳姑娘喊住湘九，交给他一封信。知青们将鞋店唤作林家铺子，婉芳兼作邮政代办员。林家的人与众不同，从老人到小孩都长得过于纤秀过于俊逸。他们是手艺人，不种田，不打渔，只做鞋，卖给四乡八村的乡民们穿。杭州知青们都喜欢往那里跑，既是为了及时看到家信，也是为了看看漂亮的林家姐妹。

湘九坐在林家铺子里读家里的来信，初夏的凉风洞穿了他单薄的身子。兰姐高中毕业了，她很清楚自己绝不可能考上大学。她报名去宁夏插队，母亲不同意。

母亲在信上用伤心欲绝歪歪扭扭的字体写道，兰躺在床上绝食三天了，我不把户口本交给她，她就坚决不起床。湘九惊讶于兰的倔犟，他想她比自己还要幼稚，她以为脱离了家庭就能奔向一片大有作为的广阔天地，她不明白广阔天地是别人的而不是她的。

湘九知道母亲会向兰妥协，除了妥协母亲还有什么路可走呢？湘九向婉芳借了一支笔，趴在鞋店的矮凳上给家里写回信。他请求母亲不要悲伤，兰是个有主见能够照料自己的人。他问兰是否可以换一个地方插队，比方说到宁海来，宁夏毕竟太遥远，"风吹草低见牛羊"是风景而不是生活。

婉芳满怀同情地看着他。她说湘九哥你的脸色不好，家里又有什么烦恼事了？婉芳的年龄其实比湘九大三四岁，这个亭亭玉立的姑娘引起不少社队干部的觊觎之心。吃不到葡萄说葡萄酸的狐狸们给她制造了许多流言飞语，她被描绘成一朵未及开放就已经腐败了的花儿。湘九不相信这些臭嘴。二十年后湘九听到人们唱卡拉 OK，"村里有个姑娘叫小芳"，湘九总是想起林家铺子，想起美丽而忧伤的婉芳。湘九跟唱歌的人说，你们把小芳糟蹋了，把自己的青春岁月也一起糟蹋了。

婉芳说，湘九哥，你想看刚送来的报纸吗？

湘九打开一张《人民日报》，山头卫生所的老中医童先生订的，婉芳还未及送去。湘九看到一道通栏标题，一位民国时期的名人偕夫人回到了祖国。

报上还刊登了这位名人发表的一个声明。

从北美大陆到苏黎世再到卡拉奇，从广州到上海再到北京，这位名人平安地走下飞机舷梯，见到一个极其盛大的欢迎场面。周恩来彭真郭沫若贺龙陈毅叶剑英罗瑞卿，徐冰高崇民李四光沈雁冰许德珩，傅作义蔡廷锴以及当年参加国共和谈的南京代表团成员王昆仑朱蕴山卢汉刘仲容邵力子黄绍竑等等，都站在首都七月的骄阳下，向他报以热烈的掌声。

出于一种本能的关心，湘九陷入沉思。他一遍又一遍地读着报纸，看着报上的照片，思索这个新闻的历史含义和它带给现实世界的震动。他更注意的是母亲不止一次提起过的那位"中常委"，他和这位民国名人一起回到了北京。

湘九当然不可能知道他们归来的过程，不知道那些曲折的情节和细节。他也不可能知道父亲的老朋友为此而作出的充满风险的贡献。正是这种贡献，奠定了其晚年的政治地位，即便在开国元勋们罹难的岁月，他也受到保护，当他以将近百岁的高龄去世时，颂歌如潮，鲜花似海。

童先生来取报纸了，拍拍湘九的肩。湘九从沉思中惊醒过来。他对婉芳说，我的信呢，把它还给我，我要再写几句话！

湘九拆开已经封口的信封，在信笺上写道，能否请大姐去一趟北京，找到这位先生，请他告诉我们，父亲究竟是如何去的海峡对岸、如何死的？他究竟死了没有？

这一个问号，他画得很大，笔墨很浓。他知道，这不是他一个人的问号，也不仅是母亲的问号，甚至不是他们一家人的问号，而是所有跟他们家庭有牵连的、关心和帮助过他们的人心中共同的问号。

湘九的家人，其实比他早两天看到报纸，听到广播。母亲愣怔怔地瞧着天井里那棵无花果树，心想有什么用啊，找上门去也不会有什么结果的。

兰已经把户口迁出了，她不屈不挠跟家庭决裂的行为得到了学校领导的好评，登上火车奔赴西北时，她被批准入团。这是他们兄弟姐妹中出现的第一个共青团团员，湘九后来在省报上看到了有关此事的报道。

母亲没有落泪，没有送兰去车站。梅也没有送她，做一支箫有一分钱收入，梅不能请假。二姐抱着刚满周岁的小女儿赶到车站时，列车已经启动。兰朝月台上奔跑的

绝地行走

二姐挥挥手，一眨眼工夫笛声已远。

兰进了列车上的盥洗间，洗脸时她让自己的泪水尽情流出。她带着柳南的女儿小南，把她带到天津西站。列车在天津西站停靠十分钟，小南生离死别般抱着小姨的腿不放手，柳南硬起心肠把她们分开。

当兰重新回到列车上时，她的脸白得瘆人，唇上也没有一点血色。团支书李建中递给她一枚团徽。她慢慢地揩干泪痕，将这枚付出了巨大代价的团徽佩到胸前，但是她的眼睛肿得那么厉害，怎么也掩盖不了她划不清界限的心态了。

李建中安慰她说，出身不由自己，道路可以选择，事实将会证明你选择了一条通向光明前途的金光大道。

李建中用华丽的革命的辞藻一步一步打开她心中的门。李建中后来成了她的丈夫。他们在宁夏奋斗了十八年，终于回到南方时一人手里牵着一个孩子。他们的身上还各背着一个铺盖卷，破口处露出灰色的棉花絮。很长时间家里人都不习惯他们的说话，他们把聊天说成"谝"，把盛饭称作"舀饭"。

母亲把湘九的信转给了柳南。母亲说你看着办吧，但愿他还记得我们。柳南没有回信。也许，她在犹豫，不知道这位劳苦功高把当年的上司从美国新泽西州的别墅里动员出来，跟他一起回归大陆的老人是否还念着一些旧情？也许，她觉得他们刚回来不久，舟车劳顿，应酬繁忙，首先要看看故乡，游游故土？清清漓江，滚滚黄河，他们要赋诗题词，情怀逐浪？

柳南觉得她不便急于造访。

有一个人却首先采取了行动。谁也想不到是他。他是仲君。他给国防委员会副主席张治中写了一封信，请其代为转告那位"中常委"，作为鹤公的子女他们希望了解父亲的确切下落。仲君将自己的处境老老实实告诉父亲的老长官张治中先生。他说自己即将刑满释放了，下一步的出路尚不得知。

看守们对即将释放的改造分子往往掉以轻心，有一天他们派仲君去镇上买菜，仲君把这封信扔进了邮箱。

父亲与张治中先生的交情，至少可以追溯到七七事变发生那一年。那时，全国人民强烈要求释放政治犯，各党派各阶层的人士纷纷发表声明，抗战的呼声一浪高过一浪。父亲终于从鸡鹅巷六号中央陆军监狱的地下室出来了，重返人间。他带着母亲和柳南仲君回到洞庭湖畔老家。彼时正在主湘的张治中先生召见了父亲。这位黄埔军校的老教育长对当年的训练部副官说，你在中央军系统很难存身了，我向第五战区司令长官李宗仁推荐你，望你即刻动身报效民族。

刚怀上二姐的母亲垂着眼泪，站在人地生疏的县城码头上送别父亲，遥望一叶扁舟远去。

父亲入狱时仲君还是抱在母亲怀里的婴儿，再见时已经到了上学的年龄。相聚匆匆，父亲仗剑而去的背影给他留下了不可磨灭的印象。多年后，回想当时他记忆犹新。

一九三七年十二月，日军占领南京后，又兵分三路，由南京、芜湖、镇江渡江北上，与山东南下的日军第十师团、第五师团夹击徐州，企图迅速打通津浦铁路，实现南北会师后再向华中进攻。一九三八年三月，日本华北方面军司令官西尾寿造指挥七八万兵力向山东南部发起进攻。左路第五师团自青岛直趋临沂，右路第十师团沿津浦路进击，企图会师台儿庄，攻取华东重镇徐州。第五战区司令长官李宗仁奉命指挥作战。四月上旬，歼敌一万余人，彻底粉碎了日军的进攻计划，取得抗战以来震惊中外的一次大捷。

父亲参与台儿庄战役，写下了他人生颇具亮色的一页。他的军职也因战功而擢升。仲君挑着菜担走回劳改农场去时，一路走一路想，父亲出生入死从没给他的老长官张治中将军丢过脸，张伯伯不会不回信的吧？

张伯伯的回信姗姗来迟。按照仲君的要求，他把回信寄到了延定巷五十四号。母亲拆开信，落款是一位姓余的秘书。余秘书说，来信几经辗转，迟复为歉，希望转告的内容已经转告"那位故人"。张伯伯对仲君说，令尊的下落他不甚清楚，令堂大人的健康安危常念心中，他衷心祝愿仲君早获自由，找到称心的工作，成家立业，孝敬母亲。母亲称之为文白先生的张治中将军说："余对于未能尽心关照你们一家甚感不安，皆因以前未能取得联系，而今则心有余而力不足矣。"余秘书最后的一句话写得很沉重。

那位故人就是当年的"中常委"。母亲看到此信已是一九六六年的春夏之交，距离文白先生去世只有三年了。一九六六年国庆节，在天安门城楼上，毛泽东笑问文白先生：红卫兵到你家没有？文白先生说：去了。毛泽东说：啊？你既不是当权派，更不是党内当权派，他们到你家去干什么？

一九六六年的春夏之交，文白先生的心情想必已经十分抑郁。邢台地震余波未息。报纸上连篇累牍论述"永远突出政治"。最高指示说，"北京市针插不进，水泼不进"，中宣部是"阎王殿"，要"打倒阎王，解放小鬼"。中央政治局扩大会议决定停止和撤销彭真罗瑞卿陆定一杨尚昆的职务。"五一六"通知出台后，中央文革小组成立。

山雨欲来风满楼。母亲写信叫湘九回家一趟。在杭州，母亲几乎无人可以商量家中大事了。母亲多少有些在家从父出嫁从夫夫丧从子的老观念，她觉得幺儿已经懂事，有了主见了。

正是夏季抢收抢种的时候，湘九不敢向队里请假回省城。那时候湘九还不是"懒汉"，他的表现很积极。虽然干一天只记他六分工，跟妇女和老弱病残享受同等待遇，他依然坚持日出而作、日落而息。湘九成为懒汉是在年终分红的时候，因为他胃口大，预支过二百斤口粮，他成了倒挂户。辛辛苦苦干了一年多，湘九没有得到一分钱，反而倒欠队里三十六元大洋。想不通的他天天躺在床上睡懒觉。蒋队长因为是富裕中农而被撤了，换上贫雇农出身的王队长。王队长天不亮就在楼下喊湘九，湘九出工啦！湘九叽叽歪歪地呻吟着说，我肚疼，痛得要命。

湘九回信让母亲有事跟二姐三姐商量。他在稻田里挥汗如雨，一顿要吃三大碗饭。玉和姗姗被他的饭量吓坏了，他只好去跟毛三小成并伙。饭锅旁放着一只小碗，盛一碗饭在本子上划一杠，每个月算一次账。小成的饭量比他们又大一倍，他偷偷地在他们名下划满一个个"正"字。毛三说，我们联手揍他，不给他吃了。湘九说请示一下高维庆吧。高维庆说可以，不揍他一顿他不知悔改。他们在小成进屋时一拥而上，将一只尿素袋套住他的头，挥拳猛打。小成喊高维庆救我，高维庆说这一拳就是我打的！小成天不怕地不怕，就怕高维庆发火，小成说，我不跟他们并伙了，我跟你并伙！

高维庆烧饭，小成劈柴担水。他们不计账，过一天算一天。开不出伙时小成爬到凳子上去拿敏佳娘的饭篮。乡民们舍不得做新鲜米饭吃，每家每户都有一只高高挂起的饭篮，烧饭时放一把米，再从饭篮里拿些冷饭出来，这样匀着做出的米饭显得多一些。敏佳娘知道小成偷她的冷饭吃。老人家说，不要偷吃啊，我给你们热一热再吃，年轻人不能把胃搞坏了。

敏佳娘因此而成为"杭州知青难民收容所"的"所长"。湘九记住了她的仁义、她的恩情。老太太的儿子宁忠是个军人，后来转业了，分配到长街粮管所工作。他跟山头卫生所的女医生结婚时，湘九们拉琴唱戏，如同自己的嘉年华。冬天的阳光，暖暖地照在敏佳娘和她怀里的小孙女身上，她们的神情多么安详。湘九看着她们，不无欣慰地想，这就是好人自有好报的证明啊。

他忘了还有一句老话：好人却往往不长命啊。

实在是意外，粮管所的转业军人宁忠，在同样的一个冬天的早晨离开了人世。他去河边挑水，失足溺亡。老太太呼天抢地哭得死去活来。那时，湘九快要回城了，湘九说，您放心吧，我们就是您的子女，我们不会不管您。

别人怎么做的，湘九不知道。冬去了春来，他只是努力地实践自己的诺言。回城工作以后，湘九隔三岔五给她寄去生活费，一直寄到她老人家去世。

"双抢"结束了，湘九终于回到杭州。他发现杭州成了一片红海洋。那时候，杭州的街景犹如雨果笔下一七九三年的巴黎，类似于丹东马拉这样的人物应运而生。浙江日报馆门口贴满了大字报。人头攒动，迷惘的苍蝇旋转飞舞，嗡嗡地闹成一片。湘九看到一张画着牛鬼蛇神头样的大字报，一个叫嚷"老子英雄儿好汉，老子反动儿混蛋"的红卫兵头目说，地富反坏右资黑都要剃成不同发式的阴阳头，以利于革命群众对他们实行监督。湘九对照着图样，不知道自己该剃哪一种头。

喇叭在响。疯狂的音乐声震耳欲聋。伟大领袖和他的亲密战友站在高高的天安门城楼上招手。到处悬挂着他们的照片。

照片下站着一些戴红袖套的学生，他们穿着褪色的黄军装，一脸石头般的纯真，用宗教般的语言宣传革命不是请客吃饭，革命是暴动，是一个阶级推翻另一个阶级的暴烈的行动。一个穿高跟鞋的女人被人们包围了，他们强迫她脱掉鞋子，光着脚在滚烫的柏油路上走。湘九认出她是姗姗的嫂子，他拉起她说，快跑，往小巷里跑，跑进女厕所去！街头巷尾到处有人在辩论，一面高谈阔论，一面散布关于首都和其他地方发生的种种传闻。许多人站在报馆门外臭骂编辑记者，谴责他们是保皇派，是走狗和告密分子。一些穿便衣的人躲在灰色大楼的窗口里统计人数，纪录口号。他们纪录的数字错误百出，涂改得一塌糊涂。

湘九走进延定巷五十四号时发现家里静悄悄的，没有人。那个在他家饭锅里放过煤球的小丫头已经成了少女，她从厨房探出头说，你回来啦，你怎么才回来？

一种不祥的感觉笼罩了湘九全身，他有气无力地说：我家发生什么事了？

今天是小红出殡的日子，你妈和你三姐都去了。少女面无表情地说。

湘九扶着门框，不然就会倒下去。

一切的一切仿佛都不是事实，而是以雾状的形态在他面前可怕地飘来飘去。他全身无力地靠在紧锁着的房门上，似乎四肢都瘫软了。

湘九不知道自己是怎样走到二姐家的。他像一件无生命的物体那样轻飘飘地飘过法院路，飘到以前的延龄路、现在的延安路。小红的音容笑貌萦绕在他的脑际，她的银铃般的小舅舅小舅舅的召唤声使他心碎。他终于走进了客厅，看到满满一屋子人。他们惊讶地抬起头看他，他再次扶住门框。小红的妹妹一平走到他跟前，怯生生地叫他一声小舅舅。他一把抓住她，愣怔怔地看她，使她害怕得哭出声来。你不像小红，湘九说，她见了我从来不哭。

一屋子的人都哭了。他们告诉他，小红得了中毒性菌痢，在医院受尽折磨，医生们却对她回天无力。

湘九静静地听着，仿佛听明白了，又仿佛什么都不明白。他走出客厅，看到一个摇篮，他抱起摇篮里的婴儿。婴儿是二姐的小女儿一凡。湘九说，叫我，叫小舅舅。一凡艰难地张开嘴："小、舅、舅。"她一个字一个字地说。湘九的泪水终于落到她的小脸上，他把她紧紧地抱在怀中。

一个幼小的生命夭折了，使湘九第一次感到作为个体的生命其实多么脆弱、渺小、孤独和无助。

浑浑噩噩地过了好几天，他才恢复意识。他变得沉默寡言，仿佛已经被小红的早逝、被外面的世界搞糊涂了，他脸色苍白地坐在窗前，一坐就是半天。

那天晚上，母亲把子女们叫到一起，将文白先生的来信拿给他们看。母亲告诉他们，仲君已经获释，仲君征求他们意见：是回家来呢还是留场就业？二姐忧心忡忡地说，下一步形势会发展到什么程度谁也说不上来。听说北京的红卫兵已经打死了不少有历史问题的人，他若是回到社会上来，会不会遭更大的罪呢？母亲说，我担心的也是这一点，他的胆子太大了，这个时候还敢给文白先生写信，天晓得回来还会闯什么祸！梅说那就只好让他留场就业了，反正里面的人都和他差不多，说不定他活得比在外面还轻松一些。

母亲和姐姐都看着湘九。湘九从母亲的烟盒里抽出一支烟，给自己点上。她们以一种惊世骇俗的眼光看着他，看着十六岁的小弟弟吐出一口口烟雾。湘九不理会她们的目光，沉浸在自己的思考中。湘九明白，自己的话一出口，这辈子就欠了大哥一笔债。也许，仲君会无奈地接受家人对他的安排，也许他不会怪罪母亲和弟妹们。但是在他的内心深处，莫非就永远地毫无怨言吗？谁不渴望自由？何况他已经失去了整整八年的自由！

留场就业的人并不等于社会上的职工，湘九说，他们的行动仍然受到种种限制，不可能完全获得自由。

我们生活在监狱外面，梅说，我们又有多少自由？

湘九无言可对。

他的脸色比白天更苍白，他又从母亲的烟盒里抽出一支烟。

这支烟抽完后，他终于投了一张赞成票。

谁也说不清楚这个晚上的决定究竟孰对孰错。这个晚上的决定让仲君延迟了十四年走出劳改场，同时也使他逃过了红卫兵造反派可能带给他的皮鞭铁棍。母亲一夜都没有睡着。湘九一夜都想安慰她，却一夜都找不到可以安慰她的语言。

微风吹拂着天井里的无花果树，发出窸窸窣窣的响声，透过窗户的缝隙，在远方看不见的暗沉沉的云层里，好像有人在叫他们继续耐心地等待，然而他们真的不知道这漫漫长夜何时是尽头。天亮时母亲对湘九说，把北京的来信烧掉吧，再写一封信给仲君，警告他，今后再也不能给任何人写这样的信了。

湘九看着这封信被火焰吞噬，迅速地化为灰烬。他怀着一种深深的愧疚暗暗向仲君许愿：

我会管你的，管你的下半生，终有一天你会重获自由，你不会在晚年时流落街头。

湘九做到了这一点。一九七八年，湘九四处奔走，想开出一张同意他回家落户的证明。湖滨派出所老和说，仲君原来的户口在广州，根据从哪里来回哪里去的原则，他应该去广州。湘九说，我找过广州方面，他们说广州没有他的家，回家回家，他当然应该回杭州。湘九的一个同事，父亲是市公安局政保科科长，湘九跟这位同事的师傅说，你带我去一趟，我自己跟他谈。政保科科长一家在餐厅吃饭，湘九站在客厅里耐心地等候。他们吃完饭进了客厅，湘九赶紧沏茶递烟，好像是他家新来的钟点工。政保科科长经历过历次运动，见识自然比一般人广些，终于动了恻隐之心。

半年后的一天，政保科科长对湘九说，凡事都要走第一步，第一步工作是关键，这个第一步工作不能让派出所、让老和他们来做。

湘九迟疑几秒钟，想出一个主意。我们打一张母亲病重恳请儿子回家落户的报告，让居委会签上意见再送到派出所，行吗？

政保科科长笑笑，没有说行也没有说不行，他以一种欣赏的表情看着湘九，坐到沙发上将一条腿搁在了另一条腿上。湘九赶紧又递上一支烟，掏出打火机给他点燃了。

居委会治保主任木匠大妈不止一次帮助过他们。木匠大妈对湘九母亲说，你是木匠的女儿，我是木匠的老婆，天下木匠是一家。一九七一年冬天，母亲患了癌症，大雪纷飞，湘九把母亲放在一辆板车上，拉了二十多里地，拉到半山肿瘤医院。医院向他们要一张关于政治成分的证明，没有证明不能收治。湘九把母亲拉回家，走投无路，去敲木匠大妈的门。湘九将医院的要求告诉她。木匠大妈将手放到耳边说，我耳朵聋了，你说的话我一句也听不清，你写吧，写好了我给你盖章就是。

木匠大妈还说，我只听见你说要开一张买电灯泡的证明，对吧？

湘九写了一张证明，写上母亲家庭出身工人、个人成分城市贫民，他觉得这其实很符合历史与现实。木匠大妈把居委会的公章拿出来，哈了一口气，看都不看就盖上了。

湘九永远忘不了那一天，强烈的冰冻凝固了郊外的雪野，雪花却仍在不断地飘落。天黑下来了，他还是拉着母亲精疲力竭地往前走。母亲掀开脸上遮挡风雪的围巾，呻吟着，叫他歇一歇。母亲心事重重地说，要不我们回去吧，我们不能连累木匠大妈。泪水从湘九脸上落下来，他在冷风冷雪中打着寒噤。他说，您不治病了，木匠大妈岂不白费了一片好意？一声悠长的叹息从母亲嘴里出来，随着一缕微弱的热气融入雪花。母亲的脸色比雪地黄昏更苍白。她梦呓一般地轻声说道，你父亲当年说过一句孔夫子的话，叫作礼失而求诸野。礼是规矩的意思，规矩没有了，道理也没有了，只好求老百姓、求人民群众了。母亲躺在板车上幽幽地盯着黑暗中的苍穹说，我现在真正体会到这句话的含义了。

一九七九年，木匠大妈又在他的报告上盖了一颗"买电灯泡"的章。木匠大妈说，居委会的笔迹你要变化一下，不能与报告上的笔迹一模一样。木匠大妈的丈夫、一位老党员在里屋说，什么报告呀，这么讲究？木匠大妈把湘九推出门外，回转身说：买电灯泡的！他家的电线线路老化了，老是要换电灯泡！

到了晚年，仲君两次中风，弟妹们把他送到老年关怀医院，请了一位护工日夜照料。湘九给他买了一辆轮椅，订了一份报纸。每年除夕，湘九把烧好的菜肴送进病房，看着他一口一口慢慢地吃下去。

湘九在晚霞消失的时候默默地想，父母为什么要生下他？上苍为什么要送他来到这个世上？他的一生没有一点意义，纯粹是来赎罪。

替他自己还是替什么人赎罪？也许，是替他的前世赎罪吧。

湘九没有急着返回宁海，他要看一看这个乱糟糟的新世界。

他走过岳王新村，看到了惶恐不安的小胖子，小胖子不是他同学，但是彼此熟识。

湘九曾经很羡慕小胖子，因为他的父亲也曾经是一名军人。一九四三年，当湘九的父亲在印缅战场上与仙台武士们浴血奋战时，这名军人投降日军担任了汪伪政府方面军总司令。一九四五年，抗战胜利了，这名军人又投降国军，当上了师长、军长。到了一九四八年九月，这名军人再次在解放战争中倒戈，他的部队被改编为华野某军。小胖子曾经告诉湘九，攻占南京，首先把红旗插到总统府上面的，就是华野某军。湘九悻悻地想，我父亲为什么不一次次地倒戈？那样的话，我不也成了省运输厅厅长、省政协副主席的儿子？

小胖子的妈妈是这名军人的三太太。小胖子的舅舅当年是地下党。舅舅和妈妈在解放战争中做了大量工作，促使这名军人阵前倒戈成功。

这名军人已经于一九六二年病逝，是非功过俱已往矣，他的家属子女还有什么罪错？

小胖子其实一点也不胖。长得像母亲一样眉清目秀的小胖子悲伤地站在岳王新村大门外，看着墙上的大标语大字报。他的家门上也贴满了墨汁淋漓的标语口号，使他有家难归。曾经在他眼中和蔼可亲的父亲，现在变成了杀人魔王。清乡，扫荡，制造惨烈的无人区，这个在大字报上被称为汉奸军阀的人，罪行罄竹难书。

湘九曾经听南下干部如山东老李等人说起过这些往事。他相信现在看到的一些内容不无历史根据，但是，此时此刻，他的心里还是充满了跟小胖子同样的悲伤。

世上还有什么，比让一个孩子面对自己父母遭人诅咒和侮辱更悲哀的呢？

湘九站在小胖子身边，抚摸着他柔弱如少女的肩膀。他将一只手握住小胖子的手，他知道，小胖子比他更茫然。这是一种足以造成人的灵魂死一般的寂寞，一架梯子倒塌了，他从人生的高处跌入深渊。命运不会因为你后来的选择而完全改变，人生变化多端皆来自历史的渊源。小胖子在他身边哆嗦着，不似一位将门虎子，更像一个孤苦伶仃的弃儿。

一群游街的人过来了，一个戴着纸糊高帽子的少年敲着一面铜锣，敲一下喊一声：我是资产阶级孝子贤孙！少年后面跟着他的母亲，他喊一声母亲跟上一句：我是资本家的小老婆！好多人拍手大笑。湘九真的不明白他们如何会如此兴高采烈。

湘九回到家里，将街上的所见所闻告诉母亲。

母亲将两个烟头揉碎了，撕下一张台历，重新卷成一支烟。烟云在她的面前升起，把她笼罩在一层暗蓝色的烟雾里，她在烟雾中说，你早点回农村去吧，否则会轮到你去敲铜锣，我跟在你身后喊"我是反动军官太太"……

祝家祖宗的画像都被一把火点燃了。他们都是些平民，但是在画像上，他们穿着清朝的官服，挂着朝珠，母亲说当年所有人家都是这样画的，可是跟红卫兵小将说不清。大家都在"破四旧"，湘九家里无"四旧"可破，只有这两张外婆家的祖宗画像。

夜深人静。昏暗的路灯摇曳不定。母亲拿出一根镀金的表带、一个不知从何处翻出来的玉镯、几块银洋。母亲说，这几块银洋是外婆留给她的，最艰难的日子里，她也没舍得去换成现钞花掉。母亲将这些东西拿一块手帕包了，叫湘九扔到河里去。湘九走到盐桥旁，一步一步从石阶上走下去，走到河边，手一松，东西落入水中。落水时发出的声响使他吓一跳，他紧张地向四周张望。直到回到桥上了，他的心仍然在怦怦直跳。

回家后看见门窗紧闭，闻到一股烟味，他又吓了一跳。他砰砰地敲门。门开了，梅姐将他一把拉进屋里。湘九看到母亲蹲在地上，一本照相册已在一只破脸盆里被火焰吞噬了一半。西装革履的父亲被火光映得神采奕奕，升空而去。灰烬在他们的头顶上飞舞，湘九打个冷战，有一种肝肠寸断的感觉。

父亲就这样完全彻底地消失了，再次见到他的肖像是在十四年后。当仲君从拆开的棉袄里找出父母当年的照片时，一家人看着被剪成仅仅指甲盖那么大的头像恍若隔世。病中的母亲头发稀疏，老态龙钟，昔日的容颜随时光流逝而一去不返，如此短暂，如此脆弱，令母亲怀疑照片上美貌的夫人不是自己。

照片上的父亲也是天庭饱满，相貌堂堂，气宇轩昂却神情忧郁。湘九有这样一种感觉：父亲仿佛早就预见到了身后将会发生的一切厄运，他的心因此而很累很累。

或许是家里早已一贫如洗的缘故，或许因为张家没有一个人在正规的单位工作，红卫兵居然一直没有光临。

终于有一天，梅的一位同事悄悄告诉她，派出所给工场领导打了招呼，让他们去延定巷五十四号抄一下家。梅感到震惊，别人都以为抄家游街是群众自发的行动，没想到派出所也介入其中。母亲听了却并不吃惊。她说，让他们来吧，来过以后他们就放心了。

梅的领导是一位说山东话的少妇，随军家属，曾经把孩子托付给梅的母亲照看过。湘九站在门边，看少妇带几个女工进了屋。母亲主动打开衣橱，她们拉出抽屉翻几下，耸耸肩。屈辱使湘九脸色苍白，他进了屋，问她们：要不要爬到床底下去检查一下？少妇转过身来拍拍手上的尘土，对母亲笑了笑说，伯母，您看看少了什么东西没有，没有的话，俺们就告辞了。湘九以一种难以置信的目光看着她们。母亲却很镇静地还以一个感激的微笑。母亲说，辛苦各位师傅了。

这是整个"文化大革命"时期对他们唯一的一次抄家，相比提心吊胆度过的日日夜夜，简直如同幼儿园老师一次温情的家访。湘九后来回想起来总觉得这也是一个谜，冥冥中，有哪路神灵在保护他们？连阿婆和龙骧都感到不可思议，因为红卫兵小将光顾了他们家。大字报上说阿婆是"地主婆"。坚持狱中斗争八年的三哥被说成"叛徒"。他们的家，被抄得乱七八糟，批斗的口号声此起彼落。

龙骧的弟弟小黑已经成了老黑，虽然被打成右派在海盐乡下监督劳动，却有一位牺牲于辽沈战役的烈士的遗孤爱上了他。抄家那天，这位烈士遗孤带着他们的女儿一杭跟一平一凡跑到了延定巷五十四号。老黑妻子对母亲说，一平外婆，让我们躲在你这里吧，我们都快被吓死了。

当湘九终于决定返回宁海去向二姐告别时，骇然见到二姐额头上缠着绷带。从客厅到卧室弥漫着一股红汞碘酒气味，二姐的整张脸都肿了。

湘九冲下楼，跑到湖滨路小学，冲进二姐教书的班级。放学了，教室里空无一人。湘九转身跑进办公室，几位教师惊恐地抬头看他。谁打我姐姐的？怎么打的?!湘九拍着桌子问他们。有人认出了他是张老师的弟弟，无可奈何地说，学生批斗你姐姐时把她推倒在讲台上，额头撞在了桌子的角上。哪些学生？给我说出他们的姓名和住址！湘九如一匹狼那样咆哮。老师们不吭声，将眼光瞧向屋子角落里坐着的一个男人。湘九走到他跟前，看到他腮帮上的肥肉和鼻梁上的眼镜在害怕地抖动。你是领导吧？湘九问他。他点点头。湘九知道他是"红五类"出身，是一个经常读错别字的学校领导。湘九猛捶一下桌子说，你必须保证我姐姐的人身安全，如果发现是你调唆学生们这么干的，老子绝不会放过你！

领导和教师们愣怔怔地看着他走下楼去，走到学校的操场上。四面墙上贴满标语和大字报，二姐的名字上打满了叉叉，红墨水如淋漓的鲜血般触目惊心。天色正在暗淡下来，穿着白汗衫的少年在昏暗中显得分外醒目。人们看到湘九在撕毁这些标语和大字报，谁也不敢阻拦这个疯子般的少年，晚风吹起他蓬乱的头发，他站在那里像一头愤怒的雄狮。

明明是湘九从杭州带回去的几十张传单，几天后却变成了毛三散布的谣言。湘九想不通老林为什么要把传单交到公社去，想不通他为什么选中毛三而不是选中他去游街。长街变成了区，山头变成了公社，老林被撤销了从学校带来的留团察看处分，成为山四大队团支书。也许因为高维庆毛三连森孝仔都搬离了他们寝室，唯有他仍跟老林住在一起？也许因为只有他是老林的忠实学生，在一个坚持学习的少年面前，老林觉得自己的知识没有完全荒废，他能从湘九认真听讲的眼神里，从他每天交给他批改的练习册里得到某种慰藉？

一切都是在暗中进行的，等到拉开大幕时，主角、配角乃至跑龙套的人都安排好了。毛三被叫到大队部去了，不知道在那里对他进行了什么样的威逼恐吓，等到他被两个荷枪实弹的民兵押出来时，他已经完全蔫了。

民兵大队长说，把现行反革命分子毛三押上台！湘九们简直无法相信自己的眼睛与耳朵。他们看到老林跳上台去，从口袋里掏出一张纸，历数起毛三的罪状。他说得很快，迫使他们不得不仔细地去捕捉那些跳跃的词汇，从中得出毛三究竟犯了什么罪的结论。他们听到的都是些空洞的词汇，资产阶级孝子贤孙，反动分子，他的父母正在杭州游街，不满，发牢骚，传阅那些散布谣言的传单。

毛三弯腰曲背地站在台上。他的嘴唇在发抖，手在发抖，双腿更是在发抖。一种深深的绝望反映在他的脸上，他已经放弃了一切抗争的企图。口号响了，村民们跟着民兵大队长喊：打倒毛三！枪毙毛三！！

站在湘九身边的姗姗摇摇晃晃地倒下去，湘九赶紧扶住她。姗姗说，你……你听见老林的话吗？他说毛三的父母正在杭州游街，他们也要把毛三游街……我的父母有没有在杭州游……游街？

湘九大喊毛三。

毛三！毛三！！毛三！！！

绝地行走

这是一个高亢的少年正在变音的喊声，喊得声嘶力竭。他叫喊的不是一个毛三的灵魂，而是所有人的灵魂和良知。民兵们已经把毛三从台上押下来了，要把他押到供销社门口的大柴油桶上面去，挂一块大牌子示众。吕劲站在湘九身后对玉说，他娘的，你们要一致行动，否则毛三的今天就是你们的明天！吕劲从来不把自己当作知青集体的一员，他认为自己是个艺术家，而他们根本就是一群乌合之众。他的家庭出身也使得他在这群乌合之众里成了一个"另类"。

吕劲的话提醒了他们，二十几个知青一起引吭大叫毛三毛三，嘶哑的喊声凄厉地随风飘去，震荡着整个三门湾。

那天发生的事实给湘九带来一种深刻的启迪：什么人可以引为朋友什么人不可以，不能完全取决于他们的出身。老林的家庭成分跟他们相差无几，老林却和他们背道而行。吕劲的父亲闹革命牺牲，吕劲却讨厌一切政治说教与斗争。后来的岁月里，人们说起吕劲总爱使用"自甘堕落"这个词儿，湘九想起他时，心中却总是有一种隐隐的疼痛。

吕劲在他们的喊声中跑到了高维庆身边，吕劲说，光喊有什么用，赶快到前面去堵住街口！吕劲说完这句话就离开了人群，顺手从高维庆口袋里摸走一盒烟。他悠然自得地抽着烟，看到高维庆挥挥手，知青们乱糟糟地冲上前去，堵住了通往山头供销社的街口。吕劲站在一座石辗子上，居高临下，嘲弄地瞧着民兵大队长说，开枪呀，大队长，朝他们开枪。民兵大队长拿枪的手在发抖，枪口对着视死如归的湘九们哆嗦。连森和孝仔冲到毛三身边。连森说，回去，快跟我们回宿舍去！一个民兵抓住孝仔。孝仔挣扎着喊，老林的老子也在杭州游街呢，我们强烈要求将他也游街！

毛三的游街闹剧就这样乱哄哄地结束了，令所有人始料未及。当然，阶级斗争是你死我活、风起云涌的，用时髦的一句诗来形容，叫作"沉舟侧畔千帆过，病树前头万木春"。

一个烈日当空的下午，长街区的知青被集中到大湖大队，参加对一名陈姓知青的公判。陈某人是美院附中的毕业生，他为自己辩解，说自己经常到港口边的山上去，目的是写生，不是为了下海投敌，画一张向海峡那边邀功请赏的地形图。当会议的主持人要他闭嘴时，坐在台下第二排的老林一跃而起，居然跳到了台上。老实交待你的罪行，顽抗到底死路一条！老林指着陈某人大喊，表演得极具震撼力，七百多名知青全都张大了嘴愣怔怔地看着他。县里区里的领导纷纷站起来，跟他亲切地握手。

湘九在台下闭上了眼睛。湘九觉得自己成了《牛虻》中的亚瑟，蒙泰里尼神父高大的形象在他面前轰然倒坍。口号声响起来了，老林举起拳头在台上高喊：打倒反革命分子陈×！坚决跟反革命分子陈×划清界限!! 台下的呼应却不甚理想。主持人摆摆手，宣布对陈某人实行无产阶级专政。湘九想起了大哥仲君，在后面的会议进程中，湘九一直闭着眼睛。

接下来宣布的事情更使人吃惊。松岙水库旁边的一个知青带着他的女友，拉拢了几个渔民，乘一条渔船到了公海上。他们在海上漂啊漂，被一艘北欧货轮发现。他们奄奄一息地爬上货轮，请求船长把他们送去基隆港。这个姓洪的知青，原先是省城一家五金电器行的小开。

玉跟洪某人很熟。玉担心地问湘九，这件事会不会牵连到我？湘九说，他父亲和你父母经常在一起开会，你们从小就认识；但是到了这里后你们没有什么往来，他走前没有透露半点风声；他们大队的知青都不怕你怕什么？姗姗说，我也认识他的，湘九，我真的好害怕。姗姗说湘九你不要骂我，我跟他说起过，你父亲就在海峡对面。天啊，姗姗惊叫一声，捂住自己的嘴：幸亏他没有跑到山头来找你，邀你一起去出海打渔！否则到了海上他要你一起去基隆港，你去还是不去呢?!

你不去的话，玉说，他们会不会把你扔到海里去？

湘九出了一身冷汗。愚蠢，他学着连森的口吻骂姗姗一句。姗姗的眼神使他害怕。她瘫软在床上，整个身心都变成软塌塌的一团了。

月亮在窗外缓缓地升起来，把树枝、杂草的影子投射到村外的小河上，鬼影般影影绰绰。后来湘九常常想起，姗姗的精神分裂症就是从这一天开始的，慢慢发展到彻底崩溃。风拂林梢，姑娘感觉到一个世界的暗淡无光。她说，老林跳上台去时，我真的被他吓坏了，我觉得他好陌生好陌生。说这番话时她的眼睛浑浊恐惧，已经不像是正常人的眼睛了。

湘九从玉和姗姗的寝室出来，回到他和老林的住处，老林在油灯下写一份材料。老林问湘九，毛三有一架凤凰牌照相机，是否带回杭州去了？湘九说不知道。老林又问他，有没有看到过哪位知青有望远镜，比方说高维庆。湘九警惕起来，问他，你什么意思？

老林说，据反映，高维庆孝仔他们经常去三门湾的海滩和港口活动，那里有边防哨所的阵地，从那里泊着的渔船中随便偷一艘就可以向公海出发。如果带着照相机和望远镜，从三门湾旁的两座高山上可以瞭望长街海军雷达站的动向，拍摄军事设施照片。

湘九说，吕劲有一架照相机，双镜头的，卖到旧货店去，还值五元钱。

老林摇摇头说，吕劲整天拿着这架破相机在镇上转悠，骗大姑娘小媳妇，其实里面根本没有装胶卷。

老林说，大队和公社的领导分析过，吕劲这个人可以坐牢、可以判刑，但不可能成为阶级敌人。吕劲下乡后基本不参加劳动，他说他的手是艺术家的手，不能被毁坏了。老林说吕劲已经卖掉了皮夹克、皮鞋、手表、墨镜、呢裤，还卖掉了手风琴、扬琴，如今只剩下这架破相机和一把二胡。老林不无鄙夷地说，这个人的人生哲学是今朝有酒今朝醉，明日无钱明日愁。有一句话他没有说出来湘九却替他想到了：这样的人怎么可能成为阴险毒辣的阶级敌人呢？

这种人将来的归宿就是三门湾旁边的乱葬岗子。

对于根红苗正的吕劲，老林像公社和大队的领导们一样毫无办法。其实他对别的知青也没有办法，他以为有办法是他看高了自己。湘九在打铺盖卷，他打好了铺盖又去拿脸盆牙缸饭碗，把它们装到一只网线袋里。老林这才注意到他的异样，他说，你干什么，你也要搬出去住了？

湘九说，你去杭州外调一下吧，顺便回家看看你可怜的老父亲。高维庆是勘测了三门湾附近的山山水水，画了地形草图，这些图纸和信件都寄到省水利厅去了。

湘九看着他，他也看着湘九，彼此的目光都很复杂。老林想笑，可是笑得跟哭差不多。他枕头边放着的一只老式怀表，刻画着阴郁而沉重的一分一秒。

老林说，湘九，我是受大队委托搞清事实。

湘九说，不用解释，我也只是在陈述一个事实。

吕劲醉醺醺地闯了进来，抱着他的二胡。他说，山一大队有户人家结婚，他"卖唱"去了。湘九，给你一支大红鹰，一角三分一包呢！吕劲扔给他一支皱巴巴的香烟，又替他点燃了。吕劲在烟雾中瞪大了眼睛说，怎么，你也要搬走了？搬哪里去？好啊，我搬过来跟大组长住吧，我正愁又断粮了呢同。老林，我和你并伙吧，我们来自五湖四海，为了一个共同的革命目标走到一起来了，你看如何？

空气中弥漫着夜深人静的寒气，风感觉不到，只有一种莫名的惆怅，忽凉忽热地颤动。

湘九走出寝室，听到身后传来吕劲的琴声。吕劲对老林说，这是他创作的一首新曲，带有浓郁的江南风格，很快就能唱红大江南北。琴声悠扬，吕劲的歌声却令人实在不敢恭维，他摇头晃脑地唱着："祖国万里好江山，山清水秀多灿烂。革命儿女心胸大，敢教日月换新天。"

唱完一段，吕劲说，借点钞票给我吧，老林，借我三分钱，我去小店买五支大红鹰香烟。

那天傍晚，湘九在门口磨一把菜刀，一个青年民兵路过说，磨刀干啥呀？湘九头也不抬地说，杀个人解解闷。

天黑下来了，正要开饭，一群民兵从山坡下往上走，他们的手里端着枪，肩上扛着捆人的麻绳。

湘九为了杀鸡而磨刀。鸡是毛三买的，为了感谢弟兄们把他从游街的噩梦中解救出来。一起吃喝的有六七个知青，高维庆不在，他又去三门湾勘察修建胡陈港水库的地形了。

连森去门外撒尿，看到了摸上来的民兵，连森发出一声惊叫。湘九说，毛三你去看看吧，是否有一条蛇咬了他的脚指头。毛三出门去了，又是一声惊叫。湘九拿起一支手电筒奔向门外。

月光暗淡，连森已被两个民兵摁倒在地，乱拳打得他喊不出声。毛三在他们的推搡下挣扎。湘九跑回宿舍对成龙说，你是基干民兵，你躲一躲吧，我们已经被逼上绝路了。湘九操起菜刀夺门而出。

成龙愣了两秒钟，跟在他身后跑出去，大喊：老子也拼了算了！

他们成了一群困兽，周身萦回散发不去的酒气烟气血腥之气。湘九说不拼命我们就都成了当兵回来又变成富农子弟的小蒋。湘九还说，我们死了民兵大队长也必将锒铛入狱！这种说法增添了他们的勇气，果然，当他们挥刀冲向殴打连森毛三的人，当他们捡起一块块石头扔过去时，民兵们乱了阵脚。

民兵大队长高喊：缴枪不杀！把刀放下，否则我们开枪了！

他的叫喊声提醒了湘九。

湘九再次跑回寝室，从成龙枕下拿枪。海防地区基干民兵的枪支由个人保管。湘九已经疯了，操起成龙的步枪又找子弹，找到一夹子弹把它们全部压进弹舱。他冲出去，把枪口对准了民兵大队长。湘九青面獠牙地将手指扣在扳机上，人们惊恐地往四下里逃开去。民兵大队长牙齿答答地打颤，他说，你……你……你这个小反革命分……分子，老子饶……饶不了你。

湘九听天由命。他想起童年，所有的屈辱和苦难如走马转蓬般在他眼前掠过。

湘九骄傲地想，自己终于长大了，有了这么个机会可以壮烈地死去。

民不畏死，奈何以死惧之？

他没有想到，一队人马迂回过来抄了他们的后路，他们是砸破厨房的门冲过来的，直扑他们后背。他身边的孝仔突然倒了下去，湘九一惊，回首时已被两只青筋暴突的手夺下他手里的枪。民兵大队长发声喊，散开的人们全冲了过来。刹那间，湘九的脑袋淤血肿胀，耳朵撕裂，鲜血从下巴滴到胸前。一个名叫爱年的女知青高喊：不能打了！他要被你们打死了！！于是，又一阵雨点般的枪托和拳头落在这个十九岁的少女身上。

第二天晚上湘九才苏醒过来。他看到一屋子的伤员和知青，还看到佩红帽徽红领章的边防军，看到脸色阴郁的何秘书与公社领导。湘九先问爱年怎么样，一位名叫王识真的知青说，她在女寝室躺着，还好，伤势不算太重。

何秘书很严肃地说，湘九，你究竟有没有说过要杀个人解解闷的话？这是最关键的问题，你一定要实事求是说清楚。

湘九犹豫了两秒钟，孝仔成龙毛三异口同声地说，他说的是杀只鸡解解馋，我们都听到的。当时，那个民兵还说，你们好福气呀，又吃鸡又喝酒！

湘九点点头。何秘书脸上皱纹舒展开了。何秘书把一位军人拉到他床前说，快谢谢边防哨所的同志吧，这是指导员，幸亏他们及时赶来，才制止了这场武斗。

　　指导员握住湘九的手说，真对不起，我们来迟了。王识真和高维庆同志来找我们求援时，我们还犹豫了一阵子呢，上级命令我们不许介入地方"文化大革命"运动。但是我们考虑到人民的安危，考虑到海边防地区的复杂性，混乱容易造成不稳定，所以我们还是来了，我们希望再也不要发生这样的事了。

　　孝仔们连声说，谢谢亲人解放军，解放军和下乡知青心连心！

　　湘九泪眼模糊。他想起童年时在法院路上差一点命丧车轮的往事。穿军装的人又一次救了他，命运好像注定了他和他们之间的缘分。王识真说，他听到连森被打的惨叫声时，知道大事不妙，赶快往三门湾海边去找高维庆。王识真说，是否向邻近大队的知青求援？高维庆说，一求援就麻烦了，非出几条人命不可！高维庆急得团团乱转，猛然抬头看到边防哨所的灯光，他才有了主意。他说，快去报告部队吧，动用民兵武器了，这么大的事情他们还能袖手旁观?！

　　这天晚上高维庆不在现场绝对是一种天意。他要是在现场他就是这场武斗的策划者和指挥者，任何辩解都没有用。

　　调查会在渔业大队长家里召开，边防哨所的指导员也应邀出席。指导员指出，今后一定要加强民兵武器的管理，决不能再用它们来解决人民内部矛盾了。这句话是何秘书私下示意他说的，实际上就是给这场武斗定了性。这是人民内部矛盾，知青们都舒了一口气。

　　何秘书叫湘九写了一份检讨书。何秘书苦口婆心地说，这叫做争取主动，你懂不懂？湘九不得不把检讨书交给了渔业大队长老陆。老陆不善言谈，是个厚道人，选择他出来和稀泥表明了大多数人不想扩大事态的愿望。老陆低垂着眼睑不敢朝湘九们看，玉和姗姗将他们头上手上用绷带包了一层又一层，兰英说再增添一点效果吧，于是绷带上抹满了红药水，使他们一个个都像奄奄一息的重伤员。

　　湘九看到陆大队长想抽烟，从簸箕里抓了一撮旱烟丝找纸，湘九将那张检讨书递给他说，抽吧，抽支烟再说。老陆将烟丝放到纸中央，一边吐口水一边将这根卷起的喇叭烟凑到油灯上点燃了。湘九主动写了一张检讨书。他开始说话，湘九惊叫起来，陆大队长，你怎么把我的检讨书卷烟抽啦？老陆傻了眼。

众人都笑了，会场的气氛随之轻松下来。老陆猛抽一口烟说，也好，也好，那就不念这张检讨书了。其实，闹来闹去闹啥名堂哟，都是些城里呆不下去的苦孩子，何必跟他们老是过不去。

民兵大队长站了起来。他脸上出现一种很悲哀的表情。他在体验一种无边的孤独之感。

他走到门边了，站住，又回过头来。他说：你以为他们还是孩子么，他们的反骨硬得很！为什么有的人敢磨刀霍霍要杀几个人解解闷？为什么这里一闹那里就有人向大军报告，反咬一口我们要杀人了?!

人们不敢朝高维庆脸上看。高维庆脸色铁青，似乎有一种走入绝境之感。

一九八九年冬天，湘九重返宁海。他和县委常委杨加和乘着高维庆担任老总的公司的一辆越野车驶向山头，婉芳的弟弟作为现任大队支书接待了他们。走进饭堂，他们看到当年的民兵大队长蹲在灶后，手里拿着一管又粗又长的吹火筒。高维庆走到他跟前，沉默无语，半晌，递过去一支中华牌过滤嘴香烟。衣衫褴褛的伙夫接过去看了看，又瞧瞧高维庆的脸，把烟放到了灶上，他卷了一支喇叭烟，从灶膛里取了火种，自顾自猛吸一口。

烟云在他的头顶在高维庆的头顶缭绕，他们镇静地互相审视对方的表情。他们的脸上仍带着那种戒备的神情，仿佛有一种宿仇不能稍有忘怀。湘九真的感到很悲哀。他知道，这里没有胜负，因为谁也没有倒下，没有丧失最后的信念。他因此而打了一个寒噤。

开饭了，人们举杯相庆团聚，湘九斟了一杯酒，走到灶后说，你也喝一杯吧。

昔日的民兵大队长看着他，看着他头上的八一军徽和肩上的上校肩章，迟疑片刻，终于把这杯酒干了。

于是，湘九又打了一个寒噤。他觉得，对方给予他的只是一种宽恕，而并非信任。

谁也没有想到北京的那位故人会在这个时候给他们来信，而且是他的亲笔信。他们已经看到过太多的报道，比如在中南海新落成的一个游泳池，毛泽东接见他们并邀请昔日的这位"中常委"一起下水游泳。比如各种各样的招待会、茶话会和参观、访问，规模之大、持续时间之久，都是空前的。还有，那位民国名人的夫人，已经与世长逝。

现在，报上没有他们的音讯了，关于他们的活动报道已经让位于连篇累牍的运动消息。

但是有一个故事却惟妙惟肖地在民间流传开来，第一次听到这个叫作"梅花党"的传闻时，母亲哑然失笑。这个谣言造得太拙劣，母亲说，我和她太熟悉了，打死我也不相信她会是中央情报局的特务。

湘九相信母亲的话。因为母亲和这位女士有一个相同的出身：她俩都出生在一个木匠的小康之家。这使她俩在金钗粉黛往来的客厅和牌桌上，具有比他人更多的共同语言。一九四八年，这位民国名人曾经玩弄过一点小小的计谋，宣布中途退出竞选。他夫人不知道其中的奥妙，得知消息之后，竟因为功亏一篑而嚎啕大哭。此事在彼时的上层社会中风传遐迩，一时成为夫人太太们沙龙里的笑料。母亲闻讯后即赶去劝慰她。母亲直截了当地说，一个木匠的女儿走到今天已属凤毛麟角，什么总统副总统，时至今日皆虚名而已，何须如此伤怀？

不愧为欧洲名牌大学政治学的博士，负笈港岛时又当过专栏作家，故人的字颇有魏碑风骨，言简意赅。信是写给仲君的，信中写道："据闻，一九五四年年底，令尊护送来港治病的白崇禧夫人去台，彼时，台湾当局排斥异己，白在台也仅挂战略顾问委员会主任此一虚职，郁郁而不得志矣。令尊此去的结果也可想而知。凄风苦雨，有志难酬。听说他不久即遭厄运，病殁于台北，余闻之亦常戚戚也。"

信中对母亲十分尊重，再三恭请保重。有关当年大新银行一案则只字未提。

母亲将这封信看了一遍又一遍，没有告诉仲君。仲君就业后被分配到长兴一座矿山配电所当了电工，这使母亲有所慰藉。

又一年春节到了，湘九回家读到此信。湘九说，这位先生不愧是作家，使用的乃是文学语言。何谓凄风苦雨？何谓有志难酬？让人难以释怀。

这是有关父亲去世前状况的第二个版本，这个版本提供了父亲去台的缘由，或者说借口。从母亲的角度思考，这个借口很牵强。父亲把家属子女都送回了大陆，孤身一人再赴台北无疑凶多吉少。护送白夫人一说实在不足以解释他的动机和行为，母亲陷于又一轮困惑迷惘之中。

除夕之夜，母亲在厨房忙碌。黄豆炖猪头肉的香味弥漫了延定巷五十四号。湘九回来了，二哥也回来了，加上梅姐和母亲，四个人围坐一桌。母亲照例又摆上父亲的一副碗筷，子女们面面相觑。梅说，姆妈，您仍然不相信阿爸已过世了啊？母亲给父亲的酒杯里斟上酒，又拿起自己的酒杯跟它碰一下，仰起头，一饮而尽。

不搞清真情实况叫我怎么相信？母亲面色酡红，眼含热泪说，我年年等他，月月等他，天天等他，我要等他回来亲自跟我说清楚！

相比许多被搞得惶惶不可终日的人家，这个春节他们算是过得比较安逸的。二哥带回来一台电子管收音机、一台电风扇，是他和大姐夫合作，自己制作安装的。当嘹亮的歌声响起时，邻居们纷纷站在门前窗外露出羡慕之情。

梅的情绪不错也是一个原因。街道搞来了一台老式的滚轮印刷机，梅的工场改为印制信封信笺。梅每天糊信封，她的身上散发出一股酸溜溜的馊糨糊气味，但是这工作总比烘竹管刮箫轻松多了，梅因此也心满意足了。

收音机里的人在唱，门外的人也跟着唱，有一支歌，湘九诧异母亲也会唱。其中一句歌词"我们战胜了多少苦难，才得到今天的解放"，母亲唱着唱着便会哽咽。湘九因此而反复哼唱这句歌词，揣摸母亲的心情，慢慢地体会到万千思绪在母亲心中激荡，不是以"爱国"二字所能尽述了。

萧瑟荒凉的湖山景致被覆盖了兔绒般的积雪，雕栏画栋都变得晶莹玲珑。强强来看湘九了，带来两位杭一中的同学：绍明和曹治。绍明是医大教授的儿子，瘦瘦高高，说话风趣，不拘小节。曹治说一口标准的普通话，站在陋屋中央有些不知所措。湘九打量他的衣着：做工考究的海军呢大衣，锃亮的将校靴。湘九想此人不是寻常人家的孩子。

他们在街上闲逛。墙上贴满零乱的标语传单。延安路上游行的队伍已非夏天时那么壮观，围观的人却依然不少。有人高喊口号：打倒刘邓陶！打倒江李曹！刘邓陶乃国家领导，江李曹为省上大员。湘九发现曹治面呈尴尬之色，低眉垂睑。湘九说，喝一盅去吧，我请客。

他们是学生，湘九不是学生。湘九挣的工分不足以维持温饱，他跟着高维庆连森学会了投机倒把、贩卖票证。杭州的流动粮票五分钱一斤，他们收去卖到长街粮市上，可以卖到七八分钱一斤。回家一趟，湘九通过锦荣等邻居朋友，可以收购数百斤上千斤粮票，湘九的口袋里便有了些活络钱。

湘九带着他们进了奎元馆。奎元馆的油渣面一角九分一碗。一人一碗油渣面，半斤绍兴加饭。他们吃得酒醉饭饱。

男子汉大丈夫，湘九醉醺醺地拍着曹治的肩膀说，政界风云变幻，父辈宦海沉浮，此乃寻常之事矣，岂可终日愁眉不展！

湘九看见曹治的眼圈红了。强强绍明都惊讶地看他，不知湘九从何处知道曹的身世。曹的父亲一九五五年授中将衔，担任过驻东欧某国大使。曹治说，谢谢你，湘九，我第一次听到有人对我说这样的话。

他们出了奎元馆往北山街走，山上白雪晶莹，空气清冽。曹治说，他的父母不知去向，他和妹妹陷于孤苦无助的困境之中。昔日的朋友皆自顾不暇，出身工农的同学则另眼相加。学校停课闹革命，家里不知被抄了多少次，人去楼空，徒剩四壁。兄妹俩想回父亲的老家去，但那个坐落于湖北大冶山村的老家早已变得模糊而遥不可及了。

曹治说，今日得遇湘九兄，真是听君一席话，胜读十年书啊。

好了，别那么酸溜溜的了，绍明说，湘九是旧贵你是新贵，而今都成了"破落户的飘零子弟"。湘九的才气我读小学时便有所闻，所以通过强强结交为友，让他开导开导你。

他们坐在山坡上的小洋楼里高谈阔论。绍明读了不少鲁迅的书，抨击时政颇有先生之文风。湘九第一次走进真正可以称为"高官"的宅第，免不了如乡下人进城一般东张西望。尽管凋敝了，那壁炉、沙发、落地窗和厚实的榉木门，那些雕栏石砌及天花板上飞翔的安琪儿，无一不在叙述着昔日的富丽堂皇。湘九的心在叹息，曹治也在叹息，他走进延定巷五十四号时所见到的贫困和凄凉，在他心中起着波澜。他觉得湘九家的房子随时可能倒塌，而泥墙破瓦下却有一位不俗的少年着实使他讶异。

曹治把湘九带到妹妹的房间门口，那里还放着一架钢琴，一位少女坐在钢琴前想她的心事。曹治说，这是我新结识的朋友湘九。少女茫然地抬起头看湘九，湘九朝她点点头，笑笑，少女红了脸。

湘九建议曹治兄妹去找一下父辈的老战友们，争取当兵。湘九说你们最好别去农村插队，那里实在不适合你们。湘九还说你们不要放弃学习，因为放弃学习的同时也就意味着放弃了希望。湘九瞧着少女放在钢琴上的纤纤细指说，我相信你们的厄运不会长久，因为令尊乃是打下这座江山的功臣，功臣总是会被重新起用的。

湘九说，你们不像我们，我们被打倒在地，又踏上了一只脚，永世不得翻身。

曹治愣怔怔地看着他，看他将自己的前途描绘得如此黯淡无光，他的神态却依然很平静，曹治说，我服了你，你绝对不会永世不得翻身的。他们走到阳台上，遥望雪后初晴的湖光山色，心情已大有改观。湘九看到曹治昂起了头，年轻的头发茂密乌黑，他的身子终于挺直了。湘九又拍一下他的肩说，好啦，天下者你们的天下，你们是早晨八九点钟的太阳！

江南的北国风光呈现在他们面前。落日残照，暮色苍茫。少年们指点江山，身上已经有了说不尽的沧桑之感。湖上停舟罢棹，路旁炊烟缭绕。河山一片大好，却唤起一种苦闷的感觉，也唤起人们一种对远方的模糊的渴望。

母亲很喜欢曹治这个孩子，她说这孩子特别有教养，内秀，眉宇间有一股英武之气。母亲请他到家里吃饭，言谈中却从不提起曹治的父母。大街小巷贴满了攻击曹治父母的大字报，母亲却竭力地温暖着少年忧伤的心。曹治对湘九说，我记住了你母亲的话，男儿当自强，路是靠自己一步一步走出来的，此生我是不会忘记延定巷五十四号的墙门了。

一年以后，曹治的同学们大多去了黑龙江兵团农场，曹治带着妹妹回到湖北大冶父亲的老家。不知道他们的父亲有何感受。这个一九二九年参加鄂东南农民武装起义，参加过二万五千里长征，三十六岁从四野副参谋长出任共和国首任驻外大使的将军，一双子女却在走投无路下回到了他出征前的山村。

起初，湘九还能得到一些他们的音讯，随着时局的不断变化和时光流逝，终于失去了联系。

绍明告诉湘九，曹治后来还是参了军，逐步提升到驻外使馆的武官。湘九参军之后，几次住在总参某部一个招待所，那里经常下榻一些回国述职的武官，湘九总盼望有一天能遇见他，然而，每次都是失望。

其实，即便相遇，他们也互相认不出来了。湘九早已从一个清秀孱弱的少年变成了一条身材魁伟的汉子，曹治呢，想必也是今非昔比，音形大改了。

二哥把北京的来信带到了天津。柳南起初看了未置可否，直到后来，柳南从牛棚里出来，她才下了决心，在一个星期六的傍晚上了火车，去北京拜会父亲的老朋友。

北京有一位老夫人，她有个外孙女是柳南早年的闺中好友，柳南跟她在重庆时手拉手唱过"啦啦啦，啦啦啦，我们是卖报的小行家"。

晚上九点多了，柳南从公交车上下来，走到一条僻静的街道上，在昏暗的路灯下辨认门牌。萧条而紊乱的街上偶尔开过一辆宣传车，车顶的大喇叭里播出最新的最高指示。墙上有旧标语，被风吹得簌簌地响，地上散落着被人们践踏过的传单，柳南轻轻地叩门：主人在家吗？

一个中年男子打开门上的小窗，问：你找哪位？找她干吗？柳南说出主人的小名。麻烦您通报一声，我叫柳南，从天津来。

中年男子是警卫还是门房柳南搞不清，他瞧着柳南，露出讶异的神情。别人都叫主人的大名，她叫小名，反映出她们之间不同寻常的关系。他犹豫了一会儿说，请等一等，我去看一下她在不在。

主人从房间里跑出来了，门一打开，柳南就扑进了她的怀里。主人拍着柳南的背说，不哭，柳南，咱们不哭，她的眼泪却和柳南的泪水汇合成了一条潺潺流淌的小溪。她说，这么多年了，这么多年你才来看我呀！

柳南抬起头，看到她的闺中好友脸上有了那么多细碎的皱纹，灯光照着她的短发，映出发中的许多银丝，柳南不禁又是一阵呜咽。柳南不知道自己比对方更显老。柳南想，她比我小好几岁啊，看来她家的日子过得也不太平。柳南语无伦次地说，我天天想来看你，又怕牵累你，又怕见不到你。我没有办法，我只好天天想你啊。

她俩相拥着进了屋。柳南说，你妈妈好吗？老夫人身体好吗？我妈叫我问候老人家。

当年的闺中好友叹口气说，我妈还好，外婆可是真的老了，画画早已画不动了，外面又这么乱，我们能不跟她讲的尽量不跟她讲。她说，老人家住在医院里，你知道的，她一向心脏不好。

跟二十多年前一样，那天夜里她俩睡在一个房间。两个人坐在床上，仿佛有说不尽的话，又不知从何说起。一堵院墙隔开了门外的喧嚣，她们回忆过去的岁月。柳南回想起当年重庆八路军办事处门前发生的那场车祸，那场震惊中外的血案，柳南说，你爸爸遇难那么多年了，你妈妈真是不容易啊。主人忧伤地低下了头说，你妈妈更不容易。

柳南避开了这个过于压抑的话题。她说，我母亲常常说起老夫人在桂林办小农场的往事。

闺中好友终于笑了，她说，那时候她老人家以种菜、养鸡养鸭、卖画为生，你母亲还跑来跟她交流养鸡经验呢。柳南说是啊，我母亲说过，抗战时老夫人多处漂泊，生活如此艰苦，蒋某人派人送来的钱她却不收，还写了一条批语：闲来写画谋生活，不用人间造孽钱。

闺中好友打听到柳南要找的人的住址，把她带到了东四一条小胡同。她说，你自己去摁门铃吧，我就不过去了。柳南屏神凝息地在门口站了一会儿，一咬牙，豁出去了似的摁响门铃。门上的小窗开了，一位穿军装但没有佩领章帽徽的男子在里面审视着她，几秒钟后才说，你找谁？

当柳南终于进入这座整洁的院落时，首先看到一间车库，里面停着一辆黑色的轿车，车库旁边才是内院。她走进内院，走到台阶上，看到客厅里坐着一位瘦瘦高高的老人。老人站起身来迎接她了，从里屋走出来一位夫人。柳南先叫夫人："蒋……"她的叫声戛然而止，她发现面前不是她熟悉的蒋阿姨。

柳南坐在客厅里感到不自在。相当长的时间里主人和客人相对无言。夫人进内屋去了，一个保姆模样的妇人进入客厅，给柳南沏了一杯茶，然后离去。柳南看着墙上一位伟人与主人的合影，花架上也放着这位伟人的石膏像。柳南感到父亲的老朋友虽然老了一些，但旧日音容宛在，她却已显得拘谨了。

柳南从小叫他叔叔，这个叔叔离开大陆又回到大陆，一前一后却不是同一个叔叔了。柳南问他父亲的情况，他慢条斯理地回答着，跟信上说的没有什么区别。

柳南终于忍不住向他打听大新银行那桩案子。柳南说，那个跑到南美洲去的"经理"后来有无下落？

老人摘下了眼镜，将一块绒布默默地揩着镜片，他的双眼很深邃，既看着柳南，又好像在看着很遥远的什么地方。时间也许并不长，柳南却感到一分一秒都显得那么缓慢那么沉重。记不得了。老人轻声说道，没有什么动作，依然坐在沙发上纹丝不动。

柳南觉得自己突然回到了维多利亚海港，前面是一片茫茫大海，海天一色，连鸟儿也没有一只。

主人留客人吃午饭。柳南摇摇头说，我得走了。她没有向他的夫人告别。夫人也没有出来送她。

柳南走下台阶时回望了一眼，看到客厅旁的屋子一扇窗户半掩着，夫人坐在窗前看报纸。院子里的空气新鲜清冽，院内院外仿佛截然不同的两个世界。主人送她一直送到大门口。主人站在门边，良久，轻声说道，对不起，她不是蒋阿姨。

柳南傻乎乎地回答没关系。门关上了，她站在胡同里发怔。世界的另一半消失了，它被静静地抹去，似乎一点痕迹都没有留下。柳南突然感到揪心的疼痛，好像被撕裂似的。她捂住嘴剧烈地咳嗽起来。

闺中好友惊讶地看着柳南。你的脸色这么苍白，你怎么了？她问柳南。柳南将一块染血的手帕悄悄扔到路边的阴沟里去。她摇摇头，没什么，她说，昨晚上太兴奋了，没睡好觉的缘故吧。

天上飘起了霏霏细雨，柳南的心情跟天气一样潮湿。她没有进病房去，只是站在走廊上默默地看着躺在病榻上的老夫人。柳南印象中的老夫人好像始终那样健康，开朗坚强，现在却显得如此瘦小和无助。柳南又一次捂住嘴，不是因为咳嗽，而是害怕痛哭失声。

柳南代表母亲在老夫人最后的时刻看望了她。她回到天津没几天，老夫人就告别

绝地行走

了人世。这位同盟会最早的女会员，著名女革命家，在国共两党执政时都当过大官，却在忧病交加中告别了人世。

母亲看着报上的讣告潸然泪下。她想点两支香烛遥祭一下又不敢点，只好斟了一杯酒，点了一支香烟，放在老人家的遗像前。

柳南记下了东四那条胡同那座宅院的门牌号码，后来交给了湘九。八十年代中期某个冬天的夜晚，湘九带着妻子女儿再次叩响了那扇厚实的大门，他想试一下大姐没有了解到的东西他能否了解到，结果却相差无几。

这是后话，湘九在这中间还有漫长的人生的崎岖山路需要一步步攀登。

七

上海·国际饭店和宁波路三轮车服务处·浙东的城镇乡村

天气很冷。一列长长的火车呼哧呼哧开进上海站。人们争先恐后地从车厢里出来，月台上乱哄哄一片。有一群人没有戴红袖套，也不像红卫兵那样神气，他们嘻嘻哈哈地挤出车站，好奇地看着熙来攘往的行人，看着卖阳春面的排档、卖香烟和奶油五香豆的小贩。湘九皱眉蹙首说，这样太乱了，还是按各大队集合，统一行动吧。

最后出来的是毛三和连森。连森捡到一个首都红卫兵的袖套，随手就套在了自己胳膊上。毛三胸前挂着那架差一点惹出大祸的凤凰牌照相机。他说，站好站好，我给你们照一张相。湘九站到了广场中央，连森说，我把红袖套借给你，说着就摘下红袖套给湘九套上。湘九朝大海报下一位个子高高的知青望去，那是岳井大队的祖屿。祖屿手里举着一把小提琴，高喊宁海的知青都到这里集合。

他们集合到了一起。毛三说，领导呢，谁是我们的领导？湘九跑到祖屿跟前说，你是领导吗？祖屿愣了愣说，你们的大组长没有来吗？毛三说，他怎么会来呢？他听说我们要参加大串联，要到华东局来上访，吓都吓煞了！

陈明过来了，身后跟着李少华。陈明说，少华他们大队总共只有几个知青，有没有大组长一个样。祖屿推一推掉落到鼻尖上的近视眼镜说，那就由我们几位临时召集一下好了。

这群没有领导的"乌合之众"绝大多数没有来过上海，好多人连华东局也是第一次听说。他们人云亦云地跑出来，只是想看看其他地方知青是怎么闹腾的，顺便免费

绝地行走

旅行一趟。有人说上海去新疆的知青大多回来了，华东局门口贴满了他们写的大字报。湘九对此不是很感兴趣，他想哪有这样便宜的好事，贴贴大字报就把你的户口迁回城里来了？但是总在广场上耗着也不是办法。湘九说，我对上海没什么印象，只听说南京路上有座二十四层楼的国际饭店，要不，我们去那里看看？

这个年龄最小的少年以为没人会听他的话。他带着调侃的口吻这样说。没想到这群没头苍蝇一样乱撞的知青排好了队，居然真的向南京路走去了。

一辆大卡车停在大世界门口，一群人围着卡车开批斗会。被批斗的人佝偻着身子趴在车厢栏板上，花白的头发在寒风中飘荡。湘九挤进人群，惊讶地说，周信芳，京剧大师！他看着从老人胸前垂挂下来的大木牌，看到有人揪住周信芳的头发将他脑袋往后掰，老人痛苦地仰起头，被扯着白发朝人们看。湘九挤出人群，浑身起了一层鸡皮疙瘩。

他们乱嚷嚷地堵在国际饭店门前。这是上海年代最久的饭店之一，一九三四年开业时有"远东第一高楼"之称。饭店地处繁华的南京西路，对面是风景如画的人民公园。国际饭店——半个世纪上海的骄傲。湘九长长地吐了一口气，说，我来啦！

没有人回应他。只有一些从北方来的学生声嘶力竭地高喊着"打倒资产阶级"的口号。国际饭店的门打开了，一个胖子慌里慌张地走出来。小将们，他举起双手说，小将们请安静一下，上级同意我们接待你们了，请排好队，按秩序登记入住！

湘九简直不敢相信，难道真是瞎猫撞着死老鼠了？

从一楼到六楼，国际饭店半天时间住满了来自全国各地的串联者。一些外国客人吃惊地看着这些突如其来的闯入者不知所措。胖子是饭店的部门负责人，他带着几位训练有素的领班，不停地向外宾说"索来"，然后请他们结账走人。湘九对毛三连森说，我们不忙安排住宿，先上二十四楼看看，那是十里洋场的制高点啊。

他们上了顶层，遥望外滩风光，浦东是田野村镇，浦西是都市街巷，眼皮底下的人民广场显得很小了，一些人爬上爬落在布置主席台。胖子上来了，很抱歉地请求他们下去。胖子说，对不起，十八楼以上还不能开放，否则所有人都拥上来会出事故的。

小成跟胖子说，我们饿了，请问什么时候开饭？我们要吃法式大餐。

胖子点头哈腰地说，马上，马上就开饭，保证你们吃饱吃好革命的大餐！

革命的大餐是每人四只馒头一撮酱菜。包心菜菜汤盛在大桶里随便盛。因为先上十八楼观光去了，下来时已经没有他们可住的房间，他们被安排在三楼舞厅。午饭吃完了，祖屿说集合吧，去华东局上访。

知青们三三两两跑到大门口。湘九向胖子打听华东局怎么走。胖子摊开双手说，华东局还会有人在上班吗？他们已经变成"地下工作者"了。

他们找到华东局时，果然一个工作人员都找不到。他们在空荡荡的办公大楼里转来转去，满目疮痍。有的门上贴着横七竖八的标语，有的贴着撕破挂落的封条。漫画上的"走资派"被丑化得不成样子，使湘九想起童年时小人书上看到的胡风绿原路翎。他凑近去看，不是胡风路翎，而是魏文伯和陈丕显。

祖屿说，好啦，任务完成了。

毛三说，怎么完成了，不上访啦？

湘九说，向谁去访啊，连个办事员都见不到！

大家嘻嘻哈哈地走出了华东局。有的说逛外滩去，有的说去西郊动物园。小成说不行不行，下午人民广场开大会，中央首长都要出来接见上海革命群众呢！我们去接受接见吧。

连森说伟大领袖出来不出来？他老人家不会到上海来接见我们吧？他建议大家继续北上，去北京看看天安门广场。

湘九不支持这项动议，他有些害怕去北京。他听说那里的红卫兵都是高干子女，手里拿着宽皮带，轻易不打人，打起来要人命。湘九的内心深处，自尊与自卑、冒险和谨慎总是奇特地混合在一起。一列车都是同病相怜的人，他的胆子自然大了，如果车厢里大多是陌生的革命师生，半路上要他们拿出有关阶级成分的证明怎么办？

挤在人民广场欢呼的人群中时，湘九还在想着这些令人戳觫的问题。看到拍新闻纪录片的摄影机镜头摇过来了，他躲在小成身后。小成却期望自己能够出现在银幕上，一个劲儿地蹦跳着，拼命向镜头挥手。台上出现了一个戴眼镜的瘦瘦的老头儿，还有一个谢了顶的胖子，接着又上来一位剃分头的年轻男子。湘九说，他们是谁，是中央首长吗？身旁的两位姑娘笑了，年纪大一点的姑娘操着浙江口音的普通话说，张春桥姚文元你都不知道吗？年轻的那个是王洪文，你大概就更不知道了。

湘九怎么也忘不了在上海国际饭店度过的第一个夜晚。

他躺在舞厅的地板上，盖着雪白的柔软的棉被，生平第一次享受热乎乎的暖气。他的左边躺着连森，右边却是一名来自北京的女大学生。安排铺位时，女大学生的一边只有男生了，她看到湘九还是个少年，一定要睡在他的身边。

半夜，女大学生翻了个身，一只手伸到了他的脸上，从她嘴里呼出的热气使他面色绯红，浑身燥热。他一动也不敢动。他摸着自己的身子，摸到无数欲望的蚂蚁在他血管里爬动。闭上眼睛，他看到的不是身边的女大学生，而是白天人民广场上那两位姑娘。两位来自温州的姑娘，一个叫小晓，一个叫小施，小晓比他大五岁，二十二岁了，挤在他身后时，成熟饱满的胸部顶得他背部都僵硬了。他缩拢身子，躲开女大学生，在她的微微鼾声中辗转反侧。天亮了，连森掀开他的被子，他从梦中醒来，惊叫着捂住下身。连森赶紧把他的棉被重新盖上，附在他耳边说，你"跑马"了，把国际饭店的新被子都搞脏啦！

狼狈之极的湘九把脑袋藏在被窝里，一声不吭。

连森一早就出去了，将近中午才回来。他喜滋滋地告诉湘九，他找到了一个接待串联师生的好地方。湘九跟着连森往宁波路走。连森指着一幢很旧的小楼说，就是这里，上海市三轮车管理服务处。

湘九很吃惊，他以为连森在寻开心。连森说，真的，我不骗你，这里发饭菜票，在机关食堂吃，伙食好得很。湘九走进去，果然看到大厅里摆了一张桌子，桌上竖着一块革命师生接待站的小牌子。连森对登记的工作人员说，这是我们团长，团员们在后面呢。工作人员说，你们这个团有多少人？太多的话我们接待不了。湘九说十个人吧，也可能是八九个，住一个星期。工作人员笑了，她说，正好还有八个铺位，都给你们了；我们的接待任务到此就算完成了，我也好吃饭去了。

湘九和连森领了八个人的饭菜票直奔食堂。食堂里挂着一块小黑板，上面写着七八个菜，有大排、红烧狮子头、红烧带鱼、炒青菜和萝卜肉片等。饭是雪白的晚稻米饭。连森说我吃大排和萝卜肉片，你吃什么？湘九说我要吃红烧狮子头，我大概十年没有吃过红烧狮子头了。

湘九买了六两米饭四个红烧狮子头，坐下来就狼吞虎咽。连森吃完第二块大排，抬起头，看到湘九又排到买菜的队伍后面去了。连森吃惊地走到他身边，悄悄对他说，你的吃相太难看了，像饿死鬼投胎，别人都在看你了，知道吗！湘九思考了一会儿，大声对小窗里卖饭菜的师傅说，同志，再给我打一斤米饭、六个红烧狮子头，我们有几个同学在火车上挤了一夜，现在在楼上房间里睡觉呢，睡醒了给他们吃！

卖饭菜的师傅说，他们醒来时饭菜就冷了，要不我给他们留着，醒来后下来热一热再吃？湘九向师傅鞠了个躬，一脸感激地说，谢谢您，同志，革命小将们随时可能醒来，不麻烦您了。

整整一个中午，湘九把自己关在房间内，连小便都忍着不去厕所。这餐饭，湘九一共吃了一斤六两米饭，十个红烧狮子头。他站不起来了，扶着墙趴在窗台上，觉得自己像一只怀孕的臭虫正在看风景。连森说怎么办呢，我去找毛三吧，他带着一个药箱，药箱里有食母生。湘九艰难地抬起身子说，找毛三可以，但不能告诉小成，否则，我们晚……晚上的饭菜票会被他吃……吃光。

肚皮撑饱了，湘九躺在地铺上胡思乱想。风从窗缝里吹进来，他感到冷，觉得三轮车服务处的伙食虽好，住宿条件毕竟与国际饭店相差太远。国际饭店还住着小晓小施这两个漂亮的温州女知青。想到她们，还不到十七岁的湘九，心里浮起了一片春水涟漪。

第二天早晨起来，湘九就回国际饭店去，他终于又看到了这两个温州女知青。祖屿说住在国际饭店的知青不少，要搞一场联欢会，两位温州姑娘自告奋勇报了一个节目：舞蹈《北京的金山上》。湘九说，我给你们拉胡琴吧？她们说好啊，你这个小弟弟真讨人喜欢。

她们不知道这个小弟弟心里已经绽开春天的花朵。晚饭时他回到三轮车服务处，他又买了四个红烧狮子头，还买了大排和萝卜肉片，借了食堂的碗筷，放在一只塑料袋里拎出门去。他到了国际饭店，上六楼去敲她们的房门。小晓和小施在暖气开放的房间里只穿着棉毛内衣。看到他拎来的好菜，她们发出了快乐的惊叫声。小施只大他三岁，不好意思地说，谢谢你湘九，你和我们一起吃吧。小晓却瞥一眼脸色绯红的少年，说，你自己吃饱了才送过来，心不够诚啊。

湘九很窘迫的模样，搔搔头说，要不我去买瓶酒吧，我陪你们喝酒聊天！小施说，别去买了，不能让你再破费了！小晓却努起嘴说，让他去买吧，我出钱就是。她把一张钞票硬塞到湘九手里。

湘九破天荒地买了一瓶葡萄酒，陪她俩喝起来。成熟的大姐姐渐渐感觉到他的异样。尤其小晓，看到他喝着酒，时不时瞟一眼她曲线丰满的身子，脸上飞起两朵红云，湿润的目光游移不定，小晓既觉得好笑，又感到一种温情和迷离。小晓说，你们集体户里没有大姐姐吗？湘九抬起头，眼神恍惚地说有啊，我跟她们太熟悉了，就像从小一起长大的亲姐弟。

小晓似乎听出了他的弦外之音，小晓的脸也红了。小施出去找祖屿了，商量明晚的联欢会。小晓说，来，我俩把这瓶酒干了。他们看着窗外，南京路上的灯光照着人行道上的树，每一片树叶每一根叶茎都似乎透明，少年的湿润的双眼就像澄澈的叶子，大姐姐为它们所感动。

大姐姐说，你去过温州吗？

湘九摇摇头。

大姐姐说，今年秋天我请你去那里玩。

为什么？湘九说，为什么要等到秋天？

大姐姐欲言又止。她不得不避开少年的眼睛，他凝视着她的眼睛里有一种迷茫和热切在荡漾。大姐姐说，你的酒量不行，你醉了。湘九说，我没醉，你告诉我，为什么要等到秋天？他站起身，步履有些踉跄地走到她身边说，我没醉，要不要跳一段《北京的金山上》给你看……看？

大姐姐怕他摔倒了，伸手拉他一把，让他坐到自己身旁来。大姐姐抚摸着少年的柔软头发，他靠在她的肩上，想抱她，举起手又无力地垂下来。他醉醺醺地说，你爸爸是医学院的教授，你妈妈是附属医院的护士长，你插队的地方就在家门口，你真的是很幸福很快乐，我……我真的好羡……羡慕。

大姐姐背过脸去，不敢再看身边这个孟浪的少年。

她并不觉得少年太唐突。她们已经从连森等人嘴里知道了湘九的情况，他的身世和经历所带给他的苦涩与孤独。

姑娘比他大整整五岁。他的模样使她多少有些啼笑皆非。她想告诉他，秋天到来的时候，她就要举行婚礼了，她想邀请他出席自己的婚礼。十分钟前，她确实是这样想的，感到那是一种快乐，十分钟后，她觉得不好意思讲了。

人生真是一场难以预料的悲喜剧，来得快去得也快。湘九真的醉了，喃喃地自言自语一阵，躺在沙发上闭上了眼睛。大姐姐叫来连森把他送到了三楼的舞厅。他躺在地铺上，身边的女大学生已不知去向。

那天夜里，湘九梦见温州的江心屿，苍郁的林木笼罩着江的彼岸，江边铺展着如茵绿草，一个姑娘撩起裙子，小心翼翼地将双脚伸进江水里。他梦见太阳，灿烂而沉重地照耀着江面，其实是舞厅里开着灯，灯光洒在他那蝴蝶般扇动的双眼皮上。

早晨醒来时，他的神情很茫然。回忆在他喝酒喝到要跳《北京的金山上》时戛然而止。余下的情景，他怎么想也想不起来了。他问连森，连森说我怎么知道？连森叫他自己去问小晓。

湘九怯生生地将大姐姐拉到一旁，他说，我昨晚上干……干什么坏……坏事没有？

大姐姐看着他，看得他心里发慌，脸上一阵红一阵白。

大姐姐终于笑出声来。你能干什么坏事？她咯咯地笑着问他：你有那个胆量吗？

湘九将双手按住心脏说，是啊，我想我也是有贼心没贼胆。

他们在上海度过了快乐的一周。小晓和小施跳《北京的金山上》，祖屿拉小提琴，还有一位新疆的知青，拉的手风琴声让人如痴如醉。湘九的二胡拉得马马虎虎，一半是从小在强强家里跟他父亲学的，一半师出吕劲。

一周后，少数知青继续北上，大部分回家。祖屿热情地邀请小晓小施先到杭州旅游，再回温州。

酒醒后的湘九已经回到从前的自制，眉宇间添了一缕淡淡的伤怀。他知道，自己曾经失态，因此而感到羞愧。回家了，母亲说他瘦了许多，他说自己也感到奇怪，天天吃红烧狮子头如何不长膘呢？

186 绝地行走

他陪着两位大姐姐游西湖看钱塘江，在六和塔上，他提笔填了一首不成调的词。

清 平 乐

几人登塔，

唯我游情少，

咫尺天涯今始晓，

极目风光万里。

夕阳垂地将暮，

风吹金铃啸然。

欲将心潮付浪，

愁似江水滔滔。

读起来颇有"少年不识愁滋味，为赋新词强说愁"之感，却是他真实的心情写照。其实没有小晓小施也会有小李小黄出现，也许，他只是到了需要某个寄托情感或者欲念的对象的时候罢了。

分手的时刻终于到了。那天晚上，他们从祖屿家出来。夜风把湖边的梧桐树叶吹得飒飒地响，后来又淅淅沥沥地下起了南方的绵绵春雨。他们走过一个凉亭，小晓说过去坐一会儿。他们坐在幽暗的亭子里相对无言。大姐姐说，我回去就要结婚了……

少年难以置信地看着她。雨停了，月光在圆圆的、黑黝黝的树顶上飘荡，一条小路曲径通幽，小径尽头是一片茫茫湖水。

大姐姐伸手揽住他的肩，我说的是真话。

湘九哆嗦起来，他轻轻地推开她的手，站起身。凉亭外衰草拂风，湿漉漉的空气中，飘零的树叶在颤动。湘九犹豫了几秒钟，向她鞠个躬，说我祝你幸福。

他确实是这样说的，他说我祝你幸福。绍明在被红卫兵小将们洗劫后的杭一中图书馆捡到几十本书，送给了湘九。湘九读到塞万提斯，读到杰克·伦敦，湘九受到绅士和水手的双重影响。也许，他觉得现在是需要他扮演一名绅士的时候了吧，他应该像一名绅士那样说话。

小晓回到温州半年后，给他与祖屿等人寄来了请柬，邀请他们去参加她的婚礼。

要说湘九没有一点惆怅是不符合实际的。他确实有些惆怅，不过，他更有点演荒诞剧的感觉。我为什么惆怅？他问自己。他望着窗外，窗外是一片收割过的田野，空空荡荡。

收割过的田野浸淫在绵绵秋雨中，使他感到寒冷。他知道自己为什么这样寒冷，他还知道，这样的寒冷只能靠他自己去战胜。于是，他终于耸耸肩，把请柬扔进了炉灶，好像觉得自己又长大了许多。他在绵绵秋雨中出了门，不是去温州吃喜酒，而是拎着一套理发工具，给乡民们剃头去了。

湘九再次见到小晓小施是在二十八年之后。他带着秘书和属下的一位外贸局局长，去温州学习考察。路上，外贸局局长问他，领导，您是第一次去温州吗？湘九说是的，不过我在那里有朋友。局长说男朋友还是女朋友，湘九说女朋友。局长和秘书挺感兴趣地看他，驾驶员也竖起了耳朵。湘九将二十八年前的故事讲给他们听。他说，我一路上都在考虑，这次去温州要不要找一下她们？找到她们，可能使我后悔，少年时代的第一次青春萌动可能会被今天的现实所嘲弄；不找她们呢，也会使我后悔，好不容易来了一趟，又怎能不和她们见上一面？

前者的后悔只是一阵子，过去了的不复存在是一种客观事实。后者却会使人长期遗憾，任何故事总要有个结局吧？

湘九下榻温州饭店，后面是一排店面。他向一位老板娘打听谢池巷。老板娘说巧了，我夫家就曾经住在谢池巷，那条巷子已经拆迁了；你的朋友住谢池巷几号，叫什么名字？湘九说出小施的名字，老板娘拍了一下手，哈哈大笑：她是我的小姑子呀，我老公的妹妹！

半小时后有人叩湘九的房门，湘九打开房门怔住，活脱脱一个当年的小施站在面前。湘九说，你是小施吗，你怎么还这样年轻，不，比当年更年轻、更漂亮了！姑娘笑了，她说我是小施的女儿，我妈在上课，让我先来看叔叔，她一会儿就到。

小施姗姗来迟。她是小学班主任，家里还带着十来个学生。她说温州的教师都这样，老板们把孩子全托在信得过的老师家里，这样的老师收入颇丰，具体数字属于商业秘密。

小晓在傍晚时来到温州饭店。那一天，算来她将近五旬了，穿着一条花裙子，虽然无情的岁月在她眼角刻下了鱼尾纹，她的身材还是那样苗条，淡妆薄施，笑容可掬。

小晓说的第一句话是，湘九你当官了是吧？我早就觉得你一定会当官的！她在走廊上遇见了湘九的秘书，她打听湘九住的房间，秘书说副市长住在顶头那间。湘九说我算不上什么大官，协助市长做些具体工作。小晓快乐地大笑起来。她说，你能不能调到这里来当市长啊，这样我们就可能发财了！

后来的话题始终围绕着如何发财的问题，湘九想绕开却总也绕不开。小晓说她这些年一直在做服装生意，每年要去杭州的环北、四季青服装市场好几趟。她的生意始终没有做大。她有两个儿子，结婚要买房子，办婚事要花很多很多钱。湘九说简单一些不行吗？她说怎么可以呢，这里的人很要面子的。

湘九的心一点点沉沦，他看着这个五十岁的妇人喋喋不休地说啊说的，感到以前的相遇都是自己编造出来的，根本没有出现过。窗外的街灯全亮了，湘九疲惫不堪地说，我请你们吃餐饭吧，吃得好一点。

他们步行到了五马街，小晓说这家店好，他们就进了这家店。店堂里很热闹，外贸局局长点了大虾、黄鱼、海参、螃蟹，全是温州人最爱吃的海鲜。大庭广众之下，小晓跟着他们叫市长，谈论的还是发财问题。

湘九放下筷子说，不要叫我市长了！这里没有市长。

众人一惊，都以为他喝醉了。一场宴会草草收场。小晓小施说，我们陪你逛逛五马街，散散步吧。

五马街上，霓虹灯光怪陆离，行人熙来攘往，湘九走几步说，我累了，你们也早点回去休息吧。

握手道别时，小晓塞给他一张纸条。

湘九回到住处点燃一支烟，过了好久才打开这张纸条，他觉得什么事情都已逃不出他的直觉。直觉告诉他，纸条中的内容无非重叙旧情，然后要他帮忙做生意。湘九展开这张纸，看到第一句话：我特意去杭州找过你，没找到。

他在梳妆台上的镜子里看到自己的笑脸，笑得像动物园里一只苦恼的猢狲。他想，我家一直住在杭州延定巷五十四号，母亲去世了仲君依然住在那里，任何人走进那座墙门就能打听到我的去向。湘九问镜子里的自己：为什么你一到这里就找到了她们，她却找不到你？

第二天吃早餐时，外贸局局长和秘书问市长，您后悔了吧，后悔特意去寻找当年的"女朋友"？湘九凝神片刻，摇摇头，不后悔，他说，我好像终于读到了一本书的结尾，我轻松多了。

山头的老百姓其实很善良很厚道，多少年来他们都拜倒在龙王爷脚下，盼望着有淡水喝有良田种的日子。山头的干部们心里也清楚，如果真的出现了一个懂水利的土工程师，毁了他是要犯众怒的。

干旱的苦夏，村里村外的水井都见了底，人们半夜里起来，到半山庵去挑水，他们将半桶泥浆水沉淀了又沉淀，挑回来维持生存。

他们站在龟裂的田野里看到高维庆从港湾归来，湘九背着测量仪器跟在他身后。他们邀请他俩坐到树阴下，有的递扇子，有的送上一碗凉水。湘九向那位发现他磨刀要杀个人解解闷而去报警的青年农民说，你不恨我们啦，不想将我们揪出来送进监牢去了？年轻人羞涩一笑说，你不是说杀只鸡解解馋吗，你杀鸡就跟我无相干了。

长街区发生了一场大事。跟这场大事相比，山头知青与民兵的打架就成了毛毛雨。事情的起因很小，发生在松岙摆渡口。几位知青争先恐后上船时与当地的大队干部发生了口角。问题在于五金行小开下海逃跑后，那个大队的知青都受过审查，干部们把他们个个都当成了伺机而动的偷渡客，积蓄已久的矛盾通过摆渡时的小小纠纷爆发，干部们拿起扁担向被吊在树上的几个男女知青身上打去。侥幸逃脱的知青奔向各个大队，悲愤地长跪不起，呼吁杭州知青们一起出动，营救危在旦夕的伙伴。

四乡八村的知青扛着锄头扛着铁锹扛着打鸟的气枪奔向那里。山上山下，乱窜的野狗吠成一群。手电筒和火把照耀得整个长街平原骚动不安，公社领导们急得到处打电话。知青们拥进长街邮电所，一封封电报发往宁海、宁波、杭州，发往北京。家长们连夜赶到省府大院请愿。

毛三慌里慌张地冲进玉和姗姗的寝室时，吕劲正在请玉唱他的新作。玉翘着兰花指，扭着水蛇腰，娉娉婷婷地唱道："年年那个三月三，新嫁的姑娘喜眉间。"湘九和姗姗看得津津有味。毛三大惊小怪地说，不对了！杀人了，他们要杀人了！

玉一惊，兰花指僵硬在半空中。湘九腾地站起身，往门外走。玉喊他，快回来，姗姗昏过去了！

湘九回头对吕劲说，你帮帮她们！湘九跑回寝室，孝仔成龙连森毛三已整装待发，小成背着一把锄头说快走吧，不然来不及救他们了！高维庆说二十多里地呢，等你们赶到事情早就了结了。他说，要去可以，不能抄家伙。小成刚放下锄头，老林跟着大队支书和民兵大队长赶来了。老林说，公社通知各大队知青都不准去出事地点，谁带头谁负责！

老林的话对湘九已经不起作用，他推开他们往村外走。高维庆一把抱住他说，情况不明你不能太莽撞。孝仔低声对湘九说，别在这里做无谓的牺牲。孝仔挥着手说，不去了不去了，同志们，我们跟山头的乡亲们无冤无仇哪，我们不能给大队领导出难题！

他们翻山越岭，绕开大路往那个渡口走。他们走得筋疲力尽，一路上湘九将孝仔骂得狗血喷头。湘九说他是两面派、马屁精，孝仔说你懂个屁，一点策略都不懂！

走到长街时天都快亮了，迎面遇上其他大队的知青。他们这才知道，伤员们早已进了长街医院。渡口不能去了，公社的领导、边防哨所和边防派出所的军警在那里布置了两道封锁线。长街医院门外围着一大群知青，区里领导声嘶力竭地说，回去吧你们都回去吧，带头打人的大队支书抓起来啦，民兵大队长也抓起来啦，我们不会官官相护的，上级马上派人来了！

大家都不愿意往回走。长街镇上聚了这么多愤怒的年轻人，一时真是鸡飞狗跳。中午，一辆辆警车、吉普车、轿车呼啸而至，县里、地区、省里的官员们神情严肃地下了车，先进医院看伤员，然后到区里听汇报。到了傍晚，第一批家长代表也赶到了，顿时，哭声骂声怒吼声响成一片，小小的长街区的领导们何曾见过这等场面？一个个焦头烂额，连话都说不完整了。

这件事以拘押带头与指使乡民们捆打知青的大队干部而平息。何秘书为此生了一场大病。湘九去县城看望他，没想到刘家贵老人也住在医院里。湘九坐在老人的床沿上，老人伸出枯柴似的手，握住他的手，湘九忽然感到很惭愧。老人颤巍巍地说，不好，湘九，真的不好啊，不应该发生这种事，更不该闹得这么大。老人拍着他的手说，要相信群众，这里的老百姓和全国的老百姓一样，都是最善良、最勤劳、最富有同情心的中国老百姓啊。

湘九无语而凝噎。

运动在深入进行，王队长也出了问题。这个在土改时就当了积极分子的贫雇农一直没能入党，原因是别人抢着分地主的财产时他要求把地主的老婆分给他。他对这个胜利果实很珍惜，两口子互相体贴，相敬如宾。这件事过去了多少年让一些人心中还是很不爽，到了这时候就提出让他下台。有个子侄辈的人叫王队长叔叔，可能当过几天兵，身上总是披着一件油渍麻花的黄棉袄。黄棉袄接替叔叔当了队长后，生产队变得每况愈下。湘九跟他去棉花地里洒药水，他洒了半桶药水就躺在田埂上晒起了太阳，等他懒洋洋地起来时太阳已将落山。湘九说我们把剩下的半桶药水打完再收工吧，他拍拍黄棉袄上的泥土说，倒掉吧，倒进沟渠里算了。

湘九已经成了懒汉，黄棉袄比湘九更懒。他给社员们派完工，拎着一只小桶去镇上买柴油，一买就是一天，傍晚时才喝得醉醺醺地回来。他的嘴上永远叼着一支烟。他没有老婆，派工时总要千方百计让寡妇或丈夫出门在外的小媳妇跟他在一起。他给自己计十分工，不管晴天落雨、农忙农闲都记十分工。

有一天湘九终于忍不住跟他干起来，因为他向姗姗动手动脚。湘九说，老子打不过你，老子一把火烧了你的茅草屋！社员们都在背后支持湘九，他们说你烧了他的茅草屋他就惨啦，他要盖新屋没有人会去帮工。农村盖屋不用打招呼，沾亲带故或不沾亲带故的都会跑去帮工。一个人如果面临这样的大事无人援手，他做人也就彻底地失败了。

那天晚上，下台的王队长召集几个老农开会，会议一直开到深夜，后来王队长把湘九叫进了会场。

湘九去了会场后才发现他又一次陷于困境之中。蒋队长王队长和老农们通过了一

绝地行走

项决议，选择湘九担任生产队队长。湘九说各位大伯大叔，你们饶了我吧，生产队的牛都不听我指挥，我叫它朝东它偏要朝西，我叫它耕田它要撒尿。湘九说，算我白天的话都是放屁好不好？你们仍叫那个懒汉当队长，我不会真的去烧他的茅草屋。

王队长说，不要提他，他把王家的脸都丢尽了！蒋队长像哄孙子一样哄湘九，以前我叫你去三片当生产队会计，你说当不了，后来不是当得很好吗？现在贫下中农都拥护你当队长，你总不能看不起贫下中农，不肯接受再教育吧？

湘九不得不接受贫下中农们的再教育。他们答应尽各自的义务和责任，每天晚上由他们评工分，由他们安排社员们第二天的农活，分配更是由他们商量着办。他们是内阁，湘九是有职无权纯粹应付上面的"皇上"。他们给湘九开出的条件很优惠，比方说当了队长总不能还是六分工吧，他们说给你记九分工，算得上一个全劳力了，开会、买东西都给你记九分工，将来你要讨老婆盖新屋了，全生产队都给你做帮工，吃饭也回自己家去吃。

湘九觉得自己成了杨白劳，黄世仁逼着他在一纸喜儿的卖身契上盖手印。湘九说，我先干几个月试试，干不了还是请王队长干，大队、公社我去说，不行就上县里去。王队长的老婆早已改嫁给贫雇农了，她的成分也早已变了，中央的政策他们懂不懂！说这番话时，他感到老农们都用仰慕的眼光在看他。王队长说，看吧，什么叫官品？湘九身上就有一副官品！你们相信不相信，湘九迟早能做到一个府台！

湘九拍拍身上说没带烟，老农们纷纷把烟递给他。他们抽的都是经济牌，八分钱一盒。湘九眯着眼，虚虚地吐出一口烟说，还有一个问题：如果我早晨起不来呢，如果我又肚疼呢，可不可以休息？当然，休息天我是不记工的，我不会贪图这一天九个工分。王队长为难地朝蒋队长看了看，当了队长的人还经常要闹肚疼，这是老革命遇到的一个新问题。蒋队长看着暗自得意的湘九，气不打一处出来，闷闷地，他抽了半支烟后，终于让步说道，每个月让你肚疼四天总够了吧？相当于一个妇女的月经期了。

"肚疼"的时候可以休息，王队长叮嘱湘九，但是不可夹着剃头包到处去赚钞票。你被人当作走资本主义道路捉去了，我们又要选新的生产队长了。

屈指算来，湘九大约当了九个月的"生产队长"。九个月后，大队有了革委会，老支书的儿子杨加和成为革委会副主任、主任，王队长随之官复原职。

湘九的九个月政绩乏善可陈，去田湾山种树或者值得一记。田湾山是三门湾上的一个岛，究竟属于哪个县的辖地，历来为宁海县和邻县所争论不休。大队开会讨论此事，湘九说祖先留下的领土一定要保证完整，我们生产队愿意冲锋在前。听说邻县在岛上建了房子树了石碑，湘九更是表现得义愤填膺。那还了得？他说，这涉及主权问题，你们懂不懂啥叫主权！懂和不懂的人都被他激得热血沸腾，大队领导说，为了彰显主权，我们就去那里种一批树吧。

那一天，大地刚从薄明的晨曦中苏醒过来，一支船队扬帆于海上。湘九站在船头，感觉自己就像当年的郑和，正在意气风发地率领明朝将士出征蛮夷之地。白茫茫的海洋在惊人的远处发出光辉，幽魂飘荡的层云变化无常。波浪在起伏，海鸥在飞翔，近海浑浊而澎湃，远海壮观而暧昧。湘九对老夫子王识真说，你是杭一中的高才生，你朗诵一下歌颂海洋的诗句。王识真站起身说，啊，大海。

那天的天气非常好，他们在上午十点左右顺利抵达田湾山。但是，湘九感到很失望，岛上确实盖了一间小茅棚，让路过或者漂泊到这里的人可以临时栖身，此外没有任何建筑物。整座岛屿给他的印象一片荒凉，如同成吉思汗的骑兵驰近伏尔加河，饮马河滩的半传奇时代。

乡民们却很激动。他们说岛上有最好的牧场，可以养羊养兔。他们回忆起打渔时遭遇的风浪，田湾山成为他们温馨的躲避之处。面对邻县人放在茅棚里的米面油盐时他们却陷入了沉思，默默地把新带去的粮食和油盐酱醋换上。湘九和王识真在茅棚外挖了一个坑，树起一块石碑，碑上刻着宁海县山头公社山四大队的字样。婉芳的弟弟小林好奇地看着他们树碑，他说，湘九哥，这有什么用啊，邻县的人上岛看见了，把它挖出来扔进海里不就完了？

湘九说，滚一边去，你懂个屁。

湘九必须为此而付出代价。一九八九年，大队支书小林对他旧事重提，田湾山的归属问题仍在争论协调之中。小林说邻县和宁海属于两个地区，湘九哥你是军人，跟省民政厅熟悉，而且你了解历史情况，你一定要帮助我们去省厅做做工作。更难堪的是在一九九四年年底，湘九再次回到山头，邻县已属于作为副专员的他的管辖范围。

小林带着整个大队领导班子向他要公道，话一直说到不能好了伤疤忘了疼等等。天哪，湘九悲伤地指着田湾山方向对他们说，那块石碑不是早就被人扔进海里去了吗？你们怎么会没完没了地记着它！

这涉及主权问题。大队干部，包括杨加和这个县领导，一致用他当年煽风点火的语言还治其身，你懂不懂啥叫主权?！

去他妈的主权。都是中国人争什么主权不主权！湘九觉得自己当年心里其实就是这样想的。他在山坡上挖一个坑，王识真栽一棵树，基本上栽的是小松树苗。按照王识真的说法，应该栽泡桐之类的经济林，松树的树种会由鸟儿衔来，自生自长的。湘九说管他什么松树什么泡桐呢，我们主要是来海上散散心的啊。

这趟风平浪静的海上之行给湘九心旷神怡之感。后来他热衷于渔猎和航海。他在黄昏时撑着一条小船从村外的小河出发，缓缓地驶向港湾。微风把腐烂的芦苇、池沼的泥土、被夜露打湿的青草的混合气味送到他们身上来。晶莹的星星在无际的深蓝色的天宇上闪烁着动人的光芒，湘九和知青伙伴们享受着海港宁静的夜晚。水深了，高维庆摇起木橹，夜风贴着海面吹来，犹如滩际的浪花层层扑岸、阵阵拂面。高维庆说这里可以建一个大水库，御咸蓄淡，排涝灌溉，挡潮防洪。

那天夜里，湘九跟渔业大队长老陆一起坐在海边。渔船天亮时就要下海了，高维庆说你们卜船休息一会吧。

陆大队长说，我们把船推下去一点，涨早潮时，一解锚就可以出海了。

湘九和连森弯倒了身子，扶住渔船船尾的左右两侧，老陆站在船尾中央，一起奋力将船顺着滑腻腻的泥滩往下推。

谁也没想到上首泊着的一艘渔船松了锚，那样迅速地滑下来。由于他们推船时把泥滩推得光滑如镜了，那艘大船就飞快地顺坡而下。砰的一声响，湘九愕然回首，身体震得陷在了泥泞中。湘九和连森狂喊陆大队长陆大队长。他们跌跌撞撞地爬起来奔过去找他，看到陆大队长夹在两艘船中间，已经昏死过去了。

海滩上黑黝黝的，凄凉的湘九们在夜风中抖得如凋敝的树叶，他们跪下去，将脊背和双脚死死抵住船身，把陆大队长拉出来。他们骇然地看着他，看到他嘴角冒出一注一注的鲜血。他们把他往堤岸上拖去。湘九对连森说你快去山头叫人，叫卫生所的医生，叫陆大队长的家属来！

连森连滚带爬上了堤，他跑得像一只惊枪兔子。高维庆从船舱里奔出来，惊慌地往下跳，一下陷进了泥滩中。湘九跪在陆大队长面前，他哭泣着说，陆大队长你醒醒，你快醒醒啊！

我不……不行了……湘九，我……我对家里放心不下……

陆大队长竭力睁开眼睛。他的话断断续续，像是有许多小老鼠在啃着湘九的心。他说，我的大女儿十七岁了，叫她招……招个女婿进门，帮她娘把弟……弟妹们带大。湘九鸡啄米一样点头。他害怕极了，他只在电影里看到过这种临终遗嘱的场景。

高维庆从泥浆里探出上身。他喊，把他背到边防哨所去，那里有卫生员，有抢救药！

夜幕黑暗，只见远处若明若暗的灯火，湘九站起身又跌倒，陆大队长的血从他的肩膀上往下淌。他的躯体沉重得使湘九每迈一步都如走入绝境。高维庆终于追上来了。他扶住湘九，湘九跪在地上说，你帮我背……背一下他，我也要死……死了。

哨所的军犬终于汪汪地叫起来了。几个士兵跑出来，手电筒的光亮照射到他们身上。救救他，救救……湘九的声音微弱如丝，听起来濒临死亡的好像不是陆大队长而是他。

士兵们蹲了下来，疑惑地看着被泥污和血浆涂满全身的三个奇形怪状的人。

陆大队长最后说的一句话是：

我不能带……带你们出海了……

湘九在床上整整躺了三天。

三天后湘九醒来，听到玉和姗姗、爱年的说话声，她们商量着买一对绣花枕套送给湘九。

湘九有气无力地说，为什么要送我一对绣花枕套？阳光照进知青宿舍破败的小窗，照在他苍白的脸上，他睁着困惑的眼睛。姗姗说，小陆马上要当大队妇联主任了，很可能还要调公社去当干事吃商品粮呢。她是长街初中的毕业生，文化比你还高呢。她爹临终前招了你这个女婿，这真是你的福气啊。

绝地行走

湘九呆若木鸡。

他从床上下来，晕晕乎乎地向大姐姐们要一碗粥喝。他好像在听一个天方夜谭的故事。哨所的士兵们说他背着渔业大队长爬了整整三里路。大队为此专门开了一个会，会上说湘九改造得很好，可以给贫下中农做女婿了。陆大队长的妻子也表了态，愿意招湘九进门。湘九想这个故事一定是高维庆编出来的。

高维庆，我日你祖宗！湘九悲愤地大喊大叫。姗姗吓得差一点又昏过去了。湘九扶着墙，跌跌撞撞地往门外走，大姐姐们赶紧拉住他。她们叫来了高维庆，他刚从陆大队长的坟上下来，抬棺材前喝了整整半斤烧酒，进门时踉踉跄跄，脸若重枣。

你说过他要招个女婿进门，高维庆说，他不想招你，为什么要特意关照你？

湘九抓起床上的枕头向他扔去。高维庆逃到楼梯口，气呼呼地说，你当了陆家的入赘女婿你就改变了成分，你这个人怎么如此不知好歹！湘九抓起一只搪瓷碗又向他扔过去。湘九说，滚，你为什么不去给贫下中农做入赘女婿？你这个卖友求荣的家伙！

高维庆站在楼梯上，他的笑容很恍惚。我确实想给贫下中农做女婿，他说，脸上有一种听天由命的迷茫表情。我要娶个最穷的女人做老婆，那样，我的麻烦就会减少许多，我就可以安心在这里修水利造水库了。

湘九木然地看着他，有一种心惊肉跳的感觉。阳光淡了，晚霞如鲜血迸溅开来，高维庆凛凛一躯，站在血色黄昏中犹如圣徒，一屋子知青欲哭无泪。

湘九返城那年，高维庆走进山头大队最贫困的一户农家，跟一位老人说他愿意娶他的女儿为妻，老人惊呆。老人的女儿曾经嫁到长街，因娘家太穷而受尽男人的虐待。老人直瞪瞪地瞧着高维庆严肃认真的面容，半晌才说，你……你不是在跟我寻开心吧？高维庆拿出一个红纸包，里面包着两百元钱，说给他女儿做几件衣裳，老头子才相信了他不是恶作剧。老头子捧着红纸包，走到女儿房里去，老头子说，女儿啊，你遇到好人了，好人来救你了！接着就用颤抖的双手蒙住了老泪纵横的脸。

萧瑟惨淡的天地之间阴气逼人，晚风吹拂着一座新坟前的衰草，发出塞塞窣窣的响声。湘九走两步歇一歇，终于走到了陆大队长的坟前。他跪下来，给陆大队长磕了三个头，起身时听见身后有脚步声，有人迟疑地向他走来。一滴眼泪落在他脚旁，湘九一惊，回眸见到十七岁的少女小陆。少女如一只疲倦的小猫蜷缩在墓碑旁，怯怯地看着少年湘九。

湘九哥，她说。

小陆，湘九说。

湘九哥，我还小呢。

是的，你还小呢，湘九说，你不该结婚，你是个中学生，应该晓得这个道理。

谢谢你，湘九哥，真的很感谢你。

湘九笑了，跟她相视而笑。这是一对少男少女之间的秘密，多少年来，湘九没有跟任何人说起过。当这桩人们以为板上钉钉的婚事却突然销声匿迹后，许多困惑莫解的人拐弯抹角问他。湘九说，陆家的人有些犹豫动摇，因为他的成分实在太差，有可能影响小陆去吃商品粮。这是很合乎逻辑的一种解释，不少人因此而替他感到惋惜。

小陆怎么跟家里说的、怎么跟大队说的湘九不知道，他猜想不外乎也是这个理由。再就是年龄实在还小，违反婚姻法。即使在许多法律都已名存实亡的年代，对于一个可能出任大队妇联主任的姑娘来说，还是有所顾忌的。

一九八九年，杨加和陪着湘九在黄昏的宁海县城散步。他们走到一条热闹的大街上，杨加和指着一家百货公司说，这是小陆开的，她从乡妇联主任的位置上辞职后投身商海，生意越做越大，现在已是一个名副其实的女强人了。湘九进了商场，看到琳琅满目的服装和家电，顾客们流连忘返。杨加和问营业员，老板在吗？营业员跑进办公室去找来了小陆。小陆疑惑地看着眼前这位中年发福的军人，几秒钟后才说，真的是湘九哥吗？我怎么觉得像做梦一样。

湘九大笑。他觉得自己也在梦中。他面前这个烫着卷发穿着职业套装高跟鞋的女强人，哪还找得出半点那个怯生生的乡村少女的影子啊？

霓虹灯下，法国香水的气味扑面而来，湘九在晕乎乎中又一次深切地体会到了人生之阴差阳错。

他回忆起十九岁那年冬天时总是想起一场鹅毛大雪，纷纷扬扬地从空中飘落下来，没有了路，没有了房子，只有坑坑洼洼的一片白色。他深一脚浅一脚地在雪地里走，穿着一双露出脚指头的破胶鞋。棉袄上掉了两颗扣子，他将一根草绳系在腰间，他的棉帽子耷拉着两片护耳，整体形象就是一个叫花子。这个叫花子刚从松岙水库的工地上收工回来。

他在公路边上走着，迎面驶来了两辆解放牌卡车。

老乡！海军雷达站怎么走？

湘九朝周围看看，他的周围没有"老乡"。湘九抬起头，迷惘地看着驾驶员。驾驶员将车窗放下，半个身子探出窗外。问我吗？湘九说。驾驶员笑了，车上的一群姑娘也笑起来。是啊，年轻的驾驶员说，这里不是只有你一位老乡么！

这是一群同龄人，他们和湘九的差距却是天堂人间。他们都穿着国防绿的军棉袄军大衣，鲜红的领章帽徽映着白雪，欢快而妖娆。当湘九的眼光掠过一个个快乐的姑娘，蓦然停留在其中一位少女脸上时，他感到自己的心脏停止了跳动。他的眼神迷离起来，嘴唇无力地翕动。

阿苹！——他在叫她，但是没能叫出声音。阿苹却只瞥了他一眼，就转过身去不知跟身边的女兵们讲了句什么笑话，女兵们嘻嘻哈哈笑成了一团。湘九想，她是不是在说，这个老乡傻傻地看着我们像不像一个花痴？

风在不停地改变方向，迎面吹来的雪花糊住了他的眼睛。雪化成水，嘲弄地抚摸他的脸，他冷得浑身发抖。他听见空气中有一种物质碎裂的声音，这声音使他的表情扭曲。他想起国华告诉过他，阿苹和她的哥哥、弟弟一起去了黑龙江。

但是，他却在这里看到了她，而她已经认不出他了。

事实上岳王新村的年轻人大多下了乡，又大多很快地当了兵。姑娘们进了宣传队，在那个年代，这是全中国年轻人最羡慕的一条出路。她们当的兵大多离家门很近，军营的门好像是专为她们家所开的。

老乡，你不知道通往雷达站的路吗？驾驶员不耐烦地再次问他了。

湘九从遐想中回到现实。他举起手，竭力挺直腰板，他的样子很像城市里十字街头一个模仿交通警察的疯子。往右转，他挥着手说，绕过长街镇，从山脚的公路上去。他的普通话那么标准，车上的人为之惊讶。

望着卡车在风雪中远去，他踏着雪白的荒野回到宿营处。当地知青说，今晚上去看演出，省军区来了一支宣传队。他接过连森递过来的一碗番薯烧酒，猛地喝了一大口。他脸色绯红地说，你们去吧，我不想去了，我已经见过他们了。

凌晨三点，湘九被一阵敲门声惊醒了。他披衣而起，被一束手电的强光炫得睁不开眼睛。他喊：你们是什么人，搞什么名堂！闯入的人说，起来，都起来，站到墙角去，老老实实接受搜查！湘九以为是当地民兵，他欲反抗时却看到了公安和军人。湘九抖瑟瑟地站在墙角里，看到窗外白茫茫灰糊糊一片。狗在村庄里叫。雪停了，军警们严厉的怀疑的目光比雪原更具杀伤力，使他们的心灵都冰冻了。

罪证从当地一名知青的枕下搜出：一只公文包。钱不多。他身上还盖着一件灰色的海军棉大衣。

太阳出来了，阳光很寒冷。湘九站在村口一棵梧桐树下，看着这名戴上手铐的知青被军警们押送离去。树上的叶子早已落尽，剩下许多混乱的枝丫在风中抖动，抖落的雪掉在湘九身上，他浑然不觉。湘九摆脱不了沮丧和内疚的情绪，他觉得这个知青的一念之差跟自己讲述的童年故发事有某种联系。

他想起昨晚上连森给他喝的那碗烧酒，想起酒不醉人人自醉这句老话，他在醉意中回想往事，说起他跟阿苹坐在电影院观看《流浪者》时的对话。丽达还会去监狱看望拉兹，不过五年时间，阿苹却认都认不出他了。

这个知青听完了他的故事，当时他什么话都没说。后来他就去山上的雷达站看阿苹们演出的《红灯记》了。他为什么要转到宿舍去偷窃军官的皮包和大衣？他以前并没有这方面的劣迹。

据说公文包里没有机密文件，但是有一支五四式手枪。湘九看到乡民们在冰冷彻骨的河里打捞这支手枪，他抱着头，蹲在河滩上，他不断地自责：为什么我要跟他们讲述我的童年？

整个冬天因此更加漫长而寂寞。湘九回到山头，知青们都回杭州过年去了，宿舍里只剩下高维庆、小成、吕劲和他。高维庆已经无家可归，他的哥哥因为帮他收购粮票被抓走了；他的弟弟在上海，给舅舅做儿子，而他的舅舅，上海一所著名中学的校长，已经跳楼自杀。李少华来到山头那一天，他们连一块豆腐乳也拿不出。湘九说怎么办呢，少华要去一市煤矿当工人了，我们总得为他饯行一下吧，做餐好饭请请他。

高维庆说，小成你去搞条狗。

小成搞来了一条小狗。这条狗太小了，高维庆在河边杀它时湘九背过身去不忍看。高维庆说，湘九你去烧水吧，这狗太小了不能剥皮，否则还剩多少肉呀。湘九在灶上煮黄豆焖狗肉时少华到了。那时他们身上连买盐的钱都没有，湘九把半碗辣椒倒进锅里。湘九说，少华，这是我们在山上打的野物。少华说是一只"竹狗"对吧，乡民们把山狸称为竹狗。

集邮迷少华下乡时是个中专生，但是个子瘦小的他看上去比湘九更像一个少年。他和一位名叫大方的少女被分到一个偏远的小山村。大方从小没有父亲，母亲因为历史问题进了劳改农场，她把整个家搬到了农村。少华背着她的脸盆扛着她的马桶走向暮色中的小乡村时，那幕滑稽而苍凉的情景给湘九留下深刻的印象。湘九看过他收藏的所有珍稀邮品，他们在四壁漏风的知青小屋里抵足而眠。

少华梦幻似的说他要当一名机电工程师，当一名大集邮家。湘九跟他一起做梦，他说，我的理想是亦文亦武，当兵要当到将军，写作要成为一流的小说家。

小说家请集邮家吃的这顿饭令少华耿耿于怀。三十年后，李少华把自己遭遇的一连串痛苦不幸归咎于湘九骗他吃了那只无辜的小狗。第一次，他为抢修发生故障的矿井设备，被出轨的矿车压断了右腿和腰椎骨。第二次，他被一辆肇事的拖拉机撞成重伤。第三次，已经五十岁的他到了珠海，以一条假肢支撑着重残之躯，担任起某家特区工厂的总工程师，在一次生产事故中，被熊熊烈火造成大面积重度烧伤。全中国的邮友为之震惊，称他为"中国邮坛的保尔·柯察金"。当无数鲜花伴着同情的语言到达他身边时，唯有湘九骂他，强迫他扶着桌子、扶着墙壁站起来，重新迈出他的脚步。少华说，你这个法西斯分子，你没有一点人类的同情心！湘九说，同情能当饭吃吗？能当饭吃的话我可以专门写一本书同情你、歌颂你和赞美你；可惜这都没有实际意义，实际意义就是你必须重新站起来，重新开始属于你自己的生活。

少华说我的心地那么善良，做了一辈子好事，我干过的唯一坏事就是吃了你骗我吃的那只"竹狗"的肉。湘九说，也许你前世造过许多孽呢，你当过奸商，坑害过老百姓；或者，你当过将军，一将功成万骨枯，这辈子要你偿还孽债！

阿弥陀佛，少华的妻子玲玲说，我明天再去一趟灵隐寺，求求观世音菩萨，保佑我们的来世吧。

玲玲也是山头公社的杭州知青，跟陈明一个大队。有一段时间，他们在公社办的榨菜厂做临时工。一起做榨菜的除了他俩和湘九，还有大青大队的杨义承。杨义承也是一名理想主义者，想在海边办盐场，想做教师，后来他一直做到农场中学的校长。玲玲的母亲在女儿下乡前后曾经去各个居民区作报告，宣传农民们对知青的欢迎，宣传插队的幸福生活。后来，有一天，她到了女儿插队的地方，目睹玲玲的生存状况后，她痛哭失声；此后，她的脑子就变得跟姗姗一样迷迷糊糊了。

大青的知青大组长名叫园园。园园不仅当了团支书，还进了大队革委会。他和老林一样，夏天穿一件渔网般的破汗衫，裤管挽得高高的，小腿上永远地沾着一些泥浆，看上去像是刚从田里上来。有一天园园把湘九叫到公社，要他交代跟大青大队一位知青的关系。那位知青串联时到过"边境城市"，有"妄图偷越国境"之嫌。

湘九说我只是认识他而已，他妄图不妄图跟我有什么关系？

园园耐心而严肃地开导他。园园说，他曾经跟别人说过他很钦佩你。他为什么要钦佩你？

伟大领袖教导我们：凡是敌人拥护的我们都要反对，他拥护你你为什么不反对？

我不知道。湘九说，难道一定要他讨厌我，我才高兴吗？再说我又没有跟他一起"流窜"过边境城市。

他们僵持在那里，从早晨一直僵持到中午。园园吃饭去了，湘九不敢离开，他不知道下一步还会对他采取什么措施。

那天公社开会，杨加和走过门外。湘九叫他一声，杨加和诧异地说，你怎么坐在这里？湘九把园园找他谈话的经过告诉他。杨加和认真地思考了一会儿说，伟大领袖是不是教导过我们饭是要一口一口吃的？

湘九也思考了一会儿，说，伟大领袖好像是这样说的。

那你还不一口一口地回去吃饭？杨加和眨眨眼睛说，公社连我的饭都不管，还会管你的饭吗？

湘九飞快地离开公社，回去一口一口地吃饭了。下午他见到了老林。老林说园园找你谈话，你怎么跑回来了？湘九说加和叫我回来的。加和说饭要一口一口地吃，大青大队那位知青都还没有被关起来呢，你们凭什么关我？

这件事就此不了了之。十年后湘九当了船厂供销科科长，园园当了仪表厂供销科科长，见面时湘九老话重提。园园说，我早就忘记了你还记得，你的记性是不是太好了？

有些事是应该忘记的，湘九由此而提醒自己。比方说马儿家里的故事。阿维向马儿说，老是记着从前的故事，你们这户人家就不像一户人家了。

阿维在众安桥小学比湘九低两级。阿维住在石贯子巷。童年时，阿维跟在湘九后面好像他的马仔。湘九从农村回城时，常常请他吃油渣面。

马儿是阿维的初中同学。马儿的父亲儒雅博学，在湖滨开一家书画社，兼营古玩。工商联开会时，许多资本家推选他当委员。因为他的父亲马儿的祖父也是老板，他们很信任他，三反五反，偷税漏税，遇到问题总是跑去跟他商量。

那一天阿维去看马儿，看到马儿的父亲站在一张长条凳上，一群红卫兵小将挥舞着皮带批斗他，要他老实交待剥削劳动人民的罪行，交待他的历史问题。烈日炎炎，汗流如注，马儿的父亲两条腿瑟瑟发抖，胸口挂着沉重的木牌子，铁丝陷进槽头肉里。

一皮带打过去，他的额上裂开一道口子，又是一皮带，鲜血涌出他的嘴角。马儿的母亲从屋子里跑出来抱住丈夫，她哭喊着不能打啦，再打就要出人命啦！小将们又是一阵拳打脚踢。她的哭喊声被小将们的怒吼声所淹没，他们高喊：砸烂资产阶级的狗头！火烧资产阶级，油煎资产阶级！

奇迹在那一刻出现。马儿的父亲从地上爬了起来。他跪在满是碎玻璃渣子的天井里，张开双手喊了一声"天！"天那么热，人们却觉得有一股阴湿的寒风在墙门里呼啸着。这个被疯狂的暴力搞得奄奄一息的男人，脸色仿佛石膏那样白，眼睛好像炭火一样红。面对着这群夺他命的小将，他用手背揩了一下唇际的血，一声长叹之后，一个字一个字地说道：

老子参加革命的时候，你们还在娘胎里呢……

把派出所所长叫来！把分局局长给我叫来！他喊。

人们都以为他疯了。妻子抱住他，拼命地摇他，呼唤他。他的眼泪伴着污血连续地滴了下来。最初的惊愕过去之后，又一名小将抢起了皮带。他妈的，你竟敢冒充革命者！他的愤怒立时引起围观者的共鸣。他们在笑骂声中拖开马儿的母亲，咬牙切齿，摩拳擦掌。

所长赶到了，局长也赶到了。他们冲进人群，强行抬起这个昏死过去的浑身血污的生物，送上一辆吉普车呼啸而去。阿维打了一盆水，送到马儿的母亲跟前。这个素有洁癖的妇人，上海一家药房老板的女儿，蓬头垢面坐在床边，不洗不喝，不言不语。那一天，她家的子女都不在，父母事先知道要来抄家的消息让他们都避了出去。

傍晚时分，马儿和妹妹终于回了家，马儿转身冲出门去找他的父亲。

太阳晒了一整天，地上蒸出了一种怪味儿，像是尸臭，又像是甜甜的血腥味。湘九记得，自己跟着阿维去马儿家是在此事发生一个月后的黄昏，那个黄昏天井里的知了都沉重得叫不出声。马儿的母亲躺在楼下的小房间里，面对着墙上一位老人的遗像默不出声。马儿说那是他的外公，三反五反时因为偷税漏税，还因为把过期的药品卖给志愿军而被捕死于狱中。母亲说，外公肯定是被他的女婿所揭发检举。她的身边，原来深深地埋藏着一颗定时炸弹。

湘九说，马儿，你是因祸得福，你的家庭出身由资本家变成革命干部了。

客厅里出现了一种类似于停尸待殓的压抑气氛。马儿在苦笑，笑容恍惚如一个梦游病人。他的父亲在四十年代后期参加组织，一直到"文革"风暴来临时都没有公开身份。现在他把自己公开了，因此而受到一个严厉的处分，接着，成为一名处级干部。马儿说，所有的亲朋好友都避之唯恐不及，历次运动中跑来跟他父亲商量过对策的人都在痛悔不迭。这些人是他的外婆和舅舅阿姨表哥表姐，过年时给他压岁钱，下乡时为他整理行装。马儿说，我该站在母亲这一边还是站在他这一边？

马儿站在母亲这一边。马儿的妹妹也站在母亲这一边。他们笨手笨脚地做好晚饭，请母亲从床上起来吃饭。湘九说，我去请伯父从楼上下来吃饭吧，你们终归是一家人。马儿母亲惊恐地抬起头，不！她喊，她的眼睛像猫似的发出绿光。我不想见到他，在他面前，我一粒米饭也吃不下去！

湘九的情绪被彻底破坏。他跟阿维走到楼上，看见马儿的父亲坐在书房里。书房很雅致，书桌和书橱都是紫檀木做的，散发出一种古老的神韵，但是书房里的人却显得那样的落寞。阿维叫了一声伯父，伯父您想吃什么我给您去买吧。马儿的父亲摇摇头。他说，谢谢，我不饿。中午，我叫马儿去买一碗面，马儿说，你给我多少工钱？没有工钱他就不去买。

如果总是记着从前的故事，生活还怎么继续下去呢？湘九问马儿，也问自己。他知道马儿的心里也很苦。他相信迟早有一天，马儿会恢复他们父子间的关系。但愿他们的心底深处不要因此而留下一条裂痕。马儿的父亲自有其可敬之处，忍辱负重二十年，一般人怕是很难做到，除了纪律，他自然也有其信念所在。

不由自主地浮想联翩，湘九暗自吃惊。这种事存在的可能性不是万分之一、十万分之一，也许是百万分之一、千万分之一吧，怎么可能在自己身上再现呢？

回到家里了，湘九却看着母亲在厨房和井台边操劳的身影愣了半天。他仍然摆脱不了这种荒谬的想象。他想，万一有一天，遇到与马儿家同样的事情，我的母亲会不会跟马儿母亲一样地接受不了，一样地变得不能自制呢？

不会的，湘九对自己说，不可能的。马儿的母亲是小姐出身，亲眷都是资产阶级。他的母亲却是工人的女儿，父亲更是放牛娃出身。从理论上说，他们更容易接受为穷人闹翻身的理想和信念；以实践而言，母亲经历过的刀光剑影和风云万变，更是超过了马儿的母亲何止百十倍啊。

吕劲背着一把二胡悄然离别山头的形象沉重地落在湘九的记忆里。那天早晨他对湘九说，我饿得走不动路了，你再请我吃一顿饭吧，吃饱了我给你拉一曲《病中吟》。湘九煮了一斤米饭给他吃，他连锅巴都吃得一点不剩。他把刘天华的曲子拉得如泣如诉。湘九听得很辛酸。

湘九说算了吧，你不要走了，饭总是有得吃的。吕劲放下胡琴说，历史上的音乐家都是不肯死守一方的浪荡子，他们漂泊于名山大川，汲取古乐民谣精华，我的手跟他们的手一样，不能被锄头柄所糟蹋了，我也要浪迹天涯。

湘九终于没有拦住他。湘九以为吕劲会像从前那样自己回来，或者由大队派人将他从遣送站领回来。大队干部给他称几十斤米，警告说，你不要再去流浪了。吕劲回到宿舍蒙头大睡，醒来后自己做饭，吃完了这些米后再作新的打算。

　　湘九想错了，这一回，吕劲一去不返。半年后，有关他的传闻断断续续到达山头，有的说他在卖唱，有的说他在讨饭，也有人说他当了小偷，被抓进民兵指挥部，手都被打残了。听到这个消息时，湘九正在读鲁迅的小说《孔乙己》。他闭上眼睛，吕劲的形象与鲁迅笔下的孔乙己重叠在一起，沉默良久，一滴泪，落到书上。湘九操起剃头工具，寻找吕劲去了。

　　整整一个冬天，湘九流浪在浙东沿海的城镇乡村，白天给人剃头，夜晚寄宿村舍。客气的人家让他睡卧室，盖新郎新娘的花棉被，不客气的人家让他睡在稻草堆里。不舍得烧热水的人家让他用冷水蘸着肥皂刮脸，刮破一点皮就不付剃头钱了。湘九和气生财，不敢和人家争论，人家放出一条狗来咬他，他只能逃之夭夭。

　　湘九多少也有一点洁癖，每天要洗脸洗脚擦身子，否则就睡不着。湘九还有一个习惯：睡前要看一会儿书。这让他显得与众不同，引起别人注意。有一天，在石浦港的一个渔村里，一位回乡探亲的军人敲柴房的门，柴房里躺着湘九。军人说，我觉得你好面熟，我想起来了，前年春天我去宁海山头征兵，人武部部长不许你报名。

　　湘九坐在一张竹榻上，窘迫地搓着双手。前年春天湘九十八岁。十八岁的他在适龄青年征兵动员会上填了一张表。当他挤进人群把表格交给公社人武部部长时，部长当众撕毁了他填的表格。你怎么混进会场来的？部长说，你当兵的可能性只有万分之一！湘九当时遭受的难堪和屈辱，连这位征兵的排长也看不下去。排长拉住他的手说，你想当兵没有错，当不当得成是另一码事。排长说小伙子别难过，只要你坚持自己的理想，条条大路通罗马。

　　湘九其实早就认出了排长。他说对不起，我不好意思叫你。排长已经当了副连长。副连长是读书人出身，看到湘九油灯下放着一本翻烂了的高尔基的《人间》，感到特别亲切。他说，你有没有文体特长，声乐、器乐、舞蹈，或者打乒乓球什么的？如果有的话，我向部队首长反映，说不定可以照顾一下。

　　湘九摇摇头。他没有这方面的特长。这些项目他都只会一点点，至多三脚猫的水平。他说，即使达到了专业水平，以我的政治条件也属枉然，没有一个首长敢担这样大的风险。

副连长一时无言以对。他回卧室去拿了一双军用胶鞋出来，送到湘九手里说，你的鞋太烂了，换一双新的吧。

湘九穿着这双新胶鞋回到山头，看到弟兄们都在摔摔打打地发牢骚。这一年分红，知青们都是倒挂户，不但没有一分钱分到手，粮食都很成问题。湘九说，做生意吧，饿死不如犯法。连森说做什么生意，跟你一样剃头去，还是爆爆米花？做一天工糊一天口而已。湘九对高维庆说，老大，你动动脑筋，有没有什么可以糊弄人的项目？

高维庆也撑不住了，上海的弟弟还在读书，舅舅死了，他要给弟弟寄学费生活费，只好把建设新水库的宏伟计划暂时搁一搁。高维庆说城里有一种新产品叫耀白剂，很小的一瓶要卖一角三分钱，洗衣服洗帐子效果很明显，不知道是否能为我们所用？

他们说干就干。

几个人先到了县城。县城没有耀白剂。他们又赶到宁波。湘九没想到青霉素针剂大小的一瓶耀白剂，居然卖得这么贵。他按照说明书上的用法，把洗净的一件白衬衫放在一盆清水里，浸泡了半天后晾起，衬衫慢慢地干了，果然洁白耀眼。

高维庆泡在旅馆里研究它的化学成分，又是去书店找书，又想回杭州找中学时的化学老师。湘九说太麻烦了，你的老师也未必能说出什么名堂来，弄不好要进实验室，学校的实验室都被学生砸烂了，我们如何耽搁得起！毛三说，明天就住不起旅馆了，更没有买车票的钱了。他说我连做贼的心都有了，下午跟连森在车站附近的街头巷尾逛了一圈，他娘的宁波人真穷，从窗子里望进去，好多人家连闹钟都没有一只。

几个人凑在一起，才凑出五角钱。一人吃一个馒头，剩下的钱买了站台票。他们上了火车，做贼心虚地东张西望，看到乘警和列车员走过来，赶紧溜进后面的车厢。他们一直溜到最后一节车厢，望出去只有不断向后退去的铁轨了。高维庆说，如果查票查到这里，我们只好跳火车了。

过年没有回家，快要春耕却突然回了家，家里人自然有疑问。湘九说记挂母亲。母亲半卧在床上，脸色不太好。她说，天津在闹武斗，给你二哥写封信，叫他回来躲避几天吧。

二哥没有回来。这天早晨，却来了一个八竿子也打不到的亲戚。

小伙子名叫群仆，来自成都。他是湘九的大姐夫的堂姑姑的儿子，父亲担任过重庆一家大型钢铁企业的党委书记、省重工业厅厅长。他母亲据说打游击时擅使双枪，彼时也属高干。湘九在延定巷五十四号风雨飘摇的陋屋里审视这个比他小一两岁的少年，看得这个眉目清秀的少年低眉垂睑，局促不安。过了好久，湘九才说：老实交待吧，犯了什么事逃出来的？

打架。小伙子叹了一口气，终于向他坦白。他们欺侮我们，骂我们是黑帮子女，拿刀砍我们，我们不得不奋起反抗。

我们？湘九说，你和你兄弟，还是同学朋友？

我的兄弟，还有几个同学。他们人多，我们打不过，我捡起一块石头，打伤了一个人。

这个人的年龄比你大还是比你小？

他比我大三岁呢，个子比我高，块头也比我大。

没把人打死吧？

小伙子又低下了头，瞧着脚下的破皮鞋。那是一双高腰军用皮鞋，底都磨穿了，可见他一路上风餐露宿，吃过不少苦。他说，他被送进医院去了，究竟伤到什么程度，我得等家里来信了才会知道。

湘九挥挥手，叫他去井台旁洗一洗。他进了里屋，跟母亲说，您都听见了吧，这么远的高干亲戚，平时根本不可能上我家来，听说成都闹武斗闹得比天津更凶，你看怎么办？

母亲在发烧，显得很委靡，但她的语气却很肯定。是人就难免有落难之时，她说。既然人家找上门来了，还能推出去吗？俗话说虱多不痒、债多不愁，哪怕天塌下来也就是这样了。

母亲的沉着镇定又一次令湘九讶异。在那个特定的年代，天与地幻化成一片新的混沌，人的心灵却比大海比天空更辽阔，湘九从母亲身上深刻地体会到这一点。无事不胆大，有事不胆小，湘九再次聆听母亲的叮嘱，感到心境自然而然地平静下来。是的，天塌下来也不过如此了。

湘九对群仆说，委屈你了少爷，今晚上就跟我挤一张小竹榻吧。

陌巷里突然来了一位少爷很引人注目，群仆的言谈举止处处显露出他的生活环境曾经很优裕。他的肤色比曹治更白净，普通话像播音员一样标准，穿着也和曹治一样考究。湘九的棉袄里光着膀子，群仆的外套里有毛衣、衬衫和汗背心。湘九发现好事的邻居已在打听他的来历，他把自己的发现告诉母亲。母亲深思熟虑地说，叫你二姐来一趟吧。

二姐家毕竟比延定巷五十四号宽敞多了，群仆不至于窘迫得连转个身都感到困难。二姐家的背景放在那里，来了这么一个亲戚不引人注目。

暮色漫漫而来，朦胧的晚风将薄霜轻柔地拂去，湘九送群仆去二姐家，警告他不能露出马脚。他说，你只说成都太乱了你父母让你出来，以避免卷入武斗就是了，父母怕你被别人带坏了，你明白吗？群仆说明白。湘九在暮色中恶作剧地大笑。他说，你还可以说，你父母知道杭州有位湘九是个品学兼优的好少年，所以让你来向他学习，争取做一个跟他一样好的接班人。

群仆疑惑地朝他看着，半晌才说，我听明白了。

你明白什么，湘九收起笑容说，很可能我比你坏得多了！

群仆住进二姐家的第二天，湘九找到高维庆毛三连森。

我找到窍门了！湘九在大王庙巷十七号连森家里兴奋得手舞足蹈。我买了一包小苏打粉，四角钱一大包！我把十瓶耀白剂和一包小苏打粉拌匀，放一点在清水里，衬衫马上就发白了，比原来需要浸泡半天的毫不逊色！湘九挥舞着双手说，我从来没有学过化学，我是一个天才，我的确是一个天才啊！！

这个小学文化的少年，确实从没上过一天化学课。歪打正着，使他怀疑自己真的跟化工有缘。这个缘分将在三十年之后成为事实。扮演过农工兵学商政等多重角色后，湘九被安排供职于一家科技型石化企业，那时，他才知道这个行业与他相隔有多远。从几乎是一无所知到评上高级工程师，他像行驶在西藏高原上的一辆破卡车，不知吭哧吭哧地爬过了多少高坡，又气喘吁吁地穿过多少隧道。

那时候却是谁也想不到湘九会有这种缘分。高维庆说他在胡说八道。他们怀着姑妄一试的心情又去买来耀白剂和小苏打粉，试验的结果却真的令他们瞠目结舌。

连森家的小院落一片欢声笑语。四角钱一包的小苏打粉和一元三角钱的耀白剂拌匀后，他们分包成一百多包"荧光的确白"。这个名字也是湘九取的。他说新发明的衣服料子叫的确良，这个东西就叫的确白，能给人以一种高科技新产品的感觉。湘九还刻了一颗图章，在包装纸上印上"荧光的确白，一九六九年上海化学新产品"的字样。

出发时增加了一个孝仔，分成两组，高维庆毛三孝仔直奔宁波，连森湘九从萧山、绍兴、上虞、余姚一路卖过去，最后到宁波会合。定好的价钱是一角钱一小包，而成本不到一分五厘。

湘九和连森出现在绍兴街头时，两个人的鼻梁上都架着一副墨镜，看上去既老练又不太会被熟人认出。春夏之交，湘九拉着一个围观者的白衬衣下摆说，试试看吧，立见功效。他捧起搪瓷碗，把对方的衬衫下摆浸进水中，人们发出了惊讶的啧啧声。浸过药水的部分变白了，与没有浸到的部分形成了鲜明的对比。

黄昏时分，连森湘九快乐地走在绍兴街头。他们看到许多人家晾出的蚊帐和衬衫，一块黄一块白惨不忍睹，他们把肚皮都笑疼了。他们走进一家饭店，要了一壶黄酒，像孔乙己一样问伙计茴香豆的"茴"字有几种写法？阿Q，他们喝得醉醺醺地互相指着鼻子说：你是阿Q。

他们真的很像阿Q。

但是，第二天上午，他们在老地方刚开始叫卖，有个老太太就揪住了连森。骗子，老太太说，你们是骗子，我的一顶蚊帐被你们糟蹋了！围观的人开始起哄，连森狼狈不堪。强作镇定的湘九说，是不是一块白一块黄了？老太太说是的。湘九说，这怎么能怪我们呢？你只买了一包荧光的确白就想洗一顶帐子啊？有的地方浸透了有的地方没有浸透，当然是一块白一块黄了。

湘九建议老太太再买两包荧光的确白，老太太不肯买。老太太揪着他们，要他们赔她的蚊帐。围观的人群分成了两派，一派说他们强词夺理，另一派批评老太太胡搅蛮缠。他们妨碍了交通，一个警察走过来说，谁叫你们在这里叫卖的，有证明没有？走走走，跟我去派出所说清楚！

湘九和连森拔腿就跑，围观的绍兴人在他们身后哈哈大笑。警察没有追上来，他对人们说，散了吧，该干什么干什么去，不要妨碍交通！湘九逃过两条街，隐隐约约还能听到老太太唱戏一样的叫骂声。湘九累得瘫在路边上。连森说，走吧，绍兴的生意不能做了。

他们坐在火车站的月台上。他们的目光痴呆呆的，像两条昏沉沉的病狗。有人认出了他们，远远地对他们指指点点。火车来了，他们有气无力地走上列车。认出他们的人也上了车，"骗子、骗子"的声音萦绕在他们的耳边，他们只好捂住半边脸孔面向窗外。

他们在上虞叫卖了半天，连夜赶到余姚。打一枪换一个地方，湘九说，我们必须坚决执行伟大领袖的游击战争思想。

傍晚时他们蹲在一条护城河边清理战果，他们的口袋里有一大把硬币叮叮当当。护城河像老太婆的裹脚布又窄又长，太阳把它晒得很热，两岸长满了向河里倾斜蔓生的绿色杂草和树丛。连森奴颜婢膝地向每一个经过他们身边的人傻笑。湘九说你笑什么，笑得像个白痴似的。连森说，万一他是便衣警察呢，万一是个劫道的呢，他们以为我们是流浪街头的痴汉，我们是不是更安全一些？

天气时阴时晴，到达宁波时遇到了一场雷阵雨，他们被淋得像两只落汤鸡。天晴了，他们身上还是湿搭搭的，从街角垃圾堆滋生的苍蝇一路追逐着他们，嗡嗡地在他们头上飞来飞去。

按照约定，他们去老江桥与高维庆毛三孝仔碰头。

木制的浮桥在脚下摇摇晃晃，甬江上空吹来的风带着咸腥味，桥边有人在偷偷地卖海鲜、泥螺、咸鲞。他们终于看到了毛三。毛三坐在桥下，双手抱着下巴，默默地看着江上的帆樯。

毛三！湘九喊他，高维庆孝仔呢，他们在哪里？

被带到"打办"去了，毛三眼泪汪汪地说，他们叫我留下来等候你们。

湘九愕然。毛三他们在宁波做了三天生意，宁波的街头巷尾挂满一块黄一块白的蚊帐被单。宁波是东海舰队机关所在地，水兵们带着白色的无檐帽，穿着白色的水兵服，"荧光的确白"因此而受到空前的欢迎。今天是第四天，他们刚开始叫卖，一名军医从口袋里掏出了一张化学测试纸，高维庆见势不妙刚想溜走，军医一把拉住他。

你们不是说这东西无损衣物吗，军医说，你看看这碱性浓到了什么程度！他们看着变了颜色的试纸无言以对，两名被军医叫来的"打办"人员挤进人群说，跟我们走吧。

孝仔对毛三使了个眼色。毛三身上藏着挣来的钱，毛三手里还拎着一只塑料袋，袋里是没有卖出去的"荧光的确白"。毛三是个"托儿"，混在围观的人群里装顾客。毛三眼睁睁地看着他俩被人带走。他问身旁的人"打办"是什么意思，人们七嘴八舌告诉他，"打办"就是打击投机倒把办公室的简称。人们说，打是不会打他们的，身上的钞票和货物都要遭殃了。

湘九和毛三连森坐在"打办"门外的街沿上等他们出来。湘九的心情郁闷到了极点。毛三和连森不抽烟，湘九买了一盒大红鹰虚虚地抽着。烟也袅袅，人也袅袅。湘九想起毛三游街那一天。想起加上成龙他们六个人站在村外的小河边。大哥的话就是命令，孝仔举起手他们跟着庄严宣誓。高维庆说，我们今天结拜为兄弟，我们必须有福同享、有难同当，否则我们就会彻底完蛋。

他们终于出来了，身上的货全充了公，孝仔说，钞票还在毛三身上，这就是无产阶级革命队伍的伟大胜利！

他们坐在开明街天蟾舞台旁边的宁波汤团店里，汤团很甜，他们的心里却很苦。高维庆把赚来的钱分成五等份，每人大约分到三十多元。高维庆说不错不错，今年的口粮不成问题了，弟兄们愿意回家的回家去，愿意参加春耕的参加春耕去吧。记住，下半年就要开始建设胡陈港水库了，你们都得去做民工，一个也不能少。

旁边桌上有一双恋人买了三碗汤团，吃了两碗吃不下了，剩下一碗在桌上。高维庆挤挤眼要湘九坐过去，湘九坐到那张桌旁，却看到隔壁一张桌上也有一对恋人，那个男的死死地盯着他和这碗汤团。湘九说，你们也坐过来吧，这张桌子面临街景，我们一起看看宁波的巨大变化。

彼时的宁波有什么变化？它是一座恒久不变的城市，民风古朴而破落单调。它的基调是灰色的，所有的地方都打满补丁。

他们跟那对恋人较量着耐心与韧劲，目标是这碗汤团。当那个忿忿然的男人终于拂袖而去时，他们兴奋地伸出调羹，十颗汤团一人两颗，刹那间风卷残云般落入腹中。

接下来的日子里湘九继续寻找吕劲。所有人似乎都很鄙视这个所谓的艺术家，湘九只能把这种牵挂深深地掩埋在心底。龙骧说，你打听他干什么？他根本就是一个自甘堕落的人。说这话时龙骧发现湘九呆呆地看着窗外。他看到天井里的无花果树上结了两颗果子。一个小孩摇晃着这棵树。湘九喊，你摇什么，果子还没有成熟呢！果子却从树上掉下来了，坠落在天井的窨缸旁边，扑通扑通，这声音显得空洞洞的，叫人心里一阵难过。

群仆终于等来了家里的信。被他打伤的人没有死。这个人活了，群仆也活了，心情愉快地出门去看钱塘美景与西湖风光。二姐舍不得他走，住久了好像多了个大儿子。群仆彬彬有礼，很有上进心的样子，俨然一名好少年，相比之下，湘九却荡进荡出，很像一个二流子。

那一段时间二姐三姐都有些讨厌湘九，觉得他呼朋唤友，一会儿出门去了，一会儿又回来了，身上有股油习之气，口袋里还有点不明不白的小钱。有一天他悄悄拿了龙骧的放大机去给人洗放照片，龙骧很生气。还有一天二姐看到他在和楼下的小阿妹搭七搭八。二姐跟母亲说，您叫小弟弟早点回农村去吧，他成天游手好闲，迟早要出问题的，我看他也不会有什么出息了。

湘九很郁闷很伤感。他给强强和绍明的一位女同学洗放照片，目的是绍明手里的一批书。绍明寻开心说，小李是杭一中的"校花"，你如果能跟她拉上关系，我送你二十本世界名著。湘九没有任何可以吸引"校花"的地方，听说她喜欢拍照片，就揩了龙骧的洗放机，让强强带他去见小李。到了小李家，湘九知道上了绍明的当。小李的父亲是部队医院的院长，接待他们的地方是她家的厨房。绍明跟湘九说，如果让我看到你和她一起走在街上，二十本书就归你了。湘九对小李说，我带你去买放大纸吧。小李朝他上下打量一番，鼻孔里哼了一声说，你想得倒挺美，我会和你这种人上街？

二姐家楼下的小阿妹比湘九大一岁，也在农村插队，当然资格没有湘九老。少男少女之间的交往其实很纯洁。她喜欢听湘九谈宁海的农村生活，听他吹牛。湘九听说她当了民办教师，就鼓励她好好干，多拍领导马屁，说不定哪一天就能转成公办了。湘九不知道她已经借调到红太阳展览馆去当讲解员了，她的前途已经出现希望的曙光。

那天晚上湘九又在跟她搭七搭八。他们站在法院路的树荫下。湘九说我要回宁海去建设胡陈港水库了，我有一帮弟兄，我们的老大是个搞水利的天才。小阿妹听得入了神。

突然，啪，一个耳光打在小阿妹脸上，湘九和她成了木偶。

那时候小阿妹的反应比小弟弟快，她认出了打她的是她母亲。她拉起母亲的手，说，我们回家去说吧。她母亲走了两步，回首瞪湘九一眼说，你也太不自量力了！

湘九愣愣地站在树荫下。他想人活着还有什么意思，日度三餐，夜度一宿。他的人生真的犹如行尸走肉。他喃喃地问自己：我算什么东西？一个反动派的儿子。一个乡巴佬。一个漂泊在城乡之间的人。一个没有户口没有工作没有钞票没有前途的人。一个小学毕业生。一个一无是处的不良少年。一个流浪儿。确实如此，他对自己说，我不能怪这个老太婆，没有一个女人会放心让自己的女儿跟这样的人来往。

他坐在弼教坊一家小酒店里喝酒。想着一些漫无边际的事。他的兜里放着一瓶安眠药。他灰心之至地透过玻璃窗看着寂寥无人的街道。窗外没有风景，昏暗的天空下昏暗的城市令人产生一种绝域苍茫之感。

湘九那酒后发青的脸、痉挛的动作和狰狞的表情反映在模糊的玻璃窗上，令他自己都望而生畏。他记不得自己是在什么时候把安眠药瓶打开的，什么时候将它统统倒进嘴里，并且用一杯黄酒咕嘟咕嘟地灌了下去。他只记得，自己跌跌撞撞地转身进了石贯子巷，去跟强强作最后的告别。

强强，湘九拍拍他的肩。强强，你我同学六年，交朋友十来年，我谢谢……谢谢你们这些好……好朋友。然后，摇摇晃晃地靠在了墙根下。

他醒来时已是早晨，一轮新的太阳正在升起，一位护士长坐在湘九身旁，脸色疲惫而凄婉。护士长的儿子一新也是湘九的小学同学。她对湘九说，你坐起来，看看窗外的标语和大字报吧。灌过肠洗过胃的湘九坐不起来，护士长叫强强帮忙，扶着他坐了起来。

窗外贴满了揪出一新母亲的标语大字报，说她十二岁就成了"三青团特务"，说她是"一条美女蛇"。护士长说，孩子，我都没有吃安眠药，你怎么能吃安眠药呢？

你知道吗，一新的爸爸掉进钱塘江里去了，一新进了古荡精神病医院；本来，昨天晚上开完我的批斗会后，我要去精神病院陪他的，没想到你进了急诊室，我只好陪了你一夜。

一新妈妈抱住他。他抱住一新妈妈。他张着嘴，却哭不出声，泪水从他苍白的脸上、从他凝滞的眼睛里不停地往下淌落，流成了一条丰饶的河。

一新跟他同是班里的"小图画家"。一新常常把父母买给他的画册送给湘九。一新的家在司马渡巷，院子很大，是湘九离开井字楼后的又一个"百草园"。他父亲是个和蔼可亲的机关干部。一新父母每次看到湘九，总要问他吃过饭没有，没吃过就留他在家中吃饭。一新还有一个弟弟。这个十二岁就当了"三青团特务"的羸弱美丽的女护士长，今后的日子怎么过啊?!

湘九感到了深深的惭愧。人的生命只有一次，他却那么轻易地将它弃之如敝屣。他太冲动了，好像一个长不大的孩子。无数的人正在苦水中泡着、在血水里浸着，他们却依然顽强地生存着。上帝被钉在十字架上。伏契克在绞刑架上说：人们啊，我爱你们，你们要警惕啊！他们都不愿意死，不愿意离开人世间，他为什么要离开呢？牛虻说：不论我活着，或是我死掉，我都是一只快乐的飞蛾。莫非，你所经历的苦难和遭受的屈辱，比之牛虻更为深重?!

怀着深深的愧疚，湘九沉思着。他没有回家，从医院出来后到强强家里又躺了一天。早晨，天上在下雨，雨泼打着天井里的一棵树，他抱着后脑勺坐在床上沉思。有人在轻轻地弹着窗上的玻璃，他转过脸，看见窗玻璃上映出一个少女湿漉漉的模糊的脸。他一惊，没想到小阿妹找到这里来了。

小阿妹走到他跟前时眼泪止不住地淌了下来。湘九无可奈何地微笑着。他问她，你怎么会找到这里来？小阿妹说，半夜里，我听到你三姐去找二姐。湘九说，这件事跟你没关系，真的，跟伯母大人更是没有一点关系。他低下头回避姑娘的目光，嗫嚅着说，我吃错药了，不，喝醉了，一时想不开而已。强强端着一碗粥过来了，小阿妹揩去脸上的泪说，对不起，我替我母亲说声对不起。她接过强强手里的碗说，我来喂你吧。湘九脸红得恨不得找个地方躲起来。他说，我自己能吃。小阿妹说，还是让我来喂你吧。

湘九知道自己躲不过这一关，张开嘴咽下她送过来的稀粥。他知道，吃完了这碗粥后，姑娘的心就能落到实处了，一场阴差阳错的悲喜剧也就落下了帷幕。于是湘九很快吃完了这碗粥。湘九说，谢谢你来看我，谢谢，其实这一切确实跟你无关。他在心里却说，不过，至少，你还跟我上过街呢。

雨中的小巷像一张发黄的老照片。少女的脚步声湮没在淅淅沥沥的雨声中。湘九走到墙门口，看到雨伞遮着姑娘上半身的背影，她在雨巷中悠长而寂寥地远去。

湘九回过身来，见到强强的姐姐妹妹都用一种惊奇而调侃的目光在看他。强强的小姐姐阿丽意味深长地说：石贯子巷好像会增加一段风流佳话了。

湘九将一只手扶在墙上，悄无声息地对自己、对她们，以一种淡得不能再淡的语气说道：

不是我选择了此生，而是此生选择了我啊。

绝地行走

八

胡陈港水库·湖州埭溪西羊山·杭州半山肿瘤医院

去火车站给群仆送行的有很多人，给湘九送行的却只有一个强强。强强在月台上告诉湘九，他也准备下乡去了，去萧山的红垦农场。湘九心不在焉地说，去农场比插队好啊，一个月二十六元工资，生活有保障。湘九的眼睛却始终茫然地望着几道铁轨外的一节车厢。强强说，你在望什么？湘九缺少血色的嘴唇动了动，说，我好像看见他了，他上了去北京的列车。强强说，他是谁，是你说的那个音乐家吗？

一九七五年冬天，湘九已从船厂学徒满师。他路过火车站广场，看到吕劲坐在一根黯淡的电线杆子下面。湘九猛地从自行车上跳下，跑到他跟前。他看到电线杆子上面贴着一张通缉令，吕劲的照片就印在通缉令上。吕劲却神色冷漠地坐在街沿上，一副玩世不恭的流浪汉模样。湘九说，你啊你，几年不见，居然成了被通缉的"江洋大盗"！吕劲笑了，他从地上起来，拍拍湘九的肩说，先请我吃饭吧，填饱肚子再说。

这张通缉令已经过时了！吕劲坐在广场附近一家小饭馆里，打了个饱嗝，湘九给他点上一支烟。他说，我刚被他们放出来。牢监里蹲满了政治犯，我的案子实在算不上什么……

吕劲走路一瘸一瘸，有只手上戴着一只肮脏的白手套。湘九想起了他被打残的传闻，他想问又不敢问。吕劲身穿一件破旧不堪的呢外套，敞开的领口露出精瘦的、蒙着褐色皮肤的骨节。他的脸上有些浮肿，乱蓬蓬的头发已经花白。一九七五年吕劲不到三十五岁。不到三十五岁的他已经提前衰老了。他对湘九说，那一年他在月台上看到的没错，确实是他，他去了北京。他到文化部上访，要求恢复他的公职。他在文化部招待所邂逅了一位来自新疆的维吾尔族姑娘，后来就跟着她去了克拉玛依。

起初，我只是逢场作戏……我不相信自己还会动什么真情，却没想到会越陷越深……吕劲的双眸中终于有了一些光亮，两朵浑浊的泪花使他显得生动起来。我在结婚的前夜逃了出来，我知道自己已经不可救药了，而她却那样的纯洁……

他的眼神逐渐黯淡下来，脑袋也低垂下来，在那松弛的有许多皱褶的眼眶边，泪水毫不害羞地淌了出来。他伸出那只没戴手套的好手，痉挛地张开五指，好像要抓住一个美好的记忆，抓住自己那即将逝去的生命，他想把话说完，但是，他却说不下去了。他哽咽着对湘九说，再给我来一杯……一杯酒。

湘九没有让他再喝下去。湘九身上有二十元钱。他把这二十元钱塞到吕劲手里。他说，你回宁海去吧，先去县城找何秘书，然后再想其他办法。你不能再流浪下去了，你会冻死、饿死在路旁的。

湘九不清楚吕劲是否是山头大队第一个去世的杭州知青。他得到他去世的消息已在八十年代后期。据说，曾经有人去某个遣送站认尸，但是吕劲出走多年他们已经认不出他了。目击者说尸体形销骨立皮肤发黑，眉间保持着一个怨艾不平紧皱的"川"字。目击者还说，他们曾经掀起他褴褛的衣衫看了看他的躯干，他们倒吸了一口冷气：他的身上伤痕累累。

湘九回到山头，做的第一件事却是抢救王识真。王识真肝炎未愈又患了猩红热，脸色又青又紫，跟烤熟的茄子一样。何秘书打电话来叫他们把他送上长途车，到县城由他安排去医院治疗。

湘九和连森拆下一块门板做成担架抬他上路。天阴落雨，通往长街车站的路途泥泞不堪。湘九实在抬不动了，腰几乎折断了，肩膀酸痛到麻木。连森的感觉跟他一样。有几段路他们简直就是跪在地上爬过去的。如雨的汗水一大颗一大颗从他们的全身滴下，他们把王识真放在大湖大队的晒谷场上休息一会儿，可是掀开蒙住他脑袋的被子看一眼，他们又吓坏了。王识真好像真的快要死了，他们不敢耽搁时间。

如果不是出现了成龙，王识真的病情完全有可能耽搁。后来湘九常常想起这一天，他相信连森的过早去世与过度的劳累有关。连森在湘九回城半年后也回到了杭州，进了城站邮局做临时工。但他不是做临时工累死的，也不是为了讨老婆拼命地干活累死的，他早就累得死去活来了。湘九看到他重新抬起王识真时全身都在颤抖，他说，他的眼前直冒金花。

成龙从长街方向走来，他即将成为山头第一个正式上调的知青了，调到县供电局去。那段时间他跑上面跑得很勤。

成龙脸上红扑扑的，老远就可以闻到他身上一股酒气。他说，怎么啦，王识真死啦？

湘九气喘吁吁地说，他倒还活着，我们快要死了。

成龙掀开被头，摸摸王识真的额头。活着就好活着就好，他醉醺醺地说。他接过了湘九的杠子，转身抬起王识真往长街走。湘九轻松了一会儿，再去换连森。十里路，他们走了四五个钟头。他们赶上一趟末班车，把王识真抬上车去，放在最后面的车座上，让他占了两个座位。

车子将要启动时，王识真似乎清醒了一些，睁开了眼睛，他有气无力地说，谢谢你们，救了我一命。

湘九挥挥手。连森也挥挥手。

他们目送王识真离去，看到汽车拐一个弯，消失了，他们一下子坐到公路旁，浑身都瘫软了。

送走王识真后，他们就跟着高维庆走向了胡陈港水库工地。

他们是民工，高维庆也是民工。这个民工却指挥着成百上千名民工。从二十世纪六十年代中期到七十年代初，经历了不断的上访、论证之后，各级政府终于批准了这项水利工程开工建设。当然，功劳簿上统统签署着他人的姓名，与山头的知青们几乎毫不相干。

一九八〇年，湘九进了一家文学丛刊做临时工，他建议省文联组织几位作家去那里参观考察，可以给书斋里的书生们提供一点劳动者改天换地的素材。

很难形容湘九重返故地时的心情。他听见整个中国都在下雨，一场人们盼望了多少年的春雨。带着雨水珠的树叶一片新绿，一辆满载着鲜鱼的卡车捎上了作家们沿着宽阔的海堤哐啷哐啷地向水库管理处驶去，开车的司机说今天是选举工会主席的日子，他要赶去投高维庆一票。空气中弥漫着落雨天拉开闸门放出海水蓄存淡水的甜丝丝的气息，那宏大的水库令作家诗人们惊叹不已。

苍郁的林木笼罩着水库遥远的彼岸，山坡上铺展着如茵的绿草，小岛上是红墙绿瓦的机房，鸟儿起飞鱼儿打挺。高维庆站在管理处门前欢迎风尘仆仆的来宾，介绍这项水利枢纽工程。他把一张草图递给湘九。这张图就是当年引起民兵大队长他们怀疑的图纸，高维庆说，现在已成了现实。

高维庆的办公桌上摊满了新的图纸，蓝图上标明一座座建筑物的名称：冷库、罐头厂、码头、商场、发电厂。高维庆说，水库建成后，这里很快就会热闹起来，变成一个较大的港口与一个繁华的集镇。作家诗人们听了频频点头。他们跟随高维庆登上快艇，半个小时后才驶近水库中心。他们看到一个渔猎的场面。起网时千百条大鱼跃出水面，丰收的喜悦荡漾，水天一色。

但是，那天，高维庆并没有当选为工会主席，因为他的身份仍是一名临时工，或者说农民工。他连当工会会员的资格都没有。

一九八〇年十二月，湘九写的报告文学，还有其他作家写的报告文学和纪实通讯等，一起放在了省委工业书记的案头。这位曾经当过七大代表、当过多年驻外大使的书记把湘九接到了他的家里。湘九在他家的客厅里重温历史的旧梦，回想当年的一切。高维庆的家庭情况、坎坷遭遇和聪明才智，他的一切偷鸡摸狗的勾当和他所创造的业绩令这位老布尔什维克时而皱眉蹙首，时而抒怀大笑。他说，这一切都是真的吗？

湘九说可以调查核实。可以向何秘书调查，向水利局局长调查，向区委书记杨加和调查，也可以向当年的民兵大队长调查。

有没有调查，如何调查的，湘九不得而知。湘九只晓得有关部门让高维庆参加了一场专业技术考试，考试的结果是，他在全地区名列前茅。他被招收为县水利局正式职工，授予技术员职称。省委工业书记又把湘九接到了家里。书记说，按照小高同志的水平，授个助工、工程师都绰绰有余，但是要照顾方方面面，先委屈一下吧！下一步不能让他留在水库管理处了，让他去搞围海造田，搞综合性工程建设去！

这是后话，在工程建设的初期，人们却根本不可能看到这样的远景。湘九们的感觉只有四个字：苦不堪言。

他们站在两座山峰之间的荒凉海滩上，感到一片空旷寂寥。除了民工，县城和地区还发配下来一些所谓犯了路线错误的干部，跟他们一起住进临时搭建的工棚。他们在海滩上支起炉灶，用咸涩的水做饭吃。高维庆忙着和县水利局的一位技术员商量开工问题，这位技术员后来成为水利局局长。

湘九们把工棚搭在低洼的海滩上。半夜里他们被冻醒，整个身子已被潮水浸透。湘九吓坏了，他们的被褥都漂走了，周围是一片可怕而一目了然的辽阔荒凉的水面。

潮水愈涨愈高，喷溅着泡沫。湘九觉得自己身处南极或者北极，他的呼救声没人听得见。一块搭工棚的板子撞在他的腰上，他跌倒在扑面而来的茫茫海水中。连森拉起他说，快，快抱住这块木板！他抱住了，奋力向山边游去。

他们终于到达了能够站住脚的地方，高维庆气呼呼地跑来，跳着脚骂他们，你们怎么搞的，连一点野外生存的常识都没有！

湘九在寒风中颤抖着。那一刻他恨透了高维庆，恨他对工程有情对兄弟们无情。他觉得高维庆变成了另外一个人，变得像奥斯维辛纳粹集中营的一名看守。他像一根鞭子，不断地抽打他们的脊背，要求他们不顾死活地干活。他对每一道工序都催得那么紧，使人连喘气的工夫都没有。他把工地的建设者分成几等，一等是县城下来的干部，二等是农民工，三等是其他大队的知青，而湘九们则是四等公民，干最脏最累的活儿，休息最少。

湘九真的肚子疼了，躺在地铺上起不来，冷汗沁出他的额头，他呻吟着，痛斥高维庆。你以为叫你临时负责一下施工你就是个官啦？你狗屁都不是！工地有临时党支部，有管理委员会，你……你算老几？

高维庆哆嗦着冻得发青的嘴唇说，我不是大哥吗？你们不是说我的话就是命令吗？我不跟你啰嗦，孝仔，你替我教训他一顿。

湘九操起一把铁锹。他说孝仔你敢过来我就把你劈了！孝仔摇着双手说，兄弟，有话好好说，不要伤感情。孝仔慢慢地走到他身边，猛地将他抱住，你真敢带头闹事啊，毛三，把他捆起来！毛三红着眼睛说，我……我不干。

湘九在孝仔怀里挣扎着，但是，病中的他孱弱无力。孝仔怒气冲冲地说，你们不服从是吗？你们听我说：干部都是些没干过重活的人，将来说不定还能回去掌权呢！不照顾他们行吗？贫下中农得罪得起吗？专门教育我们的！高维庆不抓我们，抓谁?！谁叫我们是他的兄弟呢？这个事业不是他个人的事业，兄弟们一定要明白！

湘九摇摇晃晃地走出工棚，走向工地。大海在呜咽，他也在呜咽。

运送材料的船只黑黝黝地矗立在远处的港湾里，尖尖的桅杆直刺天空，杆顶点着五颜六色的灯。远处的大海寂寞幽深，像是他们唯一的出路。

湘九想我们一定会冻死累死在这里。他一边弯腰捡起抬石头的杠子一边告诉连森，我宁可现在就死了算了。

连森说，你说的什么话啊，我们的命还长着呢。

他们跌跌撞撞地往前走，太阳出来了，太阳从海上一点一点升起来，他们在追着太阳。他们拼命地追啊，却怎么也追不上。

连森的命因此而显得太短太短了。

湘九不死。连森死了孝仔死了毛三死了，他仍在不屈不挠地守望着将来。

连森的话，从来不需要想起，永远也不会忘记。湘九不敢回想。回想他们的去世对湘九来说是一个撕肝裂胆的过程。虽然他们都没有死在胡陈港水利工地上，然而，他们的生命早已在当年透支。

远远地，在迷蒙的雾霭中，港湾的水面像霓虹似的闪着光芒，渔船的白帆像海鸥似的时隐时现。到了重回故地那年，湘九站在胡陈港水库高高的堤岸上回想当初，他仿佛重新见到了他和连森放下肩上的担子，遥望远方。两个筋疲力尽的少年，总是在日暮黄昏时默默地遥望着远方，不知道他们是否能够活到或者见到这个工程给当地百姓造福的那一天。

其实，那时他们认为目的的达到与否已经无所谓了，重要的是他们不仅仅有过一个躯壳，他们还有过理想。他们为了理想而流血流汗。他们希望有一天能够站在水库大坝上，骄傲地告诉后人：

不要忘记我们啊，不要忘记我们淌下的血汗和泪水。

湘九在他累得快要死去的时候接到了秋生表哥的一封来信，信上说，春节快要到了，希望他去湖州乡下和他们共度新春，表哥们将给他一个意外的惊喜。

湖州埭溪镇西羊山村是姆娘和表哥们落户的地方。一九七一年春节前夕，一场猪瘟在周围的村庄蔓延开来，镇上的副食品公司停止了收购生猪。秋生说，把家里养的两头大肥猪都宰了吧，腌的腌酱的酱，再将湘九叫来痛痛快快地吃上一个月。

白发苍苍的姆娘站在村口迎接湘九。她老人家撩起衣角擦着泪花。她拉着湘九的手说，你太瘦了，你真是皮包骨头呀。她牵着他的手回家去，一路上不停地说，你来了就好，我要将你养胖了才让你回去。

大表哥要卖掉一头猪，秋生不同意。秋生说眼看就要发瘟病的猪怎么还可以卖给人家？大表哥说两头猪自家如何吃得了？！村里跟湘九同年的农民阿根说，你一个人就能吃掉两头猪。姆娘说，是啊，这么大的年记了，你却从来不晓得跟弟弟们谦让。

大表哥听之很生气，发誓这个春节不吃猪肉。一日三餐，阿根都跑来看他吃饭，监督他，看他吃不吃肉。遭殃的是姆娘喂养的鸡和鸭，大表哥将它们赶尽杀绝。姆娘心疼地落下了眼泪，鸡蛋鸭蛋是她老人家去供销社换盐换烟换针线的重要物资。姆娘说，你把我的针头线脑都吃进肚里去了，我拿什么来缝补你们的破衣烂衫啊。

秋生做了一大缸米酒，湘九顿顿吃得醉醺醺。这个"意外的惊喜"使他乐不思返，每餐要吃一大碗红烧肉、两大碗米饭。吃饱喝足后他跟着阿根去山上与河边到处乱逛。他们钓鱼摸虾，捉黄鳝逮麻雀，过起了神仙般的日子。

湘儿说，什么叫做桃花源里可耕田？西羊山就是我的桃花源。

西羊山也有知青，是从湖州城里下来的，湘九跟他们交往不多。他觉得湖州是个小地方，他们却摆出一副城里人的派头，显得很有些可笑。湘九跟一个名叫小狗的农民成了好朋友。那是一个愤世嫉俗的孤儿，后来得了精神病自杀而亡。湘九总是喜欢跟这样的人交朋友，他觉得在小狗眼里，有病的人不是他，而是那些正常人。湘九试图从小狗们的眼里去看世界，果然觉得所谓的正常人其实常常匪夷所思。

姆娘在西羊山闻名遐迩。夏天，路人总爱坐在她的堂屋里歇歇脚，喝一碗茶。冬天，讨饭的人来到她的厨房，至少能够吃到一个煮红薯。湘九割了一块肉拿去送小狗，姆娘抱着两棵大白菜追上来说，把白菜一起带给他吧。

但是，世上哪有桃花源呢，况且在那个年代。那个年代不是不要暂住证，而是根本无处可办。那个年代也没有媒体报道什么孙志刚,一万个孙志刚死了也是白死。

腊月二十九日晚上刮"红色台风",刮到了湘九身上。西羊山的治保主任说,你什么证件也没有,你是个流窜犯。

湘九说你有什么证件?你是个农民,你也没有证件。如果你跑到杭州去走亲戚你不也成流窜犯了吗?

他的态度很恶劣。民兵们将他带到镇上去,一路上不断地用枪托打他的脊背。他们将他和一个没有证件的瓦窑师傅、一个木匠,还有一个孕妇关在一起。

凌晨时他们审讯湘九,搜他的身,搜到了两只红袖章,一只是"湘江评论",另一只是"城市民兵",都是湘九捡来的,打算拼起来做一条游泳裤。治保主任疑惑地看着袖章上印着的"城市民兵"问湘九,这是怎么回事,你也是民兵吗?

当然了,湘九吓唬他们说,我参加了省城的民兵指挥部,过几天准备去湖州城里考察那里的民兵建设情况。

当二表哥三表哥托了镇上革委会的熟人来保释他时,湘九坐在靠背椅上,已经吃过了民兵们给他买的烧饼油条。表哥们惊讶地看到湘九把一条腿搁在椅子上,犹如威虎山上的"坐山雕"。一个民兵给他点燃一支烟,另一个民兵给他沏了一壶茶。湘九说,你们要掌握好政策,懂不懂?政策和策略是党的生命,一切革命同志都要充分注意,万万不可粗心大意,你们到底懂不懂?!

过了这个春节,湘九就是二十岁的人了。二十岁前的湘九身高一米六九,体重四十六公斤,看上去瘦得像一根晾干竹。然而,在这个正月里,他没有长高,体重却以每天超过半公斤的速度在飞快增加。后来的日子里湘九常常想,可惜连森孝仔毛三没有机会,也没有意识到这时候吃一头猪的重要性,清汤寡水,他们的身体因此而缺少滋补。

从镇上平安归来的湘九天天大吃大喝。晚上坐在堂屋里给村民们讲故事。大人小孩都围着他转,他们从来没有见过大海,海边人家的悲欢离合使他们产生着同样的喜怒哀乐。

湘九在表哥家住了二十四天,他的体重达到史无前例的六十二公斤。

回到杭州,湘九先去澡堂泡了个澡,然后回家换衣服,他光着膀子时梅推开门进

224　绝地行走

来了，他听见一声尖叫，梅逃出门外，慌里慌张地问母亲，家里那个男人是谁？他怎么跑到我家换衣服来了？！

所有的衣服都穿不进了。正是发劳保服时，梅从印刷厂领回来一套大号的男式劳保服，湘九穿上它，坐在竹榻上审视梅带回家来的男朋友。

梅的男朋友名叫子安，在制氧机厂翻砂车间当库工，翻砂时需要哪个模具了，他推着一辆小车把这个模具送到浇铸工段去。湘九觉得子安一点不像工人阶级。他的身高至少有一米八五，体重却只有五十多公斤，身子单薄如一条鲱鱼。但是梅喜欢他，湘九也无可奈何。好比兰带回家的李建中，瘦瘦小小一个缩在棉大衣里的男人。母亲问他感觉如何，湘九说，李某人好像张同泰中药店的一个药店倌。

初次见面，子安说湘九我请你吃餐饭吧。湘九想，这个人倒还知趣。他不知道，梅已将当年那个华侨佬用龙翔桥精美餐室一盘炒鸡块收买了他的往事讲给子安听过。

湘九跟着他们熟门熟路地往龙翔桥走，快要走到时他们却停下了脚步。子安说，我家到了。湘九张口结舌。他以为人家下馆子请他，人家却请他吃家常便饭，初次相聚，湘九感到很不满意。

子安的家曾经很大，院落里有一幢小洋楼，彼时属于他和他母亲的却只有一室一厅了。湘九里里外外打量一遍，想起了绍明惯用的一个词儿：破落户的飘零子弟。

事实证明了他的猜想：子安的祖父是位大书画家，光绪年间留学东洋，宣统和民国初年常与梁启超马叙伦等人诗书唱和，还当过司法次长。此公还编著过一本著名的地方志《龙游县志》，当过北师大教授和美术专门学校的校长等。到了一九四九年，历史的风雨飘摇中此公被一帮士绅公推为"浙江省人民促进和平委员会"主任，却在三野七兵团长驱直入杭州时进了医院，不日便溘然而世。

历史真是一个任人装扮的小姑娘。

如果老先生多活几年，座上客或阶下囚谁也说不准。湘九曾经看到过两份资料。一份谈到高层指示三野七兵团解放杭州时应当保护的重要民主人士，老先生的姓名赫然在目。另一份却是五十年代初期的一纸判决书，追判这位已经去世了三年的老先生为官僚反革命分子。倒霉的是，前一份材料只有极少数人看到，后一份判决书却被人塞进了湘九的档案袋。更加倒霉透顶的是，到了二十世纪八十年代，邓小平亲笔批示复查此案，老先生终于获得彻底平反。然而，肃清影响的材料却跟湘九无缘了，湘九跟他有什么关系？原来什么关系也没有。

早在二十世纪五十年代初期，子安家已将其祖父的数万册藏书、古书画文物五六百件、数千册珍本善本捐献政府，湘九进了子安家，看到他拿出劫后余生的几幅祖父字画肃然起敬。何谓吾浙宿儒？何谓治学大家？小学本科生湘九倒也略通一二，他说，梅姐，你嫁到这户人家，也可算是门当户对了。

子安的母亲亲自下厨，一盘油爆虾，一盘肉末焖蛋，给湘九留下深刻印象。或许是受环境影响吧，湘九装起了斯文，摇头晃脑曰：绿蚁新醅酒，红泥小火炉。晚来天欲雪，能饮一杯无？子安笑逐颜开，拿出来一瓶陈年竹叶青，说是有人请他写字送的礼。

湘九抿一口酒说，你也会写字啊。

梅姐收起了笑脸，如果人的眼光可以杀人，湘九可能倒在了血泊中。梅说，子安的书画皆得其祖父之真传，在圈内颇有名望呢。湘九说，写一幅字给我看看。

子安不敢怠慢未来的小舅子，铺开一张宣纸，梅马上笔墨伺候。湘九看他略作沉吟，写了一句宋诗："春风疑不到天涯"，湘九说，这是欧阳修的《戏答元珍》吧，你的行书不错。子安愣了愣，对湘九有了一点刮目相看。

湘九点燃一支烟，想了一会儿说，第二句是"二月山城未见花"，请你不要写行书了，篆隶真草各写几个，刚才我看了你祖父的墨宝，他的章草似乎分外有分量一些。

梅的目光不再杀人了，她好像不认识她的小弟弟了。她想不通，湘九明明在乡下插队，回来时总是一副累得半死不活的样子，小学生如何突然变成了一名大学生？湘九当然不能告诉她，这一手是跟山头卫生所的老中医童先生学的。穷乡僻壤也是藏龙卧虎所在，童先生在诗词歌赋和书法艺术上的造诣一点不比大学教授逊色，湘九从老先生那里得益匪浅。

湘九看到子安的手在发抖。梅的脸色一会儿阴一会晴。弟弟给了她面子，使她在这一户书香门第里抬高了身份。谁说她娘家只出赳赳武夫、草莽英雄？她弟弟照样能给秀才出考题。弟弟又给了她难堪，要是子安过不去这一关，今后她在夫家娘家的日子似乎都会不太好过。

子安还算争气，硬是憋足了劲，憋出几个不同字体的"二月山城未见花"。写完后他看着湘九，脸上居然沁出一排细细的汗珠。湘九回到饭桌旁去，顾自喝一口酒，夹一块蛋到嘴里，慢慢地咀嚼着，有意让他们再受些折磨。

过了好几分钟，他才慢悠悠地喷出一口烟，说出自己的见解。

除了行书已接近你祖父的神韵外，其余皆形似而已。湘九班门弄斧地说，你祖父是学人，你是工人，你既要蓦其形学其神，更要不拘泥于故人才是，你得多结交些豪迈高逸之士。

梅姐喷出一口酒。梅的酒量甚佳，湘九和子安均非其对手。梅说，你就吹吧，把自己吹成一位"豪迈高逸之士"吧！你一个小学毕业生，究竟有几斤几两，别人不知道我还不清楚吗？

湘九很恼火。梅还没有出嫁呢，胳膊肘就向外拐了。湘九走到书桌旁，拿起子安刚才用的毛笔，将他先前写的两句诗重写一遍。

湘九写的是行草，比子安放开许多。他的字张牙舞爪，看不出临过哪一家的帖。

他扔下笔，长长地吁了一口气。他对子安说，我的字大不如你，但我有一股精神。此诗乃欧阳修被贬官至峡州夷陵县做县令时所写，这是起头两句，说的是山城偏远而寒冷，春天来得太迟。

湘九说，写景寓情，寄托着此公政治上的感慨，写不出这种情感气韵，功底再深又有何用？！

湘九的话将梅和子安彻底打倒，子安从此不敢小觑梅的娘家。

其实湘九多此一举，他们的结合本来就是一对黑。

梅将自己对小弟弟的重新发现告诉了二姐，二姐将信将疑。

她们对湘九的看法终于发生了一点微妙的变化，他似乎不再只是一个游手好闲的二流子了。

湘九打算返回胡陈港了，母亲给他做了一身新衣服。母亲从布店买来三角五分一尺的白布，又买来一包染料，放在一只破脸盆里搁在煤炉上染成藏青色。湘九看着母亲憔悴的面容，他的心头充满愧疚，大不能为国家效力，小不能替慈母分忧，这是他真切的感受。

衣服做得很大，湘九穿上身时感觉自己像一匹马进了马厩。

那天早晨，他拎着旅行袋走到巷口，迎面走来了一个推着自行车的姑娘。

姑娘向他打听延定巷五十四号，湘九说你找五十四号哪一家？姑娘说有个名叫湘九的男生你知道吗？湘九惊讶地说我就是湘九，请问你为什么找我？姑娘笑了，脸上出现一对浅浅的小酒窝。她说，我是你小姐姐的插队伙伴，我来看望伯母。

这个名叫咪咪的姑娘的自行车后架上放着一个旅行袋，里面是其他宁夏知青家长托她带给子女的东西。湘九说我帮你推车吧，墙门口有几级石阶，你这车又太沉。咪咪看他不由分说地将车把拿到了自己手里，她的脸红了。她说，你姐姐说你瘦得像只猴子，没想到你这么壮实。湘九想兰姐不知道他吃了一头猪，知道的话就不会这么说了。他说，宁夏还好吧，听说永宁是塞外江南，盛产大米。咪咪说是啊，你姐说你现在也想去那里了，不知道是真是假？湘九朝她看一眼，一本正经地说，真的，我想去那里看看，你来了正好，你带我去吧。

湘九朝墙门走去，咪咪跟在他身后。咪咪第一次碰到这样的男生，说话直截了当，一点不考虑女生的感受。

宁夏的知青学生味远比宁海知青重，他们才是名副其实的知青。跟着湘九走进墙门，穿过一条光线暗淡的甬道走向后天井时，咪咪感觉自己成了一个木偶，被前面那位少年手里伸出的一根线所牵着，一切仿佛都不由自主了。

这个比他大一岁的少女就这样被他牵着走进了他家。母亲疲惫地靠在床上，瞧着这位出身于教师家庭的小巧玲珑的姑娘。母亲说你十五岁就去了宁夏，那么你是初中毕业生了？咪咪点点头，问她，伯母您哪里不舒服，我给您扎一针好吗？湘九惊讶地看到她变戏法一样从身上摸出一支银针。

母亲说，我全身都不舒服，头部、身子、四肢酸痛。

姑娘愣了愣说，那您最好去医院做一次全身检查。

春耕时民工们回到生产队，高维庆搞来了一批橘树苗。历史上宁海与黄岩同属台州地区，比方"左联"诗人柔石是宁海人，鲁迅就说他身上体现了"台州人的硬气"。

绝地行走

高维庆说黄岩蜜橘那么有名，那里跟这里的土壤、气候都差不多，我们为什么不能种柑橘？湘九很拥护这个试验，只有培育经济作物，乡民们手里才会有一点零花钱。

但是山头的老百姓都认为他们在瞎玩闹。除了水稻棉花，山头人似乎不习惯种植其他农作物。山头山上植被很差，满山都是裸露的大石头。知青们在山坡上好不容易找到一小块地。他们挖出一个个深坑，小心翼翼地把树苗种下去，浇水、施肥。他们种得很慢，像做盆景似的侍候着这些橘树。对此很感兴趣的是海边青珠农场的技术员，他们跑来参观学习，请求赠送几株树苗，湘九不太舍得。高维庆说送他们几株吧，他们会比我们种得更好。

有些孩子跟在湘九们身后帮忙，觉得很新鲜。杨加和的弟弟加民一边干活，一边向湘九打听"吕老师"的下落。吕劲做过一个学期山头小学代课教师，加民说他的嵊县普通话怪腔怪调。他把猫头鹰读作"毛头嗯"，把猫叫作"毛毛"。加民期末考试得了五十八分，吕劲说还得加上两分才能及格，这两分怎么加你跟家长商量一下。加民不敢跟父母"商量"，跑去找他哥哥想办法。杨加和拿出两盒大红鹰香烟说，一盒烟加一分吧，别说是我给你的。加民觉得分量不太够，又从家里拿了一碗菜，送去给吕劲。吕劲哈哈大笑说，你很懂事啊杨加民同学，老实告诉你吧，老师看走眼了，你考的是六十八分，不是五十八分！

他们坐在岩石上怀念吕劲，身旁的橘树默默摇晃。加民说，吕老师从不向学生发脾气，他脸上永远笑眯眯的。他向大队支书的儿子杨加民要烟要菜，不向其他学生要，相反，有个孤儿寡母的孩子真的考了五十八分，吕劲却悄悄地将他改成了六十分。

湘九说，加民你觉得种这些橘树有意思吗？

少年杨加民呆呆地看着湘九。湘九说你傻看着我干什么？加民说，湘九哥，我觉得你们很了不起。湘九耸了耸肩，大笑起来说，你真是吕劲的好学生，学会花言巧语了！加民急了，站起身说，我不是花言巧语，我真的很佩服你们！湘九哥，我晓得你们迟早要离开山头的，你们是为我们种下了这片橘树。

他的话震撼了湘九。猎猎山风吹拂湘九，他的心热了。他将手放在加民肩上，两个少年的身体一起在风中微微抖动。

湘九喜欢孩子，他觉得孩子是这个世界上最单纯的人，不会骗你，没有大人那种心机。他路过大湖，到那位婆婆家歇一歇，教她的小外孙女说普通话。他在山头又看到这个小姑娘，她是来走亲戚的。小姑娘又干净又漂亮，不像周围农家的孩子，敏佳娘说她的妈妈跟她儿子宁忠是同事。许多年过去了，湘九已经记不起跟她说过什么话、讲过什么故事。也许讲过渔夫和小金鱼的故事，也许什么也没有讲过。然而，回想起那些遥远的模糊的往事，总是有一种分外纯真的感觉久久地萦绕心怀。

叫过他哥的孩子很多，每个人记忆中有个不同的湘九。湘九哥喜欢唱歌，喜欢朗诵诗歌，喜欢讲故事，湘九哥曾经长得很瘦，后来胖了。有的孩子读过他教的课文，有的只是跟他一起走过田埂，走过小山坡。长大后重逢，或者读到湘九哥的文章，记忆便与想象重叠在了一起，那亲切的感觉犹如一只纤细的手指，依然拨动着他们心底纯真年代的琴弦。

二十年后，湘九带着妻子女儿重返当地，从青珠农场到山头再到胡陈港，橘林硕果累累，映红了半边天空。那时候湘九抱住女儿的肩，他的目光潮湿温柔得叫人心碎。彼时，杨加民跟着高维庆走南闯北，已经闯出属于自己的一片天地。他在湘九担任副市长的城市承包了一座海塘工程，但是从来没有找过他。他说自己不想让当年的湘九哥为难。湘九哥能够依靠自己的奋斗成就一番事业，他也能够。

事实证明高维庆孝仔毛三连森和湘九这些牛鬼蛇神，都是两个卵蛋叮当响的硬汉子，作为最早在长街平原种下一片柑橘的人，他们再次给自己树立了一块纪念碑。

湘九所在生产队的田地东一块西一块，最远的距离山头有四五里地。那块地种棉花和黄豆，紧挨着一户农家。这户农家属于一个名叫铁路站的小村庄。田间休息时湘九到农家讨一碗水喝，看到一个刚读初中的少年趴在小饭桌上做作业。湘九说这里根本没有铁路，如何取了这么一个地名？少年笑了，他想了一会儿说，也许，从前有人筹划过建设一条沿海铁路通过这里吧，也许是一个梦想。湘九说你喜欢这个地名吗？少年无比向往地说，当然，我喜欢这个梦想，我常常梦见一列长长的火车驶过我的家乡。

这个少年名叫张文蛟，后来考取浙江大学。湘九转业后经常路过宁海，多次和他共进午餐。那时他担任城关镇镇长，他跟湘九说，他的梦想仍是修铁路。后来他当了奉化市副市长，正是前程看好时，他却又回到了家乡，终于如愿以偿担任了宁波台州温州铁路建设宁海段的总指挥。

面对这个少年，湘九想起一个故事。一百多年前，一位穷苦的牧羊人带着他的孩子来到一个山坡上，一群大雁鸣叫着从他们的头顶上飞过，很快消失在远方。牧羊人的小儿子问父亲，大雁要飞往哪里？牧羊人说，他们要去一个温暖的地方，在那里安家，度过寒冷的冬天。大儿子眨着眼睛羡慕地说，要是我们也能飞起来该多好呀！牧羊人沉默了一会儿对两个儿子说，只要你们想，你们也能飞起来。父亲的话给了孩子理想和目标，后来，他们果然飞了起来，因为他们发明了飞机。他们就是美国著名的莱特兄弟。

少年默默地看着湘九哥在晚霞将要消失的时候离去，他扛着锄头，赤脚走在田埂上。湘九向少年挥挥手。太阳落山了，少年心中的太阳正在升起来。

这天傍晚，婉芳给湘九送来了一封信。信封上写着领袖的语录：我们应当相信群众，我们应当相信党。这是两条根本的原理。如果怀疑这两条原理，那就什么事情也做不成了。这是咪咪给他的来信。她回到宁夏了，日子过得简单而平静，每天早晨骑着自行车出诊，在贫下中农家里吃饭。她建议湘九劝母亲去医院做一次全身检查。

湘九觉得这封信如同一封公函。奇怪的是他读了好几遍，心里有了一种莫名的期待，期待这些公式化的语言后面还有什么语言。

于是他趴在宿舍的床沿上给远方的少女写回信。信上的辞藻华丽，文采焕发。他叙述生活的劳累、单调和苦闷，充分描述了知青们共有的真情实感。我说的都是实话，湘九用略带花俏的行草写下最后一段话：我是一个质直而不加掩饰的人，如果你觉得我的思想有问题，请你批判我，帮助我改正错误。

那时候湘九还不知道什么叫作黑色幽默。他在信封背后用隶书写了一段领袖语录。这是他精心挑选的一段语录，恭恭正正地抄写上去时他的心里充满一种自嘲的快感。他抄写的语录是：凡是牛鬼蛇神，凡是毒草，都应当进行批判，决不能让它们自由泛滥。

湘九写好信走出寝室，发现外面的天色十分晦暗。雨丝斜斜地挂落在狭窄的村道上，炊烟在细雨中缓慢地飘散。村民们穿着蓑衣从田里匆匆归来，他们说湘九你怎么长得这么胖了，我们都认不出你啦！湘九打开一柄油布雨伞，走过一家小店时被几位大嫂喊住。一个嫂子拉住他的手说，你们看哪，湘九的手比女人的手还软和，他手上的肉真多呀。另一个女人将长长的指甲在他的手背上划来划去，她说，天哪，我第一次看到这么福相的手，手背上有一个个小酒窝！湘九的手被她们摸得痒痒的，心中的立场却很坚定。他怀里揣着给远方少女"批判"所用的回信和语录，对村里的嫂子们说，对不起，我得去鞋店寄一封信。

嫂子们拍打着他的背和臀部，她们连嗔带怨地说，鞋店里有狐狸精吧，你们总喜欢往那里跑！记住，明天抱两株橘树苗来我家，种在我家的院子里。我请你吃饭，请你吃黄鱼鲞。

湘九最不喜欢吃鲞，他的胃拒绝一切腥味。湘九嘴上说好啊好啊，行动却是落荒而逃。

湘九望着村道上湿漉漉的石板路面和低陷处的水洼，眼前浮起推着一辆二十六寸女式自行车的咪咪。咪咪扎着小辫子，穿着一件大格子两用衫，脚下是一双方口搭襻布鞋。咪咪在夜色中眨着她的大眼睛，眼睛里有一种茫然而顺从的幽光。她手里捻着一枚细细的银针，扎在他母亲的身上。她问母亲，您感到酸吗？您的头疼是不是好了一点？母亲说，哎唷，酸，疼，好，好一点了。

一九七一年的夏天玉委托湘九将她在山头的财产统统带回杭州，带不回去的就地处理。湘九将她的床板卖了，水缸卖了，锄头铁耙送了人。玉的蓑衣几乎从未穿过，跟新的一样，湘九将它卖了十五元钱。玉跟多年前的兰英一样对他说，湘九啊，你像我的亲弟弟，不，你比我的亲弟弟更亲。于是，湘九今天跑公社给她迁户口，明天跑粮管所替她办粮油关系。玉感动地对他说，我的妹妹红跟你同年，也肖虎，我将她介绍给你好吗？她长得像一个外国人，像法国女郎。

湘九见过红。身材高挑丰满，气质优雅的红确实像个混血女郎。

湘九见到红那天正好红卫兵抄她们的家。他看到小将们拆掉了楼上楼下的电话，把客厅的地毯卷起来扔进垃圾箱。红的母亲坐在沙发上哭泣，她头顶的墙上挂着一张毛泽东刘少奇朱德周恩来接见她丈夫时的照片。湘九陪着玉站在她家的厨房里，玉抹着眼泪对红说，这是湘九，跟我一个队的。红看了他一眼，看得他自惭形秽。他穿着一件发黄的圆领汗衫，一条土布裤子，脚下是一双圆口老头布鞋。红穿着连衣裙、皮凉鞋，戴着手表。红却说，你看到了我们最难堪的一幕。

湘九觉得红高不可攀。湘九不喜欢高不可攀的女人。其实在这以前玉也向他提起过红。那时，连森唱："两只老虎，两只老虎，真奇怪，真奇怪……"唱得玉和湘九都有些尴尬，因为连森接下去就会问玉：你又有什么活儿要让湘九干了吧？你能不能换个方式吊他的胃口，难道你只有红一个妹妹？

玉已经快到三十岁了，她活得不容易。她给北京中南海寄了一封信。信上说：尊敬的周总理，请您百忙中拨冗过问一下我的生活。下乡支农之前父亲给了我一笔钱，存在银行里被查封了，那时候我没有怨言，现在我也没有怨言。但是，尊敬的周总理，我真的没办法自食其力了，我身体不好，干不动繁重的体力劳动，年年都是倒挂户，我想要这笔钱。

玉叫湘九去长街邮局替她寄出这封信，湘九说信封上会留下我的指纹，公安局一查就查到我了。玉说，全国都成立革委会了，瘫痪的国家机器又开始运转了，这封信不是反动传单，公安局不会抓你的。湘九还是不想去办这件事，黔驴技穷的玉只好说：存款解冻了我天天请你吃大餐。

湘九是个现实主义者，他说你许的愿太遥不可及，而干这件事的风险太大。玉无奈地掏出一角钱说，那就先请你在长街镇上吃两个肉包子吧。

湘九为了两个肉包子铤而走险。他戴着手套走到长街邮局门口，东张西望一番，在中午寂寥无人的路边迅速地将信扔进了邮筒。摘下手套后他发现手心里全是汗，将手套都打湿了。

玉其实不抱什么希望，这封信到不到得了中南海，她的心里完全没底。"双抢"一结束她就回了杭州，很快地找了一个对象。那是一名在离杭州不到百公里的乡下插队的杭州知青，民办教师。湘九见过这个人，颀长的个子，看上去也有三十三四岁了。湘九觉得他比吕劲也强不到哪里去。尤其是在得知玉的存款被解冻之后，湘九更为吕劲惋惜不已。三万元，彼时真是一个天文数字啊。如果吕劲把玉骗到手，这两口子就不用再干什么农活了，一个作曲，一个唱戏，小日子将过得多么美满。

那样的话，吕劲就不会有后来的许多厄运了。

邮递员送来北京的回信那天，玉和她的对象坐在厨房里。那天他俩发生了一点不愉快的争执。男人说，你家人太势利，你又太懦弱，凭什么我们不能坐到客厅去，坐到楼上去呀！玉生气地说，你有什么能让他们当成贵宾接待的所在？你什么也没有。我家客厅接待过多少大人物你知道吗？能够让你天天坐在厨房里，你就该知足了。

玉的对象终于受不了了，他站起身说，那就算了吧，我宁可继续做我的王老五，也不受这个气了。

玉刚想回答什么，听见了后门口邮递员的喊声，邮递员在喊她的名字，叫她拿图章取挂号信。玉的脸色一下子发白，僵立着说不出话。

国务院办公厅的来信！乖乖，邮递员操着一口苏北话说，你认识这么大机关的首长啊。

玉哆嗦着手指拆信。她一边看信一边往楼上跑，全家人都被她的喊声所惊动，目瞪口呆地看着她。玉把信交给红的母亲，母亲对红说，我的眼老花了，你读吧，读给我听。红哭了，一面读一面哭。家中每个人的存款都被解冻了一部分。全家人都看着玉，仿佛她是救苦救难的观世音菩萨。

玉忘记了厨房里还站着那位先生，她在楼上的客厅里坐了许久才下来。她看到那位先生依然愣怔怔地站在厨房中间，觉得真是又好气又好笑。她说：做你的王老五去啊，还站在这里干什么？

男人站着不动。他告诉自己不能受这个气了，他的双脚却不听指挥了。

玉叹了一口气。弄堂里有人在放鞭炮，街道上也成立革委会了。玉叫她的对象坐下，他坐下了，脸上依然绷得紧紧的。玉说，世界上没有不受气的人，尊敬的周总理都在受气呢，你却不想受气，你算老几？有受气的日子才会有出气的时候，你得明白这个道理。

男人记下了这句话。湘九听说，后来，他的日子好过起来了，有点钞票也不算什么了，他开始出气，受气的人是玉自己。

玉嫁到离杭州不到一百公里的乡下去了，她和姗姗住的寝室剩下了姗姗一人。姗姗姗说夜里有人在窥伺她，她很害怕。湘九说是老蔡吗？姗姗说好像不是。

老蔡是温州人，下乡前在杭州地区一个县级剧团拉胡琴，和吕劲一样，他属于精简职工。老蔡在山头知青中年龄最大，生存能力却是最弱。温州人的群体性很强，无论在省外在国外，他们互相帮助，以求生存求发展。可惜，山头只有老蔡一个温州人，他就活得很可怜了。

人们都说老蔡和姗姗是天生的一对，老蔡信以为真。老蔡永远不会明白人们为什么这样说，因为他觉得自己是正常人，而人们却不这样认为。湘九想，根源大概来自他内心的焦虑，下乡时他已三十岁了。六七年过去了，村民们天天说老蔡你怎么还不结婚呀？对了，你连自己都养不活，怎么养得起老婆?!

放在别的知青那里，这种话如同耳边风，老蔡却羞愧得抬不起头来。吕劲跑去给玉拉琴伴奏，老蔡也去，他的琴技和艺术感觉却远逊于吕劲。玉说，老蔡你回去吧，只留下吕劲就行了。老蔡快快地走回去，一群小孩跟在他身后起哄：老蔡真倒霉，女人要吕老师不要他!

太要面子的老蔡回了一趟温州。回来时发糖给乡民们吃。他说自己结婚了，新娘是温州郊区插队的女知青。他的谎话被一个常来山头的小贩无情地揭穿，他说老蔡根本没有回温州。他在挑担卖货时路过离长街仅几十公里的一个村庄看到老蔡，老蔡正在给一户结婚的人家拉琴卖唱，形同乞丐。

老蔡不吃不喝躺在寝室里。湘九们进进出出他视同不见。人们嘻嘻哈哈地烧年糕吃，小成说，"新郎官"，你不起来吃一碗吗？这是湘九跟吕劲去卖唱赚来的，他们比你赚得多呢。老蔡突然从床上坐起。他跳下床，摘下墙上挂着的胡琴猛打自己：我不想活了，不想活了啊!!

湘九夺下他的胡琴，他瘫在床上哭泣，他的哭喊声像寒夜狼嗥，令人不寒而栗。

到了一九七一年，老蔡和姗姗的精神状况已经成为山头知青们噤若寒蝉的话题。他们明白，这两个人迟早会彻底崩溃，而他们却无能为力。谁也没有能力帮助他们。知青们只能祈祷自己活得更坚强一些，不要步他们的后尘。

生产队盖了一间石砌的小屋，离姗姗的寝室只有二十米远。湘九搬进这间小屋，搭了一个灶头，跟姗姗并伙。二十年后湘九的女儿推开这间小屋的门，惊讶地问爸爸，这间屋子只有八九个平方米吧，又当卧室又当厨房你怎么受得了啊？咪咪比女儿更惊讶，她看到这小屋变成了一座小庙，中间供奉着一尊菩萨，烛台上香烟缭绕，烛泪滴满供桌。湘九苦笑。他也说不清当初为什么要搬进这间小屋，他只觉得，当初到达同一个生产队是三个人，玉走了，他不能像其他人一样躲避姗姗。

姗姗的眼珠是黄色的，像猫的眼珠。姗姗骨骼健壮，力气比别的女知青都大。那时她已开始丢东落西，常常将事情做了一半停下来，忘了开头为什么要做这件事。湘九不敢叫她生火做饭了，唯恐她心不在焉点燃了房子，酿成火灾。

于是，这对知青的日常生活显得奇特而让人津津乐道。人们看见姗姗在挑水抱柴干粗活，湘九在做饭烧菜洗衣服。为了两个人的吃菜，湘九煞费苦心。在田里干活时，常常会挖到泥鳅甚至黄鳝，湘九便如获至宝。黄昏时从小屋里飘出炒菜的香味，姗姗倚在门前，对路过的村民们说，湘九真的很能干呀，你们想不想进来尝一尝？

山头的农民不吃黄鳝，更不吃泥鳅，他们将黄鳝称作"黄步龙"，怀有敬畏之意。有一天，湘九在灶后烧火，姗姗抱来了一大把湿柴。湿柴的烟雾蒙住了湘九的眼睛，他被呛得眼泪直往下淌。姗姗，快把冷饭倒进锅里去！湘九喊她。姗姗手忙脚乱地把一碗冷饭倒进了烧红的铁锅，又把一碗湘九杀好洗净的鳝段倒进锅里。

正好有一个老农路过小屋，他看到烟雾弥漫，以为着火了。老农跑进屋子救火，看到姗姗正在搅着锅里奇怪的食物。湘九跺脚对姗姗说，快舀一瓢水吧，干脆把黄鳝煮熟算了。大吃一惊的老农跑到门口，如同哥伦布发现新大陆似的大喊大叫：

快来看啊，姗姗这个杭州姑娘用"黄步龙"炒冷饭吃啊！——

湘九拎着一只油瓶，在天黑时走过山头的小街，看见街两边的男男女女眉飞色舞地谈论着杭州大姑娘"黄步龙"炒冷饭，他因此而啼笑皆非。吃饭时，几个村姑挤在小屋的门窗前，嘻嘻哈哈看热闹，议论城里人的可笑，嘲弄姗姗的弱智。湘九确实很不理解，在一个落入困境的弱女子面前，人们为什么还能那样幸灾乐祸？

他走进小店打三两菜油，听见一个用鸡蛋换盐的女人对小店的营业员说，听说姗姗也是有钱人家出身呢，一点小姐相都没有！另一个老娘们凑上来说，她神经兮兮的，我都不敢跟她一起出工了。看到湘九进门，妇人们一齐挤眉弄眼地笑起来说，湘九，你对姗姗真好啊，要不你给她做小女婿算了。

这可不行，小店营业员趴在高高的柜台上说，老蔡要跟湘九拼命的。

湘九把油瓶砰的一声摔在柜台上。打三两菜油，再给我来半斤烧酒！他环顾四周的村妇，恶狠狠地说：到底是她有病还是你们有病？再说这些混账话，我叫老蔡割你们舌头！

他走出小店，感到三门湾的岁月在庸俗喧嚣的浪涛中绝望地飘逝着，前程一片渺茫。他到了原先住的寝室，半斤烧酒已经落肚。一路气闷一路喝，他的头涨成了一颗大茄子。知青们说你怎么搞的，醉成这般模样？湘九走到老蔡铺前，看到老蔡的铺上没有被褥，只有那把摔断的胡琴，孤零零地躺在光板子上。他说，老蔡呢，他跑到哪里去了？连森说，他回温州去了，临走时说，这一回，如果讨不到老婆，他就真的永远不回来了。

湘九摇晃一下酒瓶，仰起脖颈将最后一点酒喝下去，酒水顺着他的脖颈滴滴答答地落下来，他觉得这是在为姗姗、为老蔡，为整个不正常的、堕落的乡村淌泪。

一九八九年冬天湘九重返山头。村里人告诉他，老蔡回来过一趟，迁走了他的户粮关系。

有人说老蔡已经死了，死的时候刚刚过了四十岁。如果这个信息确实，那么他的寿命至少比连森孝仔毛三们长一点。

湘九记得那一天，他跪在知青老屋积满蛛网尘垢的地板上，为他的少年时代的伙伴们痛哭失声。包括杨加和在内的宁海长街山头的领导干部和乡亲们，都陪着湘九落下了眼泪。一九六四年冬天从杭州到山头大队插队的支农青年一共三十人，到了二十世纪八十年代，已经离开人间的至少有六人，占五分之一。还有患精神分裂症两人，其余患各种慢性疾病者无法统计。这是山头一个大队的情况，整个长街区有多少?!

同样是一九八九年，湘九从宁海回到杭州，在某个聚会上遇到杭州市江干区的徐区长。徐区长说，有一天他接待了一位上访者，一个刚从古荡精神病医院出来的女病人，她拿着一封湘九写给她的信、一张湘九的照片，请求区长看在湘九的面子上给她一点照顾。徐区长啼笑皆非地对她说，我知道湘九同志，但他是军人我是地方干部，他管不了我我也管不了他。徐区长说，有什么要求你就直说吧，不管有没有湘九同志的面子我都会尽力而为。

姗姗的要求不违背政策，她在一家集体所有制的南北货商店工作，店里承担不起她的治病费用，要她下岗。姗姗请求办提前病退。

湘九握住徐区长的手。湘九说，谢谢您徐区长，这件事跟我的面子无关，跟您的面子有关。姗姗在区属企业工作，是您属下的弱势群众。中国的老百姓走投无路时才会向当官的人申诉，您动动嘴皮子就能救她一条命，也许是一家人的命了。他们全家人会把您当成大清官，当成救命恩公四处颂扬，我也会写一篇文章将您载入史册。

湘九记得一脸厚道相的徐区长爽朗大笑，他说，湘九，你的噱头真好。放心吧，我已经跟区商业局关照过了，给她办理提前病退的手续就是了。

湘九赶紧找到姗姗家。姗姗的丈夫是个来自农村的体育教师，愁眉苦脸地在乱糟糟的家里照料两个孩子。湘九问他，你老婆呢，又进精神病医院去啦？姗姗的丈夫疲惫不堪地摇摇头说，她给王识真家当保姆去了。

湘九站在黄昏时分的一条林荫道上，看到一位全身瘫痪不能说话的古稀老人坐在轮椅上，由精神病医院出来的姗姗推着，缓缓地迎面走来。他们沉静地挣扎在社会的底层，淡泊地面对着一个物欲横流的新世界。王识真的弟弟也是精神病患者，白天在社区办的医疗站关着，晚上回家。王妈妈患喉癌开刀后办了一个私人诊所，给民工们看病贴补这个永远贫病交迫的家庭。湘九跑到他们跟前拍一下姗姗，姗姗捂住嘴尖叫出声，她说，别激动别激动，湘九，你一激动我又要犯病了！

王识真的老父亲摸着湘九身上的军装。他将一只眼睛闭上，抓起一根拐杖，缓缓地把拐杖的一头凑到眼前，做出一个瞄准的姿势。湘九笑了，姗姗也笑了。那天的姗姗全然像一个正常人。她说王识真的家比我家更苦更难，都是从山头回来的人么，总有一种感情存在着，我毕竟还只有四十五岁，不犯病时照顾一下王伯伯理所应当。

湘九不能不回想起他和姗姗在一起的最后的日子。每天夜里他从小石屋出去，带着一支大号手电筒，隐伏在姗姗的窗外，隐伏了好多天却什么也没有发现。他说姗姗你不要大惊小怪，没有人动你的坏脑筋。姗姗生气地噘起嘴，瞪圆了眼睛，很委屈的样子，她抹着泪说我怕落到小费的下场，湘九，你替我盯住哑佬，看他有没有跑到我的窗下来。

小费也是杭州知青，家庭出身和经历都跟姗姗差不多，但是她体弱多病。小费的父母在一九六七年就遭到批斗，被关在"牛棚"里，厄运不断。大队干部们看她生存能力太弱，就让她嫁一个好劳力。他们给她找的是一个强壮的哑巴，家中有一个能干的娘、一个比娘更能干的妹妹。

正是渔业大队长老陆罹难之时，病体尚未痊愈的湘九听说此事时，已到了生米即将煮成熟饭那天下午。湘九让玉和姗姗悄悄把小费带到她俩的宿舍。小费哭哭啼啼说，我没有办法，我干不动活，挣不来口粮，我只好嫁人。湘九说，你嫁给哑佬心甘情愿吗？小费说，我怎么会心甘情愿呢？开始他们说叫我嫁给另外人的，昨天才说嫁给哑佬也不错，不嫁的话，要我把欠队里的口粮钱先还出来。

湘九气得发抖。你愚蠢！你糊涂！！他拍着桌子大骂小费。你父母的倒霉日子迟早会过去的，那时，他们会被你今天的行为气死！

湘九说，你他妈的怎么对得起你的父母？！

湘九问她跟哑佬领了结婚证没有？小费说没有。哑佬的家人怕他们去公社登记时三问两问问出毛病，公社会批评大队。湘九说这就好，姗姗、玉，还有爱年，你们这些女知青都到哑佬家帮助操办"婚礼"去，请高维庆他们马上去长街邮局打电话报告县里何秘书。小费就交给我了，谁也不许中途回来，不许透露半点风声。

傍晚时分，吃喜宴的人三三两两到了，新房张灯结彩，新娘子小费却不知了去向。哑佬的家人全部出动，到处寻找新娘。他们在村头村尾、山上山下、巷里巷外一遍又一遍地喊着，小费！你在哪里！你还有什么要求，可以再商量的啊！……

哑佬扛着一把大铁锹，站在屋后的山坡上嗷嗷叫唤。他要跟人拼命，要把藏起他新娘的人一锹劈死！

小费躲在姗姗和玉的寝室隔壁一间狭小的谷仓里。这间谷仓的主人是一对膝下无儿无女的老夫妇，湘九说，你们去吃喜宴吧，我替你们看家。我还在发烧，你们让我好好休息，不要敲我的门。湘九摘下小费的深度近视眼镜，往谷仓里扔进一床被子。他对小费说，你给我睡觉。不管外面发生什么事，天塌地裂你都不准出来。

所有的人都怀疑山头这帮女知青，怀疑是她们藏起了新娘。但是，从下午到晚上，她们都在婚礼现场。没有人怀疑湘九，大家都知道他在病中。

姗姗在那几天里不停地哭哭笑笑，她的精神亢奋到了极点。湘九给她的任务是半夜打开谷仓的小门，给小费送一次饭倒一次尿盆。姗姗说，湘九，你好像地下党的负责人，我是交通员。姗姗一会儿跑出去了，一会儿又跑回来汇报，她说，我看见哑佬红着眼睛在村里转来转去，像日本鬼子扫荡似的杀气腾腾，我真的被他吓坏了！

三天后的凌晨三点，一艘小船划到离小费藏身处不到十米的河岸边。小费穿着玉的大衣，包着玉的头巾，匆匆地上了船。这艘船没有往长街方向走，而是划向港湾，船上的人从那里下来又换了一艘船，绕过一座山。这一段水路湘九熟悉，冬季，他跟着村里的老农驾船去沥洋买柴。村民带他去沾亲带故的人家吃饭。那家有几个小姑娘，她们说，湘九哥，再给我们讲个故事吧。

到达沥洋后的行程由何秘书精心安排，终于使小费顺利抵达了县城。

一九七二年，湘九离开山头返城，路过宁海县城去看望小费，小费已经有了两个孩子。她在县印刷厂当了工人，丈夫是厂里的技术员。他们的家中朴素洁净，小日子过得平静美满。小费和她丈夫拉住湘九的手，一定要留他吃餐饭，湘九挥挥手说，来日方长。

回到杭州后的一天，孝仔连森约湘九去看望小费的父母。他们走进城站附近的一幢旧式洋楼，看到两位颇有知识分子气质的老人，戴着秀郎架眼镜，清清爽爽地坐在客厅里。湘九叫他们伯父伯母。老人疑惑地说，你就是湘九？湘九点点头，两位老人膝盖一弯，竟要下跪致谢。大惊失色的湘九们赶紧扶住两位老人。两位老人痛哭失声说：恩人哪，你们救了我女儿，也救了我们这两个老人！

河水静静地流淌着，月亮被乌云遮住，夜色宁静而诡异，使人产生一些曲折离奇的梦幻。梦呓的音波围绕着姑娘寂寞的卧室，烛光摇曳，放大了鬼魅般的人影。湘九对姗姗说，哑佬已经找到新的对象，马上要结婚了，对方也是哑巴，长得很漂亮。他说，姗姗你回杭州去吧，去搞病退回城。姗姗说，我做梦都想回去，但是不知道怎么搞病退呀！湘九，你去打听一下吧，怎样才能搞病退，才能让我们回城，回到父母身边去？

不止姗姗一人看着山头大队年龄最小的湘九，向他讨这个主意。这是唯一的出路，为了找到这条出路，他们中的一些人甚至不惜摧残自己的身体，最终走上的则是一条不归之路。

让湘九下定决心搞病退的不是姗姗也不是连森，而是母亲。一九七一年冬天来临时，母亲终于卧床不起。解手时她发现出了很多血，一阵眩晕，她躺倒在地。冰冷潮湿的泥地使她哆嗦着醒来，她将双手撑住床沿，缓缓地回到床上。

二姐和梅赶到家里时，看到母亲的脸已经凹陷下去，面色惨白如纸。梅叫了一声姆妈，接着便是一阵呕吐，她怀孕了，反应十分强烈。二姐说怎么办呢，将小弟弟叫回来吧。

半山肿瘤医院寒风刺骨的走廊上，站着湘九。他的裤脚管卷得高高的，小腿上满是疤痕，一双破胶鞋里灌满融化的冰碴雪水。二姐翻起棉衣领子，焦虑不安地踱来踱去。一个护士终于喊他们了，他们走到医生面前。医生把几张化验单拿给他们看。他们看着医生蠕动的嘴唇，却好像听不见他在说什么。

后来他在梦中反复梦到当时的场景。他望着银装素裹的山野公路，脑子里一片空白。他看到二姐手里拿着母亲的病历，上面写着母亲的年龄：六十岁。他看到过新闻纪录片上那些跟母亲交往过的名媛贵妇，她们的六十岁跟母亲的六十岁天差地别。

他想象当年，无数夫人太太往南走，母亲却抱着他，带着一群孩子走向北方。那时候母亲回首看着她们背道而驰的身影，有着不可言喻的悲哀，可是她对于自身的选择却依然是那样的义无反顾。

风刮起干燥的雪粉，在路上和走廊上筑起一道道昏暗的围墙，母亲的身躯显得如此瘦小，且弱不禁风。她从门诊室出来了，湘九弯下腰，背她到板车上去。他的泪滴在母亲手上，母亲对他说：哭什么，我还没有死呢。她的花白头发在半山的风中如旗帜一般飘扬。

拿着木匠大妈盖章的证明，母亲终于住进了医院。一间病房八个病人，母亲的年龄最大，病情最重。医生说她患的是晚期宫颈癌，已经不能手术。湘九记得病房里有两个生葡萄胎的病人，一个是少妇，一个还是姑娘。母亲烤钴60烤得头发都掉光了，却请护士拿一面小镜子来。母亲对姑娘少妇说，你们照照镜子吧，你们长得那么漂亮，年纪又那么轻，你们一定要有信心，你们会恢复健康的。

湘九买了一个大号保温瓶，每天清晨去菜场买菜，做好菜乘上十二路公交车，中午送到母亲的病榻前。他买了一本菜谱，变着花样做母亲爱吃的菜。母亲把菜分给病友们吃。她对湘九说，大家都说你炒的猪肝好吃，你多做几份吧。湘九诧异母亲在病房里的乐观态度，她说，幺儿，你讲个笑话给大家听吧，她们都爱听你讲的故事。

除夕之夜，湘九在母亲的病榻前度过。患葡萄胎的少妇说，湘九，讲讲你在农村的生活吧。母亲鼓励地看着他，湘九明白了她的意思。湘九用一种诙谐宽厚的语言描绘山头，少妇听得入了迷。少妇的丈夫是个憨厚的农民，感激地看着湘九和母亲。他们两口子在医院里已经住了半年多，他们怀念乡村，怀念父母和孩子。从湘九嘴里说出的屋檐下挂着的红辣椒和丝瓜筋，屋顶上被油烟熏黑的稻草，屋角里的农具和门外的风车以及打年糕、做糯米团、爆米花等等，使他们感到分外亲切。

渐渐地，所有的病人都沉浸在了湘九的描绘中，他们觉得，原来平常的生活竟是如此美好，他们心里无比热爱和留恋的原来就是那平平常常的生活。

这个除夕之夜沉重地留在了湘九的记忆中，因为第二天上午，患葡萄胎的少妇就进了手术室，她再也没有回到病房来，而是从手术室直接去了太平间。她的年轻的丈夫，拉着湘九和母亲的手，哭得死去活来。从头到尾，他没有说一句感谢的话，他只是不停地说，大妈你会好起来的，你好起来了，一定要跟湘九去我家做客。我家住在余姚乡下，河姆渡你们知道吗，就是我们祖先生活的地方。

母亲的坚强令所有人敬佩。烤钴60烤过了头，把她的直肠烤坏了。医生只好在她的腹部造一个人工肛门。动手术那天，二姐坐在手术室门外的长椅上，把脸埋在双手中，她的肩膀无声地抽动，伤心的泪水从指缝间溢出来。湘九站在走廊上。他的脸抽紧了，像一个僵硬的面具，皱纹很深。母亲好几天解不出大便，那时她遭受到惊人的全身痉挛的折磨。起初是她的拇指开始抽搐，接着所有的手指、整只手、手臂以及全身都抽搐了。她的皮肤又黄又黑，五官由于剧烈的痛楚而扭曲。留在湘九印象中的，总是有冰冷的器械、手术刀、带血的棉花。

一个护士拉开门匆匆走出来，二姐迎上去向她打听母亲的手术情况，护士朝她摆摆手，严肃地走进化验室。湘九走到化验室门口，被另一位护士挡住了。她们在观察从母亲身上摘下来的东西。细胞切片。细胞涂片。有生命的单位和死了的单位。每个细胞里的生命像沙粒，像尘垢，它们也许会发狂地分裂和繁殖，最后又一次膨胀成乒乓球一般大小的肿瘤。

湘九手上戴着连森借给他的一块表。这块表平放时必须表面朝下，否则就不会走动了。湘九曾经打开表盖，发现里面是一块长方形女表的机心，因为表壳太大而用一枚扭曲的大头针卡着。湘九计算着母亲手术的时间，一个小时，两个小时，他的心在计算中不断地沉沦。

母亲的手术动了三个小时，她被推进几个月前住过的病房。当她终于重新睁开眼睛时，第一句话竟是问湘九：病房里还有上次的病友吗？湘九苦涩地笑了笑，告诉她一个也没有了，湘九说，他向医生打听过了，有的病人，如那位生葡萄胎的少女，手术做得不错，回家疗养去了。

后来母亲多次回院复查，医生护士都感到惊讶。他们想不明白，在这个瘦小衰老的妇人身上究竟隐藏着什么力量，使她能够坦然面对病魔死神的威胁而存身于世。事实上，母亲第一次住院时的病友，在后来的三四年间都先后离开了人世，包括那位生葡萄胎的少女。母亲却在极其痛苦的折磨中挣扎着，与死神搏斗了整整十七年。

当母亲再次从半山肿瘤医院回到延定巷五十四号时，她已变成一个身躯佝偻、白发稀疏的老妇。她的腹部挂着一只粪袋，像婴儿一样使用尿布。她的脸色如此苍白，脑袋轻得在枕头上显不出一点凹痕。那时候梅在医院里痛苦地呻吟，叫喊姆妈，生下了一个女孩，子安将她取名为昊妮。二姐有三个孩子，阿婆已经八十四岁了。湘九决定不惜一切代价返回杭州。

肖露的妈妈给他开出第一张高血压诊断书。

肖露是湘九的小学同学，他妈妈是内科医生。童年时肖露的家境比一般人好些，湘九经常去他家做游戏。他家的一位亲戚开过一家戏剧用品商店，商店倒闭后将一部分戏装道具寄存在他家。孩子们戴上面具拿起刀枪，楼上楼下乱窜，有的扮演诸葛亮，有的扮演曹操，肚子饿了就在他家用一只煤油炉做饭吃。肖露的父母都在上班，回家时孩子们已将一切收拾完离去，他们始终觉得肖露带回家来的都是些好孩子。

湘九说，阿姨，光是高血压恐怕不够病退回城的条件，您给我再想一个查不出的病吧。

肖露妈妈是位有职业道德的医生，肖露父亲更是一个正派的八级钳工。他们说，你平常的血压是有些偏高，测量时你一紧张就更高了，但是怎么可以编出一个毛病来呢？那是要敲掉阿姨饭碗的。

连森搞了一本《内科医疗手册》，每天都在研究。他去医院开诊断书，事先吃了麻黄素，他的心跳快得让医生目瞪口呆。有一天湘九去孝仔家，看到他拿着一块冰，在膝盖上摩擦，融化的冰水淌落在他细细的小腿上，他冷得牙齿咯咯地打颤。湘九说你疯啦，你要把自己搞残疾了！孝仔哭丧着脸说，我要去开出一张风湿性关……关……关节炎的证明来。

湘九到了区上山下乡知青安置办公室，看到一位依稀相识的女干部。湘九问一个中年人，请问她是否姓李？中年人是安置办的副主任，他乜斜着眼睛看湘九。他说，你打听李主任干什么，她是你什么人？湘九愣了愣说，她是我阿姨。

湘九当着他的面叫了一声阿姨，阿姨惊讶地抬头看他。湘九说阿姨你认不出我啦，我是湘九啊。阿姨疑惑地打量他，湘九拉起她走到门外去，一直走到副主任视线以外了，湘九才说，我是杭林的同学啊，小时候借过杭林姐姐一条蓝裤子上台演出的那个湘九。

想起来了想起来了！杭林的妈妈李主任拍着脑袋说。那时候你长得瘦伶伶的，杭林他们叫你"图画家"！怎么，你也来申请病退回城啊？那是要按政策规定、按程序办的，我可从来不开后门。

湘九尴尬地笑了，回首看一眼刚才出来的办公室，副主任站在门口，若有所思地看着他俩。湘九亲切地拉住李阿姨的手，跟她聊起杭林的童年趣事，刚从"牛棚"解放出来的老干部李阿姨，终于舒心地绽开了笑容。

连森的大哥是机床厂的油漆工。这个大哥在父母去世后为了将弟妹们养大成人，将近四十岁了还没有成家。为了把弟弟的户口迁回杭州，他四处奔走，终于通过九曲十八弯的关系搭上了那位副主任。夏日的一天，连森来到湘九家，告诉他，明天中午他在家请区安置办副主任吃饭。

湘九的眼眶潮润了，兄弟，他拉住连森的手，无语而凝噎。没有人会把这样的消息告诉其他人，告诉正在办同一件事的人。只有他们，生死相交的患难朋友。

湘九走进大王庙巷十七号，看到连森的妹妹拿着一把大蒲扇，正在给副主任扇凉。连森的姐姐拿着一只打火机，正给他点烟。连森的大哥用筷子夹起一只鸡腿，笑眯眯地递给副主任说，主任，这是我特意从萧山买来的正宗本鸡。

这个画面在湘九踏进门的那一刻定格。除了连森，所有人都骇然地看着他。湘九说主任您好，副主任脸上淌下一连串汗珠。他说你……你怎么找到这里来了？湘九大大咧咧地坐下来。连森的姐姐给他添上一副碗筷。湘九端起一杯酒说，主任真是体恤民情啊，来，我敬你一杯。

你不是血压很高吗？区安置办副主任强作镇静说，你怎么还喝酒？

为了表示对您的感激么，我不能不舍命陪君子了。

连森的大哥和姐姐妹妹在叹息，他们心情复杂地看着连森和湘九，觉得一个美好的计划正在破灭。副主任恼火地用眼角的余光扫视他们，使他们不由自主地打了个寒噤。连森脸色苍白，嘴唇微微哆嗦，他听见湘九单刀直入地对副主任说：主任，我和连森的回城手续全拜托您了。

不是我一个人做得了主的，胖乎乎的副主任气呼呼说，我上面还有李主任，还有市安置办。

只要您肯帮忙，事情就能办成。伟大领袖教导我们，饭是要一口一口吃的，您是最关键的一口饭。

副主任朝湘九瞪着眼睛，他觉得眼前有一张血盆大口，把他当成了香喷喷的白米饭，想一口吞进肚里。湘九拿起桌上的打火机，将他手上熄灭的烟重新点着。

湘九说，您知道李主任对我的态度。

沉默良久。终于，副主任恍然大悟地笑了。李主任是你阿姨？是的，她是你的阿姨。他猛地吐出一口浓烟，笑得喘不过气来。笑声从他那宽厚的腹腔里出来，在墙壁、窗棂和天花板上撞击着，嗡嗡地回响。好，好，他在笑声中豪爽地挥着大手说，只要她不反对，我何乐而不为之？

那天的宴席终于尽欢而散。副主任给他们提供了极有价值的参考意见。首先，必须提供有分量的医院诊断书，然后要经常去看病，病历越厚越好，最后要去指定的医院做检查。这个指定的医院最关键，副主任说不能透露。于是，连森的大哥一家一家医院数过去，他不点头也不摇头，数到市一医院时，他忽然睁大眼睛说，喝啊，把这杯酒喝了！我得回去了。

以后我们就去市一医院看病吧。湘九对连森说。

他们把户口迁回杭州大约三年后，副主任终于出了事，一个女知青办好了回城手续，接着就举报他利用职权什么的，于是调查他的生活作风和受贿问题，在返城的知青圈内引起一阵骚动。湘九跟连森去了解了一下，举报人不在宁海插队。他们跟宁海的回城知青们说起此事，大家都认为这位仁兄咎由自取，同时，也对举报者嗤之以鼻。

湘九的看法跟他们完全一致，他说，她要举报，就该在事情发生的当时，为什么等她办完了回城手续，又过了整整半年之后才去举报？可见她也不是什么好鸟。

九

杭州市安置办和区安置办·
湖滨街道办事处·省中医学院和市卫校

　　湘九坐在肖露家里，愁眉苦脸地跟他妈妈叙说母亲的病情。母亲坚持从床上起来洗自己的尿布。母亲说，么儿，你也是一个大男人了，我怎么能让你洗啊。湘九不让母亲洗，他说等二姐或梅回来时再洗吧。母亲说尿布都用完了，怎么等得及呢。

　　天阴落雨，门前挂满了厚厚的尿布，屋里屋外弥漫着一股尿臊味。邻居们都避开他家，有人甚至出言不逊。但是，任人欺侮的时代已经过去了，湘九的插队弟兄们进进出出，一个个都像刚从牢监里放出来似的脸色阴沉。谁也不敢跟他家太过不去，说不定哪一天，他的这些哥儿们就会怒从心头起，恶向胆边生。

　　湘九在井边洗母亲的尿布，淘米洗菜的人纷纷离去。湘九把煤饼炉搬进家里，做了个铁丝网罩，把尿布搭在网罩上烘干。木匠大妈腋下夹着一包桂圆悄悄走进他家，她说，湘九，你是一个大孝子，众安桥一带的人都说张家出了个大孝子。

　　湘九对肖露妈妈说，我想借本内科方面的书，看看哪一种病比较适合我。

　　肖露妈妈叹了一口气，走到楼上去找书。她找书找了好长时间，湘九跟肖露坐在堂前聊天。肖露在金华插队，有个多才多艺的同伴名叫董鸿图。湘九跟董鸿图很谈得来。董鸿图家中有八旬老父，母亲因为历史问题在萧山农村改造。董鸿图会弹吉他和古筝，那个年月很让人稀罕。

　　肖露妈妈拿着一本厚厚的《内科学》下来了，她说，没有一种病会适合人，只要是病，就会危害人的健康和生命，你必须明白这一点。

湘九夹着这本《内科学》到了董鸿图家，那是浣纱路上的一幢小洋楼。

鸿图的父亲董天狂是位老诗人，请湘九用毛笔小楷抄写他的旧体诗集，抄一页纸给他五分钱。一般来说，一个晚上湘九只能抄十页，因为他的小楷实在不怎么样，董老先生经常要他重抄。湘九很珍惜这个打工机会。董老先生的朋友余任天说，我眼睛不行了，否则我也会抄的，一个晚上挣五角钱，相当于一个学徒工的工资了。

湘九抄了一会儿眼就花了，站起来伸展一下四肢。他看到余任天先生铺开一张宣纸，一双近视眼凑近去像是要亲吻笔墨。余老先生个子高大，衣着贫寒，身上有一种虽经困厄劳顿而宁静淡泊的气度。他画了一张写意画，山色空濛，古树苍郁。湘九说好，董天狂问他好在何处，湘九却说不上来了。董天狂说，任天的画和书法好在浑厚自然，有纵横气概。余任天从一个小布袋里取出印章盖到画上去，董天狂赞扬说，湘九，你看看余先生的篆刻吧，他的篆刻汲取了汉印、砖铭、简书的意蕴，古意森森，奇趣盎然而浑然天成啊。

那天是董天狂八十岁生日，老爷子买了一只鸭子叫湘九下厨。湘九拔了半天鸭毛，鸭脖颈上还有许多毛，恼怒之下就把脖子拧下来塞进鸭膛去煮熟算了。余任天吃到这段脖颈时瞪圆了眼珠子，他说，湘九，你给我吃的什么，鞋刷吗？湘九大笑，胡扯道，宁海人都是这么吃的，当地人说，鸭脖颈上要留点鸭毛，鸭毛大补！

两位老人都喜欢这个年轻人，但是对他于诗书画印的不求甚解感到很不满意。事实上湘九对一切高雅艺术都不求甚解。他的基础太差而涉猎太多，他还有些玩世不恭。董天狂老人说，湘九你写首诗吧。湘九说写不出，董天狂说，你给我抄了几百首诗，不会写诗也会凑了。湘九不得不口占一诗：

山色空濛湖上村，

高楼聚饮笑谈温。

豪情不惜千杯醉，

也拟清狂敬一樽。

余任天说，这个地方叫湖边村，不是湖上村。

湘九说，湖边厉害还是湖上厉害？诗的意境您懂不懂！

马屁，小小年纪就学会了拍马屁，余任天说湘九。也拟清狂敬一樽？狂是董先生，清又是谁？

您呀，湘九一本正经地说。您看看您的样子，一双破套鞋，一件打补丁的蓝布大褂，穷酸如孔乙己。然而乐于清贫而超脱出俗，诚可谓洒脱风神。我借董老八十大寿而敬您一樽，何错之有？

噱头啊噱头，余任天摇着头说，湘九，你的噱头真是太好了！

对于一向内敛自守的余任天先生来说，那晚的开怀痛饮极为难得。他交了湘九这个小朋友，嘴上说你真是朽木不可雕也，心里却熏熏然地高兴。可惜湘九和大多数凡夫俗子一样，对于眼前容易得到的一切往往不知珍惜，交往几年，余任天的一幅字一张画他都不曾收藏，他想，我又不是什么文化人。

这种秉性一直维持到今天，江南的许多书画家对湘九摇头。以画牡丹而著名的何水法跟他交往二十年。有一天何水法终于忍不住问他：湘九，我跟别人交往，常常没几天就向我开口索画，而你却二十年来从不提起要我的任何作品，莫非你看不起拙作？

湘九尴尬地递一支烟给他说，当年我不识货，而今您的大作动不动就是标价数万、数十万元了，我若开口，岂不是向您讨钱了？

进入二十一世纪，去世十年后的余先生遭遇热捧，媒体称之为"诗书画印四绝的艺术家"，拍卖会上行情不断看涨，有关部门召开座谈会，颂词如潮。此时，就是想拍马屁也轮不到湘九拍了，自有那些或附庸风雅，或手里有货，甚至拥有仿造赝品者趋之若鹜。

湘九打开肖露妈妈借给他的《内科学》已是深夜。母亲在里屋睡着了，湘九开始阅读这本砖头一样厚重的书。书里有一页是折着的，湘九随手一翻就看到了一个病症：癫痫。湘九凝眸沉思。他的酒醒了，一目十行地浏览一遍，接着，细细研读。

三天后的晚上，延定巷五十四号墙门里发出激烈的争吵声。左邻右舍披衣而起，听到湘九和梅姐在吵架。湘九说梅不顾娘家，把侍奉母亲的重担全压在他的身上。母亲指责湘九。梅气得哇哇地哭。

一个邻居走到张家窗前，看到窗子没有关紧，他拉开窗，发出惊叫声。湘九因为气极了而手脚抽搐，不能言语。邻居们纷纷敲门而入，看到湘九口吐白沫，已经昏了过去。一个在部队医院当过管理员的邻居说，快，快掐他的人中！他把手放到湘九的唇上，湘九幽幽然睁开眼睛。

第二天上午，肖露妈妈对坐在门诊室的湘九说，我可以给你开一张癫痫发作的病假条，但是，这种病，人家要去居民区了解的。

湘九说，您放心吧，延定巷居民区的大伯大妈们，都知道我有这个病了。

病退回城的材料从区里报到市里再从市里批下去有一个漫长的过程，湘九每个星期都要去一趟市安置办。星期三是接待日，他在星期三看到形形色色的人。

湘九在轮到接待自己时才摆出一副病恹恹的模样，很多人却不是这样。他们在通往行政大院的半里路外就成了残疾人，有的人走路一瘸一拐，有的人跌跌撞撞。有一次，一位工作人员对一位三十岁左右的老知青说，你的情况不够病退条件。老知青说，怎样才够条件呢？工作人员说，除非你站在这里就会撒出尿来。湘九看到他的脸涨得血红，不到一分钟，人们惊叫起来，老知青的胯下流出了一汪水，从裤脚一直淌到地上。人们往四下里跑开去。工作人员脸上一阵青一阵红，手指哆嗦着，咬牙切齿地对他说，你……你也太……太过分了。

面对这样的人，湘九的噱头再大也自愧不如。他只能用诚恳来打动对方的心。

湘九永远忘不了市安置办一位李同志。黑黑瘦瘦的李同志将近五十岁的样子，很严肃很耐心地接待了他。他对湘九的诊断书并不很感兴趣，更没有要求他当场将癫痫病发作一次。他问湘九母亲的病情，问得很详尽。他说，你们是从海外回来的，这一点，你要附个报告上来。湘九说这有什么用，说不定办起来会更麻烦。李同志说了一句意味深长的话，物极必反，他说，任何事物走到了极致就会发生质的变化了。

于是湘九又一次听妈妈讲那过去的事情，母亲躺在病榻上，向他讲述了一件令人十分震惊与辛酸的往事。这件事，是在母亲生病前最后一次去劳改场探望仲君时，仲君告诉她的。

那时候，他们都从香港回来了，只有仲君还留在父亲身边。有一天仲君看到家里来了两位客人，仲君听到父亲叫其中一位客人"部长"。父亲赶他出门去，满腹狐疑的仲君出去了又折回来，躲在窗外偷听他们的谈话。他听见父亲说，我将生下来才三十天的小儿子都送回内地去了！我想回去，和家人团聚。部长沉默了一会儿，对父亲说，您不要激动，我们理解您的心情；您去那边，一定会像以往那样为民族作出新的贡献。

父亲沉默着，仲君说，房间里的沉闷使他提心吊胆。过了很久很久，另一位客人终于开口。他说，张将军您可是一向忍辱负重，将国家统一和民族大义看作至高无上的呀。

小娘舅以一手潇洒柳体替母亲写就的"揭发书"已经被二哥带到天津去了。那时，他想入团，将它交给了厂团委。母亲已经无力去回想父亲一生担任的各种职务，她的回忆点点滴滴，像窗外无花果树叶上飘落的露珠。

湘九看到无数疑问躲藏在她脸上一道又一道深刻的皱纹里。他觉得她的一生像落叶一样被渐渐地风化，变成碎片。你父亲究竟为了什么把我们送回内地？为什么孤身一人踏入那个陷阱？他究竟是活着还是死了?！母亲一千遍一万遍地问他，他的痛苦跟母亲一样，一次又一次地心如刀绞。

他写了一个简单的材料交给李同志。我要回来，他对李同志说，我要侍奉母亲，减轻她晚年的病痛。我希望政府发扬一点人道主义精神，让她在风烛残年多少得到一点安慰。如果她去世了，我他妈的回来或者不回来都没有什么意义了！

我会把你的材料交给上级领导，直接交给市委、市革委会主要领导，希望你和你母亲要有信心。李同志很认真地回答他。

湘九将信将疑地回到延定巷五十四号，看到窗下停着一辆女式自行车。他推开门，一个正坐在母亲身边，看着她老人家吃馄饨的少女蓦然回首，叫了他一声。湘九的心在那一刻被一种温情所融化，他激动地说，咪咪，你回来啦，怎么不事先告诉我一声！母亲的床边有着难闻的气味，咪咪却不嫌弃。母亲将馄饨吃完了，她把碗筷拿到厨房去洗，洗完后又回到母亲身边，一切都那么自然、恬淡和朴实。中午，咪咪说她旅途劳顿，半夜到家也没睡好，她要午睡。湘九说你去外屋的竹床上睡吧。咪咪说不用了，伯母，我就在您的身边躺一会儿吧。

咪咪非常自然地爬到里床，不一会儿就发出了轻轻的鼾声。湘九跟母亲面面相觑。湘九说，她是学医的，所以她不在乎你的病。母亲摇摇头，伸出一只手去，轻轻地抚摸着咪咪的小腿。过了很久很久，母亲对儿子说，一切都要顺其自然，明白吗，你要有自知之明。

湘九记住了母亲的话。他时刻提醒自己要有自知之明。咪咪抱着一台红灯牌收音机来看他，叫他陪她去无线电商店修理这台收音机。他们从店里出来，在西湖边荡来荡去。湘九说，我们去岳坟吧，他们走到岳坟，并不感觉累。湘九说索性走到灵隐去，他俩就走到了灵隐。后来他俩坐在西湖边的山坡上，看着草长莺飞，浑然不觉夕阳西下。晚风从湖上吹来，他们也不觉得冷。湘九说，咪咪，宁夏太远了，你得想办法调回来。咪咪沉默了一会儿说，我妈妈要去桐庐乡下参加筹建战备医院，听说可以把我的户口也迁到桐庐去。湘九说那就太好了，从杭州到桐庐，乘长途汽车两个小时就到了。咪咪说，如果我去了桐庐，你会去看我吗？

当然，湘九说，我会去的。咪咪的眼睛亮了亮，把头靠在他肩上。有一两个钟头的时间，他们再没说一句话。后来湘九就点了一支烟。烟快抽完了，湘九望着山坡下影影绰绰的湖光水色说，你母亲对我怎么看？

咪咪没有回答。湘九感到她的身子在发抖，他用手揽住她的肩，她的脸摩挲着他的手背，泪水凉滋滋的。湘九叹了一口气说，你妈妈给我写过一封信，不赞成我跟你交往。

咪咪坐开去一些，面对面看着他，我只有妈妈一个亲人，她咬着嘴唇说，我不能叫她太伤心。湘九点点头。我理解。他艰难地说出三个字，感觉他的向往像一只小鸟正在飞去。湖风吹老少年郎，他的嗓音中满是沧桑。咪咪握住他的手，她的手冰冷。咪咪说，我太累了，我们过段日子再交往吧？湘九点点头，那一刻他觉得自己像一个孩子，无奈地面对着一个不该进入的世界。

咪咪好久没有来了，母亲坐在马桶上问怎么了。湘九的脸比预想的要平静得多，母亲甚至感觉到他的表现里有一种真实的轻松。湘九只在与平平强强交往时表现出内心的痛楚。人情如水啊，这个世界真冷酷！平平强强满怀同情地听他发牢骚。他们坐在弼教坊的小酒店里，平平将一支牙签剔着牙缝，他说，你不是在搞病退吗，如果搞成了你就能回到杭州，回到杭州还怕找不到比一个宁夏知青更合适的女朋友？

湘九挥挥手，仿佛赶走一只苍蝇。你真俗，你以为这是在市场里买东西？

平平听了很生气。你这是无病呻吟。他说。

平平说得对，他没有资格无病呻吟，他的首要任务还是给母亲治病。他踩着一辆从梅姐厂里借来的三轮车，把母亲送到中医学院去。中医学院有位潘教授，治疗肿瘤方面小有名气。湘九打听到潘教授是绍兴人。他跟母亲说，如果潘教授问您是哪里人，您就说绍兴人。母亲愁眉苦脸地说，我爷爷是从镇海来到杭州的，镇海离绍兴还有一百多里路呢。幺儿，你不能老是叫我说谎，我不能为了治病而说谎。

说这种小谎无伤大雅，湘九对母亲"谆谆诱导"。一百里地算得什么？镇海在古时候属于绍兴府管辖，我不会搞错的。何况，您姓祝，应该是绍兴府上虞县祝员外的后人么。

湘九一进门就对潘教授说，我母亲是绍兴人。潘教授却淡然一笑。绍兴人宁波人都一样，他说，用的药也没有什么区别。

母亲因此而十分信任潘教授。

高高胖胖的潘教授是"反动学术权威"，从"牛棚"出来后赋闲在家。他的院子里种满了中药材，窗台上门廊下都是花花草草。潘教授看病不收钱，湘九买了两条香烟送给他也被他挡回来。他仔细看母亲的病历，问得很详尽。七叶一枝花，垂盆草，半枝莲，鱼腥草，后来湘九把这些药名背得滚瓜烂熟，觉得自己也成了肿瘤方面的专家。我做您的研究生吧？有一天他十分虔诚地对潘教授说。潘教授从老花眼镜后瞪大了眼珠看他，扑哧一声笑起来。学院里连一个本科生都没有了，哪来的研究生？他说，再说，你不是只有一张小学毕业文凭吗？

二哥休探亲假回来了。二哥说，听说扎针的效果好，什么病都可以治，我们不妨去试试。二哥跟湘九一起把母亲拉到市卫生学校，那里有个门诊部。母亲说，咪咪跟我说过，到这里看病可以找她母亲，幺儿，你跟她母亲联系一下。湘九的脑袋一下大了。

咪咪的妈妈个子比咪咪高，年轻时绝对是个美人。看到她不卑不亢地迎出来，湘九好像犯错误的学生低下了头。这是我母亲，这是我二哥，湘九向她介绍。麻烦您了，母亲很礼貌地对她说。咪咪妈妈说不客气，她瞟一眼湘九，湘九面红耳赤。

母亲到门诊部扎了两个月针，两个月后咪咪妈妈跟门诊部一起去了桐庐。母亲说，人家也算得是书香门第了，不同意你们交往完全有道理。她妈妈说你文化太低，成分太差，身体也不行，高血压。儿子，如果我是她，我就这么一个女儿，我也不会让她跟你做朋友啊。

湘九沮丧地看着母亲，心想，还有一个病幸亏没有告诉咪咪：癫痫。如果女儿说漏了嘴，她妈妈会不会气得昏过去？

咪咪给他寄来一封信，约他傍晚在众安桥报馆门口见面。湘九早早地去了，等了半个小时，咪咪姗姗来迟。她的自行车后架上绑着一只大箱子，她说，我明天就去桐庐了，想了好久，还是应该向你最后告别一下。"最后告别"这几个字戳人心腑，湘九阴沉着脸半晌无语。

报馆门口是八路车车站，上车下车的人乱哄哄的。很多人挤在阅报栏前看新闻，西哈努克亲王带着莫尼克公主正在到处参观访问。阅报栏旁边有个炸臭豆腐的摊儿，臭烘烘油腻腻的气味扑面而来。湘九觉得自己真是混得很惨，咪咪跟他告别的背景一地鸡毛，一点都不浪漫。湘九说我陪你走几步吧，咪咪默默地跟他走了几步，又站住了。湘九神情黯淡地说，好吧，你走吧。告诉你一件事，我在搞病退，有可能将户口迁回杭州来。如果办成了，我给你写信，你来杭州时也有个落脚点。如果办不成，我就再也不给你写信了。

头顶上是忧郁的天空，天空下面是嘈杂的城市街景，树荫下有人在吃臭豆腐，汽车靠站时刹车发出尖利的呼啸声。湘九猜想咪咪会像所有身处此境的姑娘一样，在这种时刻说些没营养的话。比方说，你的回城或不回城跟我们的交往没有关系，我并不是因为你的身份而与你分手之类的。这样的话能给双方都留一点面子。但是，咪咪没有说这些话，一句也没有。她很认真地考虑了一会儿，说：好的。

她真是太实惠了。

如果发生在别人身上，湘九肯定难以容忍。如此功利的姑娘谁受得了？户口迁回来了继续交往，迁不回来就彻底分手——男方这样说是不失风度，女方却说好的？但是，这样的事发生在咪咪身上，湘九却不觉得她功利，反而觉得她实在。湘九若有所思地从她的角度想，如果你能回到杭州，我妈妈也许就不会干涉我跟你的交往了。

命运的安排自有其道理，他们因此而分别得很理性。属于他的，他无法推却；不属于他的，他索求不得。咪咪的想法也差不多，她骑着自行车回卫校去，天黑下来了，绿树红花隐去，月光辉映古城。从钱塘江往上是富春江，著名的严子陵钓鱼台就在桐庐。姑娘想，她的户口还在宁夏，能不能迁到桐庐去也还是一个未知数；在这样的处境下，她对湘九不说"好的"又能说什么呢？

那天夜里，湘九跑到董鸿图家去喝酒。董天狂老先生睡下了。他跟董鸿图喝，还有董家一个邻居，绰号叫"少年"。董鸿图弹古筝给他们听。月亮倾泻下一片清辉，给阳台披上了一层银绿色的薄纱。董鸿图的古筝声使他们感到说不出的孤寂。远山、近村、丛林、土丘，似乎有一幅长长的古老画卷展开在他们面前，一切都阴郁沉默。董鸿图和"少年"也想搞病退，他们喝着绍兴加饭说，湘九，你办成了，我们步你后尘。

古筝的乐声显然不同于革命歌曲，不同于《白毛女》和《红色娘子军》。那时候整条弄堂都在安睡，他们却听到了咚咚的敲门声，仿佛不是用手，而是用脚在踢门。"少年"猛地跳起，别弹了，鸿图！他的神情那么紧张，好像看到消息树倒了，鬼子已经进村。当"少年"抖索索地跑到楼下打开大门时，湘九走到楼梯口，看到两个戴着蓝色解放帽的中年人走了上来。

听说你大姐回来了，还带着她的孩子？一个瘦高个子的"蓝帽子"问董鸿图。

董鸿图愣了一会儿，说，是的，她们到萧山去看我母亲了。

为什么不向街道报告？

他们坐在董家的红木椅子上，像审讯犯人一样问董鸿图。"少年"溜走了，他们好像知道他是董家的邻居，不予追究。湘九没走，酒壮人胆，他的心里很恼火。"蓝帽子"问他的姓名，跑到董家来干什么，他冷笑说，我是董家父子的朋友，你们是干什么的？

我们是湖滨街道工宣队，你们必须老老实实回答问题。

湘九听说大中小学有工宣队，还听说幼儿园也有工宣队，街道有工宣队却是他第一次听说。湘九想，你们有什么了不起的，不就是一个工人吗？这座城市里，除了当官的，满大街都是工人。

　　董鸿图却很紧张。他恳请他们到阳台上去问他，不要惊醒他的老父亲。原来，董家大姐读大学时遇上了一九五七年，发配到江西一家林场改造，运动中"不服管教"，从"牛棚"跑了出来。湖滨街道接到当地来信，要她立即返回江西。

　　湘九想到了群仆，想到许许多多曾经和正在逃难的人们。湘九的酒醒了，相比之下，他的遭遇实在算不了什么。前两天，他还跟董家大姐、跟大姐的女儿一起吃过饭。董大姐纤弱秀丽，知书达理，面对的却是一帮造反派。她不逃出来行吗？在深山老林的"牛棚"里，不知道还有什么灾难在等着她和她的女儿。

　　湘九摸出香烟，递给两位工宣队员抽。湘九说，林场里搞派性斗争，谁知道哪一派是正确的哪一派是错误的？江西的事情跟杭州有什么关系？两位师傅，睁一只眼睛闭一只眼睛吧。

　　两位师傅嫌恶地看着他，不接他的烟。他们看湘九的神情，完全是不可理喻。他们严厉地警告董鸿图，叫他通知他大姐，马上回江西去，不准再在杭州停留。他们说，你也马上回金华农村去吧，不要再留恋这个资产阶级家庭、这种资产阶级生活方式了，否则我们要没收你的古筝，没收你的吉他，还要发动群众批判你的老父亲。

　　董鸿图在发抖，给人的感觉好像一只被猎枪击中的大鸟，拖着浴血的翅膀匍匐在地上。他想找一个安静的地方，在那里用舌头舔舔伤口，却找不到任何躲避之处。

　　若干年后，董鸿图和他的家庭终于得到了解脱。他申请去法国留学，一切手续都办好了，却在医院做体检时被查出患了不治之症。湘九从山东部队赶回杭州，在浙一医院的癌症病房里最后跟他见了一面。骨瘦如柴的董鸿图伸出一只死人般冰冷的手，拉着湘九的手说，你还记得那个夜晚么？

　　湘九当然记得那个夜晚，那个夜晚让他感到恐惧。他从董家出来，走到岳王路时偶然回首，发现那个瘦高个儿的工宣队员居然跟在他身后！湘九的心怦怦直跳，他加快脚步，逃进了石贯子巷。但是，当他走到巷中间时，回首看到"蓝帽子"也出现在了巷口。他和湘九始终保持约二十米远的距离。湘九加快脚步，他也加快脚步，湘九放慢脚步，他也放慢了脚步。

那个夜晚细雨凄清，巷子里显得分外冷寂。湘九穿过中山中路，走到延定巷。他走进潮湿而轻柔的夜的雨雾中，听见后面依然响着不紧不慢的脚步声。那时候湘九感到蚀骨的绝望，他觉得这条甩不脱的尾巴正在将他逼入绝境。他走到墙门口了，靠在电线杆子上喘气，心里激烈地斗争，继续往前走还是把这个盯梢者带进家里去？路灯将他和他的不幸笼罩在半明半暗的昏黄光线里，他看着这个"蓝帽子"一步一步向他走近。

湘九毅然走进墙门，该来的无法逃避，他决定面对现实。他站在家门口，压低了嗓门对身后的人说，请你不要让我母亲受惊。

很多年过去了，湘九依然搞不明白，这个"蓝帽子"究竟是否是"湖滨街道工宣队"的队员？也许，这只是他告诉他们的一个身份，也许他还有另外一个不可知的身份？当湘九压低了嗓门提醒他不要惊吓母亲时，他也压低了嗓门，说，我明白。

湘九进屋打开灯，母亲在里屋床上说，幺儿你回来啦？湘九说，我回来了，还有一个朋友。

湘九给"蓝帽子"倒了一杯水。"蓝帽子"打量着不到八平方米的堂屋，堂屋只有一张小方桌、一张竹榻。"蓝帽子"说，你真是湘九？

湘九点点头，看到他从口袋里拿出一个小本子，里面夹着几张好像表格般的纸，他开始作纪录。他说，你正在申请办理回城手续对吗？

他问得很详尽，从湘九的父母到亲戚和他的每一个兄弟姐妹，从他出生后到现在的每一段岁月，不厌其烦地详细询问。所幸的是，他的声音始终压得很低，没有惊吓里屋的老太太。他的语调平静得没有春夏秋冬。湘九猜想，母亲以为外屋是一对好友在窃窃私语呢！

当他合上本子站起身时，湘九的反应有些迟钝，他懵里懵懂地问对方：这就完了？

完了。对方淡漠地说，你认为还应该有什么事吗？

不认为，湘九语无伦次地回答，不……不应该有什么事了。

"蓝帽子"走到里屋门帘前，说了一声大妈，我走了。

母亲应了一声。母亲说，谢谢你，走好。湘九送他到墙门口，湘九想问他究竟什么身份，怎么知道自己正在搞病退。他不敢问。也许，他真是街道的工宣队员吧，受市里委托来核实一下他的家庭情况？

他跟湘九握了握手，到了此时，他的脸上仍然没有一点表情，他说，你跟董家少些往来。

湘九愣怔怔地看他消失在夜雾中。

他将自己的困惑一直藏在心里，直到病入膏肓的董鸿图重新提起。那时候董鸿图在阴冷的病房里跟他相对无言，他们既感到茫然，又觉得蹊跷，生和死都有着太多的神秘。董鸿图说，湘九，我很快了，很快就要告别和人在一起的日子了。湘九看着他落形的脸，想到他不过三十几岁，湘九觉得他们的人生真像是一个风吹雨打的梦境。

走出病房，湘九看到阳光灿烂，一位小个子男人拎着一只保温饭盒走过来。"少年"，湘九喊他一声。"少年"握住他的手，瞧着他身上的军装说，我们终于赶上好日子了，鸿图却成了这般模样，湘九，好日子为什么总是如此短暂？

好日子为什么总是如此短暂？湘九回答不了。"少年"从乔司农场回了城，在浙一医院后勤部门做管道工。董鸿图住院后，"少年"每天去陪护他，一直到送他进入太平间。令人感到实在可怕的是，董鸿图逝世几年后，"少年"也住进了董鸿图住过的病房。他对湘九说，我要去另一个世界跟董鸿图重逢了。

湘九觉得自己面对一个诡谲的世界。已经有太多的好朋友永远地告别了他，他掰着十个手指头都数不过来。他望着病房的窗外，看到巷子里有几个小孩在溜冰，风儿带过来他们的欢声笑语。湘九回望他跟董鸿图与"少年"的少年时代。"少年"送给他一块价值二十六元的南京产紫金山牌手表。那是一块无钻表，造型粗犷，透着一种朝气蓬勃的力量。湘九很喜欢这属于他的第一块手表，回赠"少年"一套黄色的咔叽军装和一双溜冰鞋。这双溜冰鞋是一九五〇年从香港带回来的，英国货，几乎是张家兄弟带自境外的唯一纪念品了。

湘九仿佛看到"少年"穿着他送的溜冰鞋在马路上飞快地滑行，他迎着春天的风儿大喊：好日子为什么总是如此短暂？！

绝地行走

"蓝帽子"走了，湘九回到家里，看到母亲坐在床上。母亲的脸呈现病态的青白色，久未碰过梳子的稀疏白发凌乱地披垂在额上。她说，这个人不是你的朋友，他是谁，为什么找你，幺儿你要对我说实话。

湘九知道"蓝帽子"的告别词露了馅，他的朋友都叫母亲伯母不叫大妈。湘九坐到床沿上，告诉母亲这是街道的工宣队员，核实一下家里情况。他不得不将自己在董鸿图家跟他相遇的经过讲给母亲听，他觉得什么事情好像都瞒不过母亲。

湘九感觉到母亲的疑虑，她从董家的遭遇联想到了遥远的湖南长沙。大娘舅已经去世了，大舅姆在家里照看阿贞的两个孩子。母亲说，埭溪乡下的二表哥年前去了一趟长沙，想请阿贞介绍一个打工的机会。二表哥走到化工研究所门口被持枪的哨兵挡住。传达室的人说，你找表妹，你知道你表妹家里发生的变故吗？二表哥摇摇头，强作镇静说，我想看望一下舅妈，千里迢迢地来了，看一眼老太太总可以吧？

二表哥身上带着一本破破烂烂的复员证，哨兵因此而起了恻隐之心。二表哥推开阿贞家的门，看到一个白发苍苍的老人家坐在堂前。看见二表哥进来她那干瘪的嘴唇动了动，但没有说话，二表哥叫声大舅姆，老太太抖了抖，艰难地站起来。二表哥赶紧扶住摇摇晃晃的她。

二表哥抱着大舅姆瑟瑟发抖的身子，眼泪扑簌簌地往下掉。这个故事太荒唐太凄凉，湘九听母亲叙述时也不由自主地落泪。这一年阿贞的儿子九岁女儿六岁，九岁的孩子开会时喊错了一句口号，将"万岁"喊成了"打倒"。当天，父母被分别隔离审查，两个小孩子也被分别隔离，一家五口人被分隔到了相隔百十公里的五个地方！大舅姆奄奄一息地对二表哥说，你来了，我总算听……听到一个人的说话声了！

二表哥把舅姆抱到床上去。卧室里潮腻腻的，一股霉味扑鼻而来，看到一向爱干净的大舅姆成了这般模样，二表哥伤心得几乎跌倒。他走进厨房，看到锅盖上亮着两只绿莹莹的眼睛，一只猫有气无力地喵呜喵呜叫了两声，从窗口跑出去了。二表哥看到米缸是空的，煤饼炉里也是空的，他转身跑出门去，逮住一个人就问：副食品商店怎么走？

湘九趴在母亲的床沿上给阿贞写信。二表哥说，他离开长沙时，阿贞的丈夫还没有出来，但他是党员，工人家庭出身，估计不会有太大问题。母亲说，信封上不要写杭州的地址，写萧山吧，那是大舅姆的娘家。湘九感到辛酸，到了这时，母亲还怕张家的去信会影响阿贞一家。

可怜的阿贞没有回信。也许，她还在跟张家划清界限，也许她连划清界限的机会都没有了。

十年以后，阿贞的儿子，那个九岁的"小反革命分子"，在长沙参了军，三个月后就奔赴边疆，上了自卫反击战的战场，一上战场就受了伤，伤在脑袋上。复员后他找了对象，旅行结婚到杭州，这才找到了湘九家。湘九觉得这孩子忠厚老实得有些木讷，不知道是因为他九岁时的遭遇呢，还是十九岁时受伤所致？

从那天夜里到后来的一个星期，家里的气氛都很沉闷。那位来去神秘的"蓝帽子"，给湘九母子带来一种难以言说的忐忑不安。咪咪从桐庐回来了一趟，有些东西还放在卫校，她回来取东西。湘九跟她见了一面，彼此都找不出什么话说了。

湘九说，我想去南星桥看小娘舅，顺便看看钱塘江。咪咪迟疑了一会儿，说，我陪你去吧。

小娘舅调来调去，最后调到了江干旅馆分部，过了南星桥还有两站路。那个破败的小客栈从经理到账房到服务员只有小娘舅一个人。湘九记得小娘舅有一双皮鞋，他想要来穿。可是一个旅客向小娘舅说借他穿一下去会见客户，他去后就再也没有回来，连他住了三天客栈的房钱都没付。

湘九和咪咪坐在客栈的账桌前，听客人们调侃小娘舅，从南星桥到美政桥，人们都晓得小娘舅这个"活雷锋"，每个月都有人请他垫付房钱，白吃他的饭，他每个月都入不敷出。咪咪看着湘九黯然神伤的表情觉得有些可笑。咪咪说你不穿皮鞋已比我高多了，你穿上皮鞋我就不好意思走在你身旁了。湘九郁闷地瞧着她一米五五的身高说，你总不会永远这么矮吧，你还会长高一点吧？

他们大笑着走向钱塘江边，心情似乎好了许多。他们小心翼翼地回避从前的话题：青春、友谊、事业、前途，他们知道自己没有资格谈论这些美丽的字眼。

"蓝帽子"给湘九带来的直觉是，他的病退问题搁浅了。那个星期三他没有去市安置办。他坐在小方桌前，按照母亲的口授给仲君写一封信。仲君在配电所只干了很短一段时间，然后就和一些留场就业人员去长兴李家巷开石矿。湘九去看过他，跟他们一起推过矿车。他们将采下的大石块手搬、肩扛、装车、推运，使用的是最原始的工具。湘九亲眼目睹了一次矿车翻身脱轨事故。正是下坡的时候，仲君怕后面的矿车接二连三翻掉，居然大吼一声，竭尽全力，把矿车掀出了轨道外。手中用作刹车的硬木棍断成两截，倾倒出来的石块砸伤了他的腿。倘若他是一名"根正苗红"的工人，这样的事迹可以上报纸，可以让他成为英雄，可在留场就业的劳改场，只给他开了一周的病假。

湘九在那里住了一周，每天用一只煤油炉给大哥做病号饭，在看守们洗过后漂着一层皂沫和泥垢的池子里洗澡。傍晚时，他默默地站在工棚前，看收工的囚徒们站在食堂门口，高声朗读一段语录。"世界观的转变，是一个根本的转变。"一个绰号叫小喇叭的囚徒问湘九，什么叫世界观？湘九问他，你没有读过书吗？小喇叭说，我从小是个"三毛"，后来在上海踏三轮车，我连自己的姓名也不会写。那你是犯了什么罪进来的？小喇叭的眼睛红了，苍黑的脸庞蒙上一层冤屈的酱紫色。他们说我写反动标语，他告诉湘九。湘九惊呆。

湘九在小喇叭们那里，感到一种无边无际的怜悯、苦恼、惆怅和痛苦。他想起"大串联"时，就住在上海市三轮车管理服务处，跟那里的干部们在同一个食堂吃饭。看上去，这些人跟所有的平常人一样，上班，吃饭，打扑克，星期天带着孩子去外滩或西郊动物园。不知道这些人中间哪一个，或者哪几个人，出于什么样的动机，居然将一个连自己姓名都不会写的小喇叭打成了书写反动标语的罪犯？这样的人，到了星期天，竟然还能心安理得地亲吻他的孩子，带他们上西郊动物园去？

湘九将信写完了，百无聊赖地在一张白纸上乱涂乱写。"时难年荒世业空，弟兄羁旅各西东。田园寥落干戈后，骨肉流离道路中。"他看着白居易的诗陷入沉思，感到有一种愤懑正在膨胀，一种呐喊顽强地撞击着胸膛，企图冲破他的喉咙。

"希望"，他写下了一部小说的标题。这是他成年后开始写的第一部小说，他的心情，类似鲁迅先生创作《狂人日记》时的心情。

他奋笔疾书。沉默笼罩着房间，笼罩着天光暗淡的小天井，也笼罩着他一团漆黑的心灵。那时，湘九确实不清楚，他为什么要用"希望"这个美好的词汇来做这本书的书名，也许这是他内心深处的一种企盼吧，生活在苦难中的人们，总要有一点希望，才不至于彻底窒息与沉沦？

这是一部无法发表的作品。湘九并不指望它能有一天发表。他用他的生活写小说，用他的小说写生活。

他的创作欲望，在这个郁闷之至的春天，萌发于陋巷深处的柴门蓬屋。

春天果然带来了希望，来得如此突然，让他毫无心理准备。

又一个星期三到了，连森跑来，邀请他一起去市安置办，他抱着无所谓的态度陪连森走进市府大院。看到一群知青围在李同志身边，他点了一支烟，吊儿郎当地站在窗外作旁观者。突然，他听到李同志喊他的名字。

叫我？他扔掉烟头，指着自己的鼻子问。他看到李同志站在窗口，抬起手继续召唤他。当他走过去时，李同志对围聚在身边的人们说，对不起，请你们在门外等候。

办公室里只剩下李同志和他。他看到李同志疲惫的脸上出现了笑容，这使他感到惊讶，他从来没有看到过他的笑容。李同志说，你坐下，他机械地坐下。李同志说，恭喜你和你的母亲。他舔了舔干涩的嘴唇，一时不知如何回答。

李同志从抽屉里拿出一份材料。

湘九站起身，他的双腿抖得那么厉害，好像站不住了似的。仿佛有一个猝不及防的信息刺激了他，眼前竟然出现了一片雾影。他木然地站在那儿，过了好一会儿，才看清一个人的签名，几个字的批示："同意特照回城。"他似乎不太明白这是什么意思，依然用一种茫然的眼光看着李同志。

他的样子像一个白痴。

李同志不得不伸出手，重重地拍一下他的肩。

这是市委主要领导亲自批的，特别照顾回城，你明白吗？李同志说，过几天，你去区安置办拿正式手续吧。

他向李同志深深地鞠了一躬。抬起头时，他没有落泪，却看到李同志的眼睛潮湿了，因为李同志摘下眼镜，摸出一块手帕揩了揩眼睛。

湘九搞不懂病退回城和特别照顾回城有什么区别，直到他被招工以及后来参军的时候，他才深深地感到后怕和感激。那时他才明白：李同志随后的举动对他意味着什么。

这个东西，就用不着留下了吧。李同志说，然后，将一张纸从材料中抽出来，扔到一旁去了。

他的"癫痫"诊断书。

连森和湘九手挽着手走在路上。连森说你跟李同志是什么关系，跟市委那位主要领导又有什么关系？湘九脸上的神情依然有些恍惚，他在吴山堂门口的石阶上坐下来，抬起衣袖擦着额上的汗珠，他说，我跟他们有什么关系？我根本不认识他们。连森说，我把胖子副主任都介绍给了你，你可不能伤兄弟的心呀。湘九说，你再这样说，天上就要落雪了，我要变成窦娥了！连森叹了口气说，我相信你不会瞒我，但是我想不通啊，既没有叫你去医院复查，又批了个特别照顾回城，这究竟是什么原因呢？湘九走到吴山堂后门旁的自来水龙头跟前，低下头去喝水，他抹着嘴走回来说，我不敢细问，我看到李同志那张忧国忧民的脸就有点害怕，他好像恨不得把整个中国都扛在肩上。

他在延定巷巷口跟连森分了手，一路小跑奔进家门。姆妈，我成功了！他喊，我又变成杭州人了！家里没有人，他吓了一跳，跑到后天井，看到母亲在井台边洗尿布。湘九跺着脚说，姆妈，叫你不要自己洗，你怎么听不进去呢！母亲扶着腰慢慢地从脚盆前站起来。你喊什么，什么又变成杭州人了？

湘九搀扶母亲回到屋子里，给母亲倒了一杯水。小方桌上摊开着一张《杭州日报》，湘九指着一条有关市里主要领导的新闻报道说，就是他，他批准我"特照回城"了！母亲被茶水呛了一下，抬起头说，真的吗，如此说来，我的猜测还真有些道理？

湘九不晓得母亲有过什么猜测。母亲说那个"蓝帽子"走后我想了许久，如果只是病退问题只要看看你的病历，再向左邻右舍了解一下就行了，何必将家庭情况问得那么详尽呢？幺儿，你是托了娘的福，他们让你回来是为了照顾我啊。

母亲说得那么肯定，湘九不能不信。他是不是杭州下乡知青中第一个"特照回城"的人？他不清楚。但是在宁海的下乡青年中，他确实是第一个以这种方式回到杭州的。

他怀着一种湿润的温情回山头去。汽车在山路上盘旋，他在云中雾里走。时间真是一种可怕的力量，给予人多么巨大的变化。八年的光阴仿佛瞬息即逝，湘九从一个十四岁的少年变成了二十二岁的青年。

高维庆毛三在长街车站迎接他。他们走过长街中学门口，看到老林骑着一辆自行车出来，他已成了这所中学的教师。湘九跑过去跟他寒暄时，高维庆毛三把脸转向一旁。一种柔软的东西在湘九胸膛里也在这春天的田野上游动起来，他想起老林曾经送他一本《普希金诗集》。"一切都是瞬息，一切都将过去，而那过去了的，将变成亲切的怀念。"

离开杭州之前，湘九给咪咪寄去一封简短的信，告诉她自己回宁海办理"特照回城"手续，一周后返回。他说，今后你到杭州就来我家落脚吧，不管你是从宁夏还是从桐庐过来。

山头大队有一个名叫杭生的知青，先他一步告别了插队的乡村。他离开长街车站时，抱了两块大石头上车。汽车启动了，他把石头从车窗里扔出来，一边扔一边高喊：老子终于离开这个鬼地方了！老子再也不回来了！！车下送行的人都被他的行为惊呆，汽车绝尘而去，人们的心情因此变得十分恶劣。

杭生只不过是去了杭州郊区一户农家做入赘女婿，归根结底他的身份还是农民，换了一个村庄而已。

湘九当然不屑于这种行为，山头给他留下的印象也绝对跟杭生不同。他向每一户村民告别，跟他们坐在院子里阴凉的树荫下面，喝一碗橘子皮泡的茶水，向他们敬一支烟。敏佳娘从街上买来两只猪爪，炖得酥烂请湘九吃。敏佳娘泪汪汪地拉着湘九的手说，你回去了，我又少了一个可以诉苦的人。湘九安慰老人家说，我会回来看您的，我回城找到工作后，一定会帮助您老人家。

王队长老两口请湘九吃饭。王队长说，湘九你将来会当官的，你当了官不要忘记我们，忘记老百姓。湘九说王队长您又高抬我了，我怎么可能当官呢？我当然不会忘记你们，你们教会了我怎样做人。

后来的日子，湘九常常想起自己对王队长的承诺、对敏佳娘的承诺。他看到很多人因为做人失败了，做事和做官也就失败了。他觉得自己做官可以失败，做事也允许失败，做人却是绝对不能失败。若是做人也失败了，那么这一生再无输赢可言。

时间的长河也许会悄无声息地淹没一切，但记忆依然会将那些沉入河底的碎片浮出水面。那几天晚上集体户高朋满座，村民们和知青们聚在一起跟湘九聊家常。从他的十四岁说到他的二十二岁，时而大笑，时而欷歔，人们为他也为连森孝仔以及玉和姗姗们的命运感叹不已。王识真回到杭州很长一段时间了，户口还在他的口袋里。这个精通英语和日语的高才生，在湘九回城两三年后才落下户口，然后被分配去银洞桥菜场当营业员，又过了若干年，才考上了外贸公司的翻译。

至于兰英等出嫁的女知青，皆已如黄鹤飞去，杳无音讯。

湘九在村里走来走去，他的心里生出许多留连。他喜欢河滩上被太阳晒了一天的霉烂气味，屋后山脚下开花的野紫罗兰的淡淡香味。一草一木，都令他浮想联翩。

这里有一段率性的人生，他和他的伙伴们共同走过。人和乡村的相貌在多年以后或者已变得模糊，但青春的岁月将在他脑海中留下深刻的烙印。人生总是会开始不同的故事，此后的日子，他将穿梭在稠密的人群中，为都市的喧嚣所淹没。晚风吹动笛音中的柳絮，四野茫茫，他留恋这无边的寂静。

然而天下没有不散的筵席。

终于，四月底的一天，在哭哭笑笑的热闹场面中，山头的父老亲们送走了杭州下乡青年湘九。正好长街到青珠农场的简易公路试通车，湘九就在山头的村外公路旁上了车。他穿着粗斜纹布中山装，黑圆口布鞋，剃着二分头，除了走路姿势和怅然若失的神情外，他的样子与乡村的年轻人并无区别。

送行的伙伴们站在公路旁，高维庆向缓缓启动的长途汽车扬起手，露出一口被劣质烟草熏黑的烂牙齿。毛三将脸转了开去，腮帮子微微抽搐。爱年想笑，两汪泪水却在眼眶里打滚。

留在湘九最后记忆中的是衰老的敏佳娘撩起围裙揩眼泪的模样。

这是五一国际劳动节的中午。阳光明媚，车笛渐近，站前广场上熙来攘往。一位少女骑车路过此地，看到火车头的白烟伴着轰鸣声冲向蓝天，接站的人们纷纷拥向出口处。少女想起湘九信上所说一周后返杭，便推着自行车走到了出站口。他会不会坐这趟列车回来？

湘九扛着一只木箱走出车站，他压根儿没想到有人会来接他。咪咪喊他一声，他惊讶地站住。身后人收不住脚，撞到他身上，他赶紧跟着姑娘走到一旁去。咪咪说，你真把户粮关系迁回来啦？他神情恍惚地点点头。

湘九沉浸在自己的思绪中。他没有告诉过咪咪，自己会在哪一天乘哪一趟列车于何时抵达杭州。

那么她在这里接了几天站？从宁波开往杭州方向的列车每天至少有四趟，三天还是五天了，她天天从早到晚地等着这四趟列车？！

一个于人生中至为重要的决定在这一刻产生，湘九因此而感到一种义无反顾的激动。他必须确定他俩的关系了，对她的一生负责。他们的地位发生了根本性的变化，他已经正式成为杭州居民，而她仍然是一个宁夏的农民。主动权沉甸甸地落到了他的手中，如果这时候再犹豫不决，对于面前这位天天站在火车站出口处翘首盼望的姑娘而言，无疑将是一种严重的伤害。

湘九推着咪咪的自行车，车后放着他的木箱子，他俩默默地走着，从城站一直走到延定巷，有许多话，两人都一时不知从何说起。

远远看到五十四号墙门口站着几位邻居，咪咪停下了脚步。

我不过去了，咪咪说，你母亲一定高兴得很，你二姐三姐说不定也跑来了，我进去不合适。

湘九看着她低下头去，心中又好像被什么钝器割了一下，隐隐作痛。好吧，晚饭后我在报馆门口等你，他毅然决然地说，不见不散。

二姐和梅并没有来，邻居们围着他问长问短。母亲依然坐在里屋马桶上。下午两点钟，湘九走进湖滨街道办事处。一切恍如昨日，姚同志依然坐在靠窗的办公桌后。八年过去了，院子里自来水龙头下那一对水桶静静地看着他走过去，看着他将那根扁担又一次放到肩上。它们颤抖了一下，很轻松地离开了地面。湘九挑着这担水走到窗口说："姚同志，我'胡汉三'又回来啦！"

姚同志的短发上有了斑斑银丝，她笑着说，你长大了，真的长大了，学会胡说八道了。她说湘九欢迎你回来啊，你回来了，我也安心了。那时你真的太小了，十四岁就让你下乡去了，我心里一直感到不安。那您就帮我找个合适的工作吧，湘九放下水

266　绝地行走

桶对她说，您的心将因此而变得欣慰。

派出所老和很快给他报上了户口。老和拍拍他的肩：告诉俺，从哪儿开的后门，小子，你不简单啊，居然搞到了市领导的亲笔批示！湘九诚惶诚恐地向他鞠一个躬。我连前门都战战兢兢地不大敢进去，哪里找得到后门呢？母亲说我是托了她的福，她让我谢谢政府，谢谢你们发扬人道主义精神。

山东老和若有所思地看着他。湘九走出半里地了，依然感觉到后脑勺上老和盯着他的目光。他走到石贯子巷七号，强强的家人们看到他变戏法似的拿出户口簿，不约而同地发出惊呼声。不一会儿，平平过来了，阿维也过来了，大家都说他应当请客，湘九说没问题，三天以后，五四青年节，我在天香楼摆一桌！

一九七二年五月四日中午，湘九在天香楼酒家宴请童年和少年时代的伙伴。姚官明一手握着车把，一手托着一坛五斤装的女儿红，第一个骑车到达，小学同学中，唯有他早已成为工人阶级，顶替父亲进了杭棉厂。湘九定的是二十元一桌的包席，十几个人挤在一张大圆桌旁，菜肴极其丰盛。湘九满脸红光，发表即席演讲。他说，人生不如意事常八九，所以我们要抓住每一个快乐的机会。弟兄们，喝吧！明天我可能就不快乐了，因为我又要去为找工作奔波了！董鸿图说，深刻啊，湘九的话道出了及时行乐的深刻内涵！

众人大笑，纷纷站起来敬湘九一杯。湘九说，今天喝我的，过几天喝你们的，我相信大家都能回到杭州，共商国是。

强强说，你用词不当，哪儿轮得到我们这群瘪三来"共商国是"呢，共商饭事还差不多。湘九说你不要妄自菲薄，今年冬季征兵时，我帮你动脑筋当兵去，将来当个团长！

所有的人都认为湘九喝醉了，牛皮哄哄。到了大雪封山冰冻满地的时候，强强才知道湘九不是吹牛。延定巷五十四号住着大顾二顾两兄弟，乃是小外婆的娘家侄孙，他们少年时跟张家一样，对那个老太太畏之如虎。二顾在已经属于生产建设兵团的红垦农场场部当警通排排长，跟团长政委亲如一家。那时候，学了一身木匠手艺的强强正在给营教导员打一套家具，教导员说当兵有什么意思，明年我推荐你去当工农兵学员。

强强已经死了心。前三年他报过名，体检通不过。第一年是红色盲，第二年是绿色盲，第三年红绿色盲。湘九说，今年是你符合应征条件的最后一年了，不到黄河心不死！验兵时强强连牙刷毛巾都没有往总场带，他认定自己决不会被留下过夜观察的。

强强无可奈何地跟着背铺盖带毛巾牙刷的应征青年们又一次走向总场时，他觉得不是为自己去验兵，而是代湘九去做一个做不完的梦。

色弱，当陆军问题不大。眼科医生面无表情地将这个新结论告诉他时，强强木愣愣地半天反应不过来。他向一位像去年前年的他一样倒霉的小伙子借了铺盖，跑到小卖部去买毛巾牙刷，他站在小卖部的柜台前给湘九打电话。他对着话筒喊：你说准了，真让你说准了，谋事在人，成事在天！

夜色降临大地，一片炫目的皑皑白雪，一个雪人儿蹬着车在蹒跚挪动，身后留下一条弯弯扭扭的轮胎印迹。强强从木工房里出来，心头沉甸甸的，教导员的话使他感到屋里比屋外更寒冷。湘九从车上跳下，身上的塑料雨披炸响一片脆裂的水声。明年？明年你活着还是死了都是天晓得！湘九说，营教导员肯定是个坏人，只顾自己要做一套家具，不惜耽误手下人的前程。这种人的话你也相信？

强强双腿发软，抖索索地被湘九押着往团部走。强强想二顾跟你算哪门子亲戚呢？他父亲的姑妈嫁给了你外公的弟弟，半个世纪前有这么一点掰着指头都数不过来的瓜葛而已。

二顾对强强说，他要你打家具，拿了多少公家的木材？用你多少工时？他为了阻止你当兵许了什么愿？他在三营还有哪些证据确凿的劣迹？强强，你都一五一十地写下来。

泪水在强强的眼眶里打转。他说，如果我走不了，他会将我戴上手铐送进劳改队去的。

二顾坐在一只炉子旁，身上挎一支五四式手枪，他是兵团战士，不是正规军，但是他的样子好像正在谋划智取威虎山的少剑波。他说，我给你露个底儿吧，算你走运，团长、政委的抽屉里早就有了不少对他的举报信，他搞女知青的证据正在核实中。你写份材料交给他们，马上会批准你参军走人了！

强强还在犹豫，湘九发火了。湘九指着他的鼻子说，你真是个属兔子的，人生能有几回搏，你明白不明白！强强退到门边，一阵凛冽的寒风吹来，像皮鞭一样抽打他的面颊。他哆嗦着回答湘九：你说的不是搏斗的搏，而是赌博的博啊！

直到坐上闷罐子车去了兵营，强强还在反复地回想这句话，觉得一点没说错。他不喜欢拿命运赌博，湘九喜欢。后来的事实也证明了这一点，他的生活始终平淡无奇，而湘九却一会儿大起一会儿大落。

崭新的军装发下来，允许新兵们放一天假跟亲属道别，强强赶紧离开三营。半路上看到教导员，他的脸红到脖颈。他看到教导员身后跟着团保卫股两名干事。教导员的脸是土灰色的，穿着摘去了领章帽徽的军棉袄，整个身子好像笼罩着一个黑圈，慢吞吞地往总场走。强强让到路边，第一次没有招呼老领导。他不知道怎么招呼他，装一副与己无关若无其事的样子吗？他装不出来。教导员倒招呼他了，强强，他说，谢谢你给我做的家具。

他恨不得找个地洞钻进去。

五月四号那天强强自然还想不到半年后湘九的话会兑现。他和童年的伙伴们一样，嘲笑湘九的大言不惭。唯有肖露拿湘九的话当真。肖露穿着一身邋遢的学生装，戴一副腿上缠橡皮胶的近视眼镜，已迁到富阳一所村小当代课老师。他虔诚地举起酒杯说，强强，你若真的当了兵，一定要努力地往上爬，给弟兄们争口气！眼下当兵的尽是些"八旗子弟"，有的根本没下乡就穿上了军装，有的下去不到一年就进了兵营。他们有什么了不起的，不就是有个当官的爹吗？他们的父母还要在台上作报告，动员我们"广阔天地炼红心，扎根农村一辈子"呢！强强，你一定要当……当团长……

肖露一仰脑袋，一杯酒，满脖颈流淌地喝下去。强强看到他的眼睛在玻璃镜片后面闪烁莹莹泪光，他的心也热了，如果真有这么一天，我一定代表你们往……往上爬，他结结巴巴地说，爬到排长、连长……营长……

团长，湘九说，至少爬到团长。

湘九后来常常后悔，为什么只说爬到团长呢，为什么不叫他爬到师长军长，爬到大军区司令的位置上去？那时，他们以为团长已经够大的了，不敢想象强强还能爬到更高的位置上去。结果强强真的爬到正团级干部就爬到了顶，四十五岁那年便提前退了休。

那天的酒宴使他们很兴奋。至少还有大半只鸭子，实在吃不下了，湘九打包带回家去。他快乐得像一只太阳下晒得暖烘烘的小猪，哼哼着自己编的歌儿走进墙门。这支歌曲是他替山头供销社编的，宣传发展畜牧业的好处，在宁海曾经传唱一时。很多年后，只要湘九的外甥乐乐和一平一凡们回忆起童年，总是会情不自禁地唱起小舅舅教的歌曲：

> 精肉儿卡牙齿，
> 肥肉儿真好吃。
> 猪猡的身上没有不好吃！
> 猪脚爪三角五，
> 猪头肉二角六，
> 猪尾巴同样要卖一角八！
> ……

湘九走进厨房时脸上便有些尴尬。二姐皱眉挥手驱赶他一身的酒气。二姐说，你回到杭州了，表现要好一些，听街道干部的话，帮居委会做些事情，争取早日找到工作。街道办事处的小甘跟我关系不错，我托过她了，她让你明天就去参加街道宣传队。

明天我要去捉癞蛤蟆。湘九说。

癞蛤蟆是偏方，活的放在砂锅里和黄酒一起炖，让母亲吃下去，以毒攻毒。邻居老周在萧山棉纺织厂工作，厂周围是农田。星期天，老周回家总是带来几只癞蛤蟆，偶尔接不上了湘九便自己去捉。湘九看到母亲艰难地吞咽着这些可怕的药物，他想，这难道仅仅是因为人类求生的本能吗？

二姐只知道咪咪跟湘九不再往来的过去，不晓得她在车站接他的现实。二姐问起咪咪，湘九一时难以回答。二姐说，她母亲看不起你，她不能不听她母亲的话。算了，你回到杭州了，找一个好工作，今后再找一个杭州的对象，我觉得更好。

二姐也就是随口一说而已。湘九把咪咪连续几天在车站接他的事说给她听，她叹了口气，也就默认了小弟弟这个对象。

千不该万不该，湘九结婚后将二姐说过的这句话讲给老婆听了。咪咪说，哼，原来你们家就是这样看我的啊！早知道如此，我那时就再也不去你家了。

湘九后悔得真想抽自己嘴巴，他和咪咪对视着，气氛一时显得紧张而沉闷。但是，这仅仅是一瞬间罢了，紧接着，咪咪就笑出声来，起初笑声还很低，而后变成了响亮的大笑。

她笑弯了腰，将手捧着头，额前的一缕秀发垂下来，像瀑布一样遮住了她的眼睛。我那天去城站看一位宁夏插队的伙伴，她告诉湘九，从她家出来后路过出站口，正好看到你扛着箱子出来了！她收起了笑容，很认真地说，确实是那样的，她只是碰巧而已，并没有专程从桐庐跑来接他；至于他因此而决定了他们的关系，那就实在是一种误会了。说罢，她忍不住又笑出声来。

湘九在她的笑声中感到后悔。他后悔告诉她二姐说过的话，更后悔将他在车站广场上的感受讲给她听。他把一个美丽而动人的想象给毁掉了。

那个灰蒙蒙的早晨，众安桥后埠头空荡荡的，只有湘九站在一户人家门前。后埠头是一个古老的地名，现在就是延定巷隔壁的一条小弄堂。湘九不知道如何召唤那个从黑龙江嫁过来的女知青，他只好唱了一句"大雁落脚的地方"。

"大雁落脚的地方，草美花又香。"这是湘九跟这位黑龙江少妇男女声二重唱的一句歌词。街道办事处小甘拉郎配似的把他们拉到一起，定下这个节目。湘九说我抽了八年烟，我的嗓子还能唱歌吗？小甘风风火火地说，唱吧，老是窝在台边拉你那把破提琴，谁会注意到你？没人注意，找工作的机会也就很难轮到你了！

黑龙江少妇出现在楼上的窗口，她慌里慌张地朝湘九挥挥手。湘九看她的手势，好像在赶一条狗，又好像朱丽叶在暗示罗密欧，让他躲到某个阴暗角落去。湘九啼笑皆非地走到巷口，站在一口井旁抽了一支烟。远远地，传来一个老太婆不满的斥责声：一大早就往外跑，你当我们是什么人家啊？

湘九想你们是什么人家？后埠头能有什么了不起的大户人家？从前有两台织布机，或者开一爿蜡烛店白铁铺的人家就碰到天花板了！他看到少妇低着头走来，每一步似乎都举步艰难，他的心在叹息。少妇的丈夫病退回杭州了，她的户口却在口袋里。因为她不是从杭州去黑龙江的知青，她只能旷日持久地等待。她的婆婆因此而很不满意这个只能待在家里白吃饭的儿媳妇，总想找个理由让儿子将她休了。

宣传队里大多是些以各种理由赖在城里没有下过乡的年轻人，在湘九看来也就是些唧唧喳喳的雏鸡儿。队长小赵是个胖丫头，整天穿一身没有帽徽领章的蓝警服。湘九听说她父亲是小车桥省第二监狱的监狱长，湘九对其敬而远之。

小赵喜欢文化人，后来嫁给市里一家杂志的主编。主编瘦高个子，戴一副宽边眼镜，抽烟比湘九抽得还凶。二十年过去了，主编当了一家小出版社的社长，他带着风韵犹存淡妆浓抹的夫人在一次聚会上与湘九相遇。出版社社长隆重地把夫人介绍给他，湘九忍不住大笑起来。湘九说，早知道她嫁人的目标定在这个高度，那时候我就不会退避三舍了。

小赵领着一帮高矮不齐、胖瘦不一的姑娘跳舞，跳的是《红太阳照边疆》和《洗衣舞》。小甘把入场券散发给各个部门各家企业。聚光灯集中到台上，湘九对黑龙江少妇说，大胆地唱吧，管它呢，我们又不是专业演员！少妇羞怯地闭上了眼，湘九感到她好像要瘫软下去。湘九在前奏声里对她说，为了你的户口，为了早日摆脱你的婆婆，唱吧！少妇终于睁开眼睛，突然起了一个高音唱出声来，湘九跟不上她的调子，狼狈不堪地扯着脖子大吼。

湘九无所谓演出效果不效果，连森孝仔他们坐在台下热烈鼓掌。小甘指挥着一群待业青年也在热烈鼓掌。湘九只是觉得很无聊，他宁可去帮派出所巡夜也不想在这个宣传队拉琴唱歌。他不认为只有如此才能找到工作。

但是派出所对湘九很失望，因为他的表现总是心慈手软。夜里让他看守小偷，他给小偷烟抽，和他们拉家常。有一天早晨民警阿金打开拘押室的门，看到湘九和小偷们躺在一起呼呼大睡。阿金气得要去报告老和，湘九拉住他说，阿金，你和某人谈恋爱的事情，我可是坚决站在你这一边的。

阿金不得不放过湘九。阿金和某女警谈恋爱闹得沸沸扬扬。女警是领导干部子女，高高的个儿，长得很漂亮，而阿金是平民子弟，所有的条件都很一般。派出所里一些人站在女警察的父母这一边，明里暗里让阿金伤脑筋。湘九算什么东西？他的同情支持一分钱不值。但是阿金沮丧到了辞职不干的地步，这时候，一个同情的眼神、一句安慰的话，都显得价值千金。

那时候还有一个十七八岁的小警察，大家叫他小巨。小巨同情阿金，对湘九也就有了一点好感。小巨对阿金说，放他一马吧，他十四岁下乡，二十二岁才回来，多么不容易呀。

阿金轰轰烈烈的恋爱终于以分手而告终。寻死觅活的女警察后来嫁给了一名门户相当的军人。阿金被调到分局刑警队，干的差事出生入死。小巨后来也调到分局，当的是政工干事。二十年后他成了市局领导。每天早晨，湘九从军营出来在南山路上散步，总是看到公安局局长小巨汗流浃背地一个人在跑步，跑得那么坚决而且有一股韧劲儿。小巨已经成了老巨，认不出湘九了，后来他到了省里担任要职，在一次会议上与湘九相遇，才重新想起这段往事。

邻居锦荣告诉湘九一个信息，他所在的锅炉厂要招工。锅炉厂的劳资科科长姓石，锦荣说我带你去见见他吧。

石科长是个大忙人，锦荣找了他好几回找不到他。终于逮到他时，不是在打电话就是在接待客人。锦荣说，干脆上他家里去吧，送点礼，探探他的口风。

事情来得突然，湘九手头没钱。他向强强的姐姐阿丽借钱。阿丽问他要多少钱，湘九说，不多，买两瓶葡萄酒去，办不成事也不怎么心痛。阿丽给了他六元钱，可以买两瓶最好的张裕红葡萄酒了。阿丽说，这钱就不用你还了，算是我对小兄弟的一点心意吧。

锦荣带着湘九七拐八拐，走进一个黑黝黝的墙门，石科长住在踏上去楼板颤动的墙门深处，他们踮着脚小心翼翼地上了楼。锦荣说，他家里有客人，我们在楼梯口等一会儿吧。

一只挂钟滴答滴答地走动，湘九拎着两瓶酒站在黑暗中，计算前面的来访者从拎着东西进去到空手出来要花多少时间。他打算尽快完成任务，不让人看见他送礼上门的尴尬相。如果石科长不收他的两瓶张裕红葡萄酒呢，他就只好跟锦荣一起去弼教坊小酒店喝掉了，还给阿丽总不好意思。

湘九看见石科长夫妇送走了两拨客人，这些人点头哈腰地一再回首，不停地说请您多多关照。石科长一身酒气地打着饱嗝，头脑却很清醒，他打着哈哈说尽力而为吧，我只能尽力而为。湘九不无辛酸地想，两瓶酒算得什么呢，也许还是请锦荣喝掉更能体现它的价值。

没想到石科长很客气，可能因为锦荣是厂里的技术骨干吧，可能他在厂里还有点威望。总之，石科长夫妇没有驳他的面子。见外了，石科长说，锦荣师傅你我是老同事，送东西就太见外了。石科长打量湘九一番，对他的形象，尤其是温良恭俭让的态度似乎还满意，他说，这样吧，不一定进我们厂，我向兄弟单位推荐一下你，问题不大。

推荐的过程有些漫长。劳资科科长们一般不将给自己送礼的人招进自己厂，他们做的是关联交易，互相推荐，以绝后患。后来湘九和孝仔以及大青大队的园园都深刻地领会到这种做法的重要性和必要性。湘九当供销科科长时，孝仔是电机厂供销科科长，园园是仪表厂供销科科长，对外协作需要的材料，别的人到电机厂仪表厂都拿不到，只有湘九的纸条才管用。反之也一样，这样才能保证和巩固他们在各自单位的地位。

一九七二年的冬天来临了，湘九心急如焚。他听说下乡可能也将算作工龄，如果在同一个年度衔接上，将来就不会有分段计算之类的啰嗦事情了。于是，他天天跑街道，叫姚同志阿姨，叫小甘姐姐，身高一米七五烫着波浪头的小甘常常被他叫得面红耳赤。

终于有一天，小甘说，运河边一家造船厂来招工，指名要招一个姓姜的待业青年，我告诉他们，如果指名招人，要搭上你。

小姜是交通系统一位厂长的儿子，这家厂跟造船厂同属市交通局管辖。湘九想小甘肯定经常去菜场买菜，深谙卖猪头搭脚爪的道理。小姜是猪头湘九是脚爪，湘九转身就往锅炉厂跑去。

锦荣正在烧电焊，他摘下面罩，带着湘九往办公楼走。他们推开劳资科的门，石科长吓了一跳。运河边那家造船厂的劳资科科长你熟悉吗？锦荣问他。石科长眼睛眨得像蝴蝶翅膀，熟……熟悉，他说，那里发生什么事了？

他们去湖滨街道招工了。湘九告诉他。石科长坐回椅子上去，苍白的脸上过了好一会儿才恢复血色，我还以为出了什么大事呢！他说，我这就给他们打电话。

湘九有一种奇异的预感：石科长迟早会出事。这种莫名的感觉甚至比他在连森家里看到区安置办那位胖副主任时更为强烈。

走出办公楼，湘九突然提醒锦荣：我送的两瓶葡萄酒石科长后来还给我了。锦荣停下脚步，疑惑地朝他看。不可能吧，锦荣说，你跟我耍什么花枪？湘九不吱声，递一支烟给他。两人蹲在厂道旁默默地吸烟，渐渐地锦荣脸上显出恍然大悟的神情，他笑起来，然后一本正经地对湘九说，你什么时候送过他两瓶酒啊？我记得，我们还没有去他家时，两瓶酒就在粥教坊喝光了！

他俩快乐地站起身，互相拍拍对方的肩，感觉心中有一股暖洋洋的友情在流淌。他们是生活在社会底层的人，一向憎恶贪官污吏，但是他们不愿意落井下石。他们真的忘掉了这两瓶酒，在他们与石某人的交往中，两瓶酒又能起多大的作用？

湘九进船厂一年后，石某人真的出了事。锦荣把这个信息带给湘九，两人扼腕叹息。锦荣说，服帖啊，湘九我服帖你，早就看出了这家伙迟早有这么一天！湘九却苦笑着说，我们跟他的交往太浅，否则那时就该提醒他一下。

咪咪背着一只书包走进墙门时湘九很吃惊，他说，你真的回来了？将户口迁到桐庐还是杭州了？咪咪放下书包走进里屋去看他母亲，脸上喜忧参半。她说，卫校招生，照顾本校教师子女，将我录取了，但是宁夏方面不肯放我，户口迁不出来啊。湘九愣了一会儿说，这个问题好解决，只有报户口难哪有迁出难的事情！咪咪将信将疑地看着他，一句话冲口而出：你能帮助我将户口迁过来，我妈再怎么反对，我也不听她的了！

母亲呻吟一声，咪咪羞红了脸。伯母，你怎么了，哪里又疼了？母亲摇摇头，她身上到处痛，心里也痛。她说，帮你做点事是应当的，你怎么可以许这样大的愿呢？你妈妈是为了你好，如果她坚决反对，你将来也会很痛苦的。

湘九想到了兰姐和李建中，马上给他们写信。李建中在公社有点小职务，应该可以促成此事。

湘九知道李建中对他有看法。在李建中眼中，这个小舅子流里流气，呼朋唤友，谈不上一点上进心。李建中甚至要将咪咪介绍给他一位弟兄。湘九见过那个人，高高大大的一位帅哥，初中毕业生，家境也不错，跟李建中在宁夏属于同一类上进青年。但是湘九不当他们一回事。湘九在信上说，如果你们不帮这个忙，甚至帮倒忙的话，你们就太不上路了。

咪咪进卫校医士班读书去了，她的户口成了一个悬念。宁夏方面不放她走，一是大队赤脚医生只有她一个，接班人一时落实不了；二是她的药账没有做好，算来算去相差百十块钱。大家批评咪咪，这年头账目清楚第一重要，你的头脑怎么如此稀里糊涂？咪咪急得呜呜直哭，她说，宁夏的知青们给我起了个绰号叫半个脑袋，我就是搞不清这些乱七八糟的账目么。

湘九跑到邮电局去给李建中打长途电话。湘九说不就相差百十来元钱吗？你们给她垫上就是。大队干部们头疼脑热常去看病，拿了药从来不付现钱，他们撂下一句话记在账上就走人了，你们莫非不知道？何止大队干部，还有他们的家属呢，哪一个是一盏省油的灯！

长途电话越过千山万水接到宁夏永宁县增岗公社，噪音很大还伴着农村有线广播的杂音，背景音乐是《社员都是向阳花》。李建中扯着嗓门喂喂地叫，解释一句湘九吼叫着顶他三句。湘九说，再不把户口寄过来我就叫她回去向县里向自治区举报，索性他娘的叫他们统统不得安生！

兰和李建中都怕了他。不光他俩，公社和大队的人都感到不可思议。咪咪是个文静腼腆的女孩子，怎么找了这么个蛮不讲理的家伙？如果上面查下来还真不好对付，湘九指出的问题是一种客观现实，普遍存在。

最终的结果既在湘九预料之中又出乎意料，大队将咪咪的账目重新理了理，相差的数额只有四十元钱。正当兰向大队会计提出是否由她付这笔钱时，第一生产队的会计跑来了。他说，是我们队上搞错了，这四十元钱我们忘了付给大队！

咪咪报上户口那天晚上，二姐下厨做了几个好菜，二姐一家梅姐一家和回家探亲的二哥将十六平方米的小屋挤得满满当当。母亲坐下了，在她右侧放下一副空碗筷，咪咪不解地说，这是给谁留的呀？湘九悄悄告诉她，给父亲留的。咪咪不敢说话了，一种肃穆之感笼罩着整个陋屋。

湘九的事过几年再说，你的问题不能拖了，母亲对二哥说，湘九二十二岁你三十二岁了，你要抓紧时间找个合适的对象了。老头子还在世上的话，一定也会念叨这事，他对你寄予的期望最大。

二哥的眼睛红了，他知道母亲的话没错。母亲在怀念父亲他也在怀念父亲。老大从小顽皮，父亲把希望寄托在老二身上。老二从小品学兼优，但是造化弄人，他心有余而力不足啊。

弟妹们积极想办法，二哥每次探家回来都要被拉去相亲。女方都是些老姑娘，条件却往往不肯降低。党员、技术员、工资八十元，还要缝纫机手表自行车，家具要多少条腿，二哥都不着边际。

二哥想，先给家里添几件像样的家具吧，他到电线杆上去贴了几张告示，愿意用一辆飞鸽牌自行车换一口大衣橱。湘九觉得他的想法看上去很现实，其实很可笑，他说，好姑娘不会因为有一堂家具而嫁给你。

一九七二年十一月。这年的冬天来得早。去船厂报到的前一天晚上，湘九去几位插队兄弟家看望。天上下着鹅毛大雪，戴着藤帽铁棍的造反派站在大卡车上，威风凛凛驶过建国中路。孝仔母亲病在床上，屋里跟屋外一样寒冷。孝仔捧着一碗药汤从厨房出来，他说，湘九，你不要跟我娘说门口的情况。

门口的情况？湘九没注意门口有什么情况。

你去看看，一会儿老子要将它撕了。

湘九回到大门外去，看到两张既有黑墨水又有红墨水的大字报。昏暗的路灯下，他踩着吱吱响的积雪，睁大眼睛读出一行行刻毒的字句。湘九不太了解孝仔家的情况，只从堂屋悬挂的奖状上知道他父亲是灯泡厂的老工人、老先进，前些年已去世。现在，湘九才知道了这位老先进也有一点"历史问题"。

孝仔走到湘九跟前，他的长满冻疮的手扶着湘九的肩膀，湘九看到他眼睛里有一种深深的哀伤。夜雾悠悠地笼罩着城市，风夹雪在半空中黏湿而冷酷地抽动着。一辆大卡车从远处驶来，车头牌子上写着"文攻武卫"四个令人畏惧的大字。街对面有人在悄悄地窥伺他们。湘九想起老舍的小说《我这一辈子》。孝仔的爹，跟小说中的主人公一样，年轻时当过两年穷得叮当响的小警察，那是挨上司巴掌遭平民白眼的角色。孝仔说，人都死了好多年了，还把大字报贴到这里来，如果任凭这些人作践我的老爹，老爹岂不是白养我这个孝仔了！

他伸出手去撕大字报了，湘九一惊，赶紧拽住他的胳膊。不能撕，湘九说，你会遭殃的！他指指那些躲在阴暗处的街坊，天晓得那里会不会藏着一个居心叵测的家伙！他认真地对孝仔说，我的户口迁回来了，你的病退还在申请中，市里区里下来调查时有人捅你一刀，你就是站在他们面前把尿撒出来，很可能也不起作用了。

孝仔跺一下脚，他豁出去了。遭殃就遭殃，他挣脱湘九的手，我娘明天若是见到了会气死的！那一刻，他完全失去了在山头见到公社和大队干部时那种嬉皮笑脸点头哈腰的样子。湘九为他的孝心所打动，孝仔今晚流露出的真情彻底颠覆了过去留给他的印象。

他想起了自己的母亲，眼眶里溢出两颗泪。他把孝仔推进墙门去，我来撕，他不容分辩地说，人家找不到我。

湘九转过身，一抬手，哗地撕下半张大字报。对面的街坊走了过来，有人默默地朝他打量，有人发出低低的惊呼声。湘九只当没看见，一阵既兴奋又害怕的战栗从他脚尖一直传到每一根头发的末端。他把两张大字报一条条撕碎，踩到脚下的积雪污泥里去。一个戴红袖套的老太太拉住他，声色俱厉地说，你是干什么的，为什么撕大字报？

灯泡厂的，湘九说，我是灯泡厂革委会的，这两张大字报与事实有出入，厂里派我来撕掉它！

他摸出本购粮证，在昏暗的夜空中挥了挥，随即放进胸前口袋。他想起童年也曾这样挥舞着购粮证购货卡混进工人文化宫。这个招数久已不用了，现在用起来还是很熟练，人们都以为他拿出的是工作证。老太太将信将疑地看着他，湘九想，她再问下去的话，他就说自己是厂革委会办公室主任。

老太太没有盘问下去，大概那时候骗子终究还不是很多。人们让出一条路，湘九跨上了自行车。他仰面舔着落下来的雪花，感到心境如晶莹的雪粒儿一样凉滋滋的，无声无息地坦然。

那天夜里他睡得很安详，梦见大海和帆船。大段大段的抱怨世态炎凉的独白已经逝去，他在船上乘风破浪迎接新的征程。过去的生活变成了一幅年代久远色调忧郁的旧照片，而在黎明到来的时候，他的童年时代的人生幻想、他那久已泯灭了的希望，又像火焰般地点燃了。

积雪迅速地融化了，太阳还没有出来的时候，送湘九去船厂报到的连森已经陪着湘九沿着古运河的河堤走了好长一段路。看着连森既为他高兴又为自己伤感的复杂表情，湘九对他说，放心吧，面包会有的，牛奶也会有的。

别安慰我了，你走吧，我不送了。

这次去医院复查，你别再吃麻黄素了，会留下后遗症的。

你走吧，我不送了。连森说。

湘九握住他的手。你会回来的，既然胖子副主任答应帮忙就一定能办成。

但愿吧，我大哥托了邮政局的领导，他们答应只要我将户口迁回杭州，就让我先去做临时工。

那就太好了。你一定要注意身体，到邮政局后好好干，有招工指标的时候，他们会考虑你的。

一艘摆渡船过来了，湘九跳上船去，转身向连森挥挥手。河上有一艘拖轮牵着长长的驳船队驶过，灰色的波浪和喧哗的涛声使他眼睛蒙上一层湿漉漉的迷雾。他看到连森转过身，将手蒙住了脸。他猜想他正在哭泣。

不是悲伤，而是新人生即将来临的激动。

凝望着被木制的船桨和铁铸的螺旋桨所划破的水面，湘九觉得自己的心情虽然还谈不上洒脱，但是也充满了激情。

（本书完）